KNAUR

Über den Autor:

Volker C. Dützer, geb. 1964, lebt mit seiner Frau im Westerwald.
In seinen Romanen geht es um das unheimliche Prickeln im Nacken, um die Schrecken, die an der Grenze zwischen Realität, Wissenschaft und der unbekannten Grauzone paranormaler Phänomene lauern.
Volker C. Dützer steht jederzeit für Lesungen und Interviews zur Verfügung. Dützers Lesungen sind wie seine Romane gestaltet. Er nimmt seine Zuhörer auf eine spannende Reise mit, bei der hinter jeder Biegung eine Überraschung oder ein subtiler Schrecken wartet.

VOLKER DÜTZER

NEXX
DIE SPUR

THRILLER

KNAUR

Besuchen Sie uns im Internet:
www.knaur.de

FSC
www.fsc.org
MIX
Papier aus verantwortungsvollen Quellen
FSC® C083411

Vollständige Taschenbuchausgabe Dezember 2017
Knaur Taschenbuch

Ein Imprint der Verlagsgruppe
Droemer Knaur GmbH & Co. KG, München

Redaktion: Dr. Heike Fischer
Covergestaltung: ZERO Werbeagentur, München
Coverabbildung: Plainpicture / Reilika Landen; FinePic / shutterstock
Satz: Adobe InDesign im Verlag
Druck und Bindung: CPI books GmbH, Leck
ISBN 978-3-426-52072-7

2 4 5 3 1

TEIL
1

Muster

Every move you make, every step you take,
I'll be watching you.

(The Police, Every breath you take)

Dem Unerwarteten gewidmet und dem unerklärlichen Drang, ein widerspenstiges Manuskript zum zweiten Mal aus dem Papierkorb ziehen zu müssen, um es doch noch zu vollenden.

(Volker Dützer)

1

Valerie de Crécy glaubte nicht an irgendeine Art von Vorsehung. Dennoch hing sie bereits an den Fäden eines unsichtbaren Marionettenspielers, der jeden ihrer Schritte lenkte.

Wenn sich Tommy in der nächsten Viertelstunde nicht meldet, bin ich erledigt, dachte sie.

Gehetzt drehte sie sich zu Henning um, der die geplante Aktion mit einer versteckten Kamera filmen würde. Mit seinem Können und seiner Erfahrung würde er jederzeit einen neuen Job finden. Das war eben der Vorteil, wenn man sich hinter einem Objektiv verstecken konnte. Henning trug keine Verantwortung für verpatzte Reportagen oder schlechte Einschaltquoten. Wenn es darum ging, jemandem in den Hintern zu treten, opferte man den Idioten, der sein Gesicht in die Kamera hielt.

»Hat Tommy sich bei dir auch nicht gemeldet?«, fragte sie.

»Nee.« Er warf einen Blick auf seine Armbanduhr. »Das wird eng.«

Sie fluchte leise. Jede Folge ihrer Sendung *Die Aufdecker* fraß ein Vermögen. Seit ein paar Wochen sanken die Einschaltquoten. Weniger Zuschauer bedeuteten sinkende Werbeeinnahmen und irgendwann unweigerlich das Aus für *Die Aufdecker*. Die Feststellung ihres Chefs Eugen Jacobi hätte kaum klarer ausfallen können: »Valerie, wir haben ein Problem. Ich mag keine Probleme.«

Wenn Jacobi bei einer Redaktionskonferenz diesen Satz fallenließ, konnte man davon ausgehen, dass binnen achtundvierzig Stunden Köpfe rollten. Seit der Übernahme durch einen amerikanischen Medienkonzern sparte sich Network-TV zu Tode. Aber guten investigativen Journalismus bekam man eben nicht zum Dumpingpreis.

Lautstarker Beifall riss Valerie aus ihren Grübeleien. Der beliebte

Showmoderator Björn Reinhardt betrat die Bühne des alten Ballsaals. Mit blumigen Worten erklärte er dem ausgewählten Publikum das Thema der heutigen Sendung und kündigte Gabriel Nexx an, den schillerndsten Showhellseher seit Uri Geller. Die phänomenale Trefferquote seiner Vorhersagen ließ Kritiker und Parawissenschaftler ratlos zurück.

Valerie war davon überzeugt, dass der Mann ein gerissener Schwindler war. Sie wählte noch einmal Tommys Handynummer, aber wieder meldete sich nur die Mailbox. Dabei hatte er ihr fest versprochen, ihr die Munition zu liefern, mit der sie Nexx zur Strecke bringen konnte.

In diesem Augenblick betrat Gabriel Nexx unter dem Applaus des handverlesenen Publikums die Bühne. Ein Spotlight tauchte ihn in grelles Licht. Er war in Wirklichkeit größer, als die Fernsehaufzeichnungen vermuten ließen. Schlank, fast hager, mit asketischen Gesichtszügen und dichtem, fahlblondem Haar, das er streng gescheitelt trug. Valerie war ihm bisher nie persönlich begegnet. Die Fotografien und Internetvideos, die es von ihm gab, zeigten ihn zwar als einen charismatischen Mann, aber erst seine physische Präsenz brachte die Magie, die von ihm ausging, vollends zur Geltung. Nexx besaß eine Anomalie, die nur einmal unter einer Million Menschen auftrat: Seine Augen waren von unterschiedlicher Farbe, das linke grau und kalt wie ein Dezembertag, das rechte eisblau wie Frostschutzmittel.

»Was für ein Freak.« Henning schob sich einen Kaugummi in den Mund. »Ich bin gespannt, ob er heute Abend wieder ins Schwarze trifft.«

»Darauf kannst du wetten.«

Und wenn ich nicht beweisen kann, dass seine Gabe nichts weiter ist als ein billiger Trick, bin ich meinen Job los, dachte Valerie. *Keine wöchentliche Sendung zur Primetime mehr, kein Starbonus.*

Valerie, wir haben ein Problem.

Sie hatte mehr als einmal erlebt, wie erfolgreiche Konkurrenten nach unten durchgereicht wurden. Der Fall war tief und der Aufschlag hart.

»Komm schon, Tommy, lass mich nicht hängen«, murmelte sie. Doch ihr Handy blieb stumm. Kein Anruf, keine SMS, nichts. Schnell spielte sie eine Option durch, die sie möglicherweise retten könnte. Sie musste den Plan, Nexx als Schwindler zu entlarven, fallenlassen. Wenn es ihr gelänge, ihn zu einem Exklusivinterview zu überreden, ergäbe sich vielleicht noch eine Chance, die Sache zu drehen. Wäre da nicht ein Hindernis, das bislang noch kein Reporter überwunden hatte: Gabriel Nexx gab keine Interviews. Niemand wusste etwas über sein Leben fern der Bühne. Es schien, als materialisierte er sich vor jedem Auftritt und löste sich danach wieder auf wie ein Spuk.

Dennoch war sie fest entschlossen, ihn zu einem Interview zu überreden. Um ihren ursprünglichen Plan zum Erfolg zu führen, war sie eine gefährliche Liaison eingegangen. Verstohlen blickte sie sich um. Der Konkurrenzsender von Network-TV hatte für Nexx' Show eine Location in einem Kongresszentrum westlich von Köln angemietet. Der historische Ballsaal bot einen würdigen Rahmen und war bis zum Platzen gefüllt. Kameras und Reporter anderer Sender waren nicht zugelassen. Daher hatte sie sich und ihrem Kameramann mit gefälschten Einladungen Zutritt verschafft. Der Zweck heiligte eben die Mittel. In ihrem Beruf durfte man nicht allzu zimperlich sein.

Henning folgte ihrem Blick. Argwöhnisch beobachtete er die drei Gestalten, die sich in den Schatten unterhalb der Empore verbargen. Eine schlüpfte gerade unter einem Absperrband hindurch und lief dann die rechte der beiden geschwungenen Treppen hinauf.

»Mir ist nicht wohl bei dem Gedanken an die Typen, mit denen du dich eingelassen hast.«

»Die sind harmlos. Außerdem verfolgen sie das gleiche Ziel wie wir. Sie wollen die Wahrheit über Nexx' Machenschaften ans Tageslicht bringen«, antwortete Valerie.

»Und ihm dabei nicht zufällig auch noch einen kleinen Denkzettel verpassen?«

»Ein bisschen Krawall kann nicht schaden. Du bekommst immerhin die Exklusivbilder. Eine Hand wäscht die andere. Die Aktivisten haben mir den Abschiedsbrief von Ulla Troeder besorgt, der Nexx das Genick brechen wird, deshalb bekommen sie auch ihre Show.«

»Wenn das rauskommt, bist du erledigt.«

Und wenn Tommy sich nicht meldete, war sie es auch.

»Wenn ich Nexx mit dem Brief der Frau konfrontiere, die er ruiniert hat, platzt eine Bombe.«

Sie drehte sich um und sah zwei Sitzreihen hinter sich Max Troeder sitzen, den verzweifelten Witwer der Frau, die Nexx mit seiner sündhaft teuren esoterischen Lebensberatung in den Ruin getrieben hatte. Valerie war nicht wohl bei dem Gedanken, dass er heute ebenfalls anwesend war, aber das war der Preis gewesen, den er für die Aushändigung des Briefes verlangt hatte.

»Hoffentlich fliegt dir die Sache nicht wirklich um die Ohren«, brummte Henning.

»Mach dir keine Sorgen. Sie werden nur Transparente hochhalten und ein bisschen herumschreien. Und damit wie immer gar nichts erreichen. Man wird sie aus dem Saal weisen, und das war's. Ich hab alles im Griff.«

»Trotzdem. Ich hab ein mieses Gefühl bei dieser Sache.«

Sie betrachtete ihn nachdenklich. Henning war ein Schwarzseher, besaß aber ein Talent, das ihm mehr als einmal das Leben gerettet hatte. Wenn es brenzlig wurde, konnte er auf eine Art und Weise mit dem Hintergrund verschmelzen, die ihn für Angreifer unsichtbar machte. Sie hatte ihn gefragt, wie er das anstellte, aber er konnte es ihr nicht erklären. Er verwandelte sich in einen Leitpfosten am

Straßenrand, in eine verdreckte Hauswand mit einem Dutzend Einschusslöchern oder in einen vorbeifahrenden Güterzug. Henning beherrschte den Kniff, wie man in Krisengebieten überlebte. Er war sechsundvierzig und arbeitete seit zwanzig Jahren in seinem Gewerbe. Wenn es ernst wurde, sollte man sich in seiner Nähe aufhalten. Er war nicht nur ein talentierter Kameramann, er war ihre Lebensversicherung. Aus diesem Grund hatte sie ihn in ihr Team geholt.

»Für jemanden, der mehr Leben hat als eine Katze, bist du ganz schön pessimistisch«, sagte sie. »Entspann dich. Das hier ist weder Kabul noch Jerusalem.«

»Darum habe ich dein Jobangebot auch angenommen.«

»Na also. Warum machst du dir Sorgen?«

»Jeden alten Kater erwischt es mal.«

Sie verdrehte die Augen und konzentrierte sich auf Nexx, der mit seiner Ansprache bereits begonnen hatte.

»… heute Abend unter Beweis stellen«, hörte sie ihn sagen. Die Menge klatschte sich die Hände wund. Valerie ärgerte sich, weil sie den Anfang seiner Rede verpasst hatte.

»Ich habe Sie heute Abend eingeladen, weil ich ein Versprechen einzulösen gedenke«, fuhr Nexx fort. »Obwohl ich in den vergangenen Monaten immer wieder bewiesen habe, dass ich die Gabe besitze, den Menschen die Zukunft zu offenbaren, sind meine Kritiker nicht verstummt. Nun, ich bin überzeugt, diesmal auch den skeptischsten unter ihnen umstimmen zu können.«

»Von wegen alles live«, murmelte Henning.

Valerie warf einen Blick auf ihre Armbanduhr. Es war kurz nach 13:00 Uhr. Die Sendung wurde aufgezeichnet und als Livemitschnitt im Abendprogramm verkauft. Eine Vorsichtsmaßnahme, falls Nexx wider Erwarten danebenlag?

Doch zunächst zog er seine Standardshow ab. Mit konzentrierter Miene beschrieb er Bilder und Karten mit einfachen Symbolen, die einige Zuschauer ausgewählt hatten. Nach einer Musikeinlage traf er verblüffende Aussagen über Anrufer, die sich an einem telefonischen Gewinnspiel beteiligten.

»Fehlt nur noch, dass er Löffel verbiegt und eine schrottreife Uhr zum Laufen bringt«, sagte Henning.

Valeries Handy blieb stumm. Normalerweise war Tommy zuverlässig wie das Verkehrschaos zur Rushhour rund um Köln. Sie begann, sich ernsthafte Sorgen um ihn zu machen. Es wäre nicht das erste Mal, dass ein Mitarbeiter ihres Teams Opfer von Drohanrufen oder Verleumdungsklagen wurde. Und wenn ihm etwas zugestoßen war, trug sie die Verantwortung. Schließlich hatte sie ihn auf Nexx angesetzt.

Henning boxte sie spielerisch in die Rippen. »Jetzt geht es richtig los.«

Die Beleuchter dimmten das Licht im Saal. Unter den spannungsgeladenen Klängen einer Fanfare ging Nexx zu einem kleinen Edelstahltisch. Auf der darüber drapierten samtschwarzen Decke lagen drei Briefumschläge. Er schloss die Augen und strich mit einer theatralischen Geste über die Kuverts, die mit leuchtenden blutroten Wachssiegeln verschlossen waren.

»Wie Sie wissen, wurden diese Umschläge vor drei Monaten unter notarieller Aufsicht versiegelt«, begann er. »In ihnen stecken Karten, auf denen ich zwei Ereignisse angekündigt habe, die inzwischen stattgefunden haben. Dazu ein drittes, das in Kürze eintreten wird.«

Valerie kehrte in Gedanken zu dem besagten Tag vor einem Vierteljahr zurück. Sie war dabei gewesen, als die Umschläge verschlossen worden waren. Ein Betrug war ausgeschlossen. Nexx hatte weder Kosten noch Mühen gescheut, um alle Zweifel an der Echtheit seiner Gabe zu zerstreuen. Neben zwei Notaren hatte er auch den indischen Bühnenmagier James Randi zu der Zeremonie eingeladen. Randi hatte eine Million Dollar für denjenigen ausgelobt, der als Erster ein paranormales Phänomen wie Hellsehen oder Telekinese nachwies. Er war *der* Experte, wenn es darum ging, selbsternannte Wunderheiler und Wünschelrutengänger als Scharlatane zu entlarven. Dass Nexx ihn freiwillig hinzugezogen hatte, verlieh seiner Show enorme Glaubwürdigkeit. Valerie drehte sich um. Der weißbärtige Inder saß zwei Reihen hinter ihr und wirkte gelassen und entspannt. Offenbar war er davon überzeugt, dass sich Nexx blamieren würde. Ob es Nexx um die Million Gewinn ging? Wohl eher nicht, denn reich war er bereits.

»Gabriel, erklären Sie uns, warum Sie Ihre Voraussagen nicht öffentlich gemacht haben«, bat Reinhardt.

»Ich habe mich dazu entschlossen, weil ich eine gegenseitige Beeinflussung verhindern wollte. Niemand soll behaupten können, dass wir es hier mit einer sich selbst erfüllenden Prophezeiung zu tun haben.«

»Erläutern Sie uns Nichteingeweihten, was das ist?«

»Natürlich. Wenn Sie zu mir kommen, um etwas über Ihre Zukunft zu erfahren, besteht die Gefahr, dass das, was ich Ihnen weissage, nur eintritt, weil Sie daran glauben und es durch Ihr Verhalten unwissentlich herbeiführen. Nehmen wir an, ich rate Ihnen zur Vorsicht im Straßenverkehr, weil ich sehe, dass Sie morgen um diese Uhrzeit in einen verheerenden Unfall verwickelt werden.«

»Sie meinen, ich verursache den Unfall, nur weil ich ihn erwarte?«

»Exakt. Darum wurden die Umschläge unter notarieller Aufsicht versiegelt. Außer mir weiß niemand, welche Prophezeiungen sich in ihnen verbergen.«

Sein Blick begegnete dem von Valerie. Seine unterschiedlich farbigen Augen tasteten sie ab wie Laserscanner. Sie befiel das unheimliche Gefühl, dass Nexx genau wusste, wer sie war und warum sie hier war. Und wenn er nun wirklich über die Gabe des Hellsehens verfügte? Konnte er wissen, was sich in der Innentasche ihres Blazers befand? Kannte er den Inhalt des Briefes, den sie bei sich trug? Wusste er, was sie gestern getan hatte und was morgen sein würde? Etwas unterschied ihn von all den anderen Fernsehwahrsagern und

Glaskugellesern: Seine Trefferquote lag bei annähernd hundert Prozent. Er hatte mehrere bedeutende Ereignisse zielsicher vorausgesehen: so etwa den Ausbruch einer Choleraepidemie in Griechenland. Niemand hatte eine Erklärung dafür.

Angst kroch in ihr Herz. Einen Augenblick lang ahnte sie, dass die unbestimmte Furcht erst der Anfang weit größerer Schrecken war.

»Uns alle vereint eine Urangst, der wir uns jeden Tag neu stellen müssen«, fuhr Nexx fort, als hätte er tatsächlich ihre Gedanken gelesen. »Eine Angst, die jeden von uns zuweilen erfasst und lähmt. Oft genug treffen wir deshalb falsche Entscheidungen, die eine Kaskade der Furcht und Ungewissheit erzeugen. Niemand von uns weiß, was im nächsten Augenblick geschehen wird, in einer Stunde oder in einem Tag. Aber es gibt Hoffnung: Menschen, die mit einer Gabe gesegnet sind, die über Ihre Vorstellungskraft hinausgeht.« Bei seinen letzten Worten wies er ins Publikum, dann machte er eine wirkungsvolle Pause. Durch einen einfachen Trick erzeugte der Beleuchter in Nexx' heterochromen Augen ein geheimnisvolles, überirdisches Funkeln.

»Ich gehöre nicht zu den Unwissenden, die angstvoll in die Zukunft blicken. Denn ich weiß, was geschehen wird«, fuhr Nexx fort.

Ein Raunen ging durch den Saal, vereinzelte Pfiffe und ungläubiges Gemurmel. Valerie wandte sich um. Randis Lächeln wurde breiter. Er beugte sich zu seiner Begleiterin hinüber und sagte etwas zu ihr, worauf sie den Kopf schüttelte.

Björn Reinhardt, der sich bisher im Hintergrund aufgehalten hatte, trat nun zu Nexx in den Lichtkreis.

»Gabriel, Sie behaupten, die Zukunft zu kennen, und wollen das heute Abend erneut eindrucksvoll unter Beweis stellen. Aber zu wissen, was kommen wird, ist nur die eine Seite der Medaille. Eine Frage interessiert mich – und ich bin sicher, unsere Zuschauer ebenfalls – brennend. Können wir unserem Schicksal entgehen? Liegt es in unserer Macht, den Verlauf der Ereignisse zu beeinflussen?«

»Ja, durchaus. Das Morgen steht noch nicht fest. Ich sehe Möglichkeiten, Wahrscheinlichkeiten. Unser Handeln bestimmt, was geschehen wird. Auch wenn der Wetterbericht Regen vorhersagt, kann ich einen Schirm mitnehmen, um nicht nass zu werden.«

»Und kann jeder von uns lernen, einen Blick in die Zukunft zu werfen?«

»Ich fürchte, nein. Das ist eine Gabe, keine Fähigkeit, die auf Übung beruht.«

»Nun, wir wollen heute Abend Zeuge dieser Gabe werden. Meine Damen und Herren – Gabriel Nexx!«

Applaus brandete durch den Saal. Hennings Hand verschwand in der Brusttasche seines Sakkos. Geschickt schob er die winzige Kamera über den Saum, richtete sie auf Nexx und neigte sich nach links, um zwischen zwei Zuschauern hindurch filmen zu können.

Nexx wartete, bis es still im Saal geworden war. Dann nahm er den Umschlag mit der Nummer eins in die Hand und erbrach das Siegel. Seine Show hatte etwas Biblisches, Apokalyptisches. Die Zuschauer hielten den Atem an.

Er faltete ein einzelnes Blatt Papier auseinander und begann zu sprechen.

»Im Oktober vor vier Jahren verschwand die junge Studentin Sarah Wiehlfeld. Obwohl ihre Leiche nie gefunden wurde, ging die Polizei von einem Kapitalverbrechen aus. Ich schätze, Sie alle haben die traurige Nachricht gelesen, die die Medien heute Morgen verbreiteten. Sarahs sterbliche Überreste wurden in der vergangenen Nacht in einem alten Luftschutzbunker in der Nähe von Hannover entdeckt.«

Nexx drehte den Zettel mit seiner Schrift in die Kamera. Unter einer Bleistiftskizze, die einer chaotischen Landkarte ähnelte, waren folgende Worte gekritzelt:

Sarah Wiehlfeld taucht auf. Luftschutzbunker Hannover.
8. September 2016

Es war das Datum von heute.

»Da ist was faul«, murmelte Henning.

»Aber was? Er kann vor drei Monaten doch unmöglich den Stand der Ermittlungen gekannt oder davon gewusst haben, dass man die Leiche heute findet.«

»Vielleicht hat er das Mädchen umgebracht und die Leiche dort versteckt.«

»Um sich jetzt selbst ans Messer zu liefern? Ich wette mit dir um eins deiner neun Leben, dass er ein Alibi für die Tatzeit hat.«

»… die kein Mensch kennt.«

Das Raunen und Gemurmel der Zuschauer schwoll an. Offenbar stellten viele ähnliche Mutmaßungen an. Valerie blickte in erstaunte, argwöhnische und verblüffte Gesichter. Nur James Randi lächelte noch immer.

»Es gibt tausend Möglichkeiten, wie Sie das Versteck der Leiche in Erfahrung gebracht haben können!«, rief sie. »Worte auf einem Zettel sind noch lange kein Beweis für übersinnliche Fähigkeiten.«

Nexx sah auf und suchte ihren Blick. Wieder überkam sie eine Ahnung von kommendem Unheil, diffus und verschwommen, aber zugleich furchteinflößend wie ein offenes Grab.

»Ich habe nicht den genauen Leichenfundort angekündigt, sondern der Polizei lediglich Hinweise gegeben, um das Gebiet einzugrenzen, in dem sie suchen muss. Ich sprach also von Wahrscheinlichkeiten. Lediglich das Datum ihrer Auffindung wurde mir offenbart. Und dieser Tag ist heute.«

Er griff nach dem zweiten Umschlag, das aufgeregte Geschnatter im Saal legte sich. Nexx brach das Siegel, faltete das im Kuvert enthaltene Papier auseinander und hielt es in die Kamera.

8. September 2016
Alitalia Flug Nr. AZ-156, zweihundertdreiundzwanzig Menschen an Bord.
Keine Überlebenden

Im Saal brach die Hölle los. Viele Zuschauer sprangen von ihren Sitzen auf. Bleiche Gestalten pressten Handys an ihre Ohren und rannten in Panik aus dem Saal. Valerie drehte sich zur Bühne um. Nexx beobachtete das Chaos so ungerührt, als hätte er drei Tage Sonnenschein vorhergesagt. Wer war dieser Mann?

»Halten Sie das für einen makabren Scherz?«, rief sie.

»Nichts liegt mir ferner. Es ziemt sich nicht, mit dem Unglück anderer Scherze zu treiben.«

»Sie sind ein Scharlatan und haben sich soeben selbst entlarvt. Es hat keine Katastrophe stattgefunden.«

»Der Tag ist noch nicht zu Ende, Frau de Crécy.«

Reinhardt wechselte leise ein paar Worte mit Nexx. Er wirkte verstört.

»Bitte, meine Damen und Herren, nehmen Sie wieder Platz. Gabriel wird uns eine Erklärung liefern. Gabriel?«

Er weiß, wer ich bin, dachte Valerie. *Trotzdem hat er nicht verhindert, dass ich unter falschem Namen den Saal betreten habe. Er muss sich seiner Sache sehr sicher sein.*

»Ich hab dir gleich gesagt, dass die Perücke eine miese Verkleidung ist«, sagte Henning.

Nexx streckte die Hand aus. »Frau de Crécy, darf ich Sie auf die Bühne bitten? Wer könnte besser geeignet sein als eine unbestechliche Reporterin, mir bei der Öffnung des letzten Umschlags zu assistieren? Meine Damen und Herren, begrüßen Sie mit mir die bezaubernde Valerie de Crécy!«

Die Erregung im Saal legte sich und wich gespannter Erwartung. Vereinzelt erklang Beifall.

Valerie blieb keine andere Wahl. Wenn sie jetzt kniff, hätte sie verloren. Sie stand auf und stieg auf die Bühne.

Aus der Nähe wirkten seine Augen noch hypnotischer. Sie vermied es, ihn anzusehen. Ihr war leicht schwindelig. Bei ihren Reportagen handelte es sich stets um Aufzeichnungen. Ging bei der Aufnahme etwas schief, wurde sie wiederholt. Liveauftritte war sie nicht gewohnt. Selbstsicher vor einem großen Publikum zu agieren verwirrte sie.

»Wenn Sie die Macht haben, ein Unglück zu verhindern, warum tun Sie es dann nicht?« Sie ärgerte sich, weil ihre Stimme zitterte.

»Ein guter Einwand, Valerie. Ich habe die Alitalia über den zu erwartenden Unfall informiert. Leider schenkte man mir keinen Glauben. Daher muss ich sagen: ›Ich hoffe, ich irre mich.‹«

»Und ich bin sicher, dass gar nichts geschehen wird. Alles andere wäre ein unglaublicher Zufall.«

»So etwas wie Zufall existiert nicht«, erwiderte Nexx. »Alles ist mit allem verbunden. Aus Ursache wird Wirkung, die wiederum zu einer neuen Ursache wird, die eine Fülle von Wahrscheinlichkeiten nach sich zieht. Sie sind nicht zufällig hier, auch wenn Sie das glauben mögen. Wollen wir uns nun anschauen, was in dem dritten Umschlag steckt?«

Nexx griff nach dem Kuvert, zögerte dann aber und reichte es Valerie.

»Ich bitte Sie, diese wichtige Aufgabe selbst zu übernehmen. Denn schließlich wird diese Vorhersage Ihr Leben entscheidend verändern.«

Eine eisige Klammer presste ihr Herz zusammen. Er hatte sie reingelegt. Es war nicht schwer zu erraten gewesen, dass sie einen Weg finden würde, sich in seine Show einzuschleichen. Wahrscheinlich hatte Nexx es sogar bewusst zugelassen und ihren unfreiwilligen Auftritt geplant. Nachdem sie ihn in ihren letzten beiden Sendungen scharf angegriffen hatte, holte er jetzt zum Gegenschlag aus, um sie in der Öffentlichkeit zu blamieren. Wenn sie nur wüsste, was er vorhatte.

»Ich kann mir nicht vorstellen, dass …«, weiter kam sie nicht.

Im hinteren Teil des Saals erhob sich Geschrei. Sie versuchte zu erkennen, was dort vor sich ging, wurde im ersten Moment aber vom Scheinwerferlicht geblendet. Mehrere Zuschauer hatten sich von ihren Plätzen erhoben, Blitzlichter flackerten auf, und Kameras wurden herumgeschwenkt. An der Brüstung der Empore rollten die Aktivisten Transparente aus. Auf ihnen waren die Namen von fünf Menschen zu lesen, die in den vergangenen Wochen auf spektakuläre Weise Suizid begangen hatten. Ein sechstes Plakat zeigte Gabriel Nexx mit den Eckzähnen eines Vampirs. Der Vergleich passte. Er hatte seinen Opfern Allwissenheit versprochen und dafür ihre Seelen ausgesaugt. Valerie hatte zwei Reportagen über die Selbstmörder gedreht. Die Unglücklichen hatten so lange die Hilfe von Wahrsagern und esoterischen Lebensberatern in Anspruch genommen, bis sie selbständig keine Entscheidung mehr treffen konnten. Dabei hatten sie sich finanziell ruiniert. In ihrer Sendung hatte Valerie deren psychische Abhängigkeit mit der Sucht eines Heroinjunkies verglichen und Nexx als Dealer bezeichnet. Außerdem beschuldigte sie ihn, mit seinen professionell aufgezogenen Fernsehshows einen Esoterikboom ausgelöst zu haben, der Leichtgläubige in die Arme von Schwindlern und Scharlatanen trieb.

Valerie wies auf die Transparente. »Die Namen dürften Ihnen ja bekannt sein. Erzählen Sie uns etwas über Ihre Arbeit außerhalb der Fernsehstudios. Wie fühlt man sich, wenn man Menschen mit Psychotricks in den Ruin treibt?«

Reinhardt schaltete sich ein. »Wir können gerne eine Talkshow zu diesem Thema machen, aber ich denke, jetzt ist dafür nicht der richtige Zeitpunkt.«

Auf der Empore entstand ein Handgemenge. Bodyguards entfernten die Transparente und überwältigten die Aktivisten. Der

Umschlag in Valeries Hand wog so schwer wie ein Mühlstein um ihren Hals. Sie spürte das Verlangen, ihn zu verbrennen. Gleichzeitig wollte sie wissen, was für eine Vorhersage sich in ihm verbarg.

»Nun, Valerie, wollen Sie das Kuvert jetzt für uns öffnen?«, fragte Reinhardt, nachdem wieder Ruhe eingekehrt war.

»Sagen *Sie* uns, was drinsteht.«

»Etwas über Ihr Leben. Und den Tod.«

Ihr Herz pochte so heftig gegen ihre Rippen, dass sie befürchtete, jeder im Saal könnte es hören.

Reinhardt riss plötzlich in einer hilflosen Geste die Arme hoch. Ein Gegenstand sauste durch die Luft, streifte Nexx und zerplatzte mit einem ekelhaften Schmatzen auf der Brust des Moderators. Die Bühne verwandelte sich in ein Schlachthaus. Der Beutel musste Schweineblut oder rote Farbe enthalten haben, denn Reinhardt sah aus, als hätte er in Blut gebadet. Valerie spürte etwas Warmes, Klebriges auf ihrem Gesicht. Nexx hatte dagegen so gut wie nichts abbekommen. Nur ein paar Spritzer klebten auf seinem Anzug und auf seinen Wangen. Es war ein Bild mit tiefem Symbolcharakter: Während die Normalsterblichen hilflos ihrem Schicksal ausgeliefert waren, beherrschte Nexx das Chaos und wehrte alle Angriffe mühelos ab.

Zwei Reihen hinter Henning hatte sich Max Troeder erhoben. Zuschauer schrien auf und wandten sich entsetzt ab.

Der alte Mann hielt eine Pistole in der Hand und zielte mit ihr auf Nexx. »Das Blut meiner Frau klebt an Ihren Händen. Jetzt will ich Ihr Blut sehen!«

Valerie wich erschrocken zurück und stolperte über ein Mikrophonkabel. Der Sturz rettete ihr das Leben. Sie prallte im Fallen gegen Nexx und riss ihn mit sich zu Boden. Ein Schuss dröhnte in ihren Ohren, etwas Heißes zupfte an ihrem Hals und erzeugte ein schmerzhaftes Brennen. Aus den Augenwinkeln sah sie Reinhardt. Er stand am hinteren Bühnenrand und fasste sich mit einem überraschten Gesichtsausdruck an die Brust. Kraftlos ließ er das Mikrophon fallen, brach in die Knie und fiel vornüber auf den Boden.

Eine Frau kreischte, ein zweiter Schuss löste sich. Valerie rollte sich von der Bühne fort in Richtung eines Vorhangs. Dicht neben ihr krachte ein Scheinwerfer auf den Boden, heiße Glassplitter bohrten sich in ihren Handrücken. Dann brach die Hölle los. Menschen schrien durcheinander und suchten Schutz. Troeder gab zwei weitere Schüsse ab, die als Querschläger durch den Saal sirrten. Ein dicker Journalist glitt getroffen von seinem Stuhl, er war tot, noch bevor er den Boden erreichte.

Die Pistole in Troeders Hand klickte trocken. Er zuckte zusammen, als ihn zwei Kugeln aus der Waffe eines Bodyguards in die Brust trafen, und brach in die Knie.

Drei Leibwächter schirmten Nexx ab, der mit einem Taschentuch die Farbspritzer auf seinem Sakko abtupfte. Er lächelte zufrieden, so als hätte er gerade das gigantischste Geschäft seines Lebens abgeschlossen. Das Blutbad rings um ihn herum schien ihn völlig kaltzulassen. Die Bodyguards drängten ihn von der Bühne und brachten ihn in Sicherheit. Valerie blickte ihm fassungslos hinterher. Wie konnte er angesichts des Chaos nur so gelassen bleiben?

Vor ihr auf dem Boden lag der dritte, noch ungeöffnete Briefumschlag. Das Siegel war unversehrt. Sie streckte den Arm danach aus, riss das Kuvert auf und entnahm ihm ein einzelnes Blatt Papier.

18. September 2016, Valerie de Crécy wird sterben

»Valerie? Valerie, bist du verletzt?« Henning beugte sich mit besorgter Miene über sie.

»Bist du okay?«, fragte sie benommen.

»Ja. Gerade kam eine Meldung über die dpa rein. Über dem Nordatlantik ist eine Alitalia-Maschine abgestürzt. Wie es aussieht, hat niemand überlebt.«

2

Du bist auf allen Kanälen!«

Henning Lehner griff nach der Fernbedienung und schaltete den Fernseher ein, der an der Wand gegenüber dem Krankenhausbett hing.

»Dank des beherzten Eingreifens der Fernsehjournalistin Valerie de Crécy entging der bekannte Hellseher Gabriel Nexx knapp einem Attentat«, berichtete ein atemloser Reporter. Szenen der mittäglichen Aufzeichnung, die niemals in voller Länge gesendet werden würde, flimmerten über den Bildschirm. Valerie konnte sehen, wie sie selbst Nexx zu Boden riss. Es sah tatsächlich so aus, als hätte sie ihm mit ihrer schnellen Reaktion das Leben gerettet.

Erschöpft ließ sie den Kopf wieder auf das Kissen sinken. Auf diese Art von Reklame hätte sie liebend gerne verzichtet. Wenn ein Klatschreporter tief genug im Dreck wühlte, würde er schnell herausfinden, dass sie für die Aktion der Aktivistengruppe mitverantwortlich war. Ohne ihre Hilfe wäre keiner von ihnen in den Saal gelangt, und es hätte kein Attentat gegeben.

»Ich habe Troeders Verbitterung unterschätzt«, sagte sie kopfschüttelnd. »Woher hatte er bloß die verdammte Pistole?«

»Die Waffe war eine alte Luger aus Wehrmachtsbeständen. Sie stammte wohl von seinem Großvater.«

»Zufälle gibt's.«

»He, du hast nur deinen Job gemacht. Keiner konnte wissen, dass Troeder vorhatte, auf Nexx zu schießen.«

Valerie verspürte dennoch ein bohrendes Schuldgefühl. Sie hatte die Geschichte akribisch recherchiert. Ulla Troeder hatte zu Nexx' Klientinnen gehört. Nach und nach war sie immer mehr von seinen Ratschlägen und Voraussagen abhängig geworden. Seine Dienste waren zudem nicht billig. Innerhalb von sechs Monaten hatte die Frau ihr gesamtes Vermögen für Nexx' esoterische Lebensberatung verschleudert. Schließlich konnte sie keinen Schritt mehr gehen, ohne Nexx zuvor zu befragen. Als ihr Mann hinter das Treiben gekommen war, hatte sie in ihrer Scham und Verzweiflung keinen anderen Ausweg mehr gesehen, als sich vor eine einfahrende S-Bahn zu werfen.

Valerie hatte sich zu sehr auf den Suizid der Frau konzentriert, wie immer in der Hoffnung auf eine knallige Enthüllungsstory. Dabei hatte sie übersehen, wie sehr deren Mann unter ihrem Freitod litt und wie viel Zorn sich in ihm aufgestaut hatte. Wenn sie sich mehr für den Berg an Problemen interessiert hätte, vor dem der Mann stand, wäre es vielleicht nie zu dem Mordanschlag gekommen. Sie hatte ihm versprochen, ein Zeichen zu setzen, und für ihn den Kontakt zu der Aktivistengruppe hergestellt. Im Gegenzug hatte er ihr den Abschiedsbrief seiner Frau überlassen, in dem diese Nexx anklagte.

»Die Polizei hat auf Troeders Computer eine Erklärung gefunden, die er mit Hilfe der Gruppe über das Internet verbreiten wollte«, sagte Henning.

»Hat er überlebt?«

»Er war sofort tot. Zwei Schüsse ins Herz.«

»Und die Aktivisten?«

»Ach die. Du hattest recht, die sind harmlos. Ab und zu planen sie Aktionen, die aber mehr der Selbstinszenierung dienen als dem Protest. Diesmal hatten sie es auf die Esoterikszene abgesehen.

Valerie blickte auf das Display ihres Smartphones. Es war kurz nach 17:00 Uhr. Der verheerende Anschlag im Ballsaal lag erst vier Stunden zurück. Die Nachricht hatte sich wie ein Buschbrand in den Medien verbreitet.

»Ich weiß nicht, was dich an diesem Bericht so begeistert«, sagte sie, »außerdem habe ich nicht eingegriffen. Ich bin gestolpert, weil ich entsetzliche Angst hatte. Troeder zielte zunächst auf mich und schoss dann auf Nexx.«

Henning grinste. »Na und? Von mir erfährt es niemand. Du bist eine Heldin, Val. *Die Aufdecker* werden weitermachen. Jacobi kann dich jetzt unmöglich feuern. Du bist so beliebt wie das Christkind, weil du das Attentat verhindert hast.«

Auch das noch. Sie hatte Nexx auseinandernehmen wollen, stattdessen hatte sie ihm das Leben gerettet.

»Wie viele Opfer hat es gegeben?«

»Drei. Björn Reinhardt, den Moderator, und den dicken Journalisten, der hinter mir saß, hat's erwischt. Und natürlich Troeder. Es grenzt an ein Wunder, dass Nexx keinen Kratzer abbekommen hat. Er scheint wirklich mit dem Teufel im Bund zu stehen.« Henning wurde ernst. »Wie geht's dir?«

»Die Ärzte sagen, ich hätte großes Glück gehabt. Die Kugel hat meinen Hals nur gestreift und die Halsschlagader knapp verfehlt. Es wird nur eine kleine Narbe zurückbleiben.«

»Gönn dir ein paar Tage Ruhe.«

»Den Teufel werde ich tun. Ich will hier raus, mir reicht's.«

»Du musst ja wissen, was du tust.« Henning schaltete den Fernseher aus. »Sag mal, was stand eigentlich in dem dritten Umschlag?«

»Irgend so ein krudes Zeug, ich hab's vergessen. Es sollte wohl eine Retourkutsche auf unsere Reportage über ihn sein.« Es sollte belanglos klingen, doch es verging keine Sekunde, in der sie sich nicht mit der geheimnisvollen Prophezeiung beschäftigte. Nexx hatte sich noch nie geirrt. Bis zum 18. September waren es noch zehn Tage. Würde sie wirklich sterben?

»Immerhin hat Nexx mit seinen ersten beiden Vorhersagen richtiggelegen. Wie konnte er nur von dem bevorstehenden Flugzeugabsturz wissen?« Henning schüttelte den Kopf. »Das ist unheimlich.«

»Wir werden schon noch hinter seinen Trick kommen.«

»Und wenn es kein Trick ist? Wenn er wirklich das zweite Gesicht hat?«

Ärgerlich schlug Valerie die Bettdecke zurück und stand auf. »Fängst du jetzt auch noch mit diesem Hokuspokus an?«

Plötzlich spürte sie, wie sehr ihr der Schock in den Knochen steckte. Der Raum drehte sich um sie herum. Sie biss die Zähne zusammen und widerstand der Versuchung, sich wieder hinzulegen.

»Auf alle Fälle hat Nexx Nerven wie Drahtseile. Er blieb völlig cool in dem Chaos«, sagte Henning.

»Kein Wunder. Er wusste, was geschehen würde.«

»Sag ich doch.«

»Hör schon mit diesem übersinnlichen Quatsch auf. Ich bin überzeugt, dass er den Anschlag auf sich selbst geplant hat.«

»Wie denn? Und warum sollte er sich absichtlich in Gefahr begeben?«

Valerie zuckte mit den Schultern, was einen neuen Schwindelanfall auslöste. »Gier nach Publicity? Geltungsdrang? Vielleicht hat er nicht geglaubt, dass es wirklich gefährlich werden könnte. Und dann ist die Sache aus dem Ruder gelaufen.«

»Na, du wirst ihn fragen können.«

»Wie meinst du das?«

»Ach ja, das Beste weißt du ja noch gar nicht. Nexx will sich persönlich bei dir bedanken. Ich musste ihm deine Handynummer geben.«

Kaum war er die Neuigkeit losgeworden, klingelte auch schon ihr Smartphone auf dem Nachttisch neben dem Bett.

»Okay, ich mach mich dann mal unsichtbar«, sagte Henning.

Valerie drückte auf den Empfangsknopf.

»Guten Tag, Frau de Crécy. Ich hoffe, ich störe nicht.«

»Nein, nein … das ist schon okay.« Valerie ließ sich auf das Bett zurücksinken. Sie fühlte sich ausgepumpt und überrumpelt.

»Wie geht es Ihnen? Ich hörte, Sie sind verletzt worden.«

Seine Stimme klang warm und freundlich. Ganz anders als in der Show. War sein Auftreten dort nur Maskerade? Eine Rolle, die er in der Öffentlichkeit spielte? Vielleicht lernte sie nun den wahren Gabriel Nexx kennen. Zum ersten Mal kam ihr der Gedanke, dass er Kontaktlinsen trug, um die unterschiedlichen Farben seiner Augen zu erzeugen. Nichts weiter als ein Bühneneffekt.

»Es geht mir gut.«

»Das freut mich zu hören. Immerhin verdanke ich Ihnen mein Leben. Wer weiß, was geschehen wäre, hätten Sie nicht so schnell reagiert.«

»Ich hatte nicht geplant, die Heldin zu spielen. Es war nicht mehr als ein unbewusster Abwehrreflex.«

»Sie sind zu bescheiden. Ich stehe tief in Ihrer Schuld. Leider hatte ich noch keine Gelegenheit, Ihnen zu danken.«

Dann wollen wir mal schauen, was wir daraus machen können, dachte sie.

»Wenn es Ihnen an irgendetwas mangelt, lassen Sie es mich wissen. Darf ich fragen, wann Sie die Klinik verlassen werden?«

»Noch heute. Außer einer Gehirnerschütterung und einem Kratzer am Hals fehlt mir nichts. Ich packe gerade meine Sachen.«

»Wie kann ich mich erkenntlich zeigen?«

»Verraten Sie mir, woher Sie wussten, dass das Flugzeug abstürzen wird.«

»In wenigen Worten kann ich das am Telefon nicht erklären. Es ist kompliziert.«

»Dann geben Sie mir ein Interview. Ich biete Ihnen eine Exklusivstory an.«

»In Ihrer Sendung kam ich bisher nicht gerade gut weg.«

»Das lässt sich ändern. Ich garantiere Ihnen eine faire Reportage. Ich gebe zu, Sie haben mich … beeindruckt.«

»Sie haben den dritten Umschlag geöffnet.«

»Ja. Ein ziemlich mieser Scherz, absolut unter Ihrem Niveau. Finden Sie nicht auch?«

»Ein Scherz? Eine interessante Vorstellung.«

Valerie widersprach ihm nicht. Wenn sie ihn jetzt vergraulte, brächte sie sich um eine einmalige Chance. »Also?«

»Passt Ihnen heute Abend?«

Sie kämpfte gegen einen neuen Schwindelanfall an.

»Ausgezeichnet. Ich muss nur noch meinen Kameramann informieren.«

»Den lassen Sie besser zu Hause.«

»Ich brauche ihn. Schließlich kann ich nicht gleichzeitig Fragen stellen und filmen.«

»Keine Kamera. Nur wir beide. Sie und ich. Hört sich das nicht nach einem romantischen Abend an?«

Valerie biss sich auf die Unterlippe. Sie würde wohl zum Schein nachgeben und nach seinen Regeln spielen müssen. Henning musste sich etwas einfallen lassen.

»In Ordnung.«

»Ich lasse Sie gegen 20:00 Uhr abholen. Mein Fahrer bringt Sie nach Marienburg, in mein bescheidenes Domizil im Kölner Süden.« Er legte auf.

Valerie fuhr sich mit der Hand über die Augen. Trotz der Schmerzmittel hatte sie leichte Kopfschmerzen. Sie fühlte sich zittrig und unkonzentriert. Nicht gerade ideale Voraussetzungen für ein wichtiges Interview. Doch sie musste die Sache irgendwie durchstehen, eine solche Gelegenheit kam so schnell nicht wieder. Außerdem war Nexx ihr eine Erklärung schuldig. Wenn er wirklich so gut war, wie er behauptete, musste er wissen, was am 18. September geschehen würde.

Die gruselige Todesprophezeiung war also kein Scherz von ihm gewesen. Vielleicht war sie nichts weiter als ein Köder. Nun, er sollte sich täuschen. So leicht würde sie nicht anbeißen.

Es war jetzt 17:20 Uhr. Es blieb ihr noch Zeit genug, um nach Hause zu fahren, sich ein bisschen frisch zu machen und einen Schlachtplan auszuarbeiten. Und dabei würde ihr Henning helfen.

Sein Talent, sich unsichtbar zu machen, war genau das, was sie jetzt brauchte. Wenn sie nur im Besitz der Informationen wäre, die Tommy ihr versprochen hatte. Noch einmal versuchte sie, ihn zu erreichen, aber er blieb wie vom Erdboden verschluckt.

Valerie ging auf wackeligen Beinen zum Kleiderschrank und warf ihre Sachen auf das Bett. Ihre Gedanken kreisten um das bevorstehende Interview. Sie würde Nexx mit dem Brief von Ulla Troeder konfrontieren und nicht lockerlassen, bis sie eine Antwort bekam, die sie zufriedenstellte. Sie suchte in den Taschen ihres Blazers danach, fand ihn aber nicht. Rasch durchwühlte sie ihre Handtasche und die anderen Kleidungsstücke. Aber der Abschiedsbrief blieb verschwunden.

3

Das gefällt mir nicht.« Henning lief unruhig auf und ab.

»Das sagst du jedes Mal. Aber ich bin keine Zeitungsreporterin, sondern moderiere eine investigative Fernsehsendung. Ein Interview ohne Bild und Ton nützt mir nichts. Bleib in der Nähe und versuche, etwas aufzuschnappen. Network-TV stellt dir eine bessere Ausrüstung zur Verfügung als die NSA ihren Agenten. Ich werde Nexx nach draußen locken. Dann wird es für dich einfacher, ihn vor die Kamera zu bekommen.«

Henning fingerte nervös an einem Objektiv herum. »Du musst ja wissen, was du tust.«

»Das weiß ich auch. Was ist eigentlich los mit dir? Wir machen so etwas doch nicht zum ersten Mal.«

Ungeduldig blickte Valerie durch die zimmerhohe Glasfront ihres Lofts im Kölner Norden. Ein schwarzer Jaguar kroch die Straße entlang und hielt vor dem Haus. Nexx hatte nicht zu viel versprochen.

Ein schneidiger Chauffeur stieg aus dem Wagen aus und ging auf die Eingangstür zu. Er trug eine elegante Phantasieuniform und hielt sich so gerade, als hätte er einen Stock verschluckt.

»Mit Nexx stimmt etwas nicht. Er ist böse«, beharrte Henning.

»Buh-uh!«, machte Valerie. »Er sperrt kleine Mädchen in seinem Keller ein und saugt ihnen das Blut aus den Adern. Und wenn er satt ist, schläft er in einem Sarg bis zum Sonnenuntergang.«

»Mach dich ruhig lustig über mich. Aber es gibt Gerüchte über ihn. Wenn er nicht bekommt, was er will, soll er brutal und niederträchtig reagieren.«

»Na und? Das ist ein Wesenszug vieler erfolgreicher Männer. Einer Studie zufolge sind achtzig Prozent der Topmanager Psychopathen. Außerdem ist das alles nur Gerede. Niemand weiß wirklich etwas über sein Privatleben, und genau deshalb will ich dieses Interview machen.«

»Ja, schon gut. Aber pass auf dich auf, Valerie.«

»Fahr uns hinterher, aber halte Abstand.« Sie schnappte sich ihre Handtasche, überprüfte noch einmal den Ladezustand ihres Handy-Akkus und schob Henning aus der Wohnung. »Und hör mit deiner Unkerei auf.«

Zwanzig Minuten später rollte der Jaguar durch eine Allee im Kölner Villenviertel Marienburg. Ein privater Sicherheitsdienst kontrollierte das Viertel, das zum Stadtbezirk Rodenkirchen gehörte. Nirgendwo sonst in der Domstadt war mehr Reichtum konzentriert als in dieser Gegend. Häuser aus der Gründerzeit und Villen mit parkähnlichen Gartenanlagen säumten die Straßen. Valerie stellte beeindruckt fest, dass Gabriel Nexx mit seiner angeblichen Gabe, die Zukunft vorhersagen zu können, ein Vermögen angehäuft haben musste.

Der Wagen stoppte vor einem schmiedeeisernen Gittertor. Sie erhaschte einen Blick auf eine wuchtige alte Villa aus roten und gelben

Ziegeln. Das Haus war sorgfältig renoviert worden und erstrahlte in seiner ursprünglichen Farbenpracht.

Der Chauffeur tippte einen Code in ein Bedienfeld des Armaturenbretts ein. Das Tor schwang auf, und der Jaguar setzte sich behäbig in Bewegung. Sie durchquerten einen Park, der inmitten der hektischen Großstadt wie ein verwunschener Ort wirkte. Ausladende Ulmen und Kastanien umgrenzten eine Rasenfläche mit Teichen, Wasserspielen und verwitterten Marmorstatuen. Exotische Pflanzen mit üppigen Blüten wuchsen in ausgedehnten Rabatten. Der Wagen hielt vor einer Freitreppe, die zum Haus hinaufführte.

Nachdem der Chauffeur Valerie galant die Tür geöffnet hatte, entfernte er sich mit seiner Luxuskarosse fast geräuschlos.

Nexx erwartete sie am oberen Ende der Steintreppe. Zwei große schwarze Hunde, die sie als Dobermänner identifizierte, flankierten ihn wie Statuen aus schwarzem Glas. Valerie fühlte sich in ein früheres Zeitalter zurückversetzt, in dem sich niemand über Magie und Seher wunderte oder über Dämonen, die in Hundekörper schlüpften.

Immerhin musste sie zugeben, dass Nexx Stil besaß, auch wenn er seinen Reichtum nach ihrem Geschmack eine Spur zu protzig zur Schau stellte. In seinem anthrazitfarbenen Businessanzug und dem blütenweißen Hemd sah er umwerfend aus. Blass und unterkühlt wie ein britischer Lord, aber zugleich geheimnisumwittert und interessant. Wenn das Drama, das sich heute abgespielt hatte, Spuren bei ihm hinterlassen hatte, ließ er sich nach außen hin jedenfalls nichts anmerken.

»Kommen Sie nur herauf. Isis und Anubis freuen sich, Ihre Bekanntschaft zu machen.«

Als sie vor ihm stand, neigte er sich unmerklich nach vorn und deutete einen Handkuss an. Die Hunde rührten sich nicht vom Fleck, nur ihre Blicke verfolgten wachsam jede ihrer Bewegungen. Auf ein Zeichen von Nexx hin erwachten sie zum Leben. Mit unterdrückter Neugierde näherten sie sich ihr und warteten unterwürfig auf Zuwendung. Valerie streichelte sie vorsichtig.

Der Septemberabend war ungewöhnlich warm. Nexx führte sie zu einem Sitzplatz auf der weitläufigen Terrasse, wo ein Baldachin Tisch und Stühle aus rotem Tropenholz überspannte. Von hier oben genoss man einen traumhaften Blick auf den Park. Der Lärm der hektischen Großstadt sank zu einem leisen Flüstern herab. Es kam ihr vor, als schirme eine gläserne Glocke die Terrasse und den Garten vom Rest der Welt ab.

Nexx erwies sich als charmanter Gastgeber. Zwei geschäftige Kellner flitzten zwischen Haus und Terrasse hin und her und lasen ihr jeden Wunsch von den Augen ab. Zwischen Hummercremesuppe, gegrilltem Lammfilet und einem luftigen Zitronensorbet fragte sie sich, ob sie vielleicht ein völlig falsches Bild von Nexx hatte – ein Bild, das die Medien allein anhand seiner Auftritte gezeichnet hatten, ohne ihn überhaupt zu kennen.

»Ich danke Ihnen für die Einladung und das vorzügliche Essen«, sagte sie.

Er neigte leicht den Kopf. »Ich war es Ihnen schuldig. Ich schätze, es steht auch noch die Erfüllung Ihres Herzenswunsches aus.«

»Sie stehen also zu Ihrem Wort?«

»Sie können mich fragen, was Sie möchten. Ich werde mich bemühen, Ihnen so umfassend wie möglich zu antworten.«

Valerie legte ihr Smartphone auf den Tisch. »Stört es Sie, wenn ich das Gespräch aufzeichne?«

»Nein. Benutzen Sie Ihr Spielzeug ruhig.«

»Nexx … ist das Ihr Künstlername? Wenn ja, hat er eine verborgene Bedeutung, oder ist er nur ein Wortspiel?«

Er lächelte geheimnisvoll, antwortete aber nicht.

»Okay, nächste Frage. Werden Sie mir verraten, wie Sie das gemacht haben?«

»Ich verstehe nicht ganz.«

»Woher wussten Sie, wo die Polizei die Leiche des Mädchens finden würde? Wie konnten Sie auf den Tag genau ein Flugzeugunglück vorhersehen?«

»Nun, ich deutete bereits an, dass ich über eine Gabe verfüge, die …«

»Ich kann verstehen, dass Sie das Geheimnis, wie Sie zu diesem Wissen gelangt sind, nicht in die Welt hinausposaunen wollen. Schließlich ist es Ihr Beruf, den Leuten etwas vorzumachen.« Sie blickte sich um. Die Sonne war bereits untergegangen, und der Park versank rasch in der Dämmerung. »Und Sie leben nicht schlecht davon.«

Nexx deutete ein Nicken an.

»Verraten Sie mir, wie Sie es angestellt haben. Ich verspreche Ihnen auch zu schweigen.«

»Eine engagierte Journalistin, die schweigt?«

Sie schaltete demonstrativ ihr Handy aus. »Die soll es geben. Sie haben mein Wort. Aber ich will es wissen, denn ich bin nun mal leidenschaftlich neugierig.«

Nexx ließ seine Blicke über den schattigen Park schweifen. Valerie kam es so vor, als ob er Hennings Versteck auf der Mauerkrone eine Spur zu lange ins Visier fasste. Er hatte für seinen Beobachtungsposten eine Stelle ausgesucht, die von den Zweigen einer mächtigen Platane gut geschützt war. Die Aufnahmefunktion ihres Smartphones auszuschalten war nur ein Trick gewesen, um Nexx in Sicherheit zu wiegen. Hennings elektronische Augen und Ohren würden ohnehin jedes Hüsteln aufzeichnen. Manchmal war ihr Geschäft verdammt schmutzig, aber so lief das nun einmal. Schon vor ein paar Jahren war sie zu einer Art Berufspragmatismus übergegangen. Sie hatte über entsetzliche menschliche Schicksale berichtet und sich dabei viel zu oft wie ein Chirurg gefühlt, der einem Todkranken nicht mehr helfen kann. Im Lauf der Jahre hatte sie auf die harte Tour lernen müssen, Beruf und Gefühle voneinander zu trennen, um nicht kaputtzugehen.

»Es ist das Feld«, sagte Nexx.

»Das Feld?«, fragte Valerie irritiert.

»Ich nenne es so. Es ist die passende Beschreibung dafür. Wenn es sich im Einklang mit dem Lauf der Welt befindet, heben sich die Schwingungen gegenseitig auf, und ich spüre es nicht. Aber wenn Dissonanzen auftreten, Störungen und Missklänge, kann ich sie fühlen. Man sagt, Krankheit sei die Abwesenheit von Gesundheit. Seinen gesunden Körper nimmt ein Mensch nicht wahr. Erst wenn sich Schmerzen oder Unwohlsein bemerkbar machen, spürt er, dass etwas aus dem Gleichgewicht geraten ist.«

»Sie wollen mir ernsthaft erklären, Sie hätten eine geistige Verbindung zu einer Art … kosmischem Energiefeld?«

»Es ist nur eine vage Beschreibung. Ich kann es Ihnen nicht besser vermitteln und Ihnen auch keine andere Antwort geben. Welche Erkenntnis hatten Sie sich denn erhofft? Dass ich ein Betrüger bin? Wie hätte ich wissen können, dass heute zweihundertdreiundzwanzig Menschen ums Leben kommen?«

»Ich weiß es nicht. Sicher nicht, indem Sie sich in Trance versetzen und Ihr Gehirn in den Kosmos einstöpseln.«

Nexx lachte leise. »Ein guter Vergleich. Er kommt der Wahrheit ziemlich nahe.«

»Seit wann besitzen Sie denn diese phantastische Gabe?«

»Ich hatte als Kind ein sehr einschneidendes Erlebnis. Nach einem Unfall war ich fast zwanzig Minuten klinisch tot. Ich habe sozusagen die andere Seite betreten. Nach meiner Rückkehr war nichts mehr wie zuvor.«

»Vielleicht wussten Sie ja, wo die Leiche des Mädchens zu finden war, weil Sie sie selbst dort versteckt haben.«

»Und stoße die Polizei durch meine Vorhersage mit der Nase auf ein Verbrechen, das ich selbst begangen habe? Das hört sich nicht sehr logisch an.«

»Es klingt zumindest überzeugender als der Unsinn mit dem

Feld. Die meisten Mörder werden von ihren Taten so stark belastet, dass sie sich früher oder später stellen. Vielleicht drängte Ihr Unterbewusstsein Sie dazu.«

Nexx schüttelte lachend den Kopf. »Sie haben eine blühende Phantasie, Valerie. Sie sollten Romane schreiben. Aber das tun Sie ja bereits, nicht wahr?«

Sie schwieg verblüfft. Wie konnte er davon wissen? Hatte er bewusst darauf angespielt? Das Schreiben von Kinderbüchern war eine Leidenschaft von ihr, von der niemand etwas ahnte. Bisher hatte sie noch nicht den Mut gefunden, eines ihrer Manuskripte bei einem Verlag einzureichen. Sie versuchte, sich zu entspannen. Wahrscheinlich hatte er nur geraten und zufällig einen Treffer gelandet.

Nexx legte die Fingerspitzen aneinander. »Manchmal begegne ich Menschen, die aus irgendeinem Grund eine besondere Bedeutung für das Feld zu haben scheinen. Es ist, als ob ich träume. Das Feld zeigt mir Bilderfetzen und unzusammenhängende Informationen und überlässt es mir, aus dieser Collage die Schicksale einzelner Menschen herauszulesen. Ich kann es nicht steuern. Jedenfalls nicht in jedem Fall. Glauben Sie mir, diese Gabe ist nicht nur ein Segen, sondern auch ein Fluch.«

»Und was erzählt Ihnen das Feld über mich? Dass ich am 18. September sterben werde?«

Ärger stieg in Valerie auf. Sie war gekommen, um die Wahrheit zu erfahren. Stattdessen langweilte sie dieser aufgeblasene Schwindler mit eitlem Geschwätz. Sie glaubte keine Sekunde an die Existenz dieses ominösen Felds. Es war nichts weiter als eine Geschichte, um sie zu beeindrucken. Genauso gut hätte er ihr etwas von der Stimme Jesu oder von Außerirdischen erzählen können, die ihn vor dem Untergang der Menschheit warnten.

Trotzdem erwartete sie seine Antwort mit unterschwelliger Furcht. Kein Mensch konnte sich ganz von Aberglauben und Ahnungen befreien.

»Das Feld offenbart mir viele Informationen über Ihre Seele, über Ihr ganzes Selbst. Vergangenheit, Gegenwart und Zukunft. Sie müssen verstehen, dass nicht ich es bin, der Sie ausgewählt hat. Nennen Sie es Vorsehung, wenn Sie so wollen. Manchmal ist ein Tod, den ich voraussehe, auch symbolischer Natur, und es kommt zu einem Neuanfang, nachdem der Betreffende eine seelische Metamorphose durchlaufen hat. Aber in einigen Fällen stirbt die betroffene Person tatsächlich.«

»Wenn Sie behaupten, Sie könnten die Zukunft sehen, dann können Sie den Lauf der Dinge auch ändern.«

»Ich versuche es, denn ich kann mich nicht damit abfinden, dass unser Schicksal unabänderlich sein soll. Oftmals entscheidet jedoch nur ein einzelner spontaner Gedanke über Leben und Tod. Wir wissen nicht, welcher Aspekt die Weichen stellt. Ich habe die Fluggesellschaft vor dem Unglück gewarnt, aber es war zu erwarten, dass die dort Verantwortlichen einem Hellseher keinen Glauben schenken. Vielleicht hätte ich anders vorgehen müssen. Allerdings weiß ich nicht, wie.«

Valerie lehnte sich zurück und studierte seine ungewöhnlichen, heterochromen Augen.

»Ich glaube kein Wort von dem, was Sie sagen. Mit Ihrer Ankündigung meines vermeintlichen Todeszeitpunkts wollen Sie doch nur meine Angst schüren, bis ich kopflos vor einen Bus laufe. Anschließend können Sie behaupten, dass Sie es haben kommen sehen. Ein ausgesprochen billiger Trick, finden Sie nicht?«

»Denken Sie daran, aus welchem Grund ich die drei Prophezeiungen nicht öffentlich verkündet habe: gerade weil ich eine gegenseitige Einflussnahme verhindern wollte. Außerdem würde ich mir niemals erlauben, mit Ihrem Leben zu spielen, Valerie. Dazu schätze ich Sie zu sehr.«

»Okay. Dann werde ich den 18. September im Bett verbringen und warten, bis der Tag vorüber ist.«

»Ich weiß nicht, ob das eine kluge Entscheidung ist. Aber vielleicht ist es die richtige.«

Sie schüttelte ungläubig den Kopf. »Sie meinen das wirklich ernst.«

»Mit dem Tod treibt man keine Scherze.«

»Okay. Ich muss meinen Zuschauern eine abgefahrene Geschichte präsentieren, denn das lieben die Leute. Aber das krude Zeug mit dem Feld kann ich nicht bringen. Mein Boss wird mich für verrückt erklären und mich mit der Empfehlung rauswerfen, mein Glück bei einem Esoterikkanal zu versuchen. Also schlage ich vor, Sie verraten mir zumindest einige Häppchen davon, wie Sie wirklich arbeiten?«

»Ich dachte, das hätte ich bereits deutlich gemacht.«

Valerie seufzte. »So läuft das nicht. Wenn Sie mir nichts Brauchbares erzählen, muss ich mir irgendeinen Blödsinn aus den Fingern saugen. Und das wird für uns beide nicht sehr angenehm werden.«

»Dann werde ich Sie wohl überzeugen müssen.«

»Na endlich. Das sehe ich auch so.«

Ein Windstoß fuhr durch die Blätter der Bäume im Park. Bis auf die indirekte Beleuchtung eines kunstvoll angelegten Springbrunnens und vereinzelter Solarleuchten im Boden herrschte inzwischen Halbdunkel. Nach der ungewöhnlichen Hitze des Tages war der Abend noch immer schwülwarm und drückend. Über den Horizont im Westen flackerte ein Wetterleuchten.

»Es wird ein Gewitter geben. Wir sollten unsere Unterhaltung besser im Salon fortsetzen«, sagte Nexx.

»Wollen Sie dort eine private Show für mich abziehen?«

»Es liegt mir viel daran, dass Sie mir glauben, Valerie. Ich würde es bedauern, an Ihrem Grab stehen zu müssen.«

»Werden Sie nicht theatralisch.«

Er stand auf. »Kommen Sie mit ins Haus. Und rufen Sie Ihren Kameramann an. Die Umgrenzungsmauer des Parks ist brüchig und mit schlüpfrigen Moosen überwuchert. Wenn es zu regnen beginnt, könnte er herabfallen und sich den Hals brechen.«

Valerie folgte ihm in die Eingangshalle. »Sie wussten die ganze Zeit, dass er auf der Lauer liegt.«

»Aber natürlich.«

»Wie haben Sie das herausgefunden?«

Nexx lachte. »Dazu bedurfte es keiner übernatürlichen Kräfte. Mein Leibwächter hat mich darüber informiert. Ich bat ihn, nichts zu unternehmen. Sie wollen eine Story und setzen dafür alle Mittel ein, die Ihnen zur Verfügung stehen. Das ist verständlich. Mir ist das außergewöhnliche Talent Ihres Kameramannes, sich unsichtbar zu machen, bekannt. Diesmal hat es allerdings nicht funktioniert.«

Er führte sie in ein Zimmer im Erdgeschoss. Getäfelte Wände, Bücherregale aus dunkelrotem Holz und ein wuchtiger antiker Schreibtisch beherrschten den Raum. Nexx schaltete eine Tiffany-Lampe auf der Tischplatte an. Die alten Möbel leuchteten in warmen Brauntönen. In der Ferne rumpelte ein erstes Donnergrollen.

Er deutete auf eine Sitzgruppe aus schwarzem Leder. Nehmen Sie doch Platz. Ich bin sofort bei Ihnen.«

Ein Kellner erschien lautlos und stellte ein Tablett mit zwei Gläsern auf das Beistelltischchen vor Valerie ab, in denen eine rubinrote Flüssigkeit schimmerte.

Nexx kehrte zurück. »Entspannen Sie sich, Valerie. Kosten Sie den Wein. Er ist vorzüglich.«

Beiläufig klappte er einen Laptop zu, der auf dem Schreibtisch stand, und setzte sich ihr gegenüber in einen Sessel.

»Ich brauche einen persönlichen Gegenstand von Ihnen; etwas, mit dem intensive Erinnerungen und Erfahrungen verbunden sind.«

»Wie ich schon sagte, ich glaube nicht an diesen Hokuspokus.«

»Geben Sie mir eine Chance.«

»Wenn Sie sich unbedingt blamieren wollen.« Sie überlegte einen Augenblick und entschied sich dann für das Medaillon, das sie seit vielen Jahren trug. Es enthielt das Bruchstück einer Muschel, die sie am Strand in der Bretagne gefunden hatte, wo sie die glücklichste Zeit ihres Lebens verbracht hatte.

Nexx ließ das Medaillon in seiner Faust verschwinden und schloss die Augen. Sie beobachtete ihn konzentriert. Sollte er einen Trick anwenden, würde sie ihn vermutlich nicht erkennen. Nicht einmal James Randi war bisher hinter seine Arbeitsweise gekommen.

Nexx' Atemfrequenz beschleunigte sich. Valerie hielt seine Reaktion für reine Show und trank einen Schluck Wein. Nexx hatte nicht zu viel versprochen. Er war ausgesprochen gut.

»Was erzählt Ihnen das Feld über mich?«, fragte sie spöttisch. »Fragen Sie es doch mal nach den Lottozahlen von nächster Woche. Die würden mich brennend interessieren.«

Er öffnete die Augen und verzog die Lippen zu einem feinen Lächeln. »Ich unterhalte mich gerade mit Mister Smoothie. Er weiß eine Menge über Sie zu berichten.«

Valerie stieß einen leisen Schrei aus. Das halbvolle Glas entglitt ihren Fingern und zerbrach auf dem Holzparkett. Der Rotwein ergoss sich über die Dielen wie Blut.

»Woher …?« Der Rest ihrer Frage blieb ihr in der Kehle stecken.

»Er hat lange nichts von Ihnen gehört. Er möchte wissen, ob Sie einen neuen Beschützer gefunden haben.«

Valerie war von der Couch aufgesprungen und wich vor ihm zurück. »Das … das ist unmöglich. Niemand weiß von Mister Smoothie.«

»Richtig. Außer Ihnen.«

Bilder tauchten auf, lange vergessen und verdrängt – die düsteren Gänge des Schlosses in der Bretagne, in dem sie ihre Kindheit verbracht hatte … Jérôme, der Butler mit den kalten Händen.

»Mister Smoothie fragt, ob Sie sich an Jérôme erinnern.«

»Okay, das reicht. Ich weiß nicht, wie Sie an diese Informationen gelangt sind. Aber mein Leben geht Sie nicht das Geringste an, weder die Vergangenheit noch die Zukunft. Und die Gegenwart schon gar nicht.«

Bislang hatten die Dobermänner still und nahezu unsichtbar neben dem Schreibtisch gelegen. Nun setzten sie sich auf die Hinterbeine und beobachteten die Szene wachsam.

»Sie baten mich darum, Ihnen einen Beweis meiner Fähigkeiten zu liefern.«

»Ich habe Sie um gar nichts gebeten. Geben Sie mir das Medaillon zurück.«

Er öffnete seine Faust. Sie schnappte so hastig nach dem Schmuckstück, dass sie es von seiner Handfläche wischte. Nexx bückte sich danach und reichte es ihr.

»Vielleicht kann Mister Smoothie den Verlauf des 18. September ändern, Valerie. Er ist eine interessante Persönlichkeit.«

»Halten Sie den Mund! Sie wissen überhaupt nichts.«

»Sie brauchen sich nicht zu schämen. Viele Kinder sehen imaginäre Freunde. Wachsen sie heran, verabschieden sich die nützlichen Geister und verschwinden. Die Erwachsenen wollen nicht mehr an sie erinnert werden. Aber das heißt nicht, dass Ihr unsichtbarer Mister Smoothie nicht mehr existiert.«

»Was glauben Sie damit zu erreichen? Sie können mich nicht manipulieren und abhängig von Ihrem Geschwätz machen wie Ulla Troeder.«

In der Täfelung öffnete sich eine Schiebetür. Einer der Diener, der ihnen das Essen serviert hatte, wartete darauf, dass Nexx ihm seine Aufmerksamkeit zuwandte.

»Ja?«

»Es ist 22:30 Uhr.«

»Ich komme«, antwortete Nexx und wandte sich wieder Valerie zu. »Entschuldigen Sie mich. Eine Angelegenheit von großer Dringlichkeit, die sich leider nicht aufschieben lässt. Ich muss eine Entscheidung treffen. Es dauert nur eine Sekunde.«

Nexx verschwand durch die Schiebetür. Seine ergebenen Hunde folgten ihm lautlos. Der Diener zog die Tür hinter ihnen zu.

Valerie blieb alleine zurück. Nexx hatte sie manipuliert und beeinflusst. Jeder Bühnenmagier könnte ihr den Trick wahrscheinlich erklären. Wahrsager benutzten Psychotechniken wie das Cold Reading, mit dem sie ihre Opfer dazu brachten, mehr von sich preiszugeben, als sie selbst bemerkten. Vor einem Jahr hatte sie eine Reportage darüber gedreht. Es war verblüffend, mit welch einfachen Methoden man Menschen beeinflussen konnte. Zugegeben, Nexx war ein Meister seines Fachs, aber dennoch nichts weiter als ein Schwindler und Betrüger. Ein allwissendes Feld, das Auserwählte wie er anzapfen konnten, existierte nicht.

Langsam ebbte ihre Wut ab. Neugierig näherte sie sich dem Schreibtisch. Der massive Tisch aus schwarz gebeiztem Holz schien mit dem Haus verwachsen zu sein. Im krassen Gegensatz zu seinem Alter befand sich eine Ansammlung modernster Technik auf ihm: ein Laptop, eine Telefonanlage und zwei Tablet-PCs.

Sie konnte der Versuchung nicht widerstehen, klappte den Computer auf und drückte die Leertaste. Der Bildschirm leuchtete auf und bot eine Reihe von Menüs an. Nexx musste noch kurz vor ihrem Eintreffen gearbeitet und sich nicht mehr die Mühe gemacht haben, den Computer auszuschalten. Ohne ein Passwort eingeben zu müssen, stöberte sie in seinen Mails und den zuletzt geöffneten Dateien herum. Dabei stieß sie auf mehrere Protokolle, die ihr Rätsel aufgaben. Die Tabellen wiesen jeweils eine Zeitschiene auf, die über vierundzwanzig Stunden reichte. Daneben gab es einen Reiter für Aktivitäten, für die entsprechende Intervalle angezeigt wurden. Eine angehängte Datei enthielt eine Fülle von Informationen, die in unterschiedliche Kategorien eingeteilt waren. Es gab Spalten mit Überschriften wie »Soziologische und biometrische Daten«, »Psychoanalyse« und »Wahrscheinlichkeit«. Jedes Protokoll war mit einem Namen und weiteren Angaben versehen. Sie fand Dutzende von diesen Protokollen, und alle wiesen eine sonderbare Gemeinsamkeit auf: Sie waren in die Zukunft datiert, teilweise um wenige Stunden, andere um mehrere Tage oder gar Wochen.

Valerie lauschte mit angehaltenem Atem. Das Echo von Nexx' Stimme hallte durch die Eingangshalle, er telefonierte noch immer. Rasch überflog sie die Icons auf dem Desktop. Nexx benutzte das handelsübliche Programm Outlook, um seine Mails zu verschicken. Sie öffnete es, hängte ausgewählte Dateien an und schickte die Daten an ihr Smartphone. Danach löschte sie die versendete Nachricht.

Zufrieden blickte sie sich in dem getäfelten Raum um, der wohl als Arbeitszimmer und Bibliothek diente. Angeblich besaß Nexx mehrere Wohnsitze und hielt sich nur selten in Köln auf. Durch eine doppelflügelige Tür gelangte sie in ein Zimmer mit einem gemauerten Kamin. Breite Fenstertüren gingen auf die Terrasse hinaus. Die Zimmertür zum Korridor stand offen.

Valerie ging umher und strich mit den Fingern über den steinernen Sims des Kamins. Was sie dann erblickte, hielt sie zunächst für ein Trugbild, hervorgerufen von ihrer Gehirnerschütterung und den starken Schmerzmitteln, unter denen sie stand. Auf dem Sims standen mehrere gerahmte Fotografien – Gabriel Nexx an Bord einer Segeljacht und bei einem offiziellen Empfang oder Fest. Ein weiteres Bild zeigte ihn vor einem steinernen Torbogen, der von üppig blühenden Rosen überwuchert war. Neben ihm stand eine Frau mit kastanienbraunem Haar und meergrünen Augen. Sie trug ein schneeweißes Hochzeitskleid und hielt einen Brautstrauß in den Händen. In den vergoldeten Bilderrahmen war ein Datum eingraviert, das weit in der Zukunft lag: der 20. März 2017.

Auch auf den anderen Fotografien war Nexx mit derselben Frau zu sehen. Die Frau war sie selbst. Valerie de Crécy.

4

Die Bilder waren zweifellos hervorragend gemachte Fotomontagen und weckten eine vergessene Angst in Valerie. Die Wunde, die ihr vor vielen Jahren zugefügt worden war, war zwar schon lange verheilt, aber die Narbe begann wieder zu brennen, als sie die Aufnahmen betrachtete.

Das Foto von ihr und Nexx vor dem von Rosen überwachsenen Torbogen übte einen lähmenden Zauber auf sie aus. Es befahl ihr, davonzulaufen und sich zu verstecken, so wie das kleine Mädchen vor dem schweigsamen Butler Jérôme geflohen war, dessen kalte Finger einen Weg unter ihr Nachthemd suchten.

Auf dem Bild hatte Nexx besitzergreifend seinen Arm um ihre Taille gelegt. Wer es betrachtete, musste davon ausgehen, dass sie ein glückliches Paar waren. Nein. Dass sie ein Paar sein *würden*. Das eingravierte Datum lag ein halbes Jahr in der Zukunft.

Doch wozu diente diese verlogene Zurschaustellung? Glaubte Nexx etwa, auf diese kranke Weise Macht über sie zu erlangen, so als hätte er ihren Namen in eine Voodoo-Puppe eingeritzt? Oder waren die Montagen eine Art Fetisch für ihn? Valerie wandte sich angeekelt ab. Sie fühlte sich beschmutzt, als ein Objekt von Nexx' Begierde.

Schritte näherten sich.

»Entschuldigen Sie die Störung, aber manche geschäftlichen Entscheidungen lassen sich einfach nicht aufschieben.«

In einer Mischung aus Wut und Angst fuhr sie herum. »Sie scheinen einen krankhaft makabren Sinn für Humor zu besitzen.«

Unbeeindruckt von ihrem Gefühlsausbruch trat Nexx zu ihr vor den Kamin. »Gefallen sie Ihnen?«

»Was soll dieser Unsinn? Wem, außer Ihnen selbst, wollen Sie damit weismachen, wir wären ein Paar? Sie machen sich lächerlich.«

»Aber so ist es doch, Valerie. Oder vielmehr … so wird es sein.«

Sie starrte ihn an, als hätte er den Verstand verloren. »Ich glaube, es ist besser, wenn ich jetzt gehe.« Sie drängte sich an ihm vorbei und ging in den Korridor hinaus.

»Es ist die Zukunft, die Sie sehen!«, rief Nexx ihr hinterher.

»Sie sind ja völlig übergeschnappt. Wollen Sie etwa behaupten, Sie wären mal gerade eben durch die Zeit gereist, um ein paar Schnappschüsse unseres Ehelebens zu schießen?« Valerie blickte sich suchend um. »Wo haben Sie denn Ihre Zeitmaschine versteckt? Steht der DeLorean in der Garage?«

Nexx lächelte entschuldigend. »Nun, ich wollte dich langsam darauf vorbereiten, Valerie«, ging er unvermittelt zum Du über. »Ich gebe zu, ich hatte nicht geplant, dass du die Bilder schon jetzt siehst. Du wirst ein wenig Zeit brauchen, um dich an alles zu gewöhnen. Es ist mein Fehler. Manchmal eile ich mit so schnellen Schritten voraus, dass mir andere nicht folgen können.«

»An alles zu gewöhnen? Dann sind Sie ein noch größerer Spinner, als ich dachte. Sie wollen die Zukunft kennen und können noch nicht einmal die nächsten paar Minuten vorhersehen. Sonst hätten Sie wissen müssen, dass ich die Fotografien entdecke. Aber das konnten Sie nicht. Sind Sie wirklich so borniert und selbstgefällig, anzunehmen, ich würde auf diese plumpe Anmache hereinfallen?«

Sie schlug sich gespielt mit der flachen Hand vor die Stirn. »Ach ja, jetzt verstehe sich. Sie weissagen mir den Zeitpunkt meines Todes, um dann als mein übersinnlicher Retter und Held aufzutreten. Denn nur wenn ich Sie heirate, wird alles ganz anders kommen, nicht wahr? Hat Ihnen das auch Ihr idiotisches Feld eingeflüstert?«

»Mach dich mit der Vorstellung vertraut, meine Frau zu werden, Valerie. Dieser Weg ist dir vorherbestimmt. Verlässt du diesen Pfad … wirst du sterben. Sehr bald schon.«

»Sie sind krank. Nun, zumindest haben Sie ja das nötige Kleingeld, um einen guten Psychiater zu bezahlen. Sie sollten ihn möglichst bald aufsuchen, sonst wird man Sie in die Klapsmühle stecken.«

»Du *wirst* mich heiraten, Valerie.«

»Eher gehe ich mit Ihren unheimlichen Kötern ins Bett.«

Valerie drehte sich um und durchquerte die Eingangshalle. Sie ertappte sich dabei, dass sie rannte, und zwang sich, ihren Schritt zu verlangsamen. Nexx sollte auf keinen Fall denken, dass sie Angst vor ihm hatte.

Henning hatte mit seinen düsteren Ahnungen richtiggelegen. Nexx war ein Psychopath. Wer konnte schon wissen, was in seinem kranken Hirn vorging? Ihre brüske Ablehnung war vielleicht der Auslöser, ihn vollends durchdrehen zu lassen.

Die Solarleuchten im Park malten kreisrunde, silbrig schimmernde Flecken in die Dunkelheit. Die Dämmerung war inzwischen tiefschwarzer Nacht gewichen. Valerie wandte sich nach rechts und lief auf das Tor am Ende der Auffahrt zu. Ihre hastigen Schritte erzeugten hohle Echos auf dem Pflaster. Eine mit einem Bewegungsmelder ausgestattete Leuchte sprang an und blendete sie. Valerie schirmte die Augen vor dem grellen Lichtschein ab und trat aus dem Erfassungsbereich der Lampe.

Eine Windbö strich von Süden her durch den Park. Die Zweige der Lorbeerbüsche, die den Weg säumten, zitterten und knackten, begleitet von einem fast unhörbaren Hecheln. Das Geräusch scharfer Krallen, die über Beton und Pflastersteine kratzten, drang an ihr Ohr. Hatte Nexx ihr seine Hunde auf den Hals gehetzt? Nein, er würde wohl kaum einen Mord in seinem eigenen Garten riskieren.

Das Wogen der Äste und Blätter verstärkte sich und verfolgte sie wie eine unsichtbare Springflut. Aus der Schwärze des Buschwerks drang ein warnendes Knurren.

Sie drehte sich um und lief weiter auf das Tor zu. Zwanzig Meter davor tauchten die Dobermänner plötzlich aus dem Unterholz auf und blockierten die Zufahrt. Ihre keilförmigen Schnauzen zuckten erregt.

Valerie blieb stehen und suchte nach einem Fluchtweg. Links von ihr führte ein Kiesweg tiefer in den Park hinein. Ein normaler Mensch würde es nicht wagen, die Hunde auf sie zu hetzen. Aber konnte sie Nexx nach normalen Maßstäben messen? Nicht nach dem, was sie soeben erlebt hatte. Hinter der Maske des charmanten Gastgebers steckte ein Raubtier, dem jedes Mittel recht war, um seine Beute zur Strecke zu bringen. Vielleicht würde er sich darauf berufen, dass sie sein Haus vorschnell und gegen seinen Rat verlassen hatte und deshalb von den Hunden angegriffen worden war.

»Ich habe Valerie gewarnt«, hörte sie ihn sagen und sah dabei bildlich vor sich, wie er mit betrübter Miene in eine Kamera blickte. »Aber ich konnte sie nicht zurückhalten. Sie lief in den nächtlichen Park hinein, bevor ich die Tiere zurückpfeifen konnte. Sie haben die Aufgabe, das Anwesen zu bewachen. Und diese Aufgabe haben sie erfüllt.«

Nein, er wollte sie besitzen. Was hätte er davon, wenn sie tot wäre?

Mit lautlosen, fließenden Bewegungen kamen die Hunde auf sie zu. Valerie floh in den Park. Solarleuchten im Boden wiesen ihr den Weg zwischen Oleander und mannshohen Rhododendren. Das Hecheln der Dobermänner folgte ihr in gleichbleibendem Abstand.

Der Kiesweg führte zu einem Teich. Ein Windstoß fuhr durch die Ulmen, rüttelte an den Zweigen und malte unheimliche Schattenmuster auf die Wasseroberfläche. Auf dem dunklen Wasser schwamm ein Gegenstand und trieb sanft schaukelnd auf Valerie zu. Sie beugte sich vor, um ihn besser erkennen zu können, und erschrak. Es war eine tote Katze. Ihr rotbraunes Fell war von zahllosen Bisswunden zerfetzt, das linke Vorderbein fehlte. Der Kopf der Katzenleiche stieß auf der Wasseroberfläche mit Valeries zitterndem Spiegelbild zusammen. Auf der kleinen Plakette am Halsband des Tieres war die Zahl 18 eingestanzt.

Entsetzt wich sie zurück. Nexx war wahnsinnig. Hatte er die Hunde benutzt, um sie hierherzutreiben und sie mit Visionen ihres baldigen Todes zu ängstigen? Oder war die tote Katze ein teuflisches Omen? Würde sie wirklich am 18. September sterben?

Sie fuhr herum. Die Dobermänner waren verschwunden, die Angst fiel von ihr ab wie ein Alptraum, aus dem sie unvermittelt erwacht war. Rasch verließ sie den Park und erreichte ungehindert das Tor.

Hennings Toyota stand auf der anderen Straßenseite. Sie lief durch die Pforte, stieg in den Wagen und schlug die Tür zu. »Fahr los! Mach schon!«

Er gab Gas. »Ich hab doch gesagt, mir gefällt die Sache nicht. Es hat mich ganz kribbelig gemacht, dass du mit ihm ins Haus gegangen bist.«

»Du hattest recht. Er ist vollkommen übergeschnappt.«

»Wohin soll ich fahren? In den Sender?«

»Nein. Mir reicht es für heute. Bring mich nach Hause.«

»Und das Interview?«

»Ich hab das Smartphone wie verabredet ausgeschaltet. Hast du alles drauf?«

Henning schüttelte den Kopf. »Zunächst hab ich das gedacht. Aber als ich eben mal reingehört habe, war da nur ein Rauschen und Kratzen. Er muss eine Art Störsender installiert haben.«

»Macht nichts. Er hat ohnehin nur verrücktes Zeug geredet.«

Zwanzig Minuten später hielt der Toyota vor dem Wohnblock, in dessen Dachgeschoss sich Valeries Loft befand.

»Du bist ganz blass um die Nase«, sagte Henning.

»Alles in Ordnung. Es ist Nexx. Er ist völlig durchgeknallt.«

»Ist er zudringlich geworden?«

»Nein. Das heißt … irgendwie schon. Ich will jetzt nicht darüber reden.«

»Okay. Valerie?«

»Ja?«

»Wenn er dich belästigt hat, reißen wir ihm den Arsch auf.«

»Er hat mich nicht angefasst.«

»Du kannst auf mich zählen.«

»Lass uns morgen weiterreden. Für heute reicht's mir. Ich bin komplett erledigt.«

»Immer zu Diensten.«

Valerie stieg aus, fuhr mit dem Lift in die oberste Etage und schloss die Wohnungstür auf. Sie sehnte sich nach einem heißen Bad und einem erholsamen Schlaf.

Sie liebte das lichtdurchflutete Loft mit dem Dachgarten, das sie seit einem halben Jahr bewohnte. Die Wohnung war der einzige Luxus, den sie sich gönnte, obwohl ihr ihre finanzielle Lage mehr Spielraum erlaubte. Schon bei der ersten Besichtigung hatte sie sich in das Loft verliebt. Es versprach Stil, Eigenständigkeit und eine behagliche Sicherheit – ein wohliges Nest, in das sie sich nach anstrengenden Arbeitstagen zurückziehen konnte. Die untere Etage bestand aus einem einzigen großen Raum, in den eine offene Küche integriert war. Die südliche Glasfront wies auf einen Dachgarten hinaus, in dem Kakteen und Yuccapalmen in bauchigen Terrakottatöpfen gediehen. Zwischen üppig wuchernden Farnen und Sträuchern hatte sie sich eine Pergola mit einem windgeschützten Freisitz bauen lassen. Von der überdachten, bequemen Hollywoodschaukel aus genoss sie an Sommerabenden einen wunderbaren Blick über das nahe Rheintal. Der breite Fluss schien zum Greifen nah und floss keine hundert Meter von ihrer Wohnanlage entfernt träge Richtung Norden.

Neben dem Küchentrakt führte eine Stahltreppe nach oben zu einem würfelförmigen Aufsatz mit einer offenen Galerie. Drei Türen wiesen zu einem geräumigen Schlafzimmer, ihrem Arbeitszimmer und einem Bad.

Die Wirkung der Schmerztabletten ließ nach, und ihre Kopfschmerzen kehrten zurück. Sie kramte in ihrer Handtasche nach dem Novalgin, das ihr der Arzt in der Klinik mitgegeben hatte, und spülte zwei Tabletten mit einem Schluck Wasser hinunter. Auf dem Weg nach oben verstreute sie achtlos ihre Sachen auf der Treppe und fiel dann erschöpft auf das Bett, ohne das Licht einzuschalten. Eine Weile dämmerte sie vor sich hin. Nexx war weit weg. Fast schämte sie sich dafür, dass sie solche Angst empfunden hatte. Wahrscheinlich war er verklemmt und minderwertigkeitsbeladen wie ein Teenager – unfähig, eine echte Beziehung zu einer Frau aufzubauen. Seine Fotomontagen dienten dazu, seine irrealen Vorstellungen wachzuhalten, so wie sich ein Sechzehnjähriger Poster von seinem Lieblingsstar über das Bett pinnte. Dass er ihr nur Angst hatte einjagen wollen, um dann den Beschützer spielen zu können, in der Hoffnung, dass er dadurch ihre Liebe gewinnen würde, kam der Wahrheit wahrscheinlich ziemlich nahe.

Kurz darauf sank sie in einen unruhigen Schlaf. In wirren Träumen verfolgten sie riesige schwarze Dobermänner. Einer der Hunde zielte mit einer alten Luger-Pistole auf sie und drückte ab. Erschrocken fuhr sie hoch. Durch die Jalousien fiel sanftes Mondlicht und umspielte ihr vertraute Umrisse, doch in den dunklen Ecken ihres Zimmers verbargen sich unsichtbare Geister. Ihre Namen waren Furcht und Schrecken. Sie tastete nach dem Lichtschalter. Der Radiowecker zeigte 00:35 Uhr an.

Das Licht der Nachttischleuchte enthüllte ein gerahmtes Foto neben dem Bett. Ein Brautpaar blickte verliebt in die Kamera. Valerie trug ein Hochzeitskleid, Gabriel Nexx hatte besitzergreifend einen Arm um ihre Schulter gelegt. Entsetzt wischte sie das Bild mit einer Armbewegung vom Nachttisch, Übelkeit stieg in ihr auf. Noch von den Schmerztabletten benommen, taumelte sie ins Bad hinüber und übergab sich in die Toilettenschüssel. Als sie den Kopf hob, fiel ihr Blick auf den dunkelroten Pyjama direkt neben ihr. Kunstvoll waren die Initialen G.N. in den seidenweichen Stoff eingewebt.

5

»Wir sind Mordermittler, keine Verkehrspolizisten.«

Guido Zerteski griff nach dem Hebel unter dem Beifahrersitz und schob ihn bis zum Anschlag zurück. Dann kippte er die Lehne nach hinten und plazierte seine Absätze auf dem Armaturenbrett.

»Wegen eines Verkehrsunfalls hätten sie uns wohl kaum verständigt.« Lenny ließ die Seitenscheibe herunter und befestigte das Magnetblaulicht auf dem Dach des Zivilstreifenwagens.

»Wir haben seit einer halben Stunde Feierabend«, maulte Zerteski.

»Es liegt auf dem Weg.«

»Hör sich einer diesen Musterbullen an. Sammelst du etwa Fleißkärtchen für deine Beförderung, Lenny? Wenn du Krugmann beim Bowling gewinnen lässt, verbesserst du deine Karriereaussichten wesentlich effektiver.«

»Es ist mein Job. Den erledige ich, so gut ich kann. Und nimm die Füße vom Armaturenbrett.«

Zerteski grinste und scharrte mit den Absätzen über das von der Sonne rissig gewordene Hartplastik. »Stört dich das?«

»Ja.«

»Die Karre fällt doch sowieso bald auseinander. Erinnerst du dich an die beiden Schweine, die uns vergangene Woche den Wagen vollgekotzt haben?« Zerteski lehnte den Hinterkopf an die Nackenstütze und schloss die Augen. »Mann, wie ich diesen Job hasse.«

Lenny sparte sich die Bemerkung, dass Zerteskis Benehmen keinen Deut besser war als das der betrunkenen Kids.

»Was ist los mit dir?«, fragte er.

»Was soll schon los sein? Ich hab eine Zwölfstundenschicht hinter mir, zwei unappetitliche Selbstmorde und eine Wasserleiche untersucht und mich den ganzen Tag mit Idioten und zugedröhnten Pennern beschäftigt. Ich brauche jetzt ein Bier, eine schnelle Nummer und anschließend eine Mütze voll Schlaf.«

Schön, wenn man mit so einfachen Dingen zufrieden ist, dachte Lenny. Zerteski war so simpel gestrickt wie ein Topflappen und damit das genaue Gegenteil von ihm. Seltsamerweise funktionierten sie als Team trotz der Unterschiede. Außerdem war sein Partner nicht der harte Kerl, für den er sich gerne ausgab. Er prahlte zwar ständig mit seinen Frauengeschichten, aber Lenny ging jede Wette ein, dass die Storys, die Zerteski vom schnellen Sex auf dem Küchentisch erzählte, allesamt erfunden waren.

»Kümmern Sie sich ein bisschen um ihn«, hatte Krugmann, der Chef der Mordkommission, gesagt, als er ihm Zerteski zuteilte. Die Bedeutung dieser Anweisung war Lenny erst nach und nach klargeworden. Zerteski war knapp an einer Suspendierung vorbeigeschrammt und hatte bereits vier Partner verschlissen. Lenny wollte nicht der nächste sein. Er hasste Faulheit und Nachlässigkeit und begann, sich zu sorgen, dass Zerteskis Verhalten auf ihn abfärben könnte.

Seit vier Monaten wateten sie nun zusammen durch den Kölner Sumpf des Verbrechens. Inzwischen hatte sich Lenny an das Durcheinander gewöhnt, das Zerteski anrichtete, und wusste, wie er ihn zu nehmen hatte. Gewöhnlich reichten ein, zwei Rüffel in der Woche, um ihn in der Spur zu halten. Solange er dem Alkohol aus dem Weg ging und sich nicht übermäßig anzustrengen brauchte, konnte man sich auf ihn verlassen.

Zerteski mochte es nicht, wenn ein Fall kompliziert war, Lenny dagegen liebte die Herausforderung. Sie spielten häufig das alte Good-Cop-Bad-Cop-Spiel. Die Rollenaufteilung hatte sich zwangsläufig anhand ihrer unterschiedlichen Charaktere ergeben. Lenny gefiel, dass sie dadurch eine hohe Aufklärungsrate vorweisen konnten. Und solange dies so blieb, ließ Krugmann sie nicht nur in Ruhe, sondern sie konnten auch zumeist so arbeiten, wie sie wollten.

Sie durchquerten die Innenstadt und näherten sich der Zoobrücke. Gegen 00:15 Uhr floss der Verkehr weit weniger dicht als am Tag. In der Mitte der Brücke drosselte Lenny das Tempo. Das Blaulicht eines Streifenwagens fetzte durch die Nacht. Ein Kollege von der Verkehrspolizei winkte sie an den Straßenrand. Auf einer Länge von zwanzig Metern war die äußere Fahrspur abgesperrt worden.

Lenny hielt an. Die Stoßdämpfer des Opel Vectra erzeugten ein Geräusch, das wie das Röcheln eines Asthmakranken klang. Wenigstens in diesem Punkt musste er seinem Partner recht geben – der Wagen würde nicht mehr lange durchhalten. Vor einem Monat hatte sich Zerteski den Spaß gemacht und die Schrammen und Beulen des Vectra gezählt, er war auf dreiundzwanzig gekommen. Seitdem hieß der Opel: *Beule*.

Zerteski stieg aus dem Wagen und schlenderte auf einen dunkelroten Sprinterbus zu, der mit zwei Reifen auf dem Gehweg stand. Die Warnblinkanlage war eingeschaltet.

Lenny rückte seine Krawatte zurecht, überprüfte sein Äußeres mit einem schnellen Blick in den Rückspiegel und folgte ihm. Er spürte sofort, dass etwas Ungewöhnliches auf der Brücke geschehen war. Vor drei Jahren war er vom Einbruchsdezernat zur Mordkommission gewechselt, weil sein sensorisches Talent immer stärker zutage trat. Für die Empfindungen anderer Menschen war er so sensibel wie ein Radio für Ultrakurzwellen. Wo seine Kollegen nur oberflächlich Gefühle wie Zorn oder Angst erkannten, sah Lenny filigrane Muster. So deutlich wie ein leuchtender Faden führte ihn sein Gespür zur Wahrheit. Diese Gabe hatte ihm geholfen, innerhalb kurzer Zeit zu einem der erfolgreichsten Mordermittler in Krugmanns Team aufzusteigen. Seit ein paar Monaten allerdings verblassten die Muster, die sich wie eine Aura aus irisierendem Licht um Dinge und Menschen legten, immer mehr wie eine Fotografie, die zu lange dem Sonnenlicht ausgesetzt gewesen war. Lenny befürchtete, dass die Gabe ganz verschwinden könnte, und er kannte den Grund dafür. Es hatte an dem Tag begonnen, als Anja ihn verlassen hatte. Nebenbei hatte sie auch noch sein Konto bis zum Anschlag überzogen und seine Spareinlagen geplündert. Seit er auf die harte Tour gelernt hatte, wie sie wirklich war, empfand er die meisten Menschen, denen er begegnete, als dunkel. Sie strahlten nicht mehr, so wie sie es früher getan hatten. Es war, als hätte Anja die geheimnisvolle, leuchtende Energiequelle mit ihrer Gefühlskälte gelöscht, bevor sie abgetaucht war.

Ein Streifenpolizist kam auf ihn und Zerteski zu.

»Koriatis, Mordkommission«, sagte Lenny. »Sie haben uns angefordert?«

»Ja, allerdings.« Im rhythmischen Takt des Blaulichts sah die Haut des Uniformierten blass und teigig aus.

»Wegen eines Verkehrsunfalls?« Zerteski lehnte sich ans Brückengeländer und steckte sich eine Zigarette an. Lenny bemerkte, dass das Geländer auf einer Länge von knapp zwei Metern eine Lücke aufwies, die nur notdürftig mit einem Absperrband gesichert worden war.

Der Beamte schüttelte den Kopf. »Ich mache das jetzt seit fünfundzwanzig Jahren, aber so etwas habe ich noch nicht gesehen. Schauen Sie sich die Sauerei selbst an.«

Neugierig umrundete Lenny den Lieferwagen. »Sieht aus, als wäre der Sprinter in einen Unfall verwickelt gewesen.«

»Kann sein. Die Kratzer könnten aber auch älter sein.«

Das Heck des Sprinters wies Beulen und weiße Lackspuren auf, das Nummernschild war verbogen. Auch an der Front gab es Beschädigungen. Das Glas des linken Scheinwerfers war zerbrochen. Auf dem Asphalt hatte sich ein Wasserfleck gebildet, offenbar war der Kühler undicht.

»Und das soll die ganze Sauerei sein?«, fragte Zerteski. »Sie haben uns doch nicht wegen eines defekten Kühlers gerufen.«

»Nein.«

Der Streifenpolizist deutete auf ein knallgelbes Abschleppseil aus Nylon. Es spannte sich von einem Haken unter dem vorderen Stoßfänger zum Brückengeländer und verschwand dort in der Dunkelheit. Zerteski klemmte sich seine Kippe zwischen die Zähne und beugte sich über das Geländer.

»Ach du Scheiße!«, entfuhr es ihm.

»Was ist?«

»Da hängt einer dran!«

Lenny trat zu ihm an das Geländer. Am Ende des Nylonseils etwa zwei Meter unten ihm baumelte ein lebloser Körper.

Der Streifenpolizist nahm seine Dienstmütze ab und kratzte sich am Hinterkopf. »Das ist der bizarrste Selbstmord, den ich je gesehen habe.«

Lenny starrte auf das straff gespannte Seil und versuchte zu begreifen, was er sah.

Zerteski sprach seine Gedanken laut aus: »Welcher Schwachkopf kommt denn auf eine solche Schnapsidee? Hält auf der Brücke an, schaltet die Warnblinkanlage ein und springt dann mit einem Abschleppseil um den Hals über das Geländer?«

»Wir wissen nicht, ob er absichtlich gesprungen ist.« Lenny hasste es, wenn Zerteski voreilige Schlüsse zog.

»Vielleicht hat er ja erst einen Unfall verursacht und sich dann umgebracht«, erwiderte Zerteski.

»Wir brauchen die Gerichtsmedizin und die KTU.« Lenny wandte sich an den Streifenpolizisten. »War das Geländer schon vorher beschädigt, oder stammt das von dem Unfall heute Nacht?«

»Seit einer Woche ungefähr. Ich hab schon nachgefragt.«

Zwanzig Minuten später trafen das Team der Gerichtsmedizin und die KTU ein. Die Idee, die Leiche mit einem Polizeiboot zu bergen, wurde wieder verworfen. Die Zoobrücke spannte sich in einer Höhe von fünfzehn Metern über den Rhein; ohne Hebebühne oder Kran war die Aktion zum Scheitern verurteilt. Schließlich zogen sie den Toten nach oben und legten ihn auf dem Gehweg ab.

Becker, der Gerichtsmediziner, beugte sich über die Leiche und untersuchte sie.

»Er hat sich das Genick gebrochen. Aber nach Selbstmord sieht das nicht aus, eher nach einem Unfall. Er hat nicht mal ’nen Knoten gemacht.«

Lenny hockte sich neben die Leiche. Eine zweifache blaurote Furche zog sich um die Kehle des Toten.

»Sie glauben, er hat sich in dem Abschleppseil verheddert und ist dann über das Geländer gestürzt?«

»Was denken *Sie* denn?«

Zerteski wippte auf den Spitzen seiner abgewetzten Cowboyboots auf und ab und warf einen Blick auf seine Armbanduhr. »Ziemlich unwahrscheinlich, was, Doktor?«

Becker hob den Kopf. In seinem weißen Schutzanzug sah er aus wie ein Gespenst. »Haben Sie eine bessere Erklärung? Es gibt jede Menge Schwachköpfe auf der Welt. Aber ich habe noch nie erlebt, dass sich einer aufhängt, ohne vorher eine Schlinge zu knüpfen.«

»Nehmen wir mal an, er hatte ein Problem mit dem Wagen«, überlegte Lenny. »Er fährt an den Fahrbahnrand, stoppt und schaltet die Warnblinkanlage ein. Jemand muss angehalten haben, um ihm zu helfen. Sonst hätte er das Abschleppseil nicht vorne am Wagen befestigt. Aber bevor er das Seil an dem anderen Fahrzeug einhaken kann, knallt von hinten einer auf seinen Lieferwagen. Durch die Wucht des Aufpralls verwickelt er sich unglücklich in dem Seil und wird über das Geländer geschleudert. Die Unfallbeteiligten hauen ab, weil sie in Panik geraten, nachdem da plötzlich ein Toter an der Brücke hängt. Wie sollen sie das auch der Polizei erklären?«

Zerteski schüttelte den Kopf und schnippte seine Kippe in den Rhein. »Mann, das ist echt krank.«

»So was gibt's aber«, sagte Becker. »Ich hatte letzte Woche einen auf meinem Tisch, der den Müll rausgetragen hat und dabei auf einer Bananenschale ausgerutscht ist. Er hat sich das Genick gebrochen.«

Lenny durchsuchte die Taschen des Toten. Er stieß auf ein Handy, ein zerknittertes Blatt Papier mit einem tabellenartigen Protokoll und einen Presseausweis, der auf den Namen Thomas Zacher ausgestellt war.

Zerteski öffnete die Hecktüren des Transporters. Der Laderaum war vollgestopft mit Kameras, Stativen und Kabeln.

»War der Typ beim Fernsehen?«

Lenny studierte den Ausweis und nickte. »Ja, bei Network-TV. Ist das nicht der Nachrichtenkanal?« Er tippte auf das Handydisplay des Toten. Das Telefon war eingeschaltet und durch keine Passworteingabe gesichert. Lenny ging die Liste der Anrufe durch.

»Er hat vor einer Stunde noch telefoniert. Vielleicht kriegen wir raus, was er auf der Brücke gewollt hat. Kann sein, dass er angehalten hat, weil er irgendetwas filmen wollte.«

Lennys Handy summte. Es war Krugmann.

»Wenn ihr auf der Brücke fertig seid, fahrt ihr nach Stammheim. Eine Frau behauptet, in ihre Wohnung sei eingebrochen worden. Sie sagt, sie würde von einem Stalker belästigt.«

»Wir sollten langsam mal an Feierabend denken.«

»Ihr seid aber am nächsten dran.«

»Warum erledigt das nicht die Schutzpolizei? Wir …«

»Weil ich will, dass Sie das übernehmen, Koriatis. Die Frau ist eine bekannte Fernsehtante. Ich kann keine Anfänger dort hinschicken, und eine schlechte Presse ist das Letzte, was ich morgen auf meinem Schreibtisch finden will.«

»Heute.«

»Hä?«

»Sie meinen heute. Es ist genau 00:45 Uhr.«

»Setzen Sie sich in Bewegung. Und passen Sie auf, dass Zerteski sich anständig benimmt.«

»Ich brauche Name und Anschrift.«

Lenny bemerkte, dass Zerteski misstrauisch das Gespräch verfolgte und die Augen verdrehte.

»Valerie de Crécy. Sie ist das Aushängeschild von Network-TV. Haben Sie es jetzt kapiert?«, schnauzte Krugmann. Er gab ihm die Adresse durch.

»In Ordnung. Wir fahren hin.«

Nachdenklich betrachtete Lenny das Gesicht des Toten. Thomas Zacher hatte ebenfalls bei Network-TV gearbeitet. Nur ein Zufall? Er glaubte nicht an Zufälle.

Zerteski hob abwehrend die Hände. »Nicht mit mir. Ich habe seit vier Stunden Feierabend.«

»Ich geb dir einen aus, wenn wir fertig sind.«

»Im *Charlie's?*«

»Im *Charlie's.*«

»Okay.«

6

Lenny hatte gehört, dass Schauspieler auf der Leinwand größer wirkten, als sie in Wirklichkeit waren. Auf Valerie de Crécy traf das nicht zu. Sie war einen halben Kopf größer als Lenny und besaß das aufregendste Paar Beine, das er je gesehen hatte. Als sie die Tür ihres Lofts öffnete, hatte er das Gefühl, jemand hätte das Licht eingeschaltet und ihm seine Gabe zurückgegeben. Die Lichtmuster um Valerie strahlten heller als alle anderen, die er je zuvor wahrgenommen hatte. Er spürte, dass ihm das Blut ins Gesicht schoss wie einem Teenager, der seinem ersten Rendezvous entgegenfiebert.

Er tastete die Taschen seines Sakkos nach dem Dienstausweis ab und hatte das Gefühl, in einem Fass mit Sirup zu stecken. Für jede Bewegung schien er doppelt so lange zu brauchen wie gewöhnlich. Endlich fingerte er den Ausweis hervor, ließ ihn jedoch fallen. Er kam sich vor wie ein Idiot. Hastig bückte er sich danach und stellte sich vor.

»Lassen Sie sich immer so viel Zeit?«

Valerie de Crécy lehnte am Türrahmen und funkelte ihn zornig an. Ihre meergrünen Augen mit den honigbraunen Sprenkeln leuchteten von innen heraus und schienen ihn mühelos bis auf den Grund seiner Seele zu scannen.

Zerteski taxierte sie dagegen abschätzend. Sein Blick blieb an ihren nackten Beinen hängen, als hätte sie ihn hypnotisiert. Sie beachtete ihn nicht. Instinktiv schien sie zu spüren, wer von ihnen beiden der Boss war.

»Wir sind so schnell gekommen, wie es uns möglich war«, sagte Lenny. »Es tut mir leid, dass Sie warten mussten.«

Sie gab ein ärgerliches »Pffh« von sich, stieß sich vom Türrahmen ab und machte Lenny Platz. Mit Zerteski im Schlepptau betrat er das Loft im obersten Stockwerk des ehemaligen Industriegebäudes, das von einer Investmentgesellschaft in den vergangenen Monaten zu einer futuristischen Wohnanlage umgebaut worden war. Wer einen gutgefüllten Geldbeutel besaß, konnte hier auf außergewöhnliche und luxuriöse Weise wohnen. Prominente, Wirtschaftsbosse und Schauspieler gaben sich ein Stelldichein. Es war eine Welt, die Lenny fremd war.

»Wie können wir Ihnen helfen?«, fragte er.

»Jemand war in meiner Wohnung.«

Zerteski ließ sich unaufgefordert in einen Ledersessel fallen. »Hat er etwas mitgehen lassen?«

»Nein. Er hat etwas dagelassen.«

Lenny blickte sie fragend an. Valerie de Crécy lief nervös auf und ab. Sie war sichtlich erregt. Sie trug einen Kimono aus jadegrüner Seide, der ihr nur knapp über die Hüften reichte und wunderbar mit der Farbe ihrer Augen harmonierte. Es schien sie entweder nicht zu stören, zwei fremde Männer in diesem leichtbekleideten Aufzug zu empfangen, oder aber sie war schlichtweg zu abgelenkt, um es zu bemerken. Im ersten Fall war sie ziemlich abgebrüht, im zweiten völlig durch den Wind.

Zerteski stand auf und schlenderte zu der Fensterfront hinüber, hinter der ein Dachgarten lag, der von mehreren Punktstrahlern hell erleuchtet wurde. An einer Pergola bemerkte Lenny zwei bewegliche Kameras.

»Haben Sie die Aufzeichnungen der Überwachungskameras schon gecheckt?«, fragte er.

»Sinnlos. Die Kameras wurden erst vor ein paar Tagen installiert und funktionieren noch nicht. Es gibt irgendeinen Fehler in der Datenübertragung. Ich habe schon zweimal die Hausverwaltung informiert, aber keiner kümmert sich darum.«

»Nach einem Einbruch sieht's jedenfalls nicht aus«, stellte Zerteski fest.

Valerie fuhr herum. »Wollen Sie behaupten, dass ich lüge?«

»Niemand behauptet das«, sagte Lenny. »Er will damit lediglich sagen, dass er keine Einbruchsspuren feststellen kann. Also muss der Täter auf anderem Weg in die Wohnung gelangt sein. Sie erwähnten gerade, er habe etwas hiergelassen.«

»Ja, warten Sie.«

Sie stürmte die offene Stahltreppe in den oberen Stock hinauf. Lenny zwang sich, den Blick zu senken. Zerteski glotzte ihr unverhohlen hinterher und machte eine obszöne Geste. Obwohl Lenny nichts mit ihr verband, ärgerte ihn Zerteskis Verhalten.

Sie kehrte mit einem gerahmten Foto zurück. »Das stand auf meinem Nachttisch.«

Er betrachtete das Bild. Es zeigte Valerie und einen blassen Mann mit scharf geschnittenen Gesichtszügen. Offenbar handelte es sich um ein Hochzeitsfoto.

»Ich verstehe nicht ganz.«

»Was gibt es da nicht zu verstehen? Ich bin nicht mit diesem Mann verheiratet, wenn Sie das meinen. Das Bild gehört nicht hierher, es ist eine Fotomontage. Jemand war hier und hat es in meinem Schlafzimmer aufgestellt.«

»Das ist sehr ungewöhnlich. Haben Sie einen konkreten Verdacht, wer das getan haben könnte?«

»Allerdings. Der Mann auf dem Foto, Gabriel Nexx.«

»Ist das nicht der Showhellseher, auf den eben erst ein Anschlag verübt worden ist?«, fragte Zerteski.

»Genau der.«

»Sie kennen ihn also?«, fragte Lenny.

»Nein … ja. Ich habe heute Abend ein Interview mit ihm geführt. Nexx ist verrückt, völlig gestört.« Valerie berichtete von den Fotos auf seinem Kamin und seinem Gerede über eine gemeinsame Zukunft. Sie sprudelte die Geschichte so schnell hervor, dass Lenny ihr nur mit Mühe folgen konnte.

»Er schnüffelt in meinem Privatleben herum und ist fest davon überzeugt, dass es mein unabänderliches Schicksal ist, ihn zu heiraten«, endete sie wütend.

»Das hat er gesagt?«

»Ja, verdammt. Und er hat mir gedroht, dass ich sterben werde, wenn ich mich nicht füge.«

»Ups«, sagte Zerteski. »Haben Sie einen Zeugen dafür?«

»Nein, habe ich nicht. Hören Sie, von mir aus kann er Bilder aus Zeitungen ausschneiden, an die Wand pinnen und mich wie ein Teenager anhimmeln, solange er will. Aber das hier geht zu weit.«

Lenny nahm das Bild in die Hand und betrachtete es. Das war die verrückteste Geschichte, die er je gehört hatte. Aber er spürte deutlich ihre Angst. Was genau war zwischen den beiden vorgefallen?

»Und Sie behaupten, es handelt sich um eine Fotomontage?«

Valerie nahm ihm das Bild ab. »Was denn sonst? Lassen Sie es doch auf Fingerabdrücke untersuchen, wenn Sie mir nicht glauben. Sie haben doch Spezialisten dafür.«

»Nachdem wir den Rahmen nun alle ausgiebig angefasst haben, wird das wenig Sinn machen«, sagte er. »Sie waren also heute Abend bei ihm.«

»Ja, verdammt. Sind Sie auch noch schwerhörig?«

Sie knallte das Bild auf den Küchentresen.

Lenny überging ihre spitze Bemerkung und zwang sich, kühl und sachlich zu bleiben. »Wann sind Sie in Ihre Wohnung zurückgekehrt?«

»Gegen 23:00 Uhr habe ich Nexx verlassen. Mein Kameramann kann Ihnen das bestätigen, er hat mich hierhergefahren. Etwa zwanzig Minuten später war ich dann zu Hause.«

»Und warum haben Sie uns erst gegen halb eins verständigt?«, fragte Zerteski.

»Ich bin sofort ins Bett gegangen, aber Nexx' Unverschämtheiten ließen mich nicht zur Ruhe kommen. Ich konnte nicht schlafen und schaltete die Nachttischlampe ein. Da sah ich das Foto.

»Warum nicht vorher?«, fragte Lenny.

»Es ist mir nicht aufgefallen. Ich war todmüde und habe das Licht im Schlafzimmer zuerst nicht eingeschaltet. Durch die Jalousien drang genug Helligkeit herein, um mich orientieren zu können.« Auf ihrer Stirn bildete sich eine Zornesfalte. »Warum verhören Sie mich und nicht diesen Psychopathen? Er ist in meine Wohnung eingedrungen! Ich fühle mich bedroht.«

»Wir versuchen nur, uns ein Bild zu machen. Erklären Sie mir, wie er das Foto auf Ihrem Nachttisch plazieren konnte, wenn Sie auf direktem Weg nach Hause gefahren sind?«

»Das weiß ich nicht. Vielleicht war er schon heute Morgen hier, nachdem ich ins Fernsehstudio gefahren bin. Er kennt offenbar meine Gewohnheiten, so wie er überhaupt alles über mich zu wissen scheint.«

»Gibt es noch andere Beweise, die belegen können, dass jemand in Ihre Wohnung eingedrungen ist?«

Fahrig strich sich Valerie eine Haarsträhne zurück. Ihre Hände zitterten. »Ja, da gibt es noch mehr. Ich zeige es Ihnen.«

Sie ging nach oben und stieß die Tür zum Badezimmer auf, einem quadratischen Raum, der mit blütenweißen Marmorplatten ausgekleidet war. Aus den Augenwinkeln sah Lenny, wie Zerteski die Schlafzimmertür aufschob. Er wusste, dass sein Partner gern seine Nase in die Sachen anderer Leute steckte; vor allem, wenn sie eine kastanienbraune Lockenmähne und eine aufregende Figur besaßen. Er stellte sich vor, wie Zerteski die Schubladen mit ihrer Unterwäsche durchwühlte, und spürte einen Anflug von Eifersucht. Was zum Teufel war mit ihm los? Er kannte diese Frau überhaupt nicht. Sie war nicht mehr als eine Zeugin.

»Er hat sein Zeug überall verstreut, als ob er hier wohnt. Seine Zahnbürste … sogar sein ekelhaftes Rasierwasser.«

Lenny bemerkte einen Pyjama, der ordentlich über der Heizung hing, als hätte ihn sein Besitzer für einen kuscheligen Abend zu zweit vorwärmen wollen.

Valerie zerrte den Pyjama vom Heizkörper und warf ihn auf den Boden.

»Sie bestehen also auf einer Anzeige?«, fragte er.

»Allerdings. Ich fühle mich bedroht, beschmutzt und …« Ihre Augen verengten sich. »Sie glauben mir nicht.«

»Was ich glaube, spielt keine Rolle. Ich gehe erst einmal davon aus, dass Sie die Wahrheit sagen. Aber Sie müssen zugeben, dass es keinen einzigen handfesten Beweis gibt, der Gabriel Nexx' Einbruch bei Ihnen belegt.«

»Was?« Valerie drehte sich einmal um die eigene Achse. »Und was ist mit seinen Sachen? Mit der widerlichen Fotomontage?«

»Wenn eine Anklage vor Gericht erfolgreich sein soll, müssen wir beweisen, dass er seine Kleidung gegen Ihren Willen in der Wohnung deponiert hat. Ebenso könnte auch jemand anders als er das Bild auf Ihren Nachttisch gestellt haben.«

»Ich habe die Polizei gerufen, weil ich Schutz brauche. Und Sie machen aus mir eine Lügnerin.«

»Das liegt nicht in meiner Absicht. Aber ich bin auf Fakten angewiesen, und das sollten Sie als Journalistin wissen. Wir können nicht einfach zu Nexx fahren und ihm Handschellen anlegen. Seine Anwälte holen ihn schneller wieder aus der Untersuchungshaft, als wir Anklage gegen ihn erheben können. Bei dieser dünnen Beweislage wird kein Richter einen Haftbefehl ausstellen. Die Schwere der Tat reicht dafür nicht aus.«

»He Lenny, hör dir das mal an!«, rief Zerteski, der mittlerweile wieder nach unten gegangen sein musste.

Lenny kehrte in den Wohnraum zurück. Zerteski stand neben dem Anrufbeantworter. Eine männliche Stimme drang blechern aus dem Lautsprecher.

»Hallo Schatz. Tut mir leid, die Besprechung dauert doch länger, als ich gedacht habe. Warte nicht auf mich. Ich schlüpf später zu dir unter die Decke. Und denk dran … ich sehne mich nach dir.«

Lenny warf Valerie einen Blick zu. Ihre Augen funkelten wie zwei Laserkanonen, die darauf warteten, Nexx in Asche zu verwandeln.

»Dieses Schwein …«

»Ist das die Stimme von Gabriel Nexx?«, fragte er.

»Ja.«

Zerteski schaltete den Rekorder aus. »Ich sag Ihnen mal, wie ich die ganze Sache sehe. Sie haben ein Verhältnis mit diesem Nexx und waren heute Abend bei ihm. Es gab Streit, und Sie waren sauer. So sauer, dass Sie ihm einen Denkzettel verpassen wollten. Worüber haben Sie gestritten? Ich wette, er hatte vor, Ihr Verhältnis öffentlich zu machen. Und das war Ihnen gar nicht recht.«

»Das stimmt nicht. Er war hier. Hier in meiner Wohnung!«

»Das glaub ich Ihnen gerne. Seine Sachen sind ja überall, sogar sein Rasierpinsel, wie ich gehört habe. Was meinst du, Lenny? Ich sage, wir vergeuden unsere Zeit. Für Ehestreitigkeiten sind wir nicht zuständig.«

»Ich bin nicht verheiratet! Mit Gabriel Nexx verbindet mich keinerlei persönliche Beziehung.« Sie griff nach dem Hochzeitsbild auf dem Küchentresen und hielt es Zerteski unter die Nase. »Dieses verdammte Foto ist nichts weiter als eine plumpe Fälschung, das Hirngespinst eines kranken Idioten. Haben Sie das jetzt endlich kapiert, oder muss ich es Ihnen erst buchstabieren?«

»Ich denke schon, dass ich verstanden habe«, sagte Zerteski grinsend.

Sie kniff die Augen zusammen. »Ich will Ihren Namen. Und Ihre Dienstnummer. Ich werde mich über Sie beschweren.«

Lenny versuchte, die Wogen zu glätten. »Darf ich einen Vorschlag machen?«

Sie fuhr herum. »Und wie sieht der aus? Wollen Sie mich vielleicht zu einem Psychologen schicken?«

»Ich verspreche Ihnen, Gabriel Nexx mit Ihren Vorwürfen zu konfrontieren.«

»Na endlich mal eine vernünftige und durchführbare Idee. So viel Grips hätte ich Ihnen gar nicht zugetraut.«

Lenny ging auf ihren Spott nicht ein, obwohl er ihn schmerzhaft traf, was ihn verwunderte. Er reagierte sonst nicht so empfindlich.

»Sie sollten schnellstens das Schloss an Ihrer Wohnungstür austauschen lassen«, sagte er.

»Sie sind ja ein richtiger Superbulle. Auf die Idee bin ich noch gar nicht gekommen.«

»Es tut mir leid. Aber bei der vorliegenden Rechts- und Beweislage können wir nicht mehr tun.« Er hasste sich dafür, das sagen zu müssen. Aber es hatte keinen Sinn, ihr Versprechungen zu machen, die er nicht halten konnte.

Zerteski versenkte die Fäuste in den Taschen seiner Lederjacke. »Woher hat dieser Nexx überhaupt Ihre Telefonnummer? Ich dachte, die Typen vom Fernsehen hüten ihre Nummern und E-Mail-Adressen wie ihre Augäpfel.«

»Mein Kameramann hat ihm meine Handynummer gegeben, weil sich Nexx bei mir bedanken wollte. Ich war … nun, ich hatte ihn zu Boden gestoßen, wenn auch unabsichtlich, weshalb ihm bei dem Attentat nichts passiert ist.«

»Er hat aber auf Ihrem Festnetzapparat angerufen«, sagte Zerteski.

Lenny blickte sie abwartend an. Himmel, seine Nervenenden summten wie eine Hochspannungsleitung. Etwas geschah mit ihm, was er nicht kontrollieren konnte, und das machte ihn hochgradig nervös.

»Ich weiß nicht, woher er diese Nummer hat«, sagte Valerie. »Sie steht jedenfalls nicht im Telefonbuch.«

Zerteski gähnte. »Okay, dann lass uns endlich Feierabend machen, Lenny.«

»Geh schon mal zum Wagen. Ich nehme nur noch Frau de Crécys Anzeige auf.« Er wandte sich an Valerie. »Ich nehme an, Sie bestehen noch immer darauf.«

Sie nickte fahrig. »Worauf Sie sich verlassen können.«

Zerteskis Mundwinkel zuckten. Er verkniff sich ein Grinsen, was wohl so viel heißen sollte wie: Vergiss es, Kumpel. Bei der hast du keine Chance.

Lenny wartete, bis er das leise Rumpeln der Lifttüren hörte.

»Sagt Ihnen der Name Thomas Zacher etwas?«

»Tommy? Er gehört zu meinem Team.«

»Er war heute Abend etwa gegen 23:00 Uhr auf der Zoobrücke Richtung Osten unterwegs. Wissen Sie, aus welchem Grund?«

»Nein. Ich habe in den vergangenen Stunden mehrmals versucht, ihn zu erreichen, aber er meldete sich nicht.«

»Kommt das oft vor?«

»Nein, überhaupt nicht. Tommy ist sehr zuverlässig.«

»Es tut mir leid, Ihnen mitteilen zu müssen, dass Thomas Zacher tot ist.« Er berichtete von dem Unfall, ließ aber die mysteriösen Umstände seines Todes aus. Einen Moment lang sah es so aus, als ob Valerie de Crécy ohnmächtig werden würde.

»Alles in Ordnung?«, fragte Lenny.

Sie sank kraftlos auf die Couch.

»Ja, ich bin in Ordnung. Es ist nur … ich kannte Tommy gut. Dass er tot sein soll, ist … entsetzlich.«

»Ich kann den psychologischen Dienst informieren. Falls Sie Hilfe brauchen.«

»Das wird nicht nötig sein. Die Nachricht kommt nur … so plötzlich.«

»Der Tod kommt meistens unerwartet. Wir glauben, darauf vorbereitet zu sein. Aber das sind wir nicht.«

Sie nickte stumm.

»Da wäre noch etwas … darf ich Sie nach Ihrer Handynummer fragen?«

Sie lächelte zum ersten Mal und blickte ihm eine Spur zu lange in die Augen. Er tat es als Einbildung ab.

»Sagen Sie mir jetzt nicht, dass Sie Ihren Kollegen rausgeschickt haben, um mich um ein Rendezvous zu bitten«, sagte sie.

Lenny spürte, dass er rot wurde. »Auf Zachers Handy ging ein Dutzend Anrufe ein, alle von derselben Nummer.«

»Ich habe ihn angerufen, das sagte ich doch schon. Tommy wollte mir Informationen besorgen, die Nexx als Schwindler entlarven können. Vielleicht gibt es ja einen Zusammenhang zwischen dem Einbruch bei mir und Tommys Tod.«

»Vielleicht. Aber wir stehen noch ganz am Anfang unserer Ermittlungen. Wenn ich Sie nun um Ihre Mobilfunknummer bitten dürfte?«

Valerie kramte in einem geflochtenen Korb auf dem Küchentresen und reichte ihm eine Visitenkarte.

»War Zacher in letzter Zeit verändert? Sind Ihnen Anzeichen einer Depression aufgefallen?«

Sie blickte überrascht auf. »Glauben Sie, er hat sich umgebracht? Tommy war ein fröhlicher, lebensbejahender Mensch. Er wollte im Frühjahr heiraten.«

Lenny machte sich Notizen. »Haben Sie den Namen und die Anschrift seiner Verlobten?«

»Nein, tut mir leid. Ich müsste in der Redaktion nachfragen. Vielleicht weiß ein Kollege mehr. Gibt es denn Anzeichen für einen Selbstmord?«

»Das kann ich noch nicht sagen. Wir ermitteln in alle Richtungen. Tun wir immer.«

Sie schlang die Arme um ihren Oberkörper und starrte auf den Anrufbeantworter. »Er war hier. Ich lüge nicht.«

»Ich glaube Ihnen. Aber Sie werden zugeben müssen, dass wenig dafür spricht. Lassen Sie so schnell wie möglich die Schlösser austauschen. Und zeichnen Sie alle eingehenden Anrufe auf.«

»Und wenn er ein Stalker ist? Wenn er völlig durchgeknallt ist? Er scheint wirklich davon überzeugt zu sein, er könne die Zukunft vorhersagen. Und er glaubt, wir wären dazu bestimmt, uns ineinander zu verlieben. Das ist doch krank.«

Am liebsten hätte er sie in die Arme genommen und sein Gesicht in ihrem wundervollen braunen Haar vergraben.

Überrascht und verwirrt von seinen heftigen Gefühlen, legte er seine Visitenkarte neben das Telefon. »Sie können mich jederzeit anrufen, wenn es Probleme gibt.«

»Auch nachts?«

Er lächelte. »Ja, auch nachts.« Die Vorstellung, Valerie de Crécy würde ihn aus dem Schlaf reißen, gefiel ihm. Er trat an den Küchentresen und nahm das gerahmte Hochzeitsbild in die Hand.

»Ich werde das Foto auf alle Fälle kriminaltechnisch untersuchen lassen. Vielleicht finden wir eine Spur, die eindeutig auf Nexx verweist.«

»Er wird mich nicht mehr in Ruhe lassen, nicht wahr? Es wird schlimmer und schlimmer werden. Er ist ein Stalker.«

»Ich werde morgen mit ihm persönlich reden. Er ist dann zumindest gewarnt und weiß, dass Sie die Polizei eingeschaltet haben. Oft reicht das aus, um den Druck aus der Sache zu nehmen. Solange er sich nach dem Stalking-Paragraphen nicht strafbar macht, sind uns die Hände gebunden. Bevor wir eingreifen dürfen, muss er Ihr Leben in erheblichem Maße beeinträchtigen.«

Sie lachte tonlos. »Was man ja kaum behaupten kann. Er droht mir, ich werde sterben, wenn ich ihn nicht heirate, und dringt in meine Wohnung ein.«

»Ich habe das Gesetz nicht gemacht.«

Sie nickte krampfhaft. »Okay, danke. Werden Sie mich informieren, wenn Sie etwas Neues über Tommys Tod wissen?«

»Das werde ich ganz sicher. Noch etwas: Sie sollten eine Geheimnummer bei Ihrem Provider beantragen.«

»Das dauert doch mindestens eine Woche.«

»Rufen Sie mich an, wenn es Probleme gibt. Ich werde mich dann mit der Firma in Verbindung setzen. Dann werden Sie vorgezogen und haben in vierundzwanzig Stunden eine neue Nummer.«

»Danke.«

Sie kritzelte etwas auf einen Zettel. »Unter dieser Nummer erreichen Sie mich in der Redaktion.«

Lenny steckte den Zettel ein, überprüfte noch einmal die Verriegelungen der Terrassentür und warf einen Blick auf die Überwachungskameras in der Pergola des Dachgartens. Ihm kam ein Gedanke, der sein Herz schneller schlagen ließ.

»Bevor ich zur Mordkommission gekommen bin, habe ich im Einbruchsdezernat gearbeitet.« Er drehte sich zu ihr um. »Ich kenne mich ganz gut mit Alarmanlagen aus. Eine Zeitlang habe ich Lehrgänge und Vorträge gehalten, wie man Gebäude richtig sichert.«

Valerie zog eine Augenbraue hoch, eine subtile Bewegung, die Lenny überaus anziehend fand.

»Wenn Sie möchten, könnte ich Sie unterstützen. Ich kann so ziemlich alles reparieren, was einen Motor hat«, hörte er sich plappern. »Zumindest kann ich Ihrer Hausverwaltung ein bisschen Druck machen.«

Sie lächelte. »Das ist sehr nett von Ihnen. Ich werde es mir überlegen.«

»Rufen Sie einfach an, wenn Sie Hilfe brauchen. Versprochen?«

»Danke.«

Lenny verließ das Loft und fuhr mit dem Aufzug nach unten. Zumindest hatte er jetzt einen Grund, noch einmal bei ihr vorbeizuschauen.

Vor dem Gebäude lehnte Zerteski lässig an der Motorhaube und qualmte eine seiner filterlosen Zigaretten.

»Hast du sie rumgekriegt?« Er grinste anzüglich.

»Ich weiß nicht, was du meinst.«

Zerteskis Grinsen wurde noch breiter. »Du hast sie angestarrt wie ein Musikschüler, der sich in seine Klavierlehrerin verknallt hat.«

»So ein Quatsch.«

Lenny stieg in den Wagen. Er ärgerte sich, weil er zugeben musste, dass an Zerteskis dämlicher Bemerkung etwas Wahres dran war. Er empfand etwas für diese Frau, war sich aber über die Art seiner Gefühle nicht im Klaren. Ihr Anblick hatte ihn geradezu umgehauen, als sie die Tür öffnete. Na und? Sie war eine bildschöne Frau, prominent und klug. Wahrscheinlich hatte sie an jeder Hand mehr Verehrer als Ringe an den Fingern.

»Sie hat uns nichts vorgespielt. Ihre Furcht war echt.«

»Klar«, sagte Zerteski. »Sie hat sich bei ihren Spielchen mit Nexx die Finger verbrannt. Und jetzt hat sie Angst, dass er sie fertigmacht.«

Lenny steuerte *Beule* zurück auf die Autobahn. »Und wenn sie die Wahrheit sagt? Wenn der Typ ein Stalker ist, der nur noch nicht erwischt wurde, weil er sich jedes Mal freigekauft hat?«

Zerteski gähnte. »Mir egal. Ich will nur noch schlafen. Für einen Absacker ist es eh zu spät.«

»Ich setz dich zu Hause ab.«

»Ja, mach das.« Zerteski schloss die Augen und begann fast augenblicklich zu schnarchen. Lenny dagegen wusste, dass er noch lange wach liegen würde. Sein Instinkt sagte ihm, dass die Geschichte noch nicht vorbei war. Sie fing gerade erst an.

7

Valerie zerrte in ihrer Sendung jede Woche Skandale, Missstände und Verbrechen ans Licht, war deswegen aber noch nie selbst in Gefahr geraten. Die Schicksale, über die sie berichtete, weckten in ihr regelmäßig das Verlangen nach Gerechtigkeit. Gleichwohl wusste sie, dass ihre Reportagen bei den Opfern Hoffnungen weckten, die sich nur selten erfüllten. Mitgefühl und Entrüstung trieben die Einschaltquoten nach oben und entfachten beim Publikum einen Aufschrei der Empörung, der aber stets nur vorübergehend war. Schon nach zwei Tagen waren die vom Schicksal gebeutelten Menschen, über die sie berichtete, wieder vergessen.

Sie hatte früh erkannt, dass es in ihrem Beruf wichtig war, eine professionelle Distanz zu halten. Auch ein Arzt, der eine zu enge Bindung zu seinen Patienten einging, lief Gefahr, seelisch Schaden zu nehmen. Erst jetzt begriff sie wirklich, welche Traumata die Opfer von Gewalt, sexueller Belästigung und Mobbing tatsächlich durchlebten.

In den frühen Morgenstunden fand sie in einen quälenden Schlaf und erwachte drei Stunden später zerschlagen und übernächtigt. Noch immer wühlte eine nagende Unruhe in ihrem Bauch, hervorgerufen durch die unsichtbare, latente Bedrohung.

Während sie lange und heiß duschte, wuchs ihr Zorn auf Nexx. Niemals würde sie zulassen, dass er in ihr Leben eindrang oder es aus Niedertracht zerstörte. Sicher, er besaß Macht und Geld, aber auch sie war nicht wehrlos. Die Prominenz und vor allem der Einfluss, den sie als beliebte Fernsehjournalistin besaß, sollten ihre Waffen sein. Und die waren alles andere als stumpf.

Ihr Frühstück bestand aus zwei Tassen schwarzen Kaffees. Danach suchte sie im Internet nach einer Firma, die Alarmanlagen und Sicherungssysteme anbot, und vereinbarte einen Termin für den Vormittag. Nur wenig später beriet sie ein Techniker über die Vor- und Nachteile der verschiedenen Systeme und empfahl den Einbau einer ultramodernen digitalen Alarmanlage, die sich bei einem Einbruchsversuch sofort mit der nächsten Polizeistation verband. Das Schloss an der Eingangstür tauschte er sofort aus, was ihr ein Gefühl von Sicherheit verlieh. Außerdem versprach er ihr, die restlichen Arbeiten im Lauf der Woche zu erledigen.

Sie beantragte bei ihrem Telefonprovider eine neue Festnetznummer und ließ die alte Nummer umgehend sperren. Anschließend beschwerte sie sich bei der Hausverwaltung wegen der defekten Überwachungskameras auf dem Dachgarten. Die Verwaltung versprach schnelle Abhilfe, aber Valerie hatte das Gefühl, zum wiederholten Mal abgewimmelt zu werden.

Nachdenklich drehte sie die Visitenkarte des Polizisten zwischen den Fingern. Vielleicht sollte sie sein Angebot, wegen der Kameras ein bisschen Druck auszuüben, annehmen. Koriatis war drahtig und einen halben Kopf kleiner als sie, machte aber den Eindruck, als könne er es mit einem weitaus größeren Gegner aufnehmen. Außerdem strahlte er ein gesundes Selbstbewusstsein aus und besaß erfrischend gute Manieren – was man von seinem Kollegen nicht gerade sagen konnte.

Sie schätzte Koriatis auf Ende dreißig. Er hatte warme braune Augen, sein Haar war so schwarz wie Ebenholz und an den Schläfen bereits von einzelnen grauen Strähnen durchzogen. Sie fand ihn recht anziehend. Trotzdem argwöhnte sie, dass etwas mit ihm nicht stimmte. War seine Hilfsbereitschaft nicht eine Spur zu aufdringlich gewesen?

Valerie gestand sich ein, dass sie zu viele schlechte Erfahrungen mit Männern gemacht hatte, um noch unbefangen urteilen zu können. Ein prominentes Gesicht brachte eben nicht nur Vorteile, es konnte auch eine Last sein.

Sie versuchte, sich daran zu erinnern, wann sie zuletzt mit einem Mann ausgegangen war. Es gelang ihr nicht. An Verehrern mangelte es ihr nicht, aber um eine ehrliche Beziehung aufzubauen, stellte ihre Bekanntheit ein zu großes Hindernis dar. Ihrer Erfahrung nach betrachteten Männer sie fast ausschließlich als attraktive Beute. Insofern wunderte es sie nicht, dass ein Psychopath wie Nexx ihr am liebsten den hübschen Kopf abgeschnitten und als ausgestopfte Trophäe an die Wand genagelt hätte.

Im Lauf der Zeit hatte sie ihre eigenen Methoden entwickelt, sich aufdringliche Typen vom Hals zu halten. Doch was ihr manche Zeitgenossen als Arroganz auslegten, war nichts weiter als das Bemühen, sich vor Verletzungen zu schützen. Ihr kühles Auftreten hatte indessen paradoxerweise dazu geführt, dass man ihr zahllose Affären nachsagte. Nicht eins der Gerüchte entsprach der Wahrheit, aber inzwischen benutzte sie ihren Ruf als Vamp, um jeden Mann abzuschrecken, der ernsthafte Absichten hegte.

Sie warf die Visitenkarte neben das Telefon, als hätte sie sich die Finger verbrannt. Wenn sie Koriatis erlauben würde, sie erneut aufzusuchen, würde sie ihm eine Chance geben, sich in ihr Leben zu drängen. Die unterschwellige Furcht, die Nexx in ihr geweckt hatte, verstärkte sich. Sie biss sich auf die Lippen und zwang sich, den Kreisel aus negativen Gedanken zu durchbrechen. Koriatis war Polizist. Es war seine Aufgabe, sie vor Leuten wie Nexx zu beschützen, und er schien seinen Job ernst zu nehmen. Sie begann, eine ungesunde Form von Paranoia zu entwickeln, und sollte etwas dagegen unternehmen.

Verärgert über sich selbst, schnappte sie sich die Autoschlüssel und fuhr ins Studio. Während der Fahrt wurde ihr erschreckend klar, wie wenig es bedurfte, um sie aus der Bahn zu werfen. Hatte sie sich doch stets für eloquent und stark gehalten, wurde ihr nun bewusst, dass sie anfing, das Bild der Valerie de Crécy, die vor die Kamera trat, auf ihr Privatleben zu übertragen. Aber die toughe Journalistin war eine Kunstfigur, sie existierte nicht. Ihre Wut auf Nexx wuchs.

In der Redaktion herrschte gedrückte Stimmung, die Nachricht von Tommys Tod hatte sich bereits verbreitet. Valerie erfuhr von Henning die grausigen Einzelheiten, die Koriatis ihr verschwiegen hatte. Nun verstand sie auch, warum die Polizei einen Selbstmord oder gar ein Verbrechen nicht ausschloss. Die Verkettung der Umstände, die zu seinem Tod geführt hatten, war genauso unwahrscheinlich, wie von einem Blitz erschlagen zu werden. Tommy war ein Unglücksrabe gewesen, aber dass er sich in einem Abschleppseil verheddert und anschließend stranguliert hatte, erschien ihr schwer vorstellbar.

»Ich habe schon verrücktere Sachen gefilmt«, sagte Henning. »Du weißt doch, dass Tommy ein Tolpatsch war. Was auch immer seinen Weg kreuzte, er stolperte darüber oder fiel hinein.«

Ja, sie wusste, dass er recht hatte. Trotzdem glaubte sie nicht an einen Unfall. »Haben sie ihn schon obduziert?«

»Die Polizei gibt uns keine Auskunft«, antwortete Henning, »es heißt, sie ermitteln noch.«

Aufgeregtes Stimmengewirr ließ sie hochfahren. Vor einem der Bildschirme an der Wand des Großraumbüros drängten sich Jacobi und der Rest des Redaktionsteams. Eine lautstarke Diskussion setzte ein. Jacobi drehte sich um und winkte sie ungeduldig zu sich.

Im Fernsehen lief ein Morgenmagazin, Bilder von Nexx flimmerten über die Mattscheibe.

»Warum hast du uns nichts davon gesagt? Du weißt, dass ich es nicht schätze, wenn meine Mitarbeiter Beruf und Privatleben vermischen«, knurrte Jacobi ärgerlich.

Dass Nexx freiwillig vor ein Mikrophon trat, war bereits eine Sensation. Doch was er zu sagen hatte, war es nicht weniger. Gelassen antwortete er auf die Fragen einer aufgeregten Reporterin, die sich ihrer Chance bewusst war. Die Kamera sog die raren Aufnahmen seines Kölner Domizils in Marienburg auf.

»Es stimmt also, dass Sie und Valerie de Crécy ein Paar sind?«

»Ja. Das Schicksal hat uns zusammengeführt, wie man so schön sagt.«

»Wie lange kennen Sie Frau de Crécy schon?«

»Ein halbes Jahr. Bisher verband uns nur eine tiefe Freundschaft, aber daraus wurde inzwischen Liebe.«

»Sie hat Ihnen das Leben gerettet.«

»Das ist richtig. Durch den schrecklichen Vorfall ist uns endgültig klargeworden, wie tief wir füreinander empfinden.«

»Wie romantisch. Verraten Sie uns Ihre Zukunftspläne? Werden Sie heiraten?«

»Um aufkommenden Gerüchten den Wind aus den Segeln zu nehmen, haben wir uns entschlossen, die Öffentlichkeit in unser Geheimnis einzuweihen. Ja, wir werden heiraten.«

»Und was sagt Ihre Verlobte dazu?«

»Sie hätte Ihnen unsere Liebe gerne bestätigt. Leider ist sie bei dem Attentatsversuch auf mich verletzt worden.«

»Können Sie uns etwas über ihren Zustand verraten?«

»Valerie ist wohlauf, braucht aber noch Ruhe. Wir hatten bereits vor ein paar Tagen beschlossen, heute unsere Hochzeit anzukündigen, aber das schreckliche Attentat auf mich machte unsere Pläne zunichte. Darum habe ich mich entschlossen, alleine vor die Kamera zu treten. Ich tue dies auch in Valeries Namen.«

»Nexx, wir danken Ihnen.«

Jacobi stoppte die Aufzeichnung.

Valerie war rot wie ein Stoppschild geworden. »An diesem Mist ist kein wahres Wort dran. Der Mann ist übergeschnappt!«

»Dann bring das in Ordnung. Dementiere es.« Jacobi ging zu ihrem Schreibtisch und fächerte auf dem Chaos aus Druckfahnen und Notizen die Tageszeitungen auseinander.

»Ich habe dir deine Morgenlektüre zusammengestellt.«

Nexx hatte ganze Arbeit geleistet. Die Regenbogenpresse hatte sich auf die Story vom geheimnisumwitterten Wahrsager und der mutigen Lebensretterin gestürzt wie Hyänen auf Aas.

»Nexx ist ein Psychopath.«

Jacobi senkte die Stimme. »Valerie, ich weiß, wie schwer es manchmal ist, an verlässliche Informationen zu gelangen, und dass ein Journalist ab und zu ungewöhnliche Wege gehen muss, um ans Ziel zu kommen. Dein Privatleben geht mich nichts an. Aber wenn du Nexx Avancen gemacht oder dich auf eine Beziehung mit ihm eingelassen hast, will ich das als dein Chef wissen.«

»Ich habe nichts dergleichen getan.«

»Es wäre ja nicht das erste Mal.«

»Was willst du damit sagen?«

»Du bist für deine Affären bekannt. Bisher habe ich dazu geschwiegen, aber die Einschaltquoten gehen zurück. Mit einem Ruf als Vamp kann man keinen seriösen Journalismus betreiben.«

»Nexx ist ein Lügner. Dieser Verrückte stalkt mich. Ich habe in der vergangenen Nacht die Polizei gerufen, weil er in meine Wohnung eingedrungen ist.«

»Beweise es, und du hast den Aufhänger für die nächste Sendung.«

»Worauf du dich verlassen kannst. Genau das habe ich vor.«

Sie musste sofort diesen Koriatis anrufen und ihm Druck machen, damit er mit der Überprüfung der Fotomontage vorankam.

Wütend raffte sie die Zeitungen zusammen und pfefferte sie in den Papierkorb. Niemand hatte es je gewagt, sie so zu behandeln. Nexx war über sie hinweggeschritten, als ob es sie gar nicht gäbe, und hatte sie öffentlich vor vollendete Tatsachen gestellt, wenn auch vor frei erfundene. Waren Gerüchte erst einmal in der Welt, war es fast unmöglich, sie wieder zum Verstummen zu bringen. Nexx setzte also tatsächlich alles daran, seine kranken Phantasien wahr werden zu lassen.

Ihr Ärger verhinderte, dass sie klar denken konnte, und das steigerte ihren Zorn nur noch mehr. Es wurde Zeit, dass sie zurückschlug, und dazu musste sie all ihre Fähigkeiten und Möglichkeiten einsetzen. Sie war eine gute Reporterin, auch wenn Kritiker behaupteten, sie sei mit dem sprichwörtlichen goldenen Löffel im Mund aufgewachsen und habe ihr Journalismus-Studium nur aus Langeweile absolviert. Es stimmte, sie hatte es niemals nötig gehabt, Geld zu verdienen. Aber das hinderte sie nicht daran, gute Arbeit zu leisten.

Valerie fuhr ihren Rechner hoch und suchte im Internet nach dem genauen Wortlaut des Stalking-Paragraphen. Typen wie Nexx kam man nur bei, wenn man ihnen von Anfang an klarmachte, dass man sich nicht in die Opferrolle drängen ließ. Sie rief ihren Anwalt an und schilderte ihm den Sachverhalt, doch er dämpfte ihre Erwartungen. Ohne konkreten Beweis, dass Nexx sie physisch bedrohte, würde es schwierig werden, eine einstweilige Verfügung gegen ihn zu erlassen, derzufolge er sich ihr nicht mehr nähern durfte. Ärgerlich legte sie auf und durchstöberte das Internet. Sie brauchte Informationen über Nexx, so viele wie möglich. Er musste wie jeder Mensch einen schwachen Punkt haben, und den galt es herauszufinden. Er mochte mächtig und reich sein, sie indessen verfügte über die Macht der Medien. Und die gedachte sie einzusetzen.

Das Summen ihres Handys riss sie aus den düsteren Gedanken. Es war Koriatis.

»Haben Sie mit Nexx geredet?«, überfiel sie ihn.

»Noch nicht. Hatten Sie wieder Ärger mit ihm?«

»Wie man's nimmt. Haben Sie noch keine Zeitung gelesen?«

»Dazu bin ich heute Morgen noch nicht gekommen.«

Valerie berichtete ihm in knappen Worten von der neuesten Entwicklung. »Nexx war dumm genug, in aller Öffentlichkeit Unwahrheiten von sich zu geben.«

»Lügen zu verbreiten ist nicht unbedingt strafbar. Sie können ihn höchstens wegen Rufschädigung und übler Nachrede verklagen.«

»Das hat mir mein Anwalt auch schon vorgeschlagen. Was ist mit dem Foto?«

»Ich habe noch keine Nachricht von den Kollegen der KTU. Die haben im Augenblick ziemlich viel zu tun.«

»Sie haben mir verschwiegen, wie grausam Tommy ums Leben gekommen ist.«

»Ich wollte Sie nicht zusätzlich beunruhigen. Außerdem ist es noch zu früh für Spekulationen.«

»Sie haben inzwischen also noch keine weiteren Erkenntnisse gewonnen?«

»Der Obduktionsbericht ist vor ein paar Minuten auf meinem Schreibtisch gelandet. Darin stehen tatsächlich ein paar interessante Dinge, die ich gern bei einem Treffen mit Ihnen besprechen würde.«

»Schaffen Sie es in einer halben Stunde zum Café am Domplatz?«

»Es wäre mir lieber, wenn Sie in die Pathologie kommen würden.«

»In die Gerichtsmedizin?«

»Thomas Zacher hatte keine Angehörigen. Jemand muss ihn identifizieren. Es ist keine angenehme Aufgabe. Ich kann versuchen, seine Verlobte …«

»Nein, das ist okay«, fiel sie ihm ins Wort. »Ich bin in einer halben Stunde bei Ihnen.«

Jacobi warf ihr quer durch das Großraumbüro einen Blick zu, als hätte er in eine faule Zitrone gebissen. Sie legte auf, streifte ihren Blazer über und verließ das Studio.

*

Valerie war mehr als ein Dutzend Mal im Institut für Gerichtsmedizin gewesen, um dort Recherchen für ihre Sendung zu betreiben. Sie traf Koriatis vor dem Eingang. Er trug einen dunkelblauen Anzug, ein weißes Hemd und eine Krawatte. Ein bisschen sah er wie ein FBI-Agent in einem der alten Schwarzweißfilme aus, die sie sich früher gerne angesehen hatte.

»Für einen Polizisten sind Sie leicht overdressed«, begrüßte sie ihn.

Er reichte ihr die Hand und zog eine Augenbraue hoch. »Meinen Sie? Die Leute sollen der Polizei vertrauen. Ich finde, sie haben ein Recht darauf, dass wir uns entsprechend benehmen. Dazu gehört auch das äußere Erscheinungsbild. Also achte ich darauf.«

Zu seiner Überraschung schmunzelte sie daraufhin. »Sind Sie da nicht ein bisschen altmodisch? Ihr Kollege scheint das anders zu sehen.«

»Ich kann ihm keine Kleidervorschriften machen.«

Er ging die Stufen zum Eingangsportal hinauf und hielt ihr die Tür auf. Valerie ertappte sich dabei, dass sie seine guten Manieren genoss. Koriatis begann sie zu interessieren.

»Sie tragen einen ungewöhnlichen Namen«, wechselte sie unvermittelt das Thema.

»Meine Mutter nahm ihn an, als sie ein zweites Mal heiratete.«

»Ich wollte Ihnen nicht zu nahe treten. Neugier ist eine Art Berufskrankheit von mir.«

»Dann haben wir etwas gemeinsam. Auch ich bin leidenschaftlich neugierig.«

Sie fuhren mit dem Lift ins Kellergeschoss hinunter. »Es ist kein schöner Anblick«, sagte er.

»Es wird mich nicht gleich umhauen. Ich habe schon mehr als einen Toten gesehen.«

Lenny führte sie in einen Raum mit vier blank geputzten Edelstahltischen. Es roch nach Desinfektionsmitteln und Tod. Auf dem ersten Tisch zeichneten sich unter einem Laken die Umrisse eines menschlichen Körpers ab.

Der Pathologe begrüßte Lenny wie einen alten Freund. Der wiederum machte Valerie mit dem Arzt bekannt und bat ihn, ihr den Toten zu zeigen.

Tommys Gesicht war bläulich weiß verfärbt, rund um seinen Hals lief direkt nebeneinander eine zweifache, bräunlich rote Linie.

»Ist das Thomas Zacher?«

Valerie nickte.

»Nach dem Obduktionsbefund ist die Sache eindeutig«, erklärte Lenny. »Das Abschleppseil hat sich zweimal um seine Kehle geschlungen. Durch den Sturz über das Brückengeländer hat er sich das Genick gebrochen. Er war sofort tot.«

»Gibt es Hinweise auf ein Fremdverschulden?«

»Nein«, erklärte der Pathologe, »keine Abwehrverletzungen oder Anzeichen eines Kampfes. Entweder war es ein bizarrer Unfall, oder er hat Selbstmord begangen. Die Gegebenheiten am Auffindungsort der Leiche sprechen zwar gegen eine Selbsttötung, ausschließen kann ich sie aber nicht. Auffällig ist jedenfalls, dass genau an der Stelle des Unfalls das Brückengeländer beschädigt ist.«

»Sie meinen, jemand hat nachgeholfen, damit er auch wirklich über das Geländer stürzt?«

»Die Lücke bestand schon seit einer knappen Woche und war

schlampig gesichert«, sagte Lenny. »Es wäre aber zu spekulativ, dahinter eine Mordabsicht zu vermuten.«

»Vielleicht hat sich jemand den Umstand zunutze gemacht.« Valerie wandte sich ab. Sie hatte genug gesehen. Der Geruch von Formaldehyd und Desinfektionsmitteln verursachte ihr Übelkeit. Sie drehte sich um und suchte den Ausgang. Lenny folgte ihr nach draußen.

»Warum hat er überhaupt auf der Brücke angehalten?«, fragte sie.

»Wir wissen es nicht. Es gab Spuren eines Auffahrunfalls, Kühlwasser war ausgelaufen.«

»Dann muss mindestens ein weiterer Wagen beteiligt gewesen sein.«

»Wahrscheinlich waren es sogar zwei Fahrzeuge. Wir haben weiße Lackspuren am Heck von Zachers Lieferwagen gefunden, die noch von der KTU analysiert werden. Aber selbst wenn sie von einem gängigen Modell stammen, wird es schwierig werden, das Fahrzeug zu identifizieren.«

»Gibt es keine Videoüberwachung auf der Brücke?«

»Das ist auch so eine merkwürdige Geschichte. Zum Zeitpunkt des Unfalls waren die Kameras ausgefallen. Eine halbe Stunde später funktionierten sie wieder. Die Techniker konnten jedoch für diesen Zeitraum keinen Fehler im Steuerungssystem feststellen.«

»Wann werden Sie den Sprinterbus wieder freigeben? Wir brauchen die Ausrüstung in seinem Laderaum.«

»In den nächsten Tagen, wenn die Untersuchungen abgeschlossen sind.«

»Und Tommys Sachen? Sein Smartphone und sein Laptop?«

»Die Sachen liegen in der KTU.« Lenny blickte sie forschend an. »Sie wollen wissen, ob Zacher brisante Informationen über Nexx besaß, nicht wahr? Was genau könnte er über ihn herausgefunden haben?«

»Neben seinen extravaganten Shows arbeitet Nexx auch als Wahrsager. Wir wollten eine Reportage über die Leichtgläubigkeit der Menschen machen und stießen dabei schnell auf ihn. Unsere Recherchen ergaben, dass er eine Menge Leute in den finanziellen Ruin getrieben hat, indem er sie von seinen Voraussagen abhängig machte. Ich hatte Tommy auf die Sache angesetzt, und er behauptete, er könne beweisen, dass Nexx ein Scharlatan ist. Die Beweise wollte er mir gestern liefern.«

»Immerhin hat Nexx eine erstaunlich hohe Trefferquote vorzuweisen«, sagte Lenny.

»Glauben Sie etwa an diesen ganzen Unsinn, an das Übersinnliche und die Macht des Schicksals?«

»Nein.«

»Ich auch nicht. Also muss es eine Erklärung für seinen Erfolg geben. Wenn wir hinter seinen Trick kommen und ihn als Schwindler entlarven, können wir vielleicht verhindern, dass ihm noch mehr Menschen auf den Leim gehen.«

»In diesem Fall wäre Nexx erledigt gewesen. Seine Existenz stand also auf dem Spiel. Ein ausreichendes Motiv für einen Mord.«

»Tommy sagte, er wäre ganz dicht dran. Aber dann meldete er sich plötzlich nicht mehr.«

»Sie glauben, dass Nexx ihn aus dem Weg geräumt hat?«

»Sie nicht? Was glauben Sie denn? Sagten Sie außerdem nicht gerade selbst, dass unsere Recherchen ein ausreichendes Motiv für den Mord an Tommy wären?«

»Das ist vorerst reine Spekulation. Ich möchte Ihnen etwas zeigen, auf das ich mir keinen Reim machen kann.«

Sie fuhren mit dem Aufzug wieder ins Erdgeschoss hinauf, wo Lenny Valerie in einen karg möblierten Raum bat. Ein Tisch, zwei Stühle und ein Kaffeeautomat waren die ganze Einrichtung. Auf dem Tisch lag ein dünner Pappordner mit der Aufschrift »Zacher, Thomas«.

»Setzen Sie sich bitte. Darf ich Ihnen einen Kaffee anbieten? Es ist nur Automatenkaffee, aber die Mitarbeiter der Pathologie schwören darauf, dass er Tote aufweckt.«

Sie nickte zerstreut.

Lenny warf eine Münze in den Automaten und stellte zwei Plastikbecher auf den Tisch.

»Ich sagte Ihnen ja schon, dass wir zwar nicht davon ausgehen, dass Zacher das Opfer eines Verbrechens wurde, aber trotzdem in alle Richtungen ermitteln. Um uns ein besseres Bild von ihm zu machen, haben wir uns deshalb seine Wohnung angeschaut. Die KTU checkt gerade ein zweites Mal seinen Computer, obwohl wir nur noch wenig Hoffnung haben, etwas Verwertbares darauf zu finden.«

»Was heißt das?«

Lenny setzte sich zu ihr an den Tisch. »Sämtliche Daten wurden gelöscht. Außer den installierten Programmen und dem Betriebssystem befindet sich keine einzige Datei auf dem Rechner – keine Textdokumente, keine Mails, nichts. Auch der Verlauf des Internetbrowsers und der Cache wurden komplett gelöscht. Anschließend wurden die Daten durch einen Zerhacker geschickt. Keine Chance, sie wiederherzustellen.«

»Warum sollte Tommy das tun?«

»Er hat die Daten nicht selbst gelöscht. Unsere Techniker konnten rekonstruieren, wann die Aktion durchgeführt wurde. Zu diesem Zeitpunkt war Zacher bereits seit einer Stunde tot.«

»Finden Sie den Unbekannten, und Sie haben Tommys Mörder.«

»Ganz so einfach ist das nicht. Erstens haben wir noch immer keinen Hinweis auf ein Fremdverschulden. Dass die Umstände seines Todes äußerst seltsam anmuten, muss nicht bedeuten, dass er ermordet wurde. Außerdem können wir zwar den Zeitpunkt bestimmen, zu dem die Daten gelöscht wurden, aber von wem und wie, ist nicht mehr feststellbar. Doch wir haben das hier.« Er zog ein einzelnes Blatt Papier aus einer Schublade und reichte es Valerie.

»Vor etwa achtzehn Stunden hat Zacher eine große Datenmenge über das Onlineportal Easy Big-Files an diese Mailadresse verschickt. Sagt Ihnen die Adresse etwas?«

»Nein. Auf keinen Fall gehört sie zu unserem Sender. Haben Sie denn keine Möglichkeit herauszufinden, wer der Adressat ist?«

»Das haben wir versucht, aber es gibt diese Adresse nicht, vielmehr gibt es sie nicht *mehr*. Das Konto wurde anonym eingerichtet und sofort nach Empfang der Daten wieder gelöscht.« Er blickte sie fragend an.

Valerie zuckte mit den Schultern. »Da kann ich Ihnen auch nicht weiterhelfen.«

»Wie gut kannten Sie Zacher?«

»Er war ein guter Freund. Wir arbeiteten sehr eng zusammen.«

»Ging diese Freundschaft über das Berufliche hinaus?«

Valeries Augen verengten sich. »Warum fragen Sie mich das?«

»Weil ich wissen will, was für ein Mensch Zacher Ihrer Meinung nach war. Ich habe den Verdacht, dass er auf eigene Rechnung arbeitete und die Informationen, auf die Sie so dringend gewartet haben, an jemand anderen verkaufen wollte. Vielleicht hat er sich ja deshalb nicht bei Ihnen gemeldet, weil er mit einem Interessenten noch über den Preis verhandelte.«

»Und nun wollen Sie von mir wissen, wer bereit gewesen sein könnte, für diese Informationen einen Haufen Geld zu bezahlen.«

Lenny nickte.

»Tommy war nicht käuflich. Sie haben nicht den geringsten Beweis dafür.«

»Aber Indizien. Sie sollten sich mit dem Gedanken anfreunden, dass er nicht der integre Kollege war, für den Sie ihn hielten.«

»Und Gabriel Nexx? Er profitiert doch am meisten von Tommys Tod.«

»Wir werden auch dieser Möglichkeit nachgehen.«

»Sie wollten mir etwas zeigen«, sagte Valerie.

»Ja.« Lenny öffnete den Aktenordner und reichte ihr ein einzelnes Blatt Papier. »Haben Sie so etwas schon einmal gesehen?«

Sie überflog das Blatt. Der Aufbau der Tabelle glich den seltsamen Protokollen, die sie in Nexx' Computer entdeckt hatte. Nur waren diesmal in den einzelnen Feldern und Spalten detaillierte Angaben enthalten. Die Tabelle war mit einer Nummer und Tommys Namen gekennzeichnet.

»Woher haben Sie das?«

»Zacher trug es bei sich, als er starb.«

»Ich weiß nicht, was das bedeutet, aber ich kann Ihnen sagen, woher es stammt: von Gabriel Nexx. Warten Sie.« Sie holte ihr Smartphone aus der Tasche ihres Blazers und suchte nach der E-Mail, die sie in Nexx' Arbeitszimmer von seinem Computer an sich selbst geschickt hatte.

»Das … das kann nicht sein.«

»Stimmt etwas nicht?«

»Ich … ich habe gestern Abend Daten von Nexx' Laptop an mein Handy geschickt. Darunter waren Protokolle, die diesem bis aufs Haar glichen. Ich weiß, ich hätte das nicht tun dürfen, aber …«

»Kann ich die Mail mal sehen?«

»Nein«, sagte sie, »das ist es ja. Sie ist nicht mehr da. Jemand hat sie gelöscht.« Frustriert steckte sie das Telefon ein. »Sie glauben mir doch sowieso nicht.«

»Sie vertrauen der Polizei nicht besonders«, sagte er.

»Ich ziehe meine eigenen Ermittlungen vor. Schließlich bin ich Journalistin.«

Lenny trank einen Schluck Kaffee und betrachtete sie nachdenklich. »Seien Sie vorsichtig, Frau de Crécy. Falls wirklich Gabriel Nexx dahintersteckt, ist er ein gefährlicher Gegner.«

Mit dem Gefühl, sich komplett zum Narren gemacht zu haben, kehrte Valerie in die Redaktion zurück. Am Bildschirm ihres Computers klebte ein Zettel mit einer Telefonnummer.

»Eine Frau namens Angelika hat nach dir gefragt«, sagte Henning. »Sie behauptete, Informationen über Nexx zu haben, die dich interessieren würden.«

8

Am späten Nachmittag gelang es Lenny, einen Termin mit Nexx zu vereinbaren. Seine Assistentin betonte, er sei jederzeit bereit, der Polizei zu helfen – sofern man ihm Glauben schenken würde. Lenny ignorierte den Seitenhieb und meldete sich eine Stunde später am Tor zu Nexx' Villa in Marienburg. Zerteski hatte sich am Morgen krankgemeldet und etwas von einem Arzttermin genuschelt. Seitdem war er noch nicht aufgetaucht. Lenny vermutete, dass er einen kapitalen Rausch ausschlief. Er musste etwas wegen Zerteski unternehmen. Seine eigene Arbeit begann unter dessen Nachlässigkeiten zu leiden.

Ein glatzköpfiger Mann, der sich ihm als Nexx' Leibwächter vorstellte, holte ihn ab. Er besaß die größten Hände, die Lenny je gesehen hatte, und sah aus, als hätte man einen Gorilla in einen Maßanzug gesteckt. Lenny ließ sich von seinem grobschlächtigen Äußeren jedoch nicht täuschen. Er hatte genug Typen dieses Schlags getroffen und erkannte sofort, dass der Mann sein Handwerk verstand und brandgefährlich war.

Nexx begrüßte ihn in der Eingangshalle. Am Fuß einer doppelten geschwungenen Treppe, die zum Obergeschoss hinaufführte, hielten zwei pechschwarze Dobermänner Wache und beäugten Lenny misstrauisch.

»Was führt die Polizei in mein Haus? Ich hoffe, ich habe nichts angestellt«, witzelte Nexx augenzwinkernd.

»Ich weiß es nicht. Haben Sie?«

Nexx lachte leise. Die Frage schien ihn zu amüsieren. Ohne Antwort zu geben, bat er Lenny in sein Arbeitszimmer, das von einem monströsen Schreibtisch beherrscht wurde. Die beiden Hunde folgten ihm lautlos und legten sich rechts und links neben den Tisch, während Nexx dahinter Platz nahm.

»Setzen Sie sich bitte, Herr …?«

»Koriatis.«

»Ein seltener Name.«

»Dann haben wir etwas gemeinsam. In Ihrem Fall nehme ich an, dass es sich um einen Künstlernamen handelt.«

»So läuft das in meinem Geschäft. Ein Wahrsager, der Rudolf Schmitt heißt, würde nicht sonderlich erfolgreich sein.«

»Und Ihr richtiger Name lautet?«

Er zögerte. »Ich vermute, ich bin dazu verpflichtet, ihn zu verraten.«

»Haben Sie ein Problem damit?«

»Ich bin bemüht, so wenig Privates wie möglich an die Öffentlichkeit gelangen zu lassen.«

»Darf ich nach dem Grund fragen?«

»Sie dürfen«, sagte Nexx gönnerhaft. »Ich lebe von der Aura des Geheimnisvollen. Gabriel Nexx ist eine Kunstfigur und soll es bleiben, verstehen Sie?«

»In etwa. Trotzdem muss ich darauf bestehen, dass Sie mir Ihren Ausweis zeigen.«

Nexx zog die Schreibtischschublade auf und schob seinen Personalausweis über die Tischplatte zu Lenny. Ein bisschen zu schnell, so als hätte er den Pass schon bereitgehalten.

Der Ausweis war auf den Namen Gabriel Kowal ausgestellt, geboren in Warschau am 03.06.1982.

»Zufrieden?«

»Bis jetzt schon.«

»Was führt Sie also zu mir?«

Lenny wies sich aus.

»Sie sind Ermittler bei der Mordkommission? Sind Sie sicher, dass Sie sich nicht in der Tür geirrt haben?«

»Ganz sicher. Ich untersuche einen sehr undurchsichtigen Fall.«

Nexx lehnte sich zurück und nickte gewichtig. »Sie wollen sich meine Fähigkeiten zunutze machen, um eine Leiche aufzuspüren.«

»Falsch geraten. Ich will wissen, in welcher Beziehung Sie zu Thomas Zacher standen.«

Nexx runzelte die Stirn, seine Finger schlugen einen leisen Trommelwirbel auf die Sessellehne. »Zacher, sagen Sie? Tut mir leid, aber ich kenne niemanden, der so heißt.«

»Sicher?«

»Ganz sicher. Es sei denn, der Mann hätte sich mir unter einem anderen Namen vorgestellt.«

»Warum sollte er das tun?«

»Menschen suchen aus unterschiedlichen Gründen meine Nähe. Halbverrückte Fans, Esoterikjünger oder einfach Leute, die es vorziehen, anonym den Rat eines Wahrsagers zu suchen.«

Lenny griff in die Innentasche seines Sakkos und legte ein Foto von Zacher auf den Schreibtisch, das in der Pathologie aufgenommen worden war. »Vielleicht hilft das Ihrem Gedächtnis auf die Sprünge.«

Nexx beugte sich vor und betrachtete das Bild interessiert. »Nein, ich bin dem Mann nie begegnet. Darf ich fragen, wie er gestorben ist?« Er fuhr mit dem Zeigefinger über die Strangulationsmale am Hals des Toten. »Ich tippe mal auf Selbstmord.«

»Kann sein«, sagte Lenny. »Vielleicht ist er aber auch ermordet worden.«

»Ist es nicht sehr schwierig, jemanden gegen seinen Willen aufzuhängen und einen Selbstmord vorzutäuschen?«

»Ich habe nicht behauptet, dass er erhängt worden ist.«

»Für mich sieht es ganz danach aus. Aber ich bin natürlich kein Experte in diesen Dingen.«

Lenny steckte das Foto wieder ein und reichte Nexx ein einzelnes Blatt Papier in einer Klarsichthülle. »Wir haben das bei ihm gefunden.«

Nexx studierte das merkwürdige Zeitprotokoll. »Warum zeigen Sie mir das?«

»Ich dachte, Sie könnten mir erklären, was das ist und wozu es dient.«

»Nein, tut mir leid. Ich bin Hellseher, kein Informatiker.«

»Thomas Zacher war Mitarbeiter eines Redaktionsteams von Network-TV. Er arbeitete an einer Story über Sie.«

»Ach, tatsächlich?«

»Und er war vermutlich im Besitz von Informationen, die Sie als Schwindler entlarvt hätten, wären sie an die Öffentlichkeit gelangt.«

»Das kann ich mir nicht vorstellen.« Nexx hob zum Zeichen seiner Unschuld beide Handflächen nach oben. »Ich denke, er ist einer Ente aufgesessen. Denn ich bin kein Schwindler.«

Lenny schwieg und beobachtete ihn, wartete darauf, dass er ein Muster erkannte. Sie waren überall, aber die meisten Menschen übersahen sie. Wie oft hatte er sich als ein Sehender unter Blinden gefühlt. Doch seit der Sache mit Anja schienen seine Sinne stumpf geworden zu sein. Alles, was er seitdem an Menschen wahrnahm, war ein verschwommener Schatten, nicht mehr als eine flüchtige Irritation des Auges. Bis auf Valerie de Crécy. Ihr Muster leuchtete wie ein Stern in dunkler Nacht.

»Ah, ich verstehe«, sagte Nexx. »Sie vermuten, dass er die Informationen verkaufen wollte und dabei an den Falschen geriet. Jemand, der nicht bereit war, den von ihm verlangten Preis zu bezahlen, und Zacher tötete, um an sein vermeintliches Wissen zu gelangen.«

»Das wäre denkbar. Es gibt zumindest eine Person, für die Zachers Tod von Vorteil ist.«

Nexx blickte ihn abwartend an.

»Sie«, sagte Lenny.

Nexx bog den Kopf zurück und lachte herzhaft. »Mein lieber Kommissar, da sind Sie auf dem Holzweg. Wenn ich jedem Schmierenreporter eine Lektion erteilen wollte, der schlecht über mich schreibt, müsste ich zum Serienkiller mutieren.« Er wurde ernst. »Gestern habe ich meine Fähigkeiten eindrucksvoll unter Beweis gestellt. Daran ändern auch die immer gleichen Vorwürfe nichts.«

»Dann können Sie mir sicher verraten, wo Sie sich gestern Abend zwischen 23:00 Uhr und Mitternacht aufgehalten haben?«

»Aber gerne. Ich habe mit einer überaus charmanten Dame zu Abend gegessen. Ich nehme an, Sie wollen jetzt Name und Anschrift von mir.«

Lenny hatte diese Frage routinemäßig stellen müssen, obwohl er die Antwort bereits kannte. Dass ausgerechnet Valerie de Crécy Nexx ein Alibi verschaffte, war jedoch ein perfider Zug des Schicksals, der ihn maßlos ärgerte.

Nexx blickte auf seine Armbanduhr und stemmte sich aus dem Sessel hoch. Die beiden Dobermänner hoben erwartungsvoll die Köpfe.

»Wenn Sie keine weiteren Fragen mehr haben, würde ich jetzt gerne an meine Arbeit zurückkehren. Ich bin sehr beschäftigt.«

»Ich bin noch nicht fertig. Setzen Sie sich bitte wieder.«

Nexx plumpste in seinen Sessel zurück. Er schien überrascht von der Schärfe in Lennys Stimme, fing sich aber schnell wieder.

»Gegen Sie liegt eine Strafanzeige vor. Sie werden beschuldigt, in eine Wohnung eingebrochen zu sein«, fuhr Lenny fort.

»Lassen Sie mich raten. Es handelt sich um die Wohnung von Valerie de Crécy.« Lachend schüttelte Nexx den Kopf. »Schauen Sie nicht so konsterniert. Um das herauszufinden, braucht man keine übersinnlichen Kräfte. Valerie wusste von meinem Vorhaben, unsere Verlobung bekanntzugeben. Ich ahnte, dass sie nervös war, aber dass sie zu solch einer extremen Reaktion fähig ist, wie mich anzuzeigen, überrascht mich nun doch.« Er stand auf, schlenderte zur Fensterfront hinüber und blickte in den regnerischen Nachmittag hinaus. »Sie hat mich also angezeigt. Nur wegen eines angeblichen Einbruchs, oder behauptet sie auch noch, ich würde ihr nachstellen?«

Lennys Verärgerung wuchs. Er ahnte, dass Nexx ihm eine völlig andere Version der Ereignisse auftischen würde. Und er fürchtete sich davor, dass sie glaubhaft genug war, um der Wahrheit zu entsprechen. Denn das würde bedeuten, dass Valerie de Crécy log. Sah er deshalb keine Muster, nichts, womit seine Intuition herumspielen konnte? Weil sie eine Lügnerin war? Er weigerte sich, das zu glauben.

»Und? Stellen Sie ihr nach?«, fragte er gereizt.

»Nein. Sehen Sie, um Valeries Reaktion verstehen zu können, muss man wissen, wer sie ist. Ich bin jetzt ein halbes Jahr mit ihr zusammen, und erst in den letzten Wochen hat sie sich mir langsam geöffnet. Dabei habe ich Dinge erfahren, die ihr Verhalten logisch erscheinen lassen.« Nexx zuckte mit den Schultern. »Anscheinend bin ich doch ein miserabler Hellseher. Ich hätte wissen müssen, was geschieht.«

»Ich wäre Ihnen dankbar, wenn Sie mich aufklären würden.«

»Valerie ist die Tochter von Giles de Crécy, einem französischen Diplomaten. Schon mal von ihm gehört?«

»Nicht, dass ich wüsste.«

»Es gibt wenig Erfreuliches über ihn zu berichten. Er war ein cholerischer Egomane.«

»War?«

»Er ist vor einigen Jahren an einem Herzinfarkt gestorben. Giles de Crécy war mit einer deutschen Archäologin verheiratet und hatte zwei Kinder mit ihr. Valerie und ihre zwei Jahre ältere Schwester Julie. Er war steinreich und lebte auf einem Landschloss in der Bretagne. Valerie wurde mit dem sprichwörtlichen goldenen Löffel großgezogen. Dafür musste sie allerdings einen bitteren Preis zahlen. Der Alte war ein Tyrann, ein Strafgericht Gottes. Und dann war da noch dieser Diener … wie hieß er gleich? Ach ja, Jérôme.«

»Was für ein Diener?«

»Das Faktotum ihres Vaters. Jérôme hatte eine Schwäche für kleine Mädchen. Muss ich deutlicher werden?«

Lennys Herz gefror zu einem Eisklumpen. »Nein.«

»Sie wissen, dass man Valerie zahllose Affären nachsagt?«

»Ich gebe nicht viel auf Gerüchte.«

»In diesem Fall sollten Sie es. Ich bin nicht der erste Mann, mit dem sie eine Beziehung eingegangen ist, und jedes Mal, wenn es ernst wird, läuft sie davon. Sie verstehen?«

»Nicht ganz.«

»Sie leidet unter Bindungsangst. Die öffentliche Ankündigung unserer Hochzeit muss sie zutiefst verstört haben. So sehr, dass sie in Panik geriet und nach einem Ausweg suchte. Mich der Lüge zu bezichtigen erschien ihr wohl als die einzige Möglichkeit, aus der Sache herauszukommen.«

»Woher kennen Sie all diese intimen Details?«

»Auch in diesem Fall spielt meine Sehergabe keine Rolle. Valerie hat sie mir erzählt. Es hat sehr viel Geduld und Liebe gekostet, sie überhaupt dazu zu bewegen, etwas von sich preiszugeben. Ich bin ein verliebter Narr, denn durch meine vorschnelle Aktion habe ich alles verdorben. Dabei hätte ich es ahnen müssen.« Nexx seufzte tief. »Ja, ich habe ihr Vertrauen wohl verloren.«

»Frau de Crécy behauptet, dass Sie ein Foto in ihrem Schlafzimmer aufgestellt haben – die Fotomontage eines Hochzeitsbilds. Haben Sie eine Erklärung dafür?«

Nexx lächelte. »Aber natürlich. Es war ein Geschenk … und zugleich eine augenzwinkernde Anspielung auf meine hellseherischen Fähigkeiten. Sehen Sie, schon als ich Valerie zum ersten Mal begegnete, wusste ich, dass wir zusammengehören. Und ich weiß, dass sie ähnlich empfand, aber das würde sie Fremden gegenüber niemals zugeben. Jetzt sehe ich ein, dass es ein Fehler war, sie mit dem Foto zu überraschen.« Er schüttelte den Kopf. »Mein Gott, was war ich doch für ein Narr. Es muss sie tief verstört haben.«

Lenny stand auf. Er konnte Nexx' Gerede nicht länger ertragen. Entweder war der Mann so aalglatt, wie er sich gab, oder er sagte tatsächlich die Wahrheit. Er wusste nicht mehr, was er glauben sollte. Nexx' Geschichte könnte stimmen. Hätte ihm diese Frau nicht vom ersten Augenblick an den Kopf verdreht, würde er Nexx' Aussagen bestimmt nicht anzweifeln.

»Ich rate Ihnen dennoch, sich Frau de Crécy nicht zu nähern«, sagte er gepresst.

»Ist das eine polizeiliche Anordnung?«

»Solange Frau de Crécy keine einstweilige Verfügung gegen Sie erwirkt hat, kann ich Ihnen den Kontakt zu ihr nicht verbieten. Nehmen Sie es daher als Warnung.«

»Sie glauben mir nicht.«

»Ich bin kein Priester, sondern Polizist. Mich interessieren nur Fakten.«

»Dann empfehle ich Ihnen, Ihre Datenbänke nach Valerie de Crécy zu durchsuchen. Sie werden auf mindestens drei Männer stoßen, die sie im Lauf der letzten Jahre wegen Belästigung angezeigt hat. Sie spielt dieses Spiel nicht zum ersten Mal.«

»Nehmen Sie meine Empfehlung ernst«, sagte Lenny unbeirrt.

»Das werde ich … obwohl ich Valerie liebe. Aber ich habe auch einen Ruf zu verlieren. Meine berufliche Karriere ist durch falsche Anschuldigungen schnell ruiniert. Sie haben mein Wort, dass ich mich zurückziehen werde. Vorerst.«

»Gut, das wäre alles. Für dieses Mal.«

Nexx blickte ihn fragend an, worauf Lenny erklärend hinzufügte: »Sie sind ja sicher, dass Sie Thomas Zacher nie begegnet sind.«

»Nicht, dass ich wüsste. Wenn Sie mich jetzt entschuldigen würden?«

Lenny verließ die Villa. Der bullige Leibwächter geleitete ihn zurück zum Tor.

»Arbeiten Sie schon lange für Nexx?«

»Wie man's nimmt. Ein paar Jahre. Leben Sie wohl.« Er hielt das Tor auf und wartete, bis Lenny die Tür seines Wagens aufgeschlossen hatte. Als er losfuhr, schaute er in den Rückspiegel. Der Riese stand noch immer in der Einfahrt und blickte ihm nach. Einen Wimpernschlag lang umhüllte ein nachtschwarzes Muster seine stämmige Silhouette. Lenny spürte instinktiv, dass der Ärger gerade erst begann.

»Dieser verlogene Mistkerl!« Valeries Stimme drang wütend aus dem Lautsprecher von Lennys Handy. »Kein Wort davon ist wahr.«

»Er hat zumindest versichert, Sie nicht weiter zu belästigen.«

»Glauben Sie eigentlich immer alles, was man Ihnen erzählt?«

»Ich kann im Augenblick nicht mehr tun, es steht Aussage gegen Aussage. Bei der momentanen unsicheren Beweislage wird kein Staatsanwalt Anklage wegen Stalkings erheben, es reicht einfach nicht aus. Aber Sie können sicher sein, dass ich an ihm dranbleibe, schon wegen Zacher.«

»Wer weiß, was sich dieser Irre als Nächstes einfallen lässt?«

»Zeichnen Sie alle Nachrichten auf und sichern Sie alle E-Mails.«

»Sie werden also nichts gegen ihn unternehmen?«

»Tut mir leid, mir sind die Hände gebunden. Ich empfehle Ihnen, einen Anwalt einzuschalten. Die einzige Möglichkeit, die Sie derzeit haben, ist, eine einstweilige Verfügung bei Gericht zu erwirken, dass Nexx sich Ihnen nicht nähern darf. Tut er es dennoch, nageln wir ihn fest. Allerdings müssen Sie dann ab jetzt dafür sorgen, dass Sie nie mehr allein irgendwo unterwegs sind.«

»Mein Anwalt sagt, dass die Bedrohungslage für eine einstweilige Verfügung nicht ausreicht.«

»Womit er wahrscheinlich recht hat. Es ist sehr schwierig, gegen einen Stalker vorzugehen. Sie müssen ihn auf frischer Tat ertappen.«

»Und wenn er … wieder in meine Wohnung eindringt?«

»Nehmen Sie ihn mit Ihrem Handy auf und rufen mich sofort an.«

»Worauf Sie sich verlassen können.«

»Haben Sie die Schlösser austauschen lassen?«

»Ja.«

»Sehr gut. Und die Kameras auf dem Dachgarten?«

»Sie funktionieren immer noch nicht.«

»Ich rede mit der Hausverwaltung. Schicken Sie mir die Nummer auf mein Handy«, sagte Lenny.

»Ich habe Angst.«

»Das kann ich gut verstehen, aber …«

»Wenn das Gesetz auf seiner Seite steht, werde ich mich eben mit meinen Mitteln zur Wehr setzen.«

»Das Gesetz ist neutral. Übereilen Sie nichts und fordern Sie ihn nicht heraus.«

Es klickte in der Leitung, Valerie hatte aufgelegt. Lenny begann sich ernsthaft Sorgen zu machen. Sie war impulsiv und temperamentvoll und neigte zu vorschnellen Handlungen, die böse Konsequenzen nach sich ziehen konnten. Er fuhr ins Präsidium zurück und hing düsteren Gedanken nach. Ein kaltes Prickeln im Nacken warnte ihn, dass es Ärger geben würde.

Eine Stunde später hatte Lenny zum hundertsten Mal den Unfallbericht der KTU gelesen und kam keinen Schritt weiter. Um eine Verbindung zwischen Zachers Tod und Nexx eindeutig verwerfen oder beweisen zu können, beschloss er, sich in der Wohnung des toten Journalisten umzusehen. Vielleicht hatte er Glück und stieß auf eine Spur, die die KTU übersehen hatte. Er schnappte sich sein Sakko vom Garderobenhaken und verließ eilig das Büro. In der Tür prallte er mit Zerteski zusammen. Obwohl es erst Nachmittag war, haute ihn dessen Fahne um.

»Na, was hat der Doktor gesagt?«, fragte Lenny.

Zerteski hustete gekünstelt. »Scheint ’ne Grippe zu sein. Ich dachte, ich schau trotzdem noch vorbei.«

Damit du dich heute Abend im Charlie's *wieder volllaufen lassen kannst, ohne Ärger zu bekommen,* dachte Lenny und sagte dann: »Okay, wenn du schon mal da bist, kannst du mich auch begleiten.«

»Wohin willst du?«

»In Zachers Wohnung. Vielleicht stoßen wir dort doch noch auf etwas, das uns weiterbringt.«

Sie fuhren mit dem Lift in die Tiefgarage hinunter.

»Lass besser mich fahren«, schlug Lenny vor.

Er steuerte *Beule* auf die Straße und stoppte ihn keine fünfzehn Minuten später vor einem heruntergekommenen Wohnblock im Osten der Stadt. Zachers Wohnung lag im sechsten Stock. Am Aufzug klebte ein Zettel mit der Aufschrift: »Kapput«.

»Scheiße«, stöhnte Zerteski.

Lenny eilte die Treppe hinauf und machte sich einen Spaß daraus, Zerteski anzutreiben. Als er im sechsten Stock ankam, hielt er inne und näherte sich misstrauisch Zachers Wohnungstür. Sie stand offen und schwang leise knarrend auf und zu, das Polizeisiegel war zerrissen. Zerteski erreichte hinter ihm keuchend das obere Ende der Treppe.

Lenny legte einen Finger an die Lippen und zog seine Dienstwaffe. Vorsichtig schob er die Tür auf, trat in den halbdunklen Flur dahinter und gab Zerteski das Zeichen, den Ausgang zu sichern.

Aus dem Wohnzimmer drangen Geräusche, das Rascheln von Papier, ein leises Fluchen.

»Polizei! Keine Bewegung!«

Ein kleiner Mann mit der drahtigen Statur eines Frettchens fuhr erschrocken herum und ließ einen Stapel Computerausdrucke fallen.

»Umdrehen! Hände hoch!«

Lenny drückte den Mann gegen die Wand und durchsuchte ihn rasch. In der Außentasche seines schmuddeligen Regenmantels stieß er auf einen Presseausweis.

»Jochen Lemgo, Köln-Report«, las er vor. »Was haben Sie hier verloren?«

»He, bleib ganz locker. Wir stehen auf derselben Seite.«

»Umdrehen!«

Lenny trat einen Schritt zurück und steckte die Waffe ein. Blitzschnell tauchte Lemgo unter ihm weg und verschwand in der Diele. Lenny schlenderte ihm gelassen hinterher. Er hörte, wie Zerteski eine Warnung knurrte und Lemgo erschrocken japste.

Sein Partner hatte dem Reporter den Arm auf den Rücken gedreht und ihn gegen den Garderobenspiegel gepresst.

»Entweder haben Sie eine verdammt gute Erklärung für Ihr unerlaubtes Eindringen, oder wir nehmen Sie mit aufs Präsidium. Das kann eine lange Nacht geben«, sagte Lenny.

»Und ich hab überhaupt keine Lust, mir mit dir die Nacht um die Ohren zu schlagen«, knurrte Zerteski.

»Okay, ihr habt gewonnen. Lasst mich los.«

»Pass gut auf ihn auf, Guido, der ist flink wie ein Wiesel.« Lenny überflog das Chaos im Wohnzimmer. »Ich schätze, er wird uns gleich erklären, wonach er gesucht hat.«

»Ich bin Reporter, rumzuschnüffeln ist mein Job«, sagte Lemgo.

»Klar doch, und Polizeisiegel sind da kein Hindernis. Also?«

»Zacher hatte mir Informationen versprochen.«

»Über Nexx?«

Verdutzt sah Lemgo Lenny an. »Ja, Mann. Woher wissen Sie das?«

Lenny grinste. »Ich bin bei der Polizei. Ich weiß alles. Weiter!«

»Zacher hatte mir eine Mail über Easy Big-Files geschickt, die mich elektrisiert hat. Lauter Informationen über diesen Fernseh-Wahrsager Nexx.«

»Waren darunter konkrete Beweise, dass Nexx ein Scharlatan ist?«

»Natürlich nicht. Zacher war doch nicht blöd. Die hielt er noch zurück. Aber ich konnte aus der Mail herauslesen, dass er mehr wusste. Er wollte einen Haufen Geld dafür, zwanzigtausend Euro.«

»Und dann?«

»Ich hab mich gestern Abend mit Zacher am Rheinufer getroffen. Er war total paranoid, hat überall Verfolger und versteckte Kameras gewittert und wollte nicht damit rausrücken, was er hatte. Er hat dann vorgeschlagen, aus der Stadt rauszufahren, irgendwohin, wo's garantiert keine Kameras und kein Internet gibt.«

»Wohin?«

»Auf einen Rastplatz an der A4.«

»Und dann?«

»Sind wir losgefahren. Ich vorne weg, dann Zacher mit seinem Sprinterbus. Auf der Zoobrücke hat auf einmal mein Wagen verrücktgespielt. Keine Ahnung, was mit dem los war. Er bockte, dann ging plötzlich der Motor aus. Zacher musste stark bremsen, das hab ich im Rückspiegel gesehen. Aber es war zu spät, er krachte mit dem Sprinter in mein Heck. Wir sind dann beide ausgestiegen. Zacher war furchtbar aufgeregt und hat sich dauernd umgeschaut. Er meinte, dass das alles geplant wäre und wir unbedingt von der Brücke runter müssten.«

»Was meinte er damit?«

»Keine Ahnung.«

»Was geschah dann?«

»Er hat ein Abschleppseil vorne am Sprinter befestigt. Im selben Augenblick gab's einen Knall. Ein anderer Wagen war ihm hinten draufgefahren, und sein Lieferwagen machte einen Satz nach vorne.«

»Weiter!«, drängte Lenny.

»He, das glauben Sie mir sowieso nicht.«

»Lassen wir es auf einen Versuch ankommen.«

»Zacher hatte sich irgendwie in dem Seil verheddert. Der Sprinter traf ihn an der Hüfte, und er stürzte durch eine Lücke im Brückengeländer nach unten. Er … ich, Scheiße.« Lemgo fuhr sich mit der Hand über das Gesicht. »Ich hab gehört, wie sein Genick brach.«

»Haben Sie den Fahrer des anderen Wagens erkannt?«

»Nein, es ging alles viel zu schnell. Aber ich erinnere mich an das Auto. Es war ein weißer Kombi, ein Ford, glaube ich.«

»Warum haben Sie nicht die Polizei gerufen?«

»Wie hätte ich denn glaubhaft erklären sollen, dass Zacher tot am Abschleppseil hängt – und ich hab zwanzigtausend Euro in der Tasche.«

Zerteski lachte. »War es nicht eher so, dass Sie abgehauen sind, weil Sie weiter nach dem Material suchen wollten, das Ihnen Zacher versprochen hatte?«

»Ja, auch, verdammt. Im Sprinter war ja nichts. Ich dachte, ich kann ja zur Abwechslung mal Glück haben, deswegen hab ich's hier versucht.«

»Wir nehmen ihn mit«, sagte Lenny.

Zerteski legte Lemgo Handschellen an.

»He! Ich hab nichts mit Zachers Tod zu tun.«

»Wenn Sie die Wahrheit sagen, werden wir genau das auch herausfinden.« Lenny wandte sich an Zerteski. »Wir liefern ihn im Präsidium ab und lassen ihn eine Nacht lang in einer Zelle schmoren. Danach machen wir Feierabend. Ich lade dich auf ein Kölsch ein.«

»Im *Charlie's?*«, fragte Zerteski hoffungsvoll.

»Im *Charlie's*«, antwortete Lenny.

9

Am späten Nachmittag fegte ein kalter Wind über den Adenauer Weiher im Kölner Stadtwald und kündigte einen frühen Herbst an. Aus den bleigrauen Wolken regnete es beständig. Valerie stellte ihren Mini-Cooper vor den verwaisten Terrassen eines Ausflugslokals ab und blickte sich suchend um. Am Waldrand, halb vom regenschweren Blattwerk einer Buche verborgen, entdeckte sie eine schmale Gestalt, die mit einem Regenschirm kämpfte, den ihr der Wind aus den Händen zu reißen drohte. Valerie stieg aus dem Wagen und lief, so schnell sie konnte, über den Parkplatz, um das schützende Blätterdach zu erreichen.

Als sie das Gesicht der Fremden aus der Nähe sah, beschlich sie das unheimliche Gefühl, in einen Spiegel zu blicken. Die Frau hatte die gleichen grünen Augen wie sie. Ihre Brauen wölbten sich in einem ähnlichen, leicht schrägen Bogen, und die Kontur ihrer Wangenknochen schien ihr wie eine exakte Kopie ihrer eigenen.

»Sind Sie Angelika?«, fragte sie die Fremde.

»Sie können mich so nennen.« Argwöhnisch blickte die Frau zu den Terrassen hinüber. »Lassen Sie uns ein wenig spazieren gehen. Ich bleibe gerne in Bewegung. Und schalten Sie Ihr Handy aus.«

»Ich halte mich an unsere Abmachung«, sagte Valerie. »Keine Kamera, kein Mikrophon.«

»Ich misstraue nicht Ihnen. Aber er kann uns hören. Und er kann uns sehen. Überall.«

»Sprechen Sie von Gabriel Nexx? Übertreiben Sie da nicht ein bisschen?«

»Nein, keineswegs.«

»Er mag ja ein Hochstapler und Betrüger sein, aber allwissend ist er nicht.«

»Sind Sie sicher?«

Etwas an der Art, wie Angelika die Frage gestellt hatte, ließ Valerie frösteln.

»Sie wollen nicht, dass ich Ihr Wissen über ihn in meiner Sendung verwende. Sie wollen kein Geld, und Sie wollen mir Ihren wahren Namen nicht verraten. Ehrlich gesagt, frage ich mich bei all dieser Geheimniskrämerei, wie hoch der Wahrheitsgehalt Ihrer Aussagen ist und was Sie mit diesem Treffen bezwecken.«

»Schalten Sie Ihr Smartphone aus.«

Valerie seufzte, tat ihr dann aber den Gefallen und entfernte den Akku aus ihrem Telefon.

»Und nun? Sollen wir die Baumkronen nach Kameras absuchen? Vielleicht nutzt Ihre Vorsicht ja auch gar nichts, und er kann uns mit seinen telepathischen Kräften an jedem Ort im Universum belauschen.«

»Sie sollten das, was ich Ihnen zu sagen habe, ernst nehmen. Andernfalls könnten Sie es bedauern, meinen Rat ausgeschlagen zu haben.«

Valerie erwog, die Frau einfach stehen zu lassen. Sie begegnete immer wieder Menschen, die jede Chance nutzten, um sich wichtigzumachen. Jede Woche bekam sie E-Mails und Anrufe von Zuschauern, die behaupteten, von Außerirdischen entführt worden oder dem wieder auferstandenen Elvis begegnet zu sein.

»Solange Sie sich in Rätseln und Andeutungen ergehen, wird es mir schwerfallen, Sie ernst zu nehmen«, sagte sie schließlich. »Sie wollen nicht vor die Kamera, Sie wollen kein Geld, also, was wollen Sie?«

»Ihr Leben retten.«

Valerie lachte, aber es klang eher wie ein ersticktes Husten.

»Bevor ich Ihnen etwas über Gabriel erzähle, muss ich wissen, ob es stimmt, was in den Zeitungen steht. Lieben Sie ihn?«

»Ihn lieben? Ich kenne ihn überhaupt nicht. Ich habe ihm nicht mal das Leben gerettet, sondern ihn rein zufällig aus der Schusslinie des Attentäters gestoßen. Kein Wort von dem Verlobungsgeschwafel ist wahr. Ich weiß nicht, was er sich von diesem ganzen Unsinn verspricht.«

»Aber ich weiß es. Er will Sie besitzen. Absolut und vollständig, so wie er schon alle anderen Frauen vor Ihnen besessen hat. Und wenn er Ihrer überdrüssig ist, wird er Sie töten, so wie er auch die anderen Frauen vor Ihnen getötet hat.«

Die Unruhe, die Valerie vergangene Nacht um den Schlaf gebracht hatte, kehrte bei diesen Worten schlagartig zurück und rumorte in ihrem Bauch wie ein Hornissenschwarm. Sie glaubte, in ein surrealistisches Horrorgemälde einzutauchen, das Stück für Stück lebendig wurde.

»Ich lernte Gabriel während des Studiums in Berlin kennen«, fuhr Angelika fort. »Wie Sie sicher wissen, ist er polnischer Staatsbürger, besitzt aber auch einen deutschen Pass. Er studierte zunächst zwei Semester Psychologie wie ich, wechselte dann aber zu Medienwissenschaften und Informationstechnik an die TU Berlin. Er sah gut aus, war klug, interessant und charmant und hatte stets Geld in der Tasche. Warum hätte ich ein Date mit ihm ablehnen sollen? Wir trafen uns ein paarmal, gingen ins Kino, was man eben so macht. Schließlich landeten wir im Bett, was sich als der größte Fehler meines Lebens erwies.«

Angelika zündete sich eine Zigarette an und inhalierte tief den Rauch.

»Wir gingen ein Vierteljahr miteinander. In dieser Zeit verwandelte sich der nette Gabriel in ein Monster. Ich konnte keinen Schritt mehr ohne ihn tun, keine meiner Freundinnen treffen oder anrufen, ohne dass er es erfuhr. Er überwachte mein Handy und meine Mails, kontrollierte, welche Internetseiten ich besuchte und wie ich meine Zeit verbrachte, wenn ich alleine war – was immer seltener vorkam. Eines Tages stahl er mir meine Ausweispapiere, fälschte eine Vollmacht von mir und meldete mein Auto ab. Er sagte, ich solle ihn bitten, mich zu fahren. Er wäre immer für mich da, aber er könne mir das Autofahren nicht länger erlauben. Er hätte zu große Angst, dass mir etwas zustoßen könnte. Ich hatte genug und drohte, mich von ihm zu trennen, wenn er sich wegen seiner krankhaften Eifersucht und Neurosen nicht behandeln ließe.«

»Wie reagierte er?«

Er bedrängte mich, drohte mir und stahl meine Wohnungsschlüssel. Ich musste bei einer Freundin übernachten. Am nächsten Tag entschuldigte er sich. Er sagte, es tue ihm leid, und er versprach, sich zu bessern. Er erzählte mir von Katharina, seiner ersten großen Liebe. Gabriel war ein Jahr mit ihr zusammen gewesen, als sie schwanger wurde. Er wollte das Kind, sie nicht. Sie ließ es abtreiben und trennte sich von ihm.«

»Glauben Sie, er hat sie auch unter Druck gesetzt?«

»Ich weiß es nicht. Er ist offenbar über den Verlust nie hinweggekommen und entwickelte eine geradezu zwanghafte Angst, einen geliebten Menschen zu verlieren. Er sagte mir, dass er sogar eine Therapie begonnen habe, weil er sich wirklich ändern wolle. Eine Zeitlang lief es besser, aber dann begann alles von vorne, schlimmer als jemals zuvor. Ich fand bald heraus, dass die Geschichte mit der Therapie erfunden war. Gabriel war niemals bei einem Psychologen gewesen. Wir hatten einen furchtbaren Streit, und er sperrte mich sechsunddreißig Stunden lang im Badezimmer ein. Eine Nachbarin hörte schließlich meine Hilferufe und rief die Polizei, die mich befreite. Mir war klar, dass ich Schluss machen musste.«

»Erfuhr er von Ihren Plänen?«

»Gabriel sieht und weiß alles. Was er nicht weiß, findet er heraus.«

»Sie meinen, seine seherische Gabe ist echt?«

»Die Show, die er abzieht? Lächerlich! Nein, ich weiß nichts von diesem Talent.«

»Er behauptete mir gegenüber, seit einem Nahtoderlebnis in der

Kindheit mit einer Macht in Kontakt zu stehen, die er *das Feld* nennt.«

»Davon hat er nie etwas erzählt. Gabriel ist ein Blender. Seine einzige Gabe ist sein Schauspieltalent. Um mich zu kontrollieren, bediente er sich ganz profaner Dinge. Schließlich hat er ein paar Semester Informatik studiert, bevor er auch diesen Studiengang abbrach. Er wusste, wie man ein Handy hackt oder einen Computer. Darin war er wirklich gut.«

»Für einen Hellseher weist er eine unheimliche Trefferquote auf. Er hat den Absturz eines Flugzeugs auf den Tag genau vorhergesagt. Das hat vor ihm noch niemand geschafft. Ich weiß nicht, wie er es macht, aber es besteht kein Zweifel, dass er Dinge weiß, die erst noch geschehen werden. Ich kann mir nicht vorstellen, dass ein paar Computertricks dafür ausreichen.«

Angelika blieb stehen und blickte auf den Teich hinaus. Millionen von Regentropfen, die auf seiner Oberfläche explodierten, verwandelten ihn in einen riesigen Topf kochenden Wassers.

Sie warf die Kippe in eine Pfütze. »Als er begriff, dass ich es ernst meinte mit der Trennung, begann eine Serie von sehr sonderbaren Vorfällen. Enge Freunde wandten sich in kurzer Zeit von mir ab, ohne dass ich den Grund dafür erfuhr. Meine Katze verschwand spurlos, und ich hatte immer wieder das Gefühl, jemand wäre in meiner Wohnung gewesen. Er schmiedete weiter Pläne und verkündete, er wolle in die USA auswandern. Er behauptete, Leute im Silicon Valley zu kennen, die ihm den beruflichen Aufstieg in der Softwarebranche ermöglichen würden. Für ihn stand fest, dass ich mit ihm gehen würde. Eine Woche später verkaufte er mein Auto. Er sagte, ich brauche den Wagen ja nicht mehr, weil ich mit ihm in die USA auswandern würde. Ich ging zur Polizei. Da bereits eine Anzeige wegen Freiheitsberaubung und Nötigung gegen ihn vorlag, wurde es eng für ihn. Zwei Tage später begann der Terror.«

»Niemand kann ungestraft andere Menschen terrorisieren.«

Angelika zündete sich eine neue Zigarette an.

»Gabriel kann es. In den letzten zehn Jahren bin ich ein Dutzend Mal umgezogen. Er hat mich immer wieder aufgespürt und mir das Leben zur Hölle gemacht.«

»Aber hat denn die Polizei nichts dagegen unternommen?«

»Sie konnte nicht. Denn er ist schlau genug, keine Spuren zu hinterlassen. Ich nahm mir einen Anwalt, engagierte einen Privatdetektiv und schloss mich einer Selbsthilfegruppe für Stalking-Opfer an. Doch jedes Mal, wenn ich mich wehrte, drehte er die Schraube aus Psychoterror und Drohungen noch ein Stück weiter. Irgendwann kam der Zeitpunkt, an dem ich nicht mehr konnte. Ich hegte Selbstmordgedanken, weil ich keinen Ausweg mehr sah. Schließlich besorgte mir ein Freund illegal neue Papiere. Ich kappte alle Verbindungen zu meiner Familie und meinem sozialen Umfeld und begann ein neues Leben. Ich ließ mein altes Ich sterben, weil es sterben musste. Sonst hätte ich mich umgebracht. Oder Gabriel hätte es getan.«

Angelika blieb stehen und blickte Valerie an. »Er ist wahnsinnig. Und er ist heute noch viel gefährlicher als damals. Denn seine Macht hat sich vervielfacht.«

Valerie sah erneut das gerahmte Foto auf dem Kaminsims in Nexx' Villa vor sich, ebenso das Bild auf ihrem Nachttisch.

»Schauen Sie mich an. Was sehen Sie?«, fragte Angelika.

Valerie wandte sich ab. »Mich. Ich sehe mich selbst.«

»Er bevorzugt immer den gleichen Typ Frau. Er ist besessen von kastanienbraunem Haar und grünen Augen. Und nun ist er besessen von Ihnen. Was immer er Ihnen getan hat, es ist erst der Anfang. Er wird Sie niemals wieder in Frieden leben lassen, es sei denn, er findet ein neues Opfer. Aber selbst wenn er eines findet, bin ich nicht sicher, ob Sie die Sache überleben werden.«

»Und was soll ich Ihrer Meinung nach jetzt tun?«

»Tauchen Sie unter, bevor es zu spät ist.«

»Sie erwarten doch nicht ernsthaft, dass ich mein Leben wegen dieses Irren aufgebe? Meine Karriere, meine Freunde, alles, was ich erreicht habe.«

»Sie müssen.«

Valerie lachte. Diesmal klang es trotziger. »Das werde ich nicht tun. Ich werde diesem Bastard zeigen, dass ich mich zu wehren weiß.«

»Überdenken Sie von nun an jeden Ihrer Schritte.«

»Ich danke Ihnen für Ihren gutgemeinten Rat. Aber ich werde mich vor Nexx nicht in ein Mauseloch verkriechen und den Rest meines Lebens vor ihm zittern.«

»Vielleicht kann ich Ihnen helfen. Aber dafür erbitte ich auch Ihre Hilfe.«

»Wie könnte ich Ihnen helfen?«

»Sie verfügen über die Macht der Medien. Man achtet Sie und hört zu, wenn Sie etwas sagen. Ich kann Ihnen Informationen geben, die Nexx als Schwindler entlarven. Aber niemand darf jemals erfahren, dass ich dahinterstecke.«

»Ich höre.«

Angelika lächelte. »Glauben Sie wirklich, ich wäre so naiv, Beweise, die Gabriel vernichten können, mit mir herumzutragen? Ich wollte Sie erst kennenlernen, um zu sehen, ob ich Ihnen vertrauen kann.«

»Und zu welcher Einschätzung sind Sie gekommen?«

»Ich bin mir noch nicht sicher.«

»Weihen Sie mich ein. Mir steht ein professionelles Rechercheteam zur Verfügung. Wir könnten …«

»Geben Sie mir ein paar Stunden Zeit, darüber nachzudenken.«

»Also gut. Ich werde warten. Wie kann ich Sie kontaktieren?«

»Ich melde mich bei Ihnen.«

Valerie reichte ihr eine Visitenkarte. »Unter dieser Nummer können Sie mich Tag und Nacht erreichen.«

»Passen Sie auf sich auf, Frau de Crécy. Und denken Sie daran, dass Sie von nun an nie mehr alleine sein werden.«

Mit diesen Worten drehte sich Angelika um und verschmolz nach wenigen Metern mit den Regenschleiern, als hätte sie niemals existiert. Eine düstere Vorahnung erfasste Valerie. Die Bedrohung durch Nexx würde nicht einfach verschwinden. Sie würde sich von ihrer Angst ernähren und wachsen, bis sie groß genug war, um sie zu verschlingen.

10

Lenny liebte das *Charlie's*. Die Musikkneipe erinnerte ihn an die Sportsbar in Washington, in der er als Jugendlicher seine Abende verbracht hatte. Im *Charlie's* zierten Poster von Baseballmannschaften die Wände, dazu Pokale und ein Football, von dem Charlie, der Kneipenbesitzer, schwor, er sei in einem Superbowl-Finale benutzt worden. Lenny mochte die Atmosphäre, die dezente Hintergrundmusik – Jazz und Swing aus den vierziger Jahren, Blues und Motown Soul. Er war mit dieser Musikmischung aufgewachsen und spielte in einer Swingband Saxophon. Jeden dritten Freitag traten sie im *Charlie's* auf.

Er war sich bewusst, dass er das Relikt einer vergangenen Kultur war, aber das störte ihn nicht. Er liebte die Vielfalt musikalischer Stile, aber mit Heavy Metal, Pop und Techno konnte er nichts anfangen. Ihm fehlten die Melodiebogen eines Glenn Miller oder die chromatischen Akkordfolgen eines Paul McCartney.

Zerteski kam nur wegen der Auswahl an Bieren ins *Charlie's,* und wegen der Frauen. Zumindest ließ er keine Gelegenheit aus, das zu behaupten. Lenny hatte allerdings noch nie erlebt, dass er hier ein Mädchen angebaggert hatte. Trotzdem redete er ständig von seinen

Liebesabenteuern, die Lenny für frei erfunden hielt. In der Gegenwart von Frauen benahm Zerteski sich abwechselnd schüchtern oder spielte den Macho. Beides führte nicht zum Ziel. Aber sie waren nun mal Partner und mussten sich aufeinander verlassen können. Und dazu musste die Chemie stimmen. Also ging Lenny mit ihm das eine oder andere Kölsch trinken, obwohl sie kaum etwas gemeinsam hatten. Der laute und oberflächliche Zerteski und der schweigsame und tiefgründige Lenny – verschieden wie Tag und Nacht. Trotzdem gab Lenny sich große Mühe, sie beide zu einem guten Team zu formen.

Seine Leidenschaft gehörte einer längst vergangenen Zeit. Er hatte so ziemlich jeden Film noir gesehen, der je gedreht worden war. Die Cops in den alten Hardboiled-Krimis von Raymond Chandler und Dashiell Hammett, die seine heimlichen Vorbilder waren, rauften sich auch stets zusammen. Warum sollte es also Zerteski und ihm trotz aller Unterschiede nicht gelingen, gut miteinander auszukommen? Er spürte, dass Zerteskis großspuriges Gehabe nichts weiter war als ein Mittel, seine Schüchternheit gegenüber Frauen zu überspielen.

Zerteski schwang sich neben ihm auf einen Barhocker. Aus den Boxen drang der Sound von Benny Goodmans samtweicher Klarinette. Die Bilder von Tod und Zerstörung, die über den Flachbildschirm hinter dem Tresen zogen, standen in krassem Gegensatz dazu. Der Wirt hatte entgegen seiner Gewohnheit den Nachrichtensender Network-TV eingeschaltet.

»He Charlie. Machst du uns zwei Kölsch?«, rief Zerteski.

»Kommen sofort.«

Keine Minute später stellte Charlie zwei Biergläser auf den Tresen. Zerteski stürzte das eiskalte Kölsch in einem Zug hinunter.

»Und gleich noch ’ne Ladung für mich.«

Lenny ließ seine Blicke durch das Lokal schweifen und nippte an seinem Bier. Nur wenige Gäste saßen in den schummerigen Nischen, aus dem Nebenraum drang das Klackern von Billardkugeln. Er begann, sich zu entspannen, während Zerteski sein zweites Kölsch kippte.

»Willst du heute Abend einen neuen Rekord aufstellen?«, fragte er.

»Keine schlechte Idee.«

Lenny stellte sein Glas ab. Mittlerweile kam Zerteski an vier von fünf Tagen schlecht gelaunt oder gar angetrunken zum Dienst. Oder er erschien gar nicht. Gedankenverloren saß er neben ihm und stierte in sein Glas. Eine Schaumflocke klebte an seiner Nasenspitze und flatterte im Takt seiner Atemzüge.

»Alles in Ordnung bei dir?«, fragte Lenny.

»Alles bestens.«

»Wenn dich etwas bedrückt, erzähl es mir ruhig.« Plötzlich wurde ihm bewusst, dass er so gut wie nichts über Zerteskis Privatleben wusste. »Was treibst du eigentlich, wenn du nicht im Dienst bist?«

»Soll das ein Verhör werden?« Zerteski schob das leere Glas über den Tresen. Charlie tauschte es gegen ein frisches Kölsch und warf Lenny einen fragenden Blick zu. Der zuckte kaum merklich mit den Schultern.

»Nein, ich habe nur gerade gedacht, dass ich eigentlich gar nichts von dir weiß. Erzähl mal, wie lebst du so?«

»Da gibt's nichts zu erzählen.«

Lenny lehnte den Ellbogen auf den Tresen. »Gut, dann mache ich mal den Anfang. Ich bin achtunddreißig, Kriminalhauptkommissar und scharf auf eine Beförderung, die längst überfällig ist. Ich bin nicht verheiratet, suche dringend eine bessere Wohnung und …«

»Und ich mag es nicht, wenn man versucht, mir mein Privatleben aus der Nase zu ziehen.«

»Hab ich nicht vor.«

Zerteski brütete eine Weile vor sich hin. »Wieso hast du eigentlich so einen komischen Namen?«, fragte er plötzlich.

»Lenny? So hieß mein Großvater. Eigentlich Leonhard. Er war Amerikaner und kam als GI nach Deutschland. Kurz vor Kriegsende hat's ihn erwischt. Meine Mutter hat mich nach ihm benannt.«

»Scheißjob«, murmelte Zerteski. »Genau wie unserer. Dauernd kannst du den Kopf für andere hinhalten und kriegst kaum Kohle dafür.«

»Du bist nicht gern Polizist, was?«

»Hab nichts anderes gelernt.«

»Ich wollte immer Bulle werden.«

Zerteski kippte das nächste Kölsch.

»Na los. Erzähl schon. Gibt's keine Frau in deinem Leben, 'ne Freundin vielleicht?«, fragte Lenny.

»Nee.«

Lennys Blick streifte den Fernseher. Das Logo von Network-TV erschien auf dem Bildschirm. Er musste an Valerie de Crécy denken. Ob es jemanden gab, zu dem sie abends heimkehrte? Offenbar lebte sie alleine, sonst hätte sie wahrscheinlich einen Lebensgefährten erwähnt, und er hätte in ihrer Wohnung entsprechende Spuren entdeckt. *Die Angst ist am größten, wenn man alleine ist,* dachte er.

»Aber ich hab jemanden kennengelernt«, hörte er Zerteski sagen. Das vierte Kölsch schien seine Zunge endlich zu lösen. »Über das Internet.«

Lenny drehte sich zu ihm um. »He, das ist ja toll. Wie heißt sie? Was macht sie?«

Zerteski blickte ihn an. Seine Augen waren so ausdruckslos wie zwei in Löschpapier gestanzte Löcher. »Ihr Nickname ist Danni56. Sie nimmt Männer aus, die auf sie reinfallen.«

Lenny trank sein Bier aus und bestellte ein zweites. Er hatte das Gefühl, dass er es brauchen würde.

»Okay. Erzähl mir alles. Von Anfang an.«

Charlie stellte neue Gläser auf den Tresen. Zerteski stierte auf das Kölsch, rührte es aber nicht an.

»Ich bin nicht der Hengst, den ich allen vormache. All die Geschichten über die Weiber, die ich hier schon aufgerissen habe, sind nur Gerede.«

»Hab ich mir schon gedacht.«

»Schau mich doch an. Ich bin kein Frauentyp. Wie ich es auch anfange, ich krieg sowieso keine ab. Das Alleinsein macht mich fertig. Letzte Woche ist auch noch mein Chinchilla eingegangen.«

»Du hattest einen Chinchilla?«

»Ja. Die sind nachtaktiv. Ich kann sowieso meistens nicht pennen, da hatte ich wenigstens jemanden, der sich mein Gequatsche anhörte.« Er nickte bestätigend und trank einen Schluck. »Hat sich einfach vom Acker gemacht und lässt mich alleine zurück, das Biest.«

»Mein Beileid.«

Zerteski drehte den Kopf und blickte ihn aus glasigen Augen an. »Wenn du irgendjemandem davon erzählst, sind wir die längste Zeit Partner gewesen.«

»Hab ich nicht vor. Ich stehe zu dem, was ich sage.«

»Mhm.« Zerteski schwieg eine Weile. Ray Charles sang im Hintergrund sehnsuchtsvoll von Georgia.

»Vor sechs Wochen dachte ich deshalb, ich versuch es mal im Internet. Das sollen ja ’ne Menge Leute inzwischen machen.«

»Warum auch nicht?«, sagte Lenny. »Viele Menschen sind einsam.«

»Und du? Bist du einsam, Lenny?«

Lenny trank einen Schluck Bier und ließ sich Zeit mit der Antwort. »Einsamkeit ist dunkelgrau.«

»Hä?«

Er antwortete nicht. Muster würden Zerteski nicht interessieren. Außerdem konnte er seine Klappe nicht halten. Morgen würde das gesamte Präsidium über ihn lachen.

»Erzähl schon, wie ging es weiter?«

»Ich meldete mich bei einer Kontaktbörse an. Fast dreißig Euro im Monat muss ich dafür berappen. Dafür versprechen sie einem Zugriff auf Datenbanken mit lauter einsamen Herzen, die Anschluss suchen. Du erstellst ein Profil von dir, und sie gleichen das mit anderen Profilen ab. Das erhöht die Chancen, jemanden zu finden, der auf der gleichen Wellenlänge funkt wie du.«

»Hört sich doch gar nicht so schlecht an. Ich hab auch schon mal überlegt, so was auszuprobieren. Was hast du in dein Profil so alles reingeschrieben?«

»Na, eben alles von mir. Was ich mag und was ich nicht ausstehen kann. Wovon ich träume und was ich mir von einer Partnerschaft erhoffe. So ein Zeug eben. Ich hab mir die Website genau angeschaut. Es sah alles ganz seriös aus, kein Schmuddelkram oder Verabredungen für 'ne schnelle Nummer.« Zerteski wischte sich den Schaum von der Nasenspitze. »Ein paar Tage später meldete sich Danni56. Sie mochte mein Foto. Auch das, was ich so über mich geschrieben hatte, gefiel ihr. Es dauerte nicht lange, und wir chatteten jeden Abend.«

Lenny bestellte noch eine Runde. »Und dann? Wollte sie dich treffen?«

»Das hab ich ihr irgendwann vorgeschlagen, aber sie sagte, sie wäre schüchtern und ich müsse das verstehen. Sie mache das zum ersten Mal und habe ein bisschen Angst, sich mit einem Typen zu treffen, den sie nur aus dem Internet kennt. Ich könnte ja auch ein Psychopath oder so sein, der es auf einsame Frauen abgesehen hat.«

»Bist du aber nicht.«

»Ich hab ihr dann geschrieben, ich sei Polizist. Hab ihr sogar einen Scan von meinem Dienstausweis zugemailt. Ich dachte, dann vertraut sie mir. Aber dann hat sie mich erst richtig ausgequetscht – was ich mache bei der Polizei, bei welcher Abteilung ich bin und so weiter. Zuerst hab ich mir nichts dabei gedacht.«

»Liebe macht eben blind.«

»Blind? Sie macht einen Narren aus dir.« Zerteski trank glucksend sein Bier aus. »Du weißt noch nicht alles.«

»Sag schon.«

»Dass sie mir mehr Vertrauen schenkte, schien zu klappen, sie wurde plötzlich richtig locker. Hat mir Fotos von sich geschickt und ein Video. Hey, das war …«, Zerteski schüttelte lächelnd den Kopf, »einfach geil. Und trotzdem irgendwie süß.«

»Was hat sie gemacht?«

»Sie hat für mich zu ›A whiter shade of pale‹ getanzt. Ich hatte ihr geschrieben, dass das eins meiner Lieblingslieder ist.«

»Und was hatte sie an?«, fragte Lenny.

»Zum Schluss nicht mehr viel. Sie wollte, dass ich das auch mache.«

»Und? Hast du?«

»Charlie, mach mal zwei Kurze!«, rief Zerteski. »Ja, hab ich gemacht. Aber es war alles so locker. Ich meine, das war nicht irgendwie billig. Es ging auch gar nicht um Sex. Na ja, darum ging es vielleicht auch, aber es war nicht das Wichtigste. Und das hat sie mich spüren lassen.« Er stützte den Kopf in beide Hände. »Mann, Lenny. Wäre ich nicht so besoffen gewesen, dann hätte ich keinen solchen Bockmist gebaut!«

Lenny schwante Übles. »Und wann platzte die Bombe?«

»Ein paar Tage später. Sie wollte sich mit mir treffen. Sie schrieb, dass sie mich ganz toll finden würde. Dann druckste sie herum, sie hätte eine Bitte.«

»Was hatte sie angestellt?«

»Danni? Gar nichts. Es ging um ihren kleinen Bruder. Der saß wegen gefährlicher Körperverletzung in U-Haft.«

»Oh-oh.« Lenny drehte sein Schnapsglas in den Fingern. Eigentlich hatte er nicht vor, sich zu betrinken. Aber er hatte das dumpfe Gefühl, dass er den Schnaps brauchen würde, um das Ende von Zerteskis Geschichte besser verdauen zu können.

»Sie fragte mich, ob ich nicht etwas für ihn tun könne. Ich versprach ihr, mir seine Akte zu besorgen. Der Kleine ist eine ziemlich heiße Nummer. Einbruch, Hehlerei, Körperverletzung – die ganze Palette. Und das mit dreiundzwanzig. Er hat schon drei Jugendstrafen abgesessen.«

»Was hast du gemacht, Guido?«

»Zuerst nichts. Die Beweise gegen ihn waren erdrückend. Kein Anwalt der Welt hätte ihn vor dem Knast bewahren können. Das hab ich Danni auch gesagt.«

»Wie hat sie reagiert?«

Zerteski schwieg lange. Er bestellte ein neues Kölsch und trank es in einem Zug aus. »Sie hat mir damit gedroht, das Video von mir ins Netz zu stellen, und gab mir drei Tage Bedenkzeit.«

»Und dann?«

»Hab ich die Polizeiberichte manipuliert und Beweise verschwinden lassen, und der Junge kam frei.«

Lenny fuhr sich entsetzt mit der Hand über den Mund. »Wer weiß davon?«

»Niemand. Nur ich … und du.«

»Hast du versucht, sie ausfindig zu machen?«

»Ich bin Bulle, schon vergessen? Ich hab mir Zugang zu dem Portal verschafft und alles gecheckt. Es gibt keine Danni56. Ich weiß nicht, wer dahintersteckt.«

»Hat sie sich danach noch mal bei dir gemeldet? Versucht, dich noch mal zu erpressen?«

»Nein. Das Profil ist gelöscht. Es gibt keine Spuren, alles lief anonym beziehungsweise war gefaked.«

»Warum hast du nicht die Jungs von der Abteilung für Cyberkriminalität darauf angesetzt?«

»Dann wäre doch alles aufgeflogen.« Zerteski ließ den Kopf auf die Theke sinken. »Lenny, ich hab Scheiße gebaut. Was mach ich nur, wenn das rauskommt? Der Job ist alles, was ich habe.«

Lennys Gedanken rasten. Er hatte Kenntnis von einem ernsten Dienstvergehen. Ihm blieb keine andere Wahl, er musste Zerteski melden.

»Was ist? Was starrst du mich so an?« Zerteski verzog den Mund. »Aber klar. Hab ich ganz vergessen. Du bist ja der aufrechteste Bulle, den es gibt. Und scharf auf 'ne Beförderung. Na, ich schätze, ich hab gerade eben mein eigenes Grab geschaufelt.« Er winkte Charlie mit dem leeren Glas.

»Red keinen Quatsch«, antwortete Lenny. »Von mir erfährt keiner etwas. Wir sorgen dafür, dass der Junge wieder im Knast landet. Und wir werden Danni56 auffliegen lassen und ihr deine Daten wieder abnehmen. Das kriegen wir hin, das ist schließlich unser Job. Ich rede mal mit meinem Freund Sanchez, der ist Hacker. Vielleicht kriegt er was raus. Such die manipulierten Berichte raus und schick sie mir per Mail. Ich seh mir die Sache mal an. Und danach spricht keiner von uns jemals wieder über diese Geschichte.«

Zerteski unterdrückte einen Schluckauf. »He, Lenny. Du bist echt in Ordnung. Hätt ich gar nicht von dir gedacht.«

»Kein Problem.« Lenny schob das volle Schnapsglas über den Tresen. Er hatte plötzlich keinen Durst mehr.

Aus dem Fernseher über dem Tresen drang die Titelmelodie von *Die Aufdecker*, Valeries Sendung.

Zerteski bestellte noch ein Kölsch, seufzte und redete über Einsamkeit. Seine Worte vermischten sich für Lenny immer mehr mit dem Gemurmel der anderen Kneipengäste und schoben sich zunehmend in den Hintergrund, je intensiver er die Bilder im Fernsehen verfolgte. Bilder und Videoausschnitte von Gabriel Nexx.

»He Charlie. Kannst du den Kasten mal lauter stellen?«, bat er den Wirt.

Valeries Stimme nahm ihn gefangen. Sie berichtete in knappen, präzisen Sätzen von Nexx' Aufstieg vom Amateurwahrsager und esoterischen Lebensberater zum erfolgreichen Showhellseher.

Wie in jeder Folge der Sendung war auch heute ein prominenter Experte zum Thema eingeladen worden. Diesmal spielte ein bekannter Psychologe, der ein Buch zum Thema Stalking veröffentlicht hatte, das Zugpferd.

»Valerie, was wir gesehen haben, ist unglaublich. Eine Flugzeugkatastrophe vorherzusehen grenzt an ein Wunder. Und dennoch hat Gabriel Nexx genau das getan. Hätte die Fluggesellschaft ihm geglaubt, müssten wir keine zweihundertdreiundzwanzig Toten beklagen. Aber andererseits ist das Zögern der Airline-Manager nur allzu verständlich. Welcher vernünftige Mensch glaubt schon einem Wahrsager?«

»Mehr Menschen, als du vermutest.«

»Du hast diesen Fall untersucht. Hat dein Team Hinweise auf einen Betrug gefunden? Wie hätte Nexx von der bevorstehenden Katastrophe erfahren können?«

»Noch haben wir keinen eindeutigen Beweis dafür, dass er ein Betrüger ist, aber bereits jede Menge Indizien. Eins kann ich dir versichern: Es geht alles mit rechten Dingen zu. Wir arbeiten mit den besten Experten der Welt zusammen, darunter der indische Magier James Randi, der schon viele Schwindler entlarvt hat, und er wird auch Gabriel Nexx überführen.«

»Es scheint, als ob Nexx große Macht in seinen Händen hält. Eine Macht, die allzu leicht missbraucht werden kann. Uns alle quälen doch die immer gleichen Fragen: Was bringt mir das Morgen? Werde ich alles richtig machen, oder kann ich eine falsche Entscheidung vielleicht noch korrigieren, bevor ich sie getroffen habe? Geht Nexx verantwortungsvoll mit der Gabe um, über die er scheinbar verfügt? Du hast ihn getroffen, Valerie. Was ist er für ein Mensch?«

»Eine gute Frage, Robert. Und sie führt uns zum eigentlichen Thema dieser Sendung.« Valerie blickte nun direkt in die Kamera. Lenny war einmal mehr von ihren meergrünen Augen fasziniert. Auf irgendeine Weise hatte es der Maskenbildner geschafft, sie noch intensiver also sonst leuchten zu lassen. Irritiert spürte er, dass diese Frau ihn verzaubert hatte.

Zerteski hob den Kopf. Er war nun definitiv betrunken und lallte. »Isch wedde, sie hat Nexx verrückt gemacht, bis er nicht mehr klar denken ko-ko-nnte. Sie hat ihn ssappeln lassen, bis es ihm ssu bunt wurde.«

»Glaub ich nicht«, sagte Lenny. »Ihre Angst war nicht gespielt.«

»Klar«, lallte Zerteski. »Sie hat ihn heißßßgemacht und mit ner dicken Hose schtehen lassen. Ein Typ wie Nexx lässt sich das nicht gefallen.« Er hob sein Glas. »Isch binn eben nur ein blöder Bulle. Mit denen ka-kann man's ja machen.«

»Bist du nicht. Wir bringen das in Ordnung. Jeder baut mal Mist. Nächstes Mal bist du klüger.«

Glucksend trank Zerteski sein Kölsch. Lenny konzentrierte sich wieder auf die Sendung.

»Ich möchte mich diesmal weniger mit Gabriel Nexx' verblüffenden Voraussagen beschäftigen«, sagte Valerie in diesem Moment, »sondern mit seiner meiner Meinung nach kranken Psyche. Ich hatte das zweifelhafte Vergnügen, ihn persönlich kennenzulernen.«

»Du hast ihm sogar das Leben gerettet.«

Sie lächelte. »Das war mehr dem Zufall geschuldet. Doch immerhin bot sich mir dadurch die Chance, ein wenig mehr über den medienscheuen Privatmenschen Gabriel Nexx herauszufinden. Mit dem Ergebnis, dass ich ihn für einen Psychopathen halte.«

»Das ist ein vernichtendes Urteil.«

»Aber leider wahr.«

Auf dem Beamer im Hintergrund wurden die Schlagzeilen der vergangenen vierundzwanzig Stunden eingeblendet, die Valerie mit den Worten kommentierte: »Was sich in den Boulevardzeitungen wie eine romantische Liebesgeschichte liest – du weißt schon: ›Einsamer Millionär verliebt sich in die Frau, die ihm das Leben rettet‹ –, ist eine niederträchtige Lüge.«

»Oh. Aber warum sollte er so etwas tun?«

»Nun, das wollten wir ihn fragen. Leider verweigerte sein Pressebüro jede Stellungnahme. Allerdings hatte ich gestern die Gelegenheit, von ihm persönlich zu erfahren, welcher Teufel ihn reitet. Es war keine angenehme Erfahrung, so viel ist sicher.«

Atemlos lauschte Lenny Valeries Bericht, der von einem sarkastischen Unterton begleitet wurde. Sie hielt das gefälschte Hochzeitsbild in die Kamera und stellte Nexx als machtbesessenen Egomanen dar.

Der Psychologe erklärte, Nexx' Verhalten gleiche dem eines pubertierenden Teenagers, der sich ein Bild des von ihm angebeteten Subjekts über das Bett klebt.

»Wenn solche Männer auf Widerstand stoßen und nicht bekommen, was sie wollen, offenbart sich ihr wahrer Charakter«, fuhr er fort.

Valerie schilderte, dass sie sich von Nexx bedroht fühlte.

Sie muss sich das Foto von der KTU besorgt haben, dachte Lenny. Seine Kollegen hatten das Bild als eine gut gemachte Fälschung entlarvt – was Nexx ihm gegenüber ja auch sofort zugegeben hatte, auch wenn er plausible Beweggründe vorschob.

»Ich hatte Gelegenheit, mit einer Frau zu sprechen, die ähnliche Erfahrungen mit Nexx gemacht hat wie ich«, sagte Valerie. »Sie will nicht vor der Kamera darüber sprechen, weil sie Angst hat. Angst vor Gabriel Nexx. Und diese Furcht scheint mir gerechtfertigt.«

Mit wachsendem Unbehagen lauschte Lenny der Geschichte von Alisa S., die Gabriel Nexx als eifersüchtiges Monster und Kontrollfreak beschrieb.

»Ich vermute, du hast diese Geschichte gut recherchiert?«, fragte der Psychologe.

»Ja. Die Aussagen von Alisa S. – das ist natürlich nicht ihr richtiger Name – sind glaubhaft. Und ich will an dieser Stelle ausdrücklich allen Frauen, die möglicherweise von Nexx bedrängt und verfolgt worden sind, Mut machen, sich bei uns zu melden. Wir werden alles tun, was wir können, um ihnen zu helfen und die Wahrheit ans Licht zu bringen.«

»Das sind ungeheuerliche Vorwürfe. Warum kam es nie zu einem Verfahren gegen ihn?«

»Die Ereignisse, von denen Alisa S. mir berichtete, liegen über zehn Jahre zurück, und in Deutschland gilt Stalking erst seit 2007 als Straftatbestand. Der Nachweis ist nach wie vor kompliziert. Wie lautet nun dein fachliches Fazit, Robert?«

»Nun, wie immer haben wir ein Team von Fachleuten hinzugezogen, die übereinstimmend zu dem Ergebnis gekommen sind, dass die Medienkampagne über die angebliche Affäre zwischen Gabriel Nexx und dir der Ausdruck eines tief gestörten Verhältnisses zum anderen Geschlecht ist. Meine vorhin gestellte Frage: Darf ein solcher Mann Einfluss auf das Leben von uns allen haben?, gewinnt unter diesem Aspekt sogar noch einmal mehr an Gewicht.«

»Sssiehste? Erst hat sie ihn scharfffgemacht und jetzt putzzzt sie ihn runter. Scheiß Weiber«, murmelte Zerteski.

Valeries Stimme klang in Lennys Ohren nach. Dass sie sich gegen Nexx' Nachstellungen wehrte, war verständlich. Ebenso, dass sie dafür die Waffen benutzte, die ihr zur Verfügung standen. Aber wenn er tatsächlich ein Psychopath war, spielte sie ein gefährliches Spiel. Offenbar hatte sie sich mit ihrem Studiogast abgesprochen. Beide präsentierten der Öffentlichkeit das Bild eines psychisch gestörten, unreifen Menschen, der sich hinter der unnahbaren und geheimnisvollen Maske eines Wahrsagers verbarg, um seinen Narzissmus auszuleben. Diesen Vorwurf konnte Nexx unmöglich auf sich sitzenlassen, wollte er nicht riskieren, dass er seine Karriere zerstörte.

Zerteski rülpste. »Ich hab ihr echt vertraut. Und was macht dieses Mistssstück?«

Lenny winkte dem Wirt. Zerteski nestelte an seinem Geldbeutel herum.

»Lass mal. Ich hab doch gesagt, ich lade dich ein.«

Lenny zahlte die Rechnung. Zerteski rutschte von seinem Barhocker und torkelte in Richtung der Toiletten.

»Warte, ich fahr dich nach Hause!«, rief ihm Lenny hinterher. Zerteski tat ihm leid. Er hatte einen hohen Preis für seinen Wunsch nach einer Partnerin bezahlt. Während Lenny auf ihn wartete, fragte er sich, welchen Preis Valerie wohl für ihren Gegenschlag würde bezahlen müssen.

11

Nach einem anstrengenden Arbeitstag kehrte Valerie gegen 00:30 Uhr in ihr Loft zurück und zog die Chipkarte durch das neue Sicherheitsschloss. Die Anlage piepte bestätigend und entriegelte die Tür. Müde und überdreht zugleich schob sie mit der Schulter die Eingangstür auf und durchquerte den Wohnraum, ohne das Licht anzuschalten. Während sie die Plastiktüten mit ihren Einkäufen zum Küchenblock balancierte, schloss sich die Tür hinter ihr automatisch. Das rote Licht des Anrufbeantworters leuchtete in der Dunkelheit wie ein Dämonenauge.

Sie stellte ihre Einkäufe ab und starrte auf das blinkende Licht. Ein Marmeladenglas rollte aus einer der Tüten über die Anrichte und zerplatzte auf dem gefliesten Boden, doch sie achtete nicht darauf. Was sie sah, war unmöglich. Dank Koriatis' Einfluss hatte sie am späten Nachmittag eine neue Telefonnummer erhalten. Niemand außer ihr und dem Provider kannte diese Nummer.

Also gut, wenn Nexx es so haben wollte, würde er erfahren, wozu sie fähig war. Niemals würde sie zulassen, dass er ihr Leben zerstörte wie das von Angelika. Wenn es sein musste, würde sie so tief in seiner Vergangenheit wühlen, bis jedes noch so schmutzige Detail ans Tageslicht kam. Die Welt sollte erfahren, wer dieser Mann wirklich war.

Ein neuer, beunruhigender Gedanke drängte sich in ihr Bewusstsein. Nexx hatte bereits bewiesen, dass er ein hohes Maß an krimineller Energie besaß. Er war schon einmal in ihre Wohnung eingedrungen. Da er nicht wissen konnte, dass sie eine neue Telefonnummer beantragt hatte, musste sie davon ausgehen, dass er sich erneut Zutritt zu ihrem Loft verschafft und hier eine Nachricht auf Band gesprochen hatte, um den Anschein zu erwecken, er sei nahezu allmächtig.

Schnell untersuchte sie die neuen Einbruchsicherungen an der Terrassentür und das elektronische Schloss der Wohnungstür. Beide schienen ihr unversehrt zu sein. Hätte sich jemand daran zu schaffen gemacht, wäre automatisch ein Notruf bei der nächsten Polizeidienststelle eingegangen. Und doch musste Nexx einen Weg gefunden haben, die Sperren zu überwinden.

Regungslos verharrte sie in der Dunkelheit und tastete dann nach dem Dimmer. Warmes Licht floss aus den LED-Strahlern, die in die Deckenvertäfelung eingelassen waren, und vertrieb die Finsternis.

Ihre Finger glitten zitternd über die Tasten des Anrufbeantworters. Sollte sie Koriatis anrufen? Nein, erst musste sie sichergehen, dass sie sich nicht irrte, sonst würde ihre Glaubwürdigkeit in seinen Augen weiter sinken.

Eine Computerstimme informierte sie darüber, dass sie fünfzehn neue Nachrichten erhalten hatte.

»Nachricht Nr. 1.«

Die sonore Stimme von Gabriel Nexx tönte aus dem Lautsprecher.

»Du warst ein böses Mädchen. Ich werde dich bestrafen müssen.«

»Sie haben noch vierzehn neue Nachrichten.«

»Du warst ein böses Mädchen. Ich werde dich bestrafen müssen.«

»Sie haben noch dreizehn neue Nachrichten.«

»Du warst ein böses Mädchen. Ich werde dich bestrafen müssen.«

Valerie hämmerte auf die Stopptaste. Vergeblich kämpfte sie gegen die Tränen an und war unfähig, einen klaren Gedanken zu fassen. Vor der Kamera, mit Zorn im Bauch und von ihrem Team umgeben, war es leicht, ja sogar berauschend gewesen, Nexx herauszufordern, ihn der Lächerlichkeit preiszugeben und als Stalker zu brandmarken.

In der Einsamkeit des Lofts, umgeben von Schatten und Dunkelheit, war sie jedoch ihrer alles verzehrenden Angst hilflos ausgeliefert. In ihrer Vorstellung lief sie wieder durch die düsteren Korridore des alten Gemäuers in der Bretagne – ein kleines Mädchen auf der Flucht vor Jérôme, dem Butler mit den kalten Händen.

»Mister Smoothie. Komm und hilf mir«, flüsterte sie.

Die Vision dauerte nur Sekunden. Valerie ballte die Hände zu Fäusten und stapfte zur Küche zurück. Zornig stellte sie einen Cognacschwenker auf die Anrichte und schenkte sich einen doppelten Branntwein ein. Sie stürzte ihn in einem Zug hinunter und wartete darauf, dass sich der Alkohol wärmend in ihrem Bauch ausbreitete. Ihr Blick fiel auf die Freitreppe. Lauerte er dort oben im Schlafzimmer auf sie? Was ging in seinem kranken Kopf vor? Glaubte er wirklich, sie durch Psychoterror kontrollieren zu können? Immerhin stalkte er nicht zum ersten Mal, er wusste, wie er seine Opfer in Angst und Schrecken versetzen konnte. Wenn Angelikas Aussagen stimmten – und sie zweifelte keinen Augenblick daran –, war es sein Ziel, sie entweder vollständig zu besitzen oder zu zerstören.

Seien Sie vorsichtig, Frau de Crécy. Falls Gabriel Nexx dahintersteckt, ist er ein mächtiger Gegner.

Diese Worte hatte Koriatis benutzt, und auch er wusste, wovon er sprach, schließlich war er ein erfahrener Mordermittler.

Sie nahm noch einen Schluck Cognac direkt aus der Flasche und zog ein großes Fleischermesser aus dem Messerblock auf der Anrichte. Dann machte sie zwei unsichere Schritte auf die Treppe zu und blieb stehen.

»Denk nach, Valerie«, flüsterte sie.

Wenn Nexx es wirklich gewagt hatte, hier einzudringen, dann saß er in der Falle, denn es gab nur einen Ausgang aus der Wohnung. Sie tastete die Taschen ihres Blazers ab und stieß auf Koriatis' Visitenkarte. Wenn sie sich irrte, machte sie sich lächerlich. Aber wenn sie recht hatte und nichts unternahm, schwebte sie in tödlicher Gefahr. Ihr Blick streifte den Anrufbeantworter. Diesmal konnte sie beweisen, dass Nexx sie belästigte. Seine Stimme ließ sich leicht identifizieren, die Polizei würde den Anruf zurückverfolgen können. Er hatte sie bedroht und sich damit sein eigenes Grab geschaufelt. In seiner Arroganz rechnete er wahrscheinlich nicht damit, dass sie sich ernsthaft zur Wehr setzen würde. Schließlich glaubte er, die Zukunft selbst erschaffen zu können. Aber sie würde ihn mit seiner eigenen Überheblichkeit zu Fall zu bringen.

Valerie schaltete ihr Handy ein und wählte Koriatis' Nummer. Nach dem fünften Freizeichen meldete er sich verschlafen.

»Er ist hier.«

»Frau de Crécy, sind Sie das?«

»Er ist hier«, flüsterte sie. »Hier in meiner Wohnung. Kommen Sie schnell.«

»Ich bin in zehn Minuten bei Ihnen. Unternehmen Sie nichts und gehen Sie kein Risiko ein. Und unterbrechen Sie die Verbindung nicht.«

Valerie behielt das Handy in ihrer Hand und ließ ihren Blick durch das Loft schweifen. Der Wohnraum lag auf Höhe des Dachgartens. Es gab keine weiteren Zimmer auf dieser Ebene, keinen Winkel, wo sich Nexx verstecken konnte. Wenn er hier war und flüchten wollte, führte der einzige Weg über die Treppe nach unten. Um das Loft verlassen zu können, musste er an ihr vorbei.

Sie schlich zur Eingangstür und öffnete sie einen Spalt, damit Koriatis Zugang hatte, ohne klingeln zu müssen. Sonst wäre Nexx gewarnt. Dann setzte sie sich auf einen Hocker vor der Küchenanrichte und beobachtete starr wie ein steinerner Wächter die Treppe. Mit schweißnassen Händen umklammerte sie das Handy.

»Frau de Crécy? Ich bin da.« Leise drang Lennys Stimme aus dem Lautsprecher des Telefons.

»Er ist noch hier«, flüsterte sie.

»Öffnen Sie die Haustür.«

Valerie huschte zur Wohnungstür und drückte auf den Türöffner. Kurz darauf hörte sie, wie die Lifttüren im Korridor mit einem leisen Rumpeln auseinanderglitten. Wachsam betrat Koriatis die Wohnung. Valerie wies mit dem Messer nach oben. Er nickte und bedeutete ihr, ihren Platz nicht zu verlassen. Dann zog er seine Waffe und schlich lautlos die Stufen hinauf. Valerie hielt den Atem an und wartete. Nach drei Minuten erschien er wieder am oberen Ende der Treppe. Er sicherte seine Pistole und steckte sie in ein Halfter an seinem Gürtel.

»Oben ist niemand.«

Das Messer entglitt ihr und fiel klirrend auf die Fliesen. »Sie müssen mich für hysterisch halten. Ich … ich war mir sicher, dass …«

Er kam die Treppe herab. »Es ist mir lieber, Sie rufen mich dreimal umsonst an, als dass ich einmal zu spät komme. Was wir brauchen, ist ein unwiderlegbarer Beweis, dass er in Ihrer Wohnung war.«

»Sie haben mir geholfen, eine neue Telefonnummer zu beantragen. Niemand weiß davon, richtig?«

Er runzelte nachdenklich die Stirn. »Falls Sie die Nummer an niemanden weitergegeben haben – ich denke schon.«

Triumphierend durchquerte sie den Wohnraum. »Wie erklären Sie sich dann, dass Nexx mich mit Anrufen terrorisiert? Er muss hier gewesen sein und mir die Nachrichten auf das Band gesprochen haben.«

Sie drückte auf die Abspieltaste des Anrufbeantworters.

Die Ansage startete. »Sie haben keine neuen Nachrichten.«

»Das … das kann nicht sein.« Hektisch versuchte sie es erneut.

»Sie haben keine neuen Nachrichten.«

»Aber ich habe mehrere Anrufe von ihm erhalten! Ich kam zur Tür herein, sah die Anzeige blinken und wusste sofort, dass nur Nexx der Anrufer gewesen sein konnte. Ich habe das verdammte Band abgehört. Er war hier, ich bin ganz sicher. Ich … ich fühle es einfach. Ich kann riechen, dass er hier war und alles durchwühlt hat. Es ist … so ekelhaft.«

»Sind Sie ganz sicher, dass Sie mir alles über Ihr Verhältnis zu Nexx erzählt haben?«

Misstrauisch wich sie vor ihm zurück. »Was wollen Sie damit andeuten?«

»Er stellt Ihre Beziehung anders dar, als Sie es tun.«

»Ich befinde mich in *keiner* Beziehung mit ihm!«, schrie sie wütend.

»Dann erklären Sie mir, woher er intime Details aus Ihrem Leben kennt. Dinge, die man einem Menschen nur anvertraut, dem man nahesteht.«

»Auf wessen Seite stehen Sie eigentlich?«

»Ich versuche nur, Ihnen zu helfen.«

»Indem Sie mich als Lügnerin bezeichnen?«

»Das habe ich nicht getan. Ich versuche nur, die Aussagen in Deckung zu bringen, und stoße auf Widersprüche. Der Staatsanwalt wird vor Gericht genauso vorgehen, sollte es zu einem Prozess kommen. Und das ist es doch, was Sie wollen, oder? Nexx vor Gericht bringen, damit er verurteilt wird und Sie in Ruhe lässt.«

Valerie ging um den Küchentresen herum und goss sich zitternd noch einen Cognac ein. »Welche Lügen hat er Ihnen über mich erzählt?«

»Er behauptet, dass Sie unter Bindungsangst leiden. Dass Sie Probleme mit Männern haben. Er hat mir von Ihrem Vater erzählt.«

»Er hat was? Dieses Schwein. Nexx lügt, wenn er den Mund aufmacht.«

»Ferner kann er glaubhaft machen, dass Sie nicht zum ersten Mal eine Beziehung durch Leugnen und Abstreiten beenden, weil Sie sich vor den Konsequenzen einer zu großen Nähe fürchten.«

»Soll das ein Witz sein?«

Lenny zog ein abgegriffenes Notizbuch aus seiner Sakkotasche und blätterte darin. »Ich habe seine Angaben überprüft. In den letzten drei Jahren haben Sie zweimal eine Anzeige wegen Stalkings gestellt.«

»Das ist eine Lüge.«

»Die Anzeigen sind in den Polizeidatenbanken gespeichert.«

Valerie knallte das Glas auf den Tresen. »Ich bin nicht nur der Privatmensch Valerie de Crécy, sondern außerdem noch eine Person des öffentlichen Lebens, eine Prominente. Es kommt immer wieder vor, dass bei unserer Redaktion Drohbriefe eingehen. Und manchmal wehren wir uns dann mit einer Klage. Aber ich habe niemals persönlich einen Mann des Stalkings bezichtigt. Und vor einer festen Beziehung habe ich schon gar keine Angst. Warum sind Sie überhaupt gekommen, wenn Sie davon überzeugt sind, dass ich unter Wahnvorstellungen leide?«

»Irgendetwas stimmt hier nicht, ich kann es fast mit Händen greifen. Nennen Sie es von mir aus Intuition. Aber mir fehlen die Beweise. Vor meinem Besuch bei Nexx habe ich versucht, etwas über ihn herauszufinden. Ich bin sehr gut darin, etwas über Menschen zu erfahren, glauben Sie mir. Und wissen Sie, auf was ich im Fall von Gabriel Nexx gestoßen bin?«

»Da bin ich aber mal gespannt. Er betreut Waisenhäuser und kümmert sich um Vergewaltigungsopfer, habe ich recht?«

»Auf nichts«, überging Lenny ihre Frage. »Auf gar nichts. In den Polizeidatenbanken findet sich nicht mal ein Strafzettel wegen Falschparkens. Und auch seine Homepage und das Internet geben außer den Videos und Berichten über seine öffentlichen Auftritte nichts über die Person Gabriel Nexx preis. Das ist äußerst ungewöhnlich. Wer ist dieser Mann?«

»Ein Psychopath.«

»Ich habe heute Abend Ihre Sendung verfolgt. Es war unklug von Ihnen, ihn auf diese Weise herauszufordern.«

»Ich werde mich nicht vor ihm verkriechen.«

»Stalker, die gefährlich sind, weisen krankhafte Persönlichkeitsmerkmale auf. Durch das Gefühl, Macht über andere zu besitzen, halten sie eine Vorstellung von sich aufrecht, die nicht der Wirklichkeit entspricht. Sie haben das Bild, das Nexx von sich selbst hat, öffentlich zerstört und ihn auf diese Weise tödlich beleidigt. Er wird das nicht auf sich sitzenlassen.«

»Dann unternehmen Sie endlich etwas gegen ihn.«

»Das werde ich. Sobald Sie mir einen Beweis liefern, dass er in Ihre Wohnung eingedrungen ist.«

Sie blickte auf den Anrufbeantworter. »Können Sie nicht mein Telefon überwachen lassen?«

»Das wollte ich Ihnen gerade vorschlagen. Ich werde einen Techniker vorbeischicken, der Ihren Anrufbeantworter und den Anschluss überprüft. In Ihrer Sendung haben Sie übrigens eine Informantin erwähnt.«

»Angelika. So nannte sie sich jedenfalls bei unserem Treffen. Ich habe den Namen in der Sendung natürlich geändert, um sie zu schützen. Sie hat versprochen, sich wieder bei mir zu melden.«

»Halten Sie sie für glaubwürdig?«

»Ja.«

»Gut. Ich möchte mit ihr sprechen, sobald sie wieder Kontakt mit Ihnen aufnimmt.«

»Sie erwähnte, dass Nexx ein paar Semester Informatik studiert hat«, sagte Valerie nachdenklich. »Könnte er mit solchen Kenntnissen eventuell das Schloss manipuliert haben?«

»Es wäre immerhin denkbar.« Lenny untersuchte die neu eingebaute Anlage und nickte anerkennend. »Nicht das allerbeste Modell, das man für Geld bekommen kann, aber dennoch eine gute Wahl. Bei einem Versuch, die Anlage zu hacken oder zu beeinflussen, wird automatisch Alarm ausgelöst. Ich sorge dafür, dass der Techniker überprüft, ob jemand versucht hat, in das Sicherheitssystem einzudringen. Wenn er nichts findet, bleibt noch eine andere Möglichkeit: ein Freund von mir, ein absoluter Computerspezialist, ein Hacker. Sie können ihm vertrauen. Sollte die Anlage gehackt worden sein, wird er es herausfinden.«

Valerie legte den Kopf schief. »Ein Polizist hat einen Hacker zum Freund?«

»Sanchez arbeitet gelegentlich mit uns zusammen, überprüft Computersysteme und sucht nach Schwachstellen. Nicht alle Hacker arbeiten illegal.«

»Danke. Das wäre sehr hilfreich.«

»Können Sie eine Weile woanders unterkommen, falls Sie sich bedroht fühlen? Vielleicht bei einer Freundin … oder einem Freund?«

»Nein. Ich könnte mir ein Hotelzimmer nehmen. Aber den Gefallen werde ich Nexx nicht tun. Er wird mich nicht in Panik versetzen und vor sich hertreiben wie Freiwild.«

»Gut. Es ist wichtig, dass Sie ihm das zeigen, nach außen hin Stärke demonstrieren und auch von Ihren sonstigen Gewohnheiten nicht abweichen. Aber provozieren Sie ihn in Zukunft nicht mehr.«

»Sie stehen auf seiner Seite.«

»Nein, bestimmt nicht.«

»Sie behandeln mich, als würde *ich* Nexx belästigen.«

»Keineswegs. Ich will nur nicht, dass Sie sich in Gefahr begeben.«

»Sie geben also zu, dass er es auf mich abgesehen hat?«

Lenny seufzte. »Mein Instinkt sagt mir, dass es wahrscheinlich so ist. Aber ich bin an Vorschriften und Gesetze gebunden. Ich kann die Wahrheit nicht einfach aus ihm herausprügeln.«

»Also schauen Sie zu und warten ab, bis was passiert.«

»Ich versuche, Ihnen zu helfen.«

»Ich brauche Polizeischutz«, sagte sie.

»Ich kann ihn beantragen, aber bei der gegenwärtigen Faktenlage werde ich damit kaum Erfolg haben. Zumal wir chronisch unterbesetzt sind.«

»Die Polizei – dein Freund und Helfer. Bitte, gehen Sie jetzt. Ich habe schon genug Ihrer kostbaren Zeit in Anspruch genommen.«

Lenny zögerte. »Ich habe einiges über Thomas Zacher herausgefunden. Es wird Ihnen nicht gefallen.«

»Wollen Sie jetzt auch noch Tommy in die Sache mit hineinziehen?«

»Zacher steckte tiefer in dieser Geschichte drin, als Sie glauben. Er hat ein doppeltes Spiel gespielt und seine Informationen über Nexx zum Verkauf angeboten. Sein Kunde sitzt in U-Haft.«

»Das ist nicht wahr!«

»Doch, das ist es. Zacher wollte zwanzigtausend Euro für seine Informationen. Während Sie bei Nexx zu Gast waren, hat er sich mit einem Zeitungsreporter getroffen. Ich schätze, darum hat er sich nicht bei Ihnen gemeldet.«

»Hat dieser Mann etwas mit seinem Tod zu tun?«

»Wir wissen es noch nicht. Im Moment deutet jedenfalls alles darauf hin, dass Zacher das Opfer eines tragischen Unfalls mit Fahrerflucht wurde. Wir fahnden noch nach dem Fahrer des beteiligten Wagens.«

»Das … ist schwer zu glauben. Ich kannte Tommy gut … vielmehr glaubte ich, ihn gut zu kennen.«

»Es ist nicht leicht zu erkennen, dass man von einem Freund betrogen wird.« Lenny wandte sich zum Gehen. An der Tür blieb er noch einmal stehen. »Sie können mich jederzeit anrufen.«

»Gute Nacht.«

Er ließ seine Blicke noch einmal durch den Wohnraum streifen und zögerte.

»Hauen Sie schon ab!«, rief sie wütend.

Er nickte stumm und verließ das Loft. Valerie verriegelte die Tür, trank noch einen Cognac, um ihre Nerven zu beruhigen, und ging nach oben. Schlaf fand sie keinen. Eine Stunde später stand sie auf und setzte sich vor den Computer im Arbeitszimmer. Ihre Sendungen lösten eine Flut von Kommentaren in den sozialen Netzwerken und auf ihrer Homepage aus, die sie stets interessiert verfolgte.

Das Windows-Logo erschien auf dem Bildschirm und machte dem Desktop Platz. Der Bildschirmhintergrund, der normalerweise einen Strandabschnitt in der Bretagne zeigte, war verschwunden. Stattdessen füllte eine Todesanzeige den Bildschirm aus. Sie lautete auf ihren Namen und war auf den 18. September datiert. Anstelle eines tröstlichen Bibelspruchs wanderte eine Laufschrift durch die Anzeige.

+++ Böse Mädchen sterben bald +++
+++ Tote laufen übers Wasser +++
+++ Böse Mädchen sterben bald +++
+++ Tote laufen übers Wasser +++
+++ Böse Mädchen sterben bald +++

Eine eiserne Klammer schloss sich um ihren Brustkorb und ließ ihr Herz wie verrückt Blut und Adrenalin durch ihre Venen pumpen. Entsetzt sprang sie auf und stieß den Drehstuhl um, der polternd auf den Parkettboden fiel. Im Loft war es totenstill. Nur ihr rasender Herzschlag dröhnte in ihren Ohren.

»Jetzt hab ich dich, du Schweinehund!«, brüllte sie wutentbrannt.

Hastig versuchte sie, einen Screenshot zu machen, aber als sie die Tastenkombination drückte, erlosch der Bildschirm, und der Rechner stürzte ab.

12

Lenny blickte aus dem winzigen Küchenfenster seiner Souterrainwohnung und spülte ein Brötchen vom Vorabend mit einer Tasse Kaffee hinunter. Im Sichtbereich des Fensters tauchte eine verbogene Radkappe auf. Wie jeden Morgen hupte Zerteski zwei Mal. Lenny schaltete die Kaffeemaschine aus, zog die klemmende Wohnungstür auf und eilte die drei Stufen zur Straße hinauf.

Zerteski sah aus wie ein zerknitterter chinesischer Faltenhund. Das Wageninnere roch nach einer Mischung aus Gärtank und Toilettenwagen. Lenny setzte sich auf den Beifahrersitz und ließ die Seitenscheibe herab. Zerteski nuschelte einen Gruß und trat aufs Gaspedal. Schweigend fuhren sie nach Süden in Richtung Innenstadt. Nach fünf Minuten brach Zerteski die Funkstille. »Was hab ich dir gestern alles erzählt?«

»Nichts, was ich nicht für mich behalten kann.«

»Das ist gut. Ich verlasse mich auf dich.«

»Woran erinnerst du dich denn noch?«

»Daran, dass ich den Hausflur vollgekotzt habe.«

»Ich hatte auch eine kurze Nacht«, sagte Lenny. »Ich war noch mal bei Valerie de Crécy.«

»Bei der Fernsehtante?« Zerteski grinste. »Hast du …?«

»Sie hat mich gegen halb eins in der Nacht angerufen.« Lenny berichtete ihm, was vorgefallen war.

»Die will sich doch nur wichtigmachen. Sie hat der ganzen Welt erzählt, dass Nexx ein Arschloch ist. An seiner Stelle wär ich auch sauer. Er wird ein bisschen Dampf abgelassen haben.«

»Sie hat behauptet, er hätte ihr eine Drohung auf dem Anrufbeantworter hinterlassen. Zumindest war sie fest davon überzeugt. Doch als ich die Nachricht abhören wollte, war keine drauf. Ich werde einen unserer Jungs von der KTU darauf ansetzen. Er soll prüfen, ob das Gerät über die Telefonleitung manipuliert worden ist.«

Zerteski bog in die Tiefgarage ein und parkte *Beule* neben dem Aufzug. »Heutzutage kann man so ziemlich alles hacken. Aber ich schwör dir, sie spielt dir nur was vor.«

»Warum sollte sie das tun?«

»Vielleicht ist sie scharf auf dich und will, dass du ihren Beschützer spielst, weil sie das anmacht? An Nexx hat sie sich verhoben und gerät nun in Panik, weil sie an den Falschen geraten ist. Deshalb versucht sie es jetzt bei dir, weil sie ein Helferlein zum Rumkommandieren braucht.«

»Weißt du, warum du keine Frau findest, Guido? Weil du keine Ahnung hast, wie Frauen ticken. Das ist dein Problem.« Ärgerlich stieg Lenny aus dem Wagen und lief auf den Lift zu.

»He! Wieso regst du dich so auf? Gefällt dir die Kleine also doch?«

Lenny antwortete nicht, wartete aber, bis Zerteski den Aufzug erreicht hatte. »Hast du keinen Kaugummi? Deine Fahne haut einen Bären um.«

Zerteski schob sich ein Fisherman's Friend in den Mund und grinste.

»Ich glaube, dass sie die Wahrheit sagt und in großer Gefahr schwebt«, beharrte Lenny.

»Ja. Klar.« Zerteskis Lächeln wurde anzüglich. »Aber sie braucht sich keine Sorgen zu machen. Der strahlende Ritter ist ja unterwegs, um sie zu retten.«

Lenny studierte krampfhaft die Anzeigentafel. Er begann sich zu fragen, ob er nicht doch einen Fehler beging, wenn er Zerteski deckte. Oder ärgerte er sich nur, weil in dessen Anspielungen ein Funken Wahrheit steckte? Sicher, da war dieses Wummern im Bauch, das er seit einer Ewigkeit nicht mehr gespürt hatte und das ihn jedes Mal überfiel, wenn er Valerie de Crécy nahe war. Es ging ihm nicht um Sex, den konnte er sich auch auf anderem Weg besorgen. An Angeboten und Gelegenheiten mangelte es nicht. Er sah gut aus, und wenn er wollte, konnte er einen gewissen exotischen Charme versprühen, den viele Frauen anziehend fanden.

Valerie de Crécy war eine der aufregendsten Frauen, die er je gesehen hatte. Aber seine Gefühle für sie beschränkten sich nicht auf ihre physische Erscheinung. Die Begegnung mit ihr hatte ihn auf den Kopf gestellt und sein Herz abwechselnd in Eiswasser und siedendes Öl getaucht. Er hatte die halbe Nacht lang wach gelegen und über sie nachgedacht. Sie erschien ihm wie in strahlendes Licht gehüllt. Seine seltene Fähigkeit, Muster und verborgene Zusammenhänge wahrzunehmen, war fast vollständig erloschen. Seitdem kam es ihm so vor, als lebte er in einem der alten Schwarzweißfilme, die er so sehr mochte. Doch wenn er mit Valerie zusammen war, kehrten Licht und Farbe in sein Leben zurück.

Trotzdem hatte Zerteski recht. Valerie de Crécy hatte vermutlich zwei Dutzend Verehrer, mit denen er nicht konkurrieren konnte. Er sollte sie sich so schnell wie möglich aus dem Kopf schlagen. Sie lebte in einer für ihn unerreichbaren Parallelwelt und stand gesellschaftlich weit über ihm. Sie passten nicht zusammen. Er war ein kleiner Polizist mit einem Faible für alte Autos, Filme und Swing-Musik und hatte ihr nichts, aber auch gar nichts zu bieten, was sie nicht auch ohne ihn bekommen konnte oder bereits besaß.

Seit Anja seine Wohnung leer geräumt, sein Konto bis zum Limit überzogen und sich aus dem Staub gemacht hatte, lebte er alleine. Er vermisste sie nicht und hatte auch sonst nur wenig Bedarf an Gesellschaft. Auf eine neue Beziehung wollte er sich erst recht nicht einlassen. Doch seitdem er Valerie begegnet war, spürte er, dass es in seinem Leben einen blinden Fleck gab. Wenn er versuchte, ihn auszureiben, stellte er fest, dass der Fleck einem Loch glich, das immer größer und tiefer wurde und sich bis zum Rand mit Sehnsucht füllte. Sein Verstand erklärte ihm unablässig, dass er sich zum Narren machen würde. Aber sein Herz hörte nicht auf, ihm zu versichern, dass Valerie die Frau war, nach der er sein Leben lang gesucht hatte.

»Hör auf, von ihr zu träumen. Die ist 'ne Nummer zu groß für dich.«

Lenny wandte sich zu Zerteski um. »Ich habe nicht vor, etwas mit ihr anzufangen.«

Er folgte seinem Partner in das gemeinsame Büro. Dort zog er sein Sakko aus und hängte es ordentlich auf einen Kleiderbügel. Zerteski verdrehte die Augen, ließ sich in seinen mit Klebeband geflickten Sessel fallen und plazierte seine Stiefelabsätze auf einem Aktenstapel.

»Was ist mit Kaffee?«, rief er.

»Daniela ist krank. Mach dir selbst einen.«

»Wenn das so weitergeht, sind wir bald die Einzigen, die hier noch arbeiten«, maulte Zerteski.

Ein Grippevirus hatte sich wie ein Pesthauch über die Stadt gelegt. Krugmann scherzte, er infiziere offenbar nur Polizisten und sorge gleichzeitig dafür, dass die Zahl der Selbstmorde, tödlichen Unfälle und Junkies, die sich mit einer Überdosis Crack auf ihren letzten Trip begaben, explodierte.

Lenny schaltete seinen Computer ein und verfiel in ein brütendes Schweigen.

»Schau dir das an.« Zerteski blickte von seinem Bildschirm auf. »Das gibt's doch nicht.«

Lenny stand auf und ging um die beiden Schreibtische herum, die sie mit den Stirnseiten aneinandergestellt hatten.

Zerteski hatte einen Zeitungsartikel ausgegraben, in dessen Mittelpunkt Zacher stand.

»Tontechniker überlebt skurrilen Unfall«, las Zerteski vor.

Lenny traute seinen Augen kaum. Vor einigen Monaten war Zacher schon einmal nur knapp dem Tod entronnen. Während der Vorbereitungen zu einer Veranstaltung von Network-TV war er auf ein Gerüst geklettert, um eine defekte Lautsprecherbox auszutauschen. Dabei hatte er sich in einem Kabel verstrickt und sich beinahe stranguliert.

»Ich weiß nicht, wie das passieren konnte«, wurde er zitiert, »jedenfalls habe ich mich in dem Kabel verheddert und bin auf dem nassen Gerüst ausgerutscht. Alles in allem habe ich wohl ziemliches Glück gehabt.« Zacher, so konnte man weiterlesen, war darauf mit einem ausgerenkten Halswirbel und Quetschungen ambulant im Krankenhaus behandelt worden.

»Unfälle geschehen«, sagte Lenny stirnrunzelnd, »aber zweimal hintereinander? Und noch dazu auf so ähnliche Art und Weise?«

»Jedenfalls hat's ihn beim zweiten Mal erwischt. Scheint ein richtiger Unglücksrabe gewesen zu sein.«

Die Glastür des Büros schwang auf, Krugmann steckte sein feistes rotes Gesicht ins Zimmer herein. »In Buchforst liegt ein Toter in einem Vorgarten. Kümmert euch darum. Lannert gibt euch die Adresse.«

Träge nahm Zerteski seine Stiefel vom Schreibtisch. Der Turm aus Fallakten stürzte in sich zusammen, und die Pappordner verteilten sich auf dem Fußboden.

»Bekomme ich außerdem irgendwann mal einen Bericht darüber, was ihr zwei den ganzen Tag über treibt?«, polterte Krugmann.

Lenny sah Zerteski fragend an.

»Kriegen Sie, Chef. Heute noch«, antwortete der.

»Jetzt haut schon ab. Und wenn Sie wieder da sind«, Krugmann zeigte auf Lenny, »will ich Sie in meinem Büro sehen.« Dann drehte er sich auf dem Absatz um und schlug die Tür hinter sich zu.

»Genau das hab ich mir zum Frühstück gewünscht«, murmelte Lenny.

Er angelte sein Sakko vom Haken. Vielleicht würde ihn ja ein neuer Fall von seinen naiven Träumereien befreien.

Fünfzehn Minuten später brachte Zerteski *Beule* vor einem Reihenhaus im Kölner Stadtteil Buchforst zum Stehen.

»Ich hab dich doch gebeten, wenigstens die Berichte zu schreiben«, sagte Lenny. »Dafür laufe ich mir die Hacken ab und kümmere mich um Danni56. Das ist unser Deal.«

»Ich hab's vergessen«, seufzte Zerteski. »Hast du schon mit deinem Freund, diesem Hacker, gesprochen?«

»Nein, ich hab's vergessen.« Verärgert stieg Lenny aus dem Wagen. Ein Streifenwagen parkte bereits auf der anderen Straßenseite, in der Garageneinfahrt stand ein Notarztwagen. Eine junge Polizistin bemühte sich, Neugierige hinter der Absperrung zu halten. Zwischen Astern und Stiefmütterchen lag mit verdrehten Gliedern eine menschliche Gestalt. Der Notarzt klappte gerade seinen Koffer zu und nickte Lenny zu.

»Vom Dach gefallen«, sagte er. »Da kommt jede Hilfe zu spät.«

Lenny blickte nach oben. Auf dem flachen Garagendach stand eine Holzleiter, deren oberes Ende an der Dachtraufe des Hauses lehnte. In der Einfahrt lagen eine verbeulte Satellitenschüssel, eine Bohrmaschine und eine Kabeltrommel. Der Tote war ein Mann um die sechzig. Er trug eine blaue Latzhose, ein kariertes Hemd und abgewetzte Arbeitsschuhe.

Zerteski kickte einen Schraubenschlüssel über das Pflaster. »Was geht uns das an? Wir sind Mordermittler, keine Klempner. Das war ein Unfall. Sieht doch ein Blinder. Er ist raufgeklettert und abgestürzt.«

Lenny schob das halbgeöffnete Garagentor hoch und ärgerte sich über Zerteskis vorschnelle Beurteilung der Lage. Faul, wie er war, wollte er die Sache schnell abschließen und dann die restliche Arbeitszeit bis zum Feierabend vor sich hin dösen.

»Sieh dir das an.«

In der Garage stand ein weißer Ford Kombi. Front und Stoßfänger waren eingedrückt und mit roten Lackspuren übersät. Lenny fuhr mit den Fingern über die Kratzer.

»Die rote Farbe könnte von Zachers Lieferwagen stammen.«

»Wäre ein Mordszufall«, brummte Zerteski.

»Oder auch nicht.« Lenny glaubte nicht an Zufälle. Alles hatte seinen Grund und bildete Muster – Ursache und Wirkung. Lemgo, der schmierige Reporter, der in einer Zelle auf sein Verhör wartete, hatte auf der Zoobrücke einen weißen Kombi in Zachers Wagen krachen gesehen. Wenn sie den Wagen gefunden hätten, stützte das seine Version der Ereignisse. Möglicherweise war Zacher tatsächlich Opfer eines tragischen Unfalls geworden. Zumindest konnten sie Lemgo dann nicht wegen Mordes festnageln, sondern ihm höchstens vorwerfen, sich unerlaubt von einem Unfallort entfernt zu haben. Sie würden ihn wohl laufenlassen müssen.

»Befrag die Nachbarn«, sagte Lenny. »Vielleicht hat einer von ihnen was gesehen. Und dann will ich die Spurensicherung hier haben. Sie sollen sich den Wagen ansehen und den Lack mit den Rückständen vergleichen, die wir an Zachers Lieferwagen gefunden haben. Mit ein bisschen Glück haben wir das Auto gefunden, das an dem Unfall auf der Brücke beteiligt war.«

»Du siehst mal wieder Gespenster.«

Lenny nickte. »Vielleicht spukt es hier ja wirklich.«

Er umrundete den Kombi und bemerkte, dass die Seitentür von der Garage zum Keller offen stand. Neugierig betrat er das Haus und folgte dem Stromkabel, das sich in der Dunkelheit verlor. Er fand einen Lichtschalter, aber entweder war die Glühbirne der Deckenlampe kaputt oder der Strom ausgefallen. Unter der Treppe hing ein Sicherungskasten, eine der alten Porzellansicherungen war herausgesprungen. Lenny tastete sich die Treppe ins Erdgeschoss hoch und verschaffte sich einen flüchtigen Eindruck. In der Diele stieß er auf eine Garderobe. In einer der aufgehängten Jacken und Mäntel steckte ein Personalausweis auf den Namen Kurt Treskow. Das Foto bestätigte ihm, dass der Ausweis dem Toten gehörte.

Lenny wusste nicht genau, wonach er suchte, sondern ließ sich von seinem Instinkt treiben. Und der flüsterte ihm unentwegt zu, dass hier etwas faul war. Die Kaffeemaschine auf der Küchenanrichte war eingeschaltet, in der Kanne noch ein Rest Kaffee. Er schaltete die Maschine aus und blickte sich um. An der Pinnwand neben dem Kühlschrank hing der Terminzettel eines Kardiologen. Treskow hatte für heute Nachmittag einen Termin mit seinem Arzt vereinbart.

Lenny steckte den Zettel ein und verließ das Haus durch die Vordertür. Zerteski stand breitbeinig hinter dem rot-weißen Absperrband. Eine Frau mit Lockenwicklern im Haar tippte gewichtig mit ihrem Zeigefinger auf seinen Notizblock und redete auf ihn ein.

Endlich war das Muster da. Es leuchtete so deutlich wie ein blutiger Handabdruck auf einer frisch geweißten Wand. Zwei Menschen, die sich zur selben Zeit auf der Zoobrücke befunden hatten, waren tot. Beide starben bei bizarren Unfällen, die in Wirklichkeit gar keine waren.

»Sind Sie sicher, dass der Mann an seinen Sturzverletzungen gestorben ist?«, fragte er den Notarzt.

»Er hat sich das Genick gebrochen. So was überlebt man nun mal nicht. Außerdem hat er mehrere Knochenbrüche, die typisch sind für einen Sturz aus großer Höhe.«

Lenny ging neben dem Toten in die Hocke. Er sah, wie Zerteski die Straße überquerte und auf ihn zukam.

»Hast du was herausgefunden?«

Zerteski blätterte seinen Notizblock um. »Kurt Treskow, 63, Rentner und Garagenbastler. Das sagen zumindest die Nachbarn.« Er deutete mit dem Daumen über die Schulter. »Wenn die Alte recht hat, war es nur eine Frage der Zeit, bis so etwas passieren würde.«

Lenny ließ seine Blicke aufmerksam über die Leiche wandern. Am linken Handgelenk trug Treskow eine Art Armband.

»'ne Uhr ist das nicht«, bemerkte Zerteski.

»Das ist ein Notfallarmband«, sagte der Arzt. »Es übermittelt biometrische Daten wie Herzschlag und Blutdruck über Mobilfunk an den Hausarzt oder an ein Krankenhaus.«

»Wir lassen die Leiche in die Pathologie bringen«, sagte Lenny.

»Das wird Krugmann nicht gefallen. Wir sind sowieso schon überlastet.«

»Ich will wissen, warum der Mann vom Dach gestürzt ist. Wenn er der Fahrer des Wagens ist, der in den Unfall auf der Zoobrücke verwickelt war, dann stinkt die Sache zum Himmel. Einen Unfall lasse ich mir noch gefallen, aber keine zwei so kurz hintereinander.«

Zerteski rieb sich den Nacken. Er hielt das Ganze offenbar für Zeitverschwendung. »Wenn du meinst.«

»Die KTU soll das Haus durchsuchen. Ich will wissen, was Treskow gemacht hat. Womit hat er sich beschäftigt, mit wem hatte er Kontakt, und wen konnte er nicht leiden? Check sein Konto, seine Bankverbindungen, Überweisungen und Bargeldeinzahlungen. Ich will alles über diesen Garagenbastler wissen.«

»He, nun übertreib mal nicht.«

»Ganz bestimmt nicht. Ich muss etwas überprüfen und bin in zwei Stunden zurück. Wenn ich dann keine Beweise mitbringe, gebe ich zu, dass ich Gespenster sehe.«

Aber er irrte sich nicht, davon war er überzeugt. Es war stets das Gleiche. Hatte er erst einmal ein erstes Muster vom vordergründigen Chaos getrennt, fand er schnell weitere: die gelöschten Nachrichten auf Valeries Anrufbeantworter, die verschwundenen Daten auf Valeries Handy, Zachers Smartphone, ein biometrisches Armband. Er musste blind gewesen sein. Das alles hatte nichts mit übersinnlichen Kräften, Vorhersehung oder Zufall zu tun. Dahinter steckte ein Plan, wie ihn nur das kranke Gehirn eines Psychopathen ersinnen konnte.

Er löste das Notfallarmband von Treskows Handgelenk und steckte es in einen Plastikbeutel.

»Ich brauche *Beule*.«

»Darf man fragen, welchem genialen Verdacht Sherlock Holmes nachzugehen gedenkt?«

»Bis jetzt ist es nicht mehr als ein Prickeln im Nacken. Ruf mich an, wenn du hier fertig bist. Ich hol dich dann ab.«

Ohne auf Zerteskis Gemaule zu achten, fuhr Lenny in Richtung Zentrum los. Die Praxis von Dr. Isaak Lauritz befand sich im Südwesten von Köln, im Stadtteil Junkersdorf. Lenny wies sich am Empfang der Praxis aus und bat um ein Gespräch mit Dr. Lauritz. Der Kardiologe empfing ihn kurz darauf. Lenny klärte ihn über die Umstände von Treskows Tod auf und reichte dem Arzt den Asservatenbeutel mit dessen Armband.

»Er trug dieses Notfallband. Ich brauche die Auswertung der aufgezeichneten Daten.«

»Ich darf Ihnen über Patientendaten keine Auskunft geben«, antwortete Lauritz.

»Ich habe Grund zu der Annahme, dass Ihr Patient ermordet wurde. Ich kann mir einen richterlichen Beschluss besorgen, aber Sie würden mir sehr helfen, wenn Sie mir die Informationen so schnell wie möglich geben würden.«

»Ermordet? Sie sagten doch, er wäre vom Dach gestürzt.«

»Ich glaube nicht, dass der Sturz die Todesursache ist. Erzählen Sie mir etwas über dieses Armband.«

»Kurt Treskow trug einen Herzschrittmacher«, sagte Lauritz, »das Armband diente zur Überwachung seiner Herztätigkeit. Die Technik ist noch ziemlich neu, aber sehr zuverlässig. Die biometrischen Daten wie Herzschlag und Blutdruck werden von einem Minicomputer im Armband aufgezeichnet und bei Auffälligkeiten an den behandelnden Arzt gesendet. In meiner Praxis wird dann ein Alarm ausgelöst, so dass wir sofort reagieren können.«

»Wurde denn ein Alarm ausgelöst?«

Lauritz wandte sich seinem Computer zu. »Nein. Sonst wäre ich ja bereits informiert gewesen.«

»Würden Sie bitte die gespeicherten Daten abrufen und überprüfen?«

»Wie ich schon sagte, es gab keine Auffälligkeiten.«

»Ich meinte die Daten im Speicher des Armbands.«

»Wir hatten noch nie Probleme mit der Übertragung.«

»Würden Sie bitte einfach tun, um was ich Sie gebeten habe?«

Lauritz zuckte mit den Schultern und kopierte die Daten. Sein Blick wanderte nervös zwischen Lenny und dem Bildschirm hin und her. Schließlich nahm er seine Brille ab und schüttelte den Kopf. »Sind Sie zufällig Hellseher? Treskow ist an einem Herzinfarkt gestorben.«

»Wodurch wurde der Infarkt ausgelöst?«

»Das muss ich noch genauer untersuchen. Aber auf den ersten Blick sieht es nach einer Fehlfunktion des Schrittmachers aus. Um 10:28 Uhr fällt ein Impuls völlig aus dem Rahmen. Ein Stromstoß von achthundertdreißig Volt hat Treskows Herz zum Stillstand gebracht. Das ist mir völlig unerklärlich.«

»Warum wurde kein Alarm ausgelöst?«

»Ich weiß es nicht. Einen solchen Fall hatten wir noch nie.«

»Wäre es möglich, dass jemand den Herzschrittmacher manipuliert hat?«

»Um einen Mord zu begehen?« Dr. Lauritz blickte Lenny fassungslos an. »Ich muss gestehen, dass ich das nicht weiß. Glauben Sie, jemand wäre zu einer solchen Tat fähig?«

»Ja, das glaube ich«, antwortete Lenny, und er wusste auch, wer derjenige gewesen war. Jemand, der Zugriff auf Smartphones, Computer und digitale Alarmanlagen besaß und ein ausreichendes Motiv zum Töten hatte.

13

Valerie betrachtete ihr Gesicht im Badezimmerspiegel. Die dunklen Augenringe, die sich auch mit Concealer und Make-up nicht ganz überdecken ließen, zeugten von einer ruhelosen Nacht. Ihre angespannten Nerven summten wie eine Hochspannungsleitung. Inzwischen hatten sich zu der bohrenden Unruhe heftige Bauchschmerzen eingestellt. Schon als Kind hatte sie auf Stresssituationen mit einem empfindlichen Magen reagiert.

Sie hatte zu wissen geglaubt, wie sich Stalking-Opfer fühlten und was die Opfer eines Verbrechens durchmachten. Doch erst jetzt wurde ihr klar, was es bedeutete, in einem Zustand permanenter Angst zu leben. Als wäre sie einem Mahlstrom ausgeliefert, trieb sie hilflos dem Abgrund entgegen und verlor bei jeder Umdrehung des Wirbels mehr Kraft und Selbstvertrauen.

Obwohl sie Nexx die Stirn geboten hatte, beherrschte er sie bereits mittels der Angst, die er in ihr erzeugte. Dazu brauchte er sich ihr nicht einmal zu nähern. Er war da, hockte wie ein bösartiger Troll in ihrem Kopf und steuerte ihre Gedanken. Alles drehte sich nur noch um ihn. Um Nexx. Nexx. Nexx.

Mit fahrigen Bewegungen beendete sie ihre Morgentoilette und spülte eine Tablette gegen das Sodbrennen mit einem Schluck schwarzem Kaffee hinunter. Sie verspürte keinen Hunger und glaubte, nie mehr etwas essen zu können. Ihre Abgeklärtheit und die Dreistigkeit, die sie bei ihren Recherchen einsetzte, hatten sich aufgelöst wie eine scharfe Klinge in einem Fass mit Batteriesäure. Ihr Blick fiel auf den Laptop. Sie würde Koriatis bitten, den Rechner untersuchen zu lassen, auch wenn sie wenig Hoffnung hatte, Nexx dadurch überführen zu können. Wie kam ein Scharlatan wie Nexx zu solch profunden Computerkenntnissen, wenn er nicht einmal sein Informatikstudium abgeschlossen hatte?

Eine halbe Stunde später stand ein Mitarbeiter der Kriminaltechnik vor ihrer Wohnungstür. Koriatis hatte Wort gehalten. Der Techniker wies sich aus, überprüfte ihren Anrufbeantworter und den Telefonanschluss. Dann zog er ergebnislos wieder ab, nachdem ihn Valerie halb aus der Wohnung geworfen hatte, denn er behauptete steif und fest, keinerlei Spuren für eine Manipulation entdecken zu können. Aus seinen herablassenden Kommentaren meinte sie herauszuhören, dass er glaubte, sie würde die Polizei zum Narren halten.

Zornig klemmte sie sich den Laptop unter den Arm und machte sich auf den Weg ins Studio. Gegen 10:00 Uhr sollte eine Redaktionskonferenz stattfinden, in der die Themen für die nächste Sendung besprochen wurden. Ihr blieben noch zwei Stunden, um ihren Gedanken eine klare Richtung zu geben. Während der Fahrt wuchs ihre Paranoia.

Jacobi, Henning und der Rest ihres Teams saßen bereits im Besprechungsraum. Als sie eintrat, verstummten die Gespräche schlagartig. Jacobi setzte seine Leichenbittermiene auf und klickte nervös mit dem Kugelschreiber.

»Ist wer gestorben?«, fragte Valerie.

»Findest du das komisch?«, knurrte er.

»Ihr seht nicht aus, als gäbe es etwas zum Lachen. Hier herrscht eine Stimmung wie auf einem Beerdigungskaffee.«

»Hast du noch keine Nachrichten gesehen?«, fragte Henning. »Das Frühstücksfernsehen vielleicht?«

Valerie zog sich einen Stuhl heran und stellte einen Pappbecher mit Kaffee auf den Besprechungstisch.

»Nein, noch nicht. Erzähl schon.«

Jacobi schaltete den Beamer ein und startete eine Aufzeichnung. Nexx erschien auf der Leinwand. Valeries Kopf war plötzlich blutleer.

»… eine beunruhigende und natürlich auch sehr persönliche Vorhersage, die Sie treffen«, sagte die Moderatorin eines Frühmagazins, »und so unglaublich, dass ich Sie bitten möchte, Ihre Prophezeiung noch einmal zu wiederholen.«

»Ja, Sie haben recht, Ellen. Eine solche Gabe kann ein Segen sein … oder ein Fluch. Valerie de Crécy wird am 18. September sterben. Ich habe es vergangene Nacht deutlich gesehen.«

Die Moderatorin blickte ernst in die Kamera. »Wir alle wissen, dass Gabriel Nexx über eine hellseherische Gabe verfügt und diese immer wieder eindrucksvoll unter Beweis stellt. Erst vor einigen Tagen sagte er präzise den Tod von zweihundertdreiundzwanzig Menschen voraus.« Sie wandte sich wieder ihrem Studiogast zu. »Gabriel, ein solches Ereignis vorherzusehen muss mit einem Schock einhergehen. Immerhin verbindet Sie mit Valerie eine innige Liebe. Verraten Sie uns, warum Sie Ihre Vorhersage öffentlich machen? Böse Zungen könnten behaupten, es sei eine Retourkutsche für Valerie de Crécys letzte Sendung, in der Sie mit Ihnen hart ins Gericht ging und jede persönliche Beziehung mit Ihnen leugnete. Erklären Sie uns das.«

Nexx nickte. »Ich bin in der Tat sehr besorgt. Und da ich Valerie nicht erreichen kann, möchte ich versuchen, sie auf diese Weise zu warnen. Die Zukunft ist nicht unabänderlich. Wir haben unser Schicksal selbst in der Hand. Ich glaube, Valerie weiß, was sie tun muss, um dem sicheren Tod zu entgehen. Leider kann ich sie, wie gesagt, seit Tagen nicht erreichen. Liebe Valerie, wenn du diese Sendung daher siehst, bitte melde dich. Wir werden das gemeinsam durchstehen.«

Jacobi stoppte die Aufzeichnung. Niemand sprach ein Wort. Valerie schaute wie versteinert in die Runde – und auf Henning, der sie anstarrte, als wäre sie bereits eine Leiche.

*

Lenny und Zerteski checkten stundenlang Verdachtsmomente, prüften Querverbindungen und durchsuchten die Polizeidatenbanken. In mühevoller Kleinarbeit setzten sie das Puzzle von Kurt Treskows letzten Stunden zusammen. Sie rekonstruierten, wo er am Abend des 8. September gewesen war, jenem Abend, an dem es zu dem Unfall auf der Zoobrücke gekommen war. Lenny wartete gespannt auf das Ergebnis der Autopsie. Krugmann hatte einer Obduktion zugestimmt, nachdem er ihm seinen Verdacht mitgeteilt und mit dem Indiz untermauert hatte, dass Treskows Notfallarmband manipuliert worden war. Inzwischen stand anhand der Lackspuren zweifelsfrei fest, dass Treskows Wagen in den Unfall auf der Zoobrücke verwickelt gewesen und mit dem von Tommy Zacher kollidiert war. Sie hatten Lemgo freigelassen. Der Reporter hatte sich so schnell aus dem Staub gemacht, als wäre er gerade seiner Hinrichtung entgangen.

Hinter der Glasscheibe, die ihr Büro vom Korridor abtrennte, tauchte Krugmanns bulliger Schädel auf. Er hatte Lenny gestern Abend nach seiner Rückkehr ins Präsidium den Kopf gewaschen und ihm Zerteskis Faulheit vorgeworfen. Nicht einen einzigen Bericht hatte sein Partner in den letzten Tagen abgeliefert. Lenny hatte Krugmann daraufhin über jedes Detail ihrer Ermittlungen in Kenntnis gesetzt und Zerteski verteidigt, indem er Krugmann von einer momentan schwierigen privaten Situation seines Partners erzählte, die er aus dem Stegreif erfunden hatte. Zerteski tat ihm leid, aber sein Mitleid hatte Grenzen. Wenn er sich nicht besserte, musste er ihn fallenlassen.

Krugmann schob die Tür auf und warf einen dünnen Aktenordner auf Lennys Schreibtisch. Er balancierte einen Pappbecher mit Kaffee in der Hand, sein Gesicht glänzte wie ein überreifer Kürbis.

»Verraten Sie mir, wie Sie das anstellen, Koriatis? Eins muss Ihnen der Neid lassen, Sie haben einen phänomenalen Riecher. Treskow starb tatsächlich an einem Herzinfarkt, der durch einen starken Stromstoß ausgelöst wurde.«

Lenny griff nach dem Bericht der Gerichtsmedizin und konnte sich ein Grinsen nicht verkneifen. In Krugmanns Augen las er widerwilligen Respekt.

»Das war verdammt knapp. Wenn ich keine Obduktion angeordnet hätte, wären alle davon ausgegangen, dass der Alte vom Dach gefallen ist und sich dabei das Genick gebrochen hat. Wie zum Teufel sind Sie darauf gekommen, dass jemand seinen Herzschrittmacher gehackt haben könnte?«

»Ich erkannte ein Muster.«

»Ein … Muster.«

»Ja. Sie sind überall. Wenn man aufmerksam ist, entdeckt man sie.«

Krugmann zog die buschigen Brauen zusammen und schlürfte den heißen Kaffee. Für Lenny das Zeichen dafür, dass er mit seiner Erklärung nichts anzufangen wusste. Nebulöse Phänomene wie Intuition oder übersinnliche Ahnungen machten Krugmann nervös. Er war ein guter Polizist, der seine Ecken und Kanten in dreißig Jahren Polizeidienst glattgeschliffen hatte. Aber alles, was er nicht mit Händen greifen konnte, war für ihn nicht existent und fiel durch sein Denkraster hindurch.

»Seht zu, dass ihr den Verrückten findet«, sagte er. »Wenn rauskommt, dass ein Killer durch die Stadt läuft und Herzschrittmacher zum Explodieren bringt, haben wir morgen eine Panik. Kein Wort darüber zu irgendjemandem, ist das klar?« Er bedachte Lenny mit einem finsteren Blick.

»Wir werden es Lennys neuer Freundin nicht erzählen«, sagte Zerteski feixend.

Krugmann leerte seinen Becher und warf ihn in den Papierkorb. »Was läuft da zwischen Ihnen und der Journalistin, Koriatis?«

»Gar nichts. Sie hat mich gestern Abend angerufen, weil sie sich bedroht fühlte.«

»Von diesem Hellseherfuzzi?«

Lenny nickte schweigend und studierte den Obduktionsbericht. Er mochte es nicht, wenn sich Krugmann so primitiv ausdrückte.

»Ich hatte wegen Nexx eine Anfrage vom Polizeipräsidenten«, sagte Krugmann. »Fassen Sie ihn in Zukunft gefälligst mit Samthandschuhen an.«

»Und wenn er verdächtig ist?«

»Ich sage nur, dass Sie diplomatisch vorgehen sollen.«

»Das ist Lennys Stärke«, warf Zerteski ein. »Er lässt seinen Charme sprühen, und jeder schmilzt dahin, vor allem die Frauen.«

»Ihre Liebschaften gehen mich nichts an, Koriatis. Aber trennen Sie Ihren Beruf von Ihrem Privatleben. Verstanden?« Krugmann drehte sich um und stapfte aus dem Büro.

Zerteski sah auf seine Armbanduhr und fuhr sich mit der Hand über die Augen. »Mann, es ist gleich 20:00 Uhr. Ich mach Feierabend für heute. Kommst du mit ins *Charlie's?*«

»Nein, heute nicht. Ich will noch etwas überprüfen.«

»Lenny, Lenny, es hat sich auch schon mal jemand totgearbeitet. Die Japaner haben sogar ein Wort dafür. Karachi.«

»Karoshi.«

»Hä?«

»Es heißt Karoshi.«

»Mir egal. Ich geh jetzt ins *Charlie's*.«

»Am Alkohol ist noch keiner krepiert, was?«, sagte Lenny.

Zerteski grinste und schnappte sich seine Lederjacke. »Genau. Das Zeug konserviert und hält die Gehirnzellen frisch. Schau dir mal die in Spiritus eingelegten Köpfe im kriminaltechnischen Museum an. Die sehen so jung aus wie ein frischer Pfirsich.« Er schaltete seinen Rechner aus und trat pfeifend auf den Korridor hinaus.

»Sauf nicht so viel!«, rief ihm Lenny hinterher.

Zerteski winkte ihm zum Abschied über die Schulter. »Ich hab dir 'ne Mail geschickt … du weißt schon, wegen Danni56.«

Lenny öffnete sein E-Mail-Programm und sah sich die von Zerteski manipulierten Berichte an. Er war entsetzt. Entgegen seinem Versprechen hatte er noch keine Idee, wie er seinen Partner da wieder raushauen sollte.

Er schloss die angehängten Dateien und konzentrierte sich stattdessen auf die Protokolle und Zeugenaussagen, die sie zu den beiden aktuellen Fällen zusammengetragen hatten. Gründlich ging er noch einmal die Einzelheiten durch: Kurt Treskow, 63 Jahre alt, verwitwet und seit einem halben Jahr Rentner. Die roten Lackspuren an seinem weißen Kombi stammten von Zachers Lieferwagen. Also war Treskow in den Unfall verstrickt gewesen. Und nun war er tot, ebenso wie Zacher. Treskow war ermordet worden, aber traf das auch auf Zacher zu? Wenn es so war, wie hatte der Täter das angestellt? Nach Lemgos Aussage handelte es sich jedoch eindeutig um einen Unfall. War alles nur ein irrer Zufall gewesen? Eine Verkettung unglücklicher Umstände? Zacher war in der Tat ein Unglücksrabe gewesen. Wäre Treskow nicht durch eine Manipulation seines Herzschrittmachers gestorben, hätte Lenny sich wahrscheinlich mit der Unfallvariante zufriedengegeben.

Die Aussagen von Treskows Nachbarn lasen sich wie eine von Nexx' Prophezeiungen, die sich erfüllt hatte. Der Mann war als Grantler verschrien gewesen, der irgendwann von einer seiner verschrobenen Basteleien dahingerafft werden würde. Eine flüchtige Durchsicht seines Computers hatte ergeben, dass er in einem halben Dutzend Bastel- und Heimwerkerforen angemeldet war. Seine Erfindungsgabe hatte vom selbstgebauten Bewegungsmelder bis hin zum elektronischen Ameisen-Vernichter gereicht. Letzterer erwies sich als umgebauter, unter Strom gesetzter Rechen. So gesehen war es tatsächlich nur eine Frage der Zeit gewesen, bis Treskow bei einem Unfall ums Leben kam. Die Leiter, die er benutzt hatte, um die Satellitenschüssel aufzuhängen, war ebenfalls in unzulässiger Eigenregie *verbessert* worden. Hatte er am Ende sogar die Software des biometrischen Armbands *optimiert* und dabei einen verhängnisvollen Fehler begangen? Aber das würde bedeuten, dass er letztendlich doch einem Phantom nachjagte. Denn Nexx hatte nicht die Spur eines Motivs, um den alten Mann zu ermorden. Außer seiner Verbindung zu Zacher gab es nichts, was Treskow seinerseits mit Nexx verband. Und dennoch: Er war überzeugt, dass ein Plan dahintersteckte. Er spürte die mörderische Absicht wie ein Feld aus statischer Elektrizität, das seine Haare zu Berge stehen ließ.

Lenny lehnte sich zurück und zog das seltsame Protokoll aus der Schublade, das er bei Zacher gefunden hatte. Auch hier gab es eine Verbindung zu Nexx – glaubte er Valeries Behauptung, die ein solches Dokument auf dessen Computer gesehen und kopiert haben wollte. Wann immer man genügend Informationen sammelte, konnte man daraus ein Bild zusammensetzen, wie bei einem Puzzle. Je mehr Teile man hinzufügte, desto klarer wurde das Gesamtbild. Nichts anderes tat er bei der Mordkommission. Er knüpfte aus vielen einzelnen Fäden ein Netz, in dem sich der Täter irgendwann verfangen würde.

Das seltsame Protokoll schien ihm das gleiche Ziel zu verfolgen. Es erstellte das Profil eines Menschen aus unzähligen einzelnen Informationen wie Gewohnheiten, Abneigungen und Vorlieben sowie sich wiederholenden Abläufen. Konnte man damit vielleicht Prophezeiungen und Vorhersagen treffen, die mit hoher Wahrscheinlichkeit eintraten? War das Nexx' großes Geheimnis? Ein – wenn auch hochkompliziertes – Computerprogramm? Konnte man auf diese Weise lästige Zeugen manipulieren oder gar beseitigen? Es schien undenkbar, zu risikoreich und fehlerbehaftet. Krugmann würde ihn für verrückt erklären, wenn er ihm seine Überlegungen mitteilte.

Lenny nahm sich noch einmal die wenigen gesicherten Erkenntnisse vor, die er über Nexx gesammelt hatte. Er war prominent und schwamm im Geld. Er beschäftigte ein ganzes Heer von Imageberatern und hielt Beteiligungen an privaten Radio- und Fernsehsendern. Für seine Geschäftspartner war er, bildlich gesprochen, ein kostbarer Koi-Karpfen in einem Aquarium aus flüssigem Gold. Sie würden deshalb dafür sorgen, dass keine Haie in sein Becken gelangten und ihn auffraßen. Das erklärte auch Krugmanns Warnung. Wahrscheinlich gehörte eine Menge gutbetuchter Leute zu Nexx' Kunden, die verhindern wollten, dass ihre Besuche bei einem Hellseher an die Öffentlichkeit gelangten. Wenn die Polizei jedoch Ermittlungen im großen Stil gegen Nexx aufnahm, wäre genau dies unvermeidbar. Aber wenn er mit seinen Vermutungen richtiglag, hatte Nexx den abgefeimtesten Mordplan der Kriminalgeschichte ersonnen. Niemand würde ihm seine Taten jemals nachweisen können.

Er schob die Akten auf seinem Schreibtisch hin und her, bis er auf Treskows Bankauszüge stieß. In den letzten acht Wochen hatte Treskow keine größeren Ausgaben getätigt, aber es gab eine auffällige Einzahlung von zehntausend Euro am 4. September, vor acht Tagen also. Da es sich um eine Bareinzahlung handelte, war vermutlich nicht mehr zu klären, woher das Geld stammte. Hatte Nexx Treskow möglicherweise dafür bezahlt, dass er den Unfall provozierte, bei dem Zacher dann ums Leben gekommen war? Wenn er aber zu so profanen Mitteln griff, waren seinen Manipulationskünsten Grenzen gesetzt. Es war zum Verrücktwerden. Er hielt jede Menge Spuren in der Hand, die zu Nexx führten, aber keinen einzigen Beweis.

Lenny schaltete seinen Computer aus und blieb noch eine Weile im Dunkeln sitzen. Im Präsidium war es um diese Zeit totenstill. Das einzige vernehmbare Geräusch stammte von Tausenden von Regentropfen, die ein heftiger Herbstwind gegen die Fensterscheiben trieb. Er verspürte keine Lust, nach Hause zu fahren. Etwas Besseres als die billige Souterrainwohnung konnte er sich nicht leisten. Die wenigen Möbelstücke, die er besaß, stammten noch vom Vormieter und hätten schon seit mindestens einem halben Jahrhundert auf den Sperrmüll gehört. Wenn der altersschwache Kühlschrank seinen Geist aufgeben würde, wäre Lenny aufgeschmissen. Seine gesamte Habe passte in den Kofferraum seines Wagens. Und ein 68er Chevrolet Camaro besaß einen verdammt kleinen Kofferraum. Trotzdem war er noch nicht so weit, seinen geliebten rauchblauen Oldtimer mit dem weißen Streifen zu verkaufen. Aber der Tag rückte näher, an dem ihm keine Wahl mehr bleiben würde. Zum Teufel mit Anja. Wie hatte er nur so blind sein können?

Plötzlich wurde ihm klar, warum ihn Zerteskis Sticheleien so ärgerten. Weil er auf dem besten Weg war, sich in Valerie zu verlieben. Er hatte schon einmal einen kompletten Narren aus sich gemacht, ein zweites Mal würde ihm das nicht passieren. Dennoch war er sich nicht sicher, ob er es verhindern konnte.

Er dachte daran, doch noch kurz ins *Charlie's* zu fahren. Zerteski stand todsicher am Tresen und ließ sich volllaufen. Dann aber verwarf er den Gedanken wieder, ging stattdessen zum Kühlschrank, der in einer Ecke des Büros vor sich hin brummte, und öffnete eine Dose Bier. Er nippte daran und kippte den Rest dann in den Ausguss, als er das Ablaufdatum auf der Dose sah.

Immerhin schien der Schluck eiskalten Bieres seinen Verstand anzuregen. Treskow war an einem Stromstoß von achthundertdreißig Volt gestorben. Wie der Täter sich Zugriff auf das Gerät verschafft hatte, wusste noch niemand. Auch die KTU kam nicht weiter. Die Jungs waren gut und wussten, was sie taten, aber es gab da jemanden, der noch mehr auf dem Kasten hatte als sie. Und das war Juan Sanchez Moreno, genannt Sanchez, der Wurm, Lennys einziger echter Freund. Das erinnerte ihn daran, dass er nicht nur Valerie versprochen hatte, ihre Probleme mit ihm durchzusprechen, sondern auch Zerteski.

Er steckte den Asservatenbeutel mit dem Biometrikarmband in die Tasche seines Sakkos und zog einen zweiten Plastikbeutel aus der Schublade. Nachdenklich betrachtete er das verschmorte Gehäuse des Herzschrittmachers durch die durchsichtige Folie hindurch. Das

Gerät sah aus, als hätte ein Blitz in es eingeschlagen und die empfindliche Elektronik komplett zerstört.

Er wählte Sanchez' Handynummer, aber sein Freund meldete sich nicht. Wahrscheinlich hockte er schon seit Stunden vor dem Computer, hörte Heavy Metal und Grunge und raste, mit Adrenalin vollgepumpt, über die Datenautobahnen verbotener Schattennetzwerke. Kurz checkte Lenny seine Mailbox. Niemand hatte versucht, ihn zu erreichen. Auch Valerie nicht. Valerie. Verflucht, nein, er würde den gleichen Fehler nicht noch einmal begehen.

Das Handydisplay erlosch. Lenny schaltete die Schreibtischlampe aus. Jetzt wurde das Büro nur noch von den Lichtern der brodelnden Stadt vor den Fenstern erleuchtet. Im geometrischen Verlauf der Straßen und den geordneten Lichtimpulsen der Fahrzeuge, Ampeln und Leuchtreklamen pulsierte ein Muster.

14

Valerie trat aus dem Lift und balancierte eine Plastikbox mit italienischem Salat und einen störrischen Regenschirm in den Händen. Es gelang ihr nicht, die Karte durch den Schlitz des neuen Sicherheitsschlosses zu ziehen, ohne die Sachen abzustellen. Sie suchte in den Taschen ihres Blazers nach der Codekarte und stieß dabei auf das Pfefferspray und den Elektroschocker, den sie in einem Waffengeschäft in der Innenstadt gekauft hatte. Ihr Vorhaben, sich wenigstens mit einer Gaspistole zu bewaffnen, hatte sie zähneknirschend aufgeben müssen. Sie hatte Koriatis angerufen, war aber zu seinem idiotischen Partner Zerteski durchgestellt worden. Der hatte ihr gelangweilt erklärt, dass die Bearbeitung des Antrags auf einen Waffenschein – die Voraussetzung für den Kauf einer Gaspistole – mindestens drei bis vier Wochen dauern würde.

Der tropfnasse Schirm rutschte ihr aus den Fingern und fiel klappernd zu Boden, die automatische Treppenhausbeleuchtung erlosch. Hektisch tastete sie nach dem Lichtschalter. Bevor Nexx aufgetaucht war, hatte es sie nicht gestört, dass die beiden anderen Dachwohnungen leer standen. Nun aber ängstigte sie bereits das Echo ihrer eigenen Schritte. Unruhe und Furcht waren ihre ständigen Begleiter und begannen, sich wie ein lähmendes Gift in ihr auszubreiten. Sie schlief nicht mehr, war reizbar und hatte zunehmend Schwierigkeiten, sich zu konzentrieren. Jacobi würde nicht mehr lange zusehen, wie ihre Arbeit unter ihren Angstzuständen litt.

Sie hatte sich für eine starke Persönlichkeit gehalten, für einen Menschen, der mit jeder Lebenssituation zurechtkommen konnte. Doch in Wahrheit war sie bislang noch nie mit einer echten Bedrohung konfrontiert worden, mit einem Gegner, der sie vor sich hertrieb und keine Gnade kannte. Zum ersten Mal seit ihrer Kindheit fühlte sie sich wieder wie das hilflose kleine Mädchen, das Mister Smoothie um Hilfe bat. Aber Mister Smoothie erschien nicht. Sie hatte vergessen, wie man ihn herbeirief.

Endlich fummelte sie die Codekarte aus der Tasche … und zögerte. Zwar glich ihr Loft nun dank des Sicherheitssystems und der beiden improvisierten Stahlriegel einer Festung, allerdings nur, solange sie die alleinige Kontrolle über Passwörter und Zugangsdaten besaß. Die Karte schwebte über dem Schlitz. Erschüttert über die Veränderungen in ihrer Persönlichkeit, wurde ihr klar, dass sie auf dem besten Weg war, eine Paranoia zu entwickeln. Sie liebte dieses Loft. Jedes Möbelstück hatte sie selbst ausgesucht, jedes Detail geplant und jedes Zimmer liebevoll eingerichtet. Die Wohnung war ihr Heim und ihre Zuflucht gewesen. Und nun hatte Nexx dafür gesorgt, dass sie sich in einen Ort verwandelt hatte, vor dem sie sich fürchtete. Schon allein bei dem Gedanken, dass er heimlich in ihrer Wohnung gewesen sein könnte, dass seine blassen Spinnenfinger intime Gegenstände berührt hatten, dass er in ihrer Wäsche gewühlt und seinen Körpergeruch in ihrem Bett hinterlassen haben könnte, drehte ihr den Magen um.

Entschlossen zog sie die Karte durch den Schlitz, die Tür schwang auf. Mit dem Ellbogen drückte sie auf den Lichtschalter und spürte, dass ihr Herz schneller schlug.

Die Wohnung sah unberührt aus, die LED-Leuchte des Anrufbeantworters war dunkel, es gab keine neuen Nachrichten. Nichts hatte sich verändert, seitdem sie das Loft heute Morgen verlassen hatte, und doch war alles anders. Es gab keine Sicherheit mehr, nirgendwo. Ihre Verzweiflung wuchs, sie fühlte sich am Ende ihrer Kräfte.

Valerie durchquerte den großen Wohnraum, legte den Elektrotaser auf den Küchentresen und zwang sich zur Ruhe. Nexx brauchte sich gar nicht mehr anzustrengen, um sie in Panik zu versetzen.

Die Angst, die mich lähmt, entsteht vor allem in meinem Kopf, überlegte sie.

Und wenn seine unheimliche Todesprophezeiung sich als wahr erwies? Bis zum 18. September blieben ihr noch sieben Tage. Wenn er ihre Vergangenheit kannte – und dass er sie kannte, hatte er bereits eindrucksvoll bewiesen –, wusste er dann nicht auch zwangsläufig, was ihr die Zukunft brachte? Nexx hatte die verrosteten Gitterstäbe des Kerkers angesägt, in den sie die Angst ihrer Kindheit gesperrt hatte. Die Dämonen der Vergangenheit standen nun kurz davor, sich vollends zu befreien.

Sie zog ihren Blazer aus, warf ihn über eine Stuhllehne und ging auf die Treppe zu. Valerie hatte die ersten sechs Stufen erklommen, als sie den Lichtstreifen sah, der unter der Tür zu ihrem Schlafzimmer nach draußen fiel.

15

Lenny näherte sich auf dem Weg zu Sanchez der Altstadt und fuhr kurz darauf an der Straße vorbei, die zum *Charlie's* führte. Es war kurz nach 21:00 Uhr, Zerteski sicher schon sternhagelvoll.

Der Camaro rollte an der Kreuzung vorbei und bewegte sich in einem komplizierten Zickzackmuster Richtung Norden. Es regnete noch immer, und die Scheibenwischer verrichteten ihren Dienst mit einem hypnotisch gleichmäßigen Quietschen. Das Licht von Straßenlampen und Leuchtreklamen brach sich glitzernd in den Tropfen auf der Frontscheibe. Lenny wehrte sich wie ein Fisch, der am Haken eines Anglers hängt und seine Aussicht zu entkommen mit jedem verzweifelten Schwanzschlag nur noch weiter verschlechtert. Er ertappte sich dabei, dass er nach einem Anlass suchte, um an Valeries Tür zu klingeln. Er könnte vorgeben, neue Erkenntnisse zum Tod von Zacher zu besitzen, oder ihr die Vorzüge und Nachteile von verschiedenen Alarmanlagen und Sicherungseinrichtungen erklären – was, zugegeben, kein besonders romantischer Vorwand war. Aber immerhin ein handfester Grund, um sie aufzusuchen. Zum Teufel mit der Vernunft. Zum Teufel mit dem Fall und zum Teufel mit Sanchez, er wollte sie sehen.

Der Camaro fegte die regennasse Straße entlang. Lenny war zutiefst verwirrt und verstand nicht, was in ihm vorging. Zerteski hatte es in seinen einfachen Worten auf den Punkt gebracht: Es hatte ihn erwischt. Seit er Valerie zum ersten Mal begegnet war, hatte er das Gefühl, das Ziel wieder gefunden zu haben, das er aus den Augen verloren hatte. Er wusste, seine Beziehung zu Anja war ein Fehler gewesen; eine falsche Entscheidung. Aber das bedeutete nicht, dass er nie wieder auf sein Herz hören durfte. Es war eben schiefgegangen, weil er sich hatte einwickeln lassen. Es musste nicht zwangsläufig immer wieder passieren. Er dachte an die Muster, die in Valeries Gegenwart wieder hell erstrahlten. Diesmal würde alles anders werden. Wenn er nur die richtigen Worte fand. Wenn er das Vertrauen in sich selbst zurückgewann.

Er war noch etwa fünf Kilometer von der Wohnanlage im Kölner Norden entfernt, als sein Handy klingelte. Es war Krugmann.

»Wo stecken Sie, Koriatis?«

»Auf der B51 Richtung Norden.«

»Drehen Sie um. Wir haben einen ungeklärten Todesfall. Ich gebe Ihnen die Adresse durch.«

»Ich habe seit Stunden Feierabend. Von meinen Überstunden will ich gar nicht reden.«

»Sie wissen, wie dünn unsere Personaldecke ist.«

»Zerteski hat Bereitschaft.«

»Ich kann ihn nicht erreichen. Der Idiot hat sein Handy ausgeschaltet.«

Aus gutem Grund, dachte Lenny grimmig.

»In einem Hotel in der Innenstadt liegt eine Frauenleiche in einem Aufzugsschacht.«

Lenny seufzte. »Also gut. Schicken Sie mir die Adresse auf mein Handy.«

Er legte auf, fuhr an der nächsten Ausfahrt von der Schnellstraße und wendete. Wenn er Glück hatte, dauerte die Sache nicht länger als eine Stunde. Außerdem hatte er das Gefühl, dass er nach seinem Einsatz einen guten Grund haben würde, Valerie zu besuchen.

Das Hotel lag in einer Seitenstraße im Süden der Altstadt und hatte schon bessere Tage gesehen. Es war der ideale Unterschlupf für jemanden, der ein billiges Zimmer suchte und nicht auffallen wollte. Lenny parkte den Camaro hinter Beckers schwarzem Kombi. Drei Streifenwagen riegelten den Eingang zum Hotel ab.

Das Gebäude war ein schmuckloser grauer Kasten, dessen nüchterner Bauplan allein auf Zweckmäßigkeit beruhte. Lenny zählte sechs Stockwerke. Die Fenster reihten sich wie die Felder eines Schachbretts aneinander und erinnerten ihn an die vielen ausdruckslosen Augen der Mordopfer, in die er schon geblickt hatte. Ein uniformierter Polizist bewachte den Zugang im Erdgeschoss und wies ihm den Weg.

Ein Mann um die sechzig hockte mit finsterer Miene hinter dem zerschrammten Empfangstresen. Er trug eine braune Wollweste und strich sich eine fettige Haarsträhne an den kahl werdenden Schädel. Die Tote war ihm wahrscheinlich völlig gleichgültig, aber die Aufmerksamkeit, die ihr Fund erregte, war schlecht für sein Geschäft. Lenny sah sich in seiner Vermutung bestätigt. Die Menschen, die sich hier im Hotel einmieteten, schätzten vor allem eines: Anonymität.

Die Aufzugkabine stand noch immer im Parterre, die Lifttüren waren geöffnet. Jemand hatte eine Stehleiter in der Kabine aufgebaut. Ein Kollege von der Spurensicherung stand auf der obersten Sprosse. Seine Beine steckten in einem weißen Schutzanzug, sein Oberkörper in der Luke im Dach der Fahrstuhlkabine. Als er die Leiter hinunterstieg, erkannte Lenny den griesgrämigen Becker.

»Ah, Koriatis. Wo haben Sie denn Ihren eifrigen Kollegen gelassen?«

»Der schiebt Sonderdienst.«

»Im *Charlie's,* wie? Passen Sie auf Zerteski auf. Der säuft sich sonst noch tot.«

»Ich bin nicht seine Mutter.«

»Krugmann scheint das aber zu denken.«

»Mir egal.«

»He, war ja nur ein Tipp.«

»Schon gut, was ist passiert?«

»Ein Gast stieg vor einer halben Stunde in den Fahrstuhl. Er spürte, dass ihm etwas auf den Kopf tropfte. Als er merkte, dass es Blut war, rief er den Portier. Der hat dann die Luke geöffnet. Aber sehen Sie sich die Sauerei selbst an.«

Lenny quetschte sich in die enge Kabine, in der es nach Schweiß und kaltem Zigarettenrauch stank. Daneben nahm er noch einen anderen Geruch wahr – den unverwechselbaren Gestank von Blut und Tod. Er stieg die Leiter hinauf und steckte den Kopf durch die Luke. Vor ihm lag eine Frau mit verdrehten Gliedern auf dem Kabinendach. Ihr Kopf ruhte mit der linken Wange auf dem Blech, ihre Augen schienen durch ihn hindurch in eine andere Welt zu starren. Er würde sich nie an diesen Anblick gewöhnen. Jedes Mal überfielen ihn Schuldgefühle. Die Toten fragten ihn stets: »Warum kommst du erst jetzt? Warum nicht eine Stunde früher?«

Jemand hatte einen tragbaren Scheinwerfer auf das Kabinendach gestellt, der Fahrstuhlschacht war taghell erleuchtet. Im obersten Stockwerk stand die Aufzugstür offen.

»Die Tote wohnte im sechsten Stock«, drang Beckers Stimme aus der Kabine zu Lenny hinauf, »sie muss auf den Lift gewartet haben und in dem Glauben eingestiegen sein, die Kabine wäre auf ihrer Etage angekommen, als sich die Türen öffneten. War sie aber nicht.«

Lenny stieg die Leiter wieder hinunter. Der Geruch von geronnenem Blut war unerträglich. »Irgendein Anzeichen, dass sie gestoßen wurde?«

»Nein. Und sollte es so gewesen sein, kann das kein Leichenbeschauer der Welt feststellen. Ein leichter Schubser hätte ausgereicht.«

Lenny studierte die Prüfplakette auf der Schalttafel. Der Aufzug war erst vor drei Wochen gewartet worden. »Wir brauchen den Techniker, der die Anlage überprüft hat.«

»Das bin ich.«

Lenny drehte sich um. Ein schlaksiger junger Mann stand in der Eingangshalle.

»Sie haben den Aufzug gewartet?«

Der Mann nickte und kam argwöhnisch näher. »Und ich versichere Ihnen, es war alles in Ordnung. Der Lift hat gut vierzig Jahre auf dem Buckel, aber er funktioniert so sicher wie am ersten Tag.«

»Sieht aber nicht danach aus.«

»Ich habe gehört, was passiert sein soll. Aber das ist unmöglich. Die Anlage verfügt über elektronische Sicherheitseinrichtungen. Die Türen öffnen sich nur, wenn die fahrende Kabine einen Schalter aktiviert. Beim letzten Check haben wir außerdem ein zusätzliches elektronisches Sicherheitssystem eingebaut. Eine Panne oder Fehlfunktion wird sofort über das Internet an die Zentrale gemeldet.«

»Übers Netz?«, fragte Lenny.

»Ja. Die Technik ist neu und hat große Vorteile. Wir können Fehlfunktionen überprüfen und beheben, ohne gleich einen Monteur vor Ort schicken zu müssen.«

»Also könnte jemand das System manipuliert haben?«

»Sie meinen, dass sich jemand in unser Netz eingeklinkt hat? Nein, völlig unmöglich. Das System ist so sicher wie der Tod.« Der Techniker schluckte. Er hatte wohl bemerkt, was für einen unpassenden Vergleich er angesichts der Umstände gezogen hatte.

»So sicher wie dieser Lift, wollten Sie wohl sagen«, sagte Lenny trocken.

Die Suche nach der Fehlerursache würde wahrscheinlich mehrere Tage, wenn nicht sogar Wochen dauern. Vielleicht kamen sie nie dahinter. Er notierte sich den Namen und die Internetadresse des Unternehmens, das den Fahrstuhl eingebaut hatte.

»Haben Sie das Zimmer der Toten schon durchsucht?«, fragte Lenny Becker.

»Ich bin Gerichtsmediziner, kein Ermittler. Das ist wohl eher Ihr Job. Die Frau trug jedenfalls keinen Ausweis bei sich.«

Lenny wandte sich erneut an den Fahrstuhltechniker. »Sehen Sie mal zu, ob Sie rauskriegen können, was mit dem Ding nicht stimmt.«

Er ging zum Empfangstresen und hielt dem Portier seinen Dienstausweis unter die Nase.

»Mordkommission? Glauben Sie, in meinem Hotel läuft einer herum, der Gäste in den Fahrstuhlschacht schubst?«

»Ich glaube gar nichts. Aber in einem solchen Fall ermitteln wir immer in alle Richtungen – reine Routine. Kannten Sie die Tote?«

»Nein. Sie kam vor zwei Tagen hier an und hat ein Zimmer gemietet.«

»Wie lange beabsichtigte sie zu bleiben?«

»Sie sprach von ein oder zwei Tagen.«

»Was wollte sie in Köln? War sie geschäftlich unterwegs oder privat?«

»Ich frage meine Gäste nicht aus. Sie kommen, mieten ein Zimmer, zahlen und reisen wieder ab. Alles andere geht mich nichts an.«

»Sie betreiben einen verschwiegenen kleinen Laden, was?«

»Meine Bücher sind in Ordnung, hier laufen keine Sauereien.«

»Sie sind dazu verpflichtet, Buch darüber zu führen, ob Ihre Gäste privat oder geschäftlich hier übernachten. Schon mal was von absetzbarer Bettensteuer gehört?«

Der Portier tippte umständlich auf eine speckige Computertastatur und drehte den Monitor dann zu Lenny.

»Hier. Das ist sie.« Der Eintrag lautete auf den Namen Angelika Schweitzer, wohnhaft in der Beyrodtstraße 13, 12277 Berlin.

»Danke. Sie halten sich bitte zu unserer Verfügung.«

Der Portier nickte. »Können Sie die Leiche … ich meine … vielleicht hinten rausbringen? Der Zirkus hier ist schlecht fürs Geschäft.«

»Wenden Sie sich an die Kollegen.«

Lenny kehrte zur Aufzugkabine zurück, drückte sich an dem Techniker vorbei und stieg noch einmal auf die Leiter, um mit seinem Handy ein Foto von der Toten zu machen. Jetzt hatte er immerhin einen guten Grund, um Valerie zu besuchen. Denn sie war die Einzige, die ihre Informantin Angelika identifizieren konnte.

16

Der Lichtstrahl kroch wie eine tastende Hand unter der Zimmertür hindurch. Valerie verharrte auf halber Höhe der Treppe und überdachte fieberhaft ihre Möglichkeiten. Die Vorstellung, Nexx den Elektrotaser an die Kehle zu drücken und zuzuschauen, wie er zappelnd vor ihr in die Knie ging, war überaus verlockend. Rachegefühle waren ihr normalerweise fremd. Erschrocken wurde ihr bewusst, wie sehr sie der permanente Stress bereits verändert hatte.

Aber ein Alleingang barg auch Gefahren. Falls sie ihn mit dem Schocker nicht erwischte und er entkommen konnte, hätte sie wieder keine Zeugen, um sein Eindringen zu beweisen. Nexx war bisher gerissen und planvoll vorgegangen. Wartete er wirklich dort oben auf sie und hatte nicht bedacht, dass sie den Lichtschein unter der Tür sehen musste? Das war mehr als unwahrscheinlich. Vielleicht hatte sie ihn aber auch mit ihrem bloßstellenden Fernsehbericht so tief in seiner Eitelkeit gekränkt, dass er unvorsichtig wurde und sich zu einer unkontrollierten Handlung verleiten ließ. Das wiederum würde ihr einen Vorteil verschaffen, denn das Überraschungsmoment lag nun auf ihrer Seite.

Eine weitere Option war, sich unbemerkt aus der Wohnung zu schleichen und Koriatis anzurufen. Aber wenn sie sich wieder irrte und nur vergessen hatte, das Licht zu löschen, büßte sie auch noch den letzten Rest ihrer Glaubwürdigkeit ein. Überrascht wurde ihr klar, dass sie in Koriatis' Augen nicht als hilfloses Opfer dastehen wollte. Auf keinen Fall sollte er sie für eine hysterische Kuh halten, für die prominente Fernsehtante, die sich wichtigmachte und einen kleinen Polizisten herumkommandierte, wie es ihr passte. Sie war stolz darauf, eine unabhängige Frau zu sein, die ihr Leben im Griff hatte. Nexx war dabei, ihr Selbstbewusstsein Stück für Stück zu zerstören. Wenn sie nicht alleine mit ihm fertigwurde, verlor sie alles, was sie erreicht hatte, vor allem aber den Glauben an sich selbst. Und genau das war offenbar seine Absicht.

Aber wie zum Teufel war er hineingelangt? Sie rief sich den Grundriss der Wohnanlage ins Gedächtnis. Im Dachgeschoss gab es drei moderne Lofts. Jedes bestand aus einem großen Wohnraum in Form eines Winkels und einem würfelförmigen, verglasten Aufsatz, in dem zwei Zimmer und ein luxuriöses Bad untergebracht waren. Rings um die Lofts verlief ein großer Dachgarten, der durch üppig wuchernde Farne und mit Bougainvilleen überzogene Trennwände durchbrochen wurde und den jeweiligen Lofts zugeteilt war. Die einzigen Zugänge zum Dachgeschoss bildeten das Treppenhaus und der Fahrstuhl. Die beiden Feuerleitern am Rand des umlaufenden Dachgartens endeten mehr als zwei Meter über dem Erdboden und waren von dort aus nicht zu erreichen. Bei Gefahr konnte man sie von oben ausklappen, um sicher zum Boden hinabzugelangen.

Nexx konnte unmöglich das neue Sicherheitssystem überwunden haben. Er musste also einen Weg über die Feuerleitern hinauf zu den Dachgärten gefunden haben. Rasch stieg sie die Treppe nach unten und überprüfte die Terrassentür. Schloss und Rahmen waren unversehrt. War er direkt in ihr Schlafzimmer eingedrungen? Die Fenster des Aufbaus waren nicht an die Alarmanlage gekoppelt, weil sie vom Flachdach aus nicht erreichbar waren. Möglicherweise war es ihm gelungen, sich auf diesem Weg Zutritt zu verschaffen.

Sie bewaffnete sich mit dem Elektrotaser und stieg lautlos die Treppe hinauf. Auf der Empore lauschte sie mit angehaltenem Atem. Der Regen prasselte wie Gewehrfeuer auf das Dach und schluckte jedes andere Geräusch. Ließ sie sich von ihrer eigenen Nachlässigkeit narren? Es gab nur einen Weg, es herauszufinden. Sie drückte die Klinke herunter und stieß die Tür auf.

Das Schlafzimmer war leer. Durch ein gekipptes Fenster wehte kalte Zugluft, die Außenjalousie klapperte nervtötend im Wind. Valerie stieß den angehaltenen Atem aus und ließ den Taser sinken.

Kaum war die Anspannung von ihr abgefallen, nahm sie aus dem Augenwinkel eine Bewegung wahr, nicht mehr als ein verwischter Schatten. Noch bevor sie reagieren konnte, presste ihr jemand einen Lappen auf Mund und Nase. Der herbsüße Geruch von Chloroform war das Letzte, was sie bemerkte, bevor die Ohnmacht kam.

17

Lenny fuhr zum zweiten Mal in dieser Nacht nach Norden und näherte sich der Severinsbrücke. Zweihundert Meter vor der Auffahrt trat er hart auf die Bremse. Das Scheinwerferlicht seines Camaros vermischte sich in den Regenschleiern mit dem verschwommenen Rot der Verkehrsampeln. Rot war die vorherrschende Farbe. Sie schien überall zu sein – in den Rücklichtern der Autos, Lastwagen und Pendlerbusse, auf den mit Graffiti beschmutzten Fassaden der Häuser und im unruhigen Wasser des Rheins. Das Rot bildete wabernde, gallertartige Muster und überzog den nassen Asphalt mit einem blutigen Schimmer. *Einsamkeit ist dunkelgrau,* dachte Lenny. *Das Böse ist rot.*

Das Trommeln des Regens auf dem Wagendach schwoll zu einem donnernden Crescendo an. Lenny schaltete die Scheibenwischer auf die höchste Stufe, aber sie kapitulierten vor den herabstürzenden Wassermassen. Der Verkehr staute sich, so weit er blicken konnte. Auch die Nebenstrecken schienen verstopft zu sein. Er schaltete das Radio ein und wartete auf den Verkehrsfunk.

»WDR 2 mit den neuesten Staumeldungen«, meldete sich nach dem Jingle für die Verkehrsnachrichten eine männliche Stimme. »Vom Kölner Zentrum ausgehend Richtung Norden sind sämtliche Verkehrsampeln ausgefallen. Wir stehen mit der Polizei in ständiger Verbindung und melden sofort, wenn die Störung behoben ist. Bis dahin empfehlen wir allen Verkehrsteilnehmern dringend, die City zu umfahren und auf die Bundesstraßen und Stadtautobahnen auszuweichen. Ansonsten keine weiteren Staumeldungen auf den Straßen in Nordrhein-Westfalen. Tja, Leute, Nexx hat wieder zugeschlagen.«

»Ja, es ist kaum zu glauben«, antwortete die Moderatorin. »Gestern Abend hat der berühmteste Hellseher Deutschlands ein weiteres Mal seine phänomenale Gabe unter Beweis gestellt, denn Gabriel Nexx hat das heutige Verkehrschaos vorhergesagt.«

»Ich schätze, er hat einfach nur Glück gehabt«, sagte ihr Kollege. »Dass es irgendwann in Köln einmal zu einer größeren Computerstörung kommen wird, war wohl unausweichlich.«

»Es ist trotzdem unheimlich, dass das Chaos bereits vierundzwanzig Stunden nach seiner Prophezeiung eingetreten ist.«

Lenny schaltete das Radio aus. Er stellte sich das Gewirr aus Straßen und Verkehrswegen vor, ein pulsierendes Netz, durch das sich die Lebewesen der Stadt in ihren glänzenden Blechkisten schlängelten und schoben. Kannte Nexx wirklich die Zukunft? Oder wusste er, was geschehen würde, weil er es selbst zuvor geplant hatte? Aber konnte ein einzelner Mann den Verkehr einer Millionenstadt zum Erliegen bringen oder einen tödlichen Herzinfarkt auslösen?

Drei bizarre Todesfälle in ebenso vielen Tagen. Er lehnte den Kopf an die Nackenstütze und schloss die Augen. Hinter seinen geschlossenen Lidern pulste das Muster aus verstopften Verkehrsadern weiter und brannte sich in seine Netzhaut ein. Eine ihm fremde Unruhe ergriff ihn. Es war nackte, verstörende Angst. Angst um Valerie.

Er öffnete die Augen. Um ihn herum hatte sich nichts verändert. Der Regen strömte nach wie vor in dichten Bahnen herab und glänzte wie flüssiges Silber. Die roten Buchstaben der Graffitis verwandelten sich auf einmal zu einem Strom aus Blut und bildeten in seiner Phantasie ein Muster aus Schmerz und Tod. Nexx war bei ihr, in diesem Moment. Alles, was in den letzten vier Tagen geschehen war, gehörte zum Plan eines kranken, boshaften Gehirns. Lenny konnte es nur nicht beweisen. Er wusste einfach nicht, wie Nexx es geschafft hatte, Valeries Sicherheitsanlage und Anrufbeantworter, den Aufzug und die Ampeln zu manipulieren, aber dass er es getan hatte, dessen war er sich sicher. Und ebenso sicher wusste er, dass Nexx mit dem Verkehrschaos verhindern wollte, dass er rechtzeitig bei Valerie ankam.

Lenny handelte stets überlegt und hasste es, sich in Situationen zu begeben, die er nicht kontrollieren konnte. Doch nun ließ er sich zum ersten Mal seit langer Zeit wieder völlig von seiner Intuition leiten. Sie war dunkel und kaum greifbar, aber er musste darauf vertrauen, dass sie ihn nicht in die Irre führte. Ihm wurde klar, wie viel Valerie ihm inzwischen bedeutete, obwohl er sie kaum kannte und noch weniger hoffen konnte, dass sie seine aufkeimende Liebe eines Tages erwidern würde. Aber was er tat, fühlte sich richtig an, und das reichte ihm.

Er ließ die Seitenscheibe herunter, befestigte das Magnetblaulicht auf dem Dach und wartete, bis die Wagen vor ihm eine Gasse bildeten. Keine hundert Meter weiter war er gezwungen, erneut zu stoppen. Ein Dutzend Fahrzeuge hatte sich ineinander verkeilt. Der Auflieger eines mit Baumstämmen beladenen Transporters war in dem Chaos auf die Gegenfahrbahn gelangt, seine Ladung war dabei verrutscht und blockierte nun die gesamte Fahrbahnbreite. Zwei Verkehrspolizisten und ein Mann mit zornesrotem Gesicht sperrten die Unglücksstelle ab. Die tonnenschwere Ladung drohte herabzufallen und mehrere Autos unter sich zu begraben.

Lenny setzte ein Stück zurück, zwängte den Camaro durch eine Lücke zwischen zwei Fahrzeugen hindurch und erreichte schließlich eine Seitenstraße, die genauso verstopft war wie die Hauptverkehrsadern. Er musste nachdenken, herausfinden, was hier geschah, aber die Angst um Valerie lähmte ihn. Er wusste nicht mehr genau, wann seine Gedanken zuletzt so intensiv um einen anderen Menschen gekreist waren. Es ging dabei nicht nur um seine Zuneigung, sondern auch noch um etwas anderes. Um etwas fundamental Wichtiges und Entscheidendes – einen abgrundtief bösartigen Plan, dessen Ausführung er verhindern musste, weil das Leben unzähliger Menschen davon abhing.

Das Blaulicht fetzte durch die Regenschleier. Lenny blickte auf die verschwommenen Lichter der lahmgelegten Großstadt und ließ sich von dem Muster hypnotisieren. Wenn Nexx in der Lage war, sogar in gut gesicherte Computersysteme einzudringen, musste er nahezu allwissend sein. Nur über eine einzige menschliche Eigenschaft würde er niemals gebieten können: über die Intuition, über das irrationale, völlig unerwartete Verhalten.

Er stellte den Camaro in der Nähe des Rheinufers ab, stieg aus dem Wagen und rannte zwischen den kreuz und quer stehenden Fahrzeugen hindurch, bis er das Flussufer erreichte. Die grün-weißen Stahlseile der Hängebrücke glänzten in den Millionen Lichtern der Großstadt wie ein überdimensionales Spinnennetz. Auf der anderen Rheinseite löste sich in diesem Augenblick ein Patrouillenboot der Wasserschutzpolizei vom Pier. Der Fluss! Nexx hatte sich bei seinem Verkehrschaos allein auf die Asphaltadern der Stadt konzentriert. Den Rhein jedoch konnte er nicht kontrollieren.

Lenny spurtete los und überquerte die Severinsbrücke. Seine Lungen brannten, als er endlich die andere Seite erreichte, wo er die rutschigen Stufen einer Nottreppe hinabschlitterte. Das Polizeiboot befand sich bereits in der Fahrrinne. Nur wenn er rannte wie ein Verrückter, konnte er es vielleicht noch aufhalten, bevor es stromabwärts im Dunst verschwand.

*

Valerie kämpfte sich träge durch dicke Watteschichten in die Wirklichkeit zurück und öffnete schließlich die Augen. Sie war desorientiert und wusste nicht zu sagen, wie viel Zeit vergangen war, seit sie das Bewusstsein verloren hatte. Minuten nur oder gar Stunden oder Tage? Der Regen prasselte noch immer ohrenbetäubend laut auf das Dach, nichts im Schlafzimmer hatte sich verändert. Ihr war übel, und sie verspürte leichte Kopfschmerzen. Sie erinnerte sich daran, dass sie Koriatis hatte anrufen wollen, dann aber die Schlafzimmertür geöffnet hatte. Der Raum war leer gewesen. Und danach …?

Sie sollte aufstehen und einen Schluck Wasser trinken. Der widerlich bittersüße Geschmack auf ihrer Zunge war kaum auszuhalten. Valerie hob den Oberkörper an, aber etwas hinderte sie daran, sich aufzusetzen. Sie blinzelte, versuchte es noch einmal und drehte den Kopf. Ihre Arme waren mit einem Schal und dem Gürtel ihres Morgenmantels ans Bettgestell gefesselt. Sie blickte an sich hinab und nahm entsetzt wahr, dass sie nackt war. Um ihre Fußgelenke waren Nylonseile geknotet, die sie auf dem Bett fixierten. Vermutlich handelte es sich um die Schnüre, mit denen sich die Jalousien verstellen ließen.

Panik überkam sie, Adrenalin raste durch ihre Venen und verdrängte die letzten Reste des betäubenden Nebels in ihrem Kopf. Aus der Dunkelheit der Empore trat eine schlanke Gestalt ins Zimmer. Es war Nexx. Er trug eine anthrazitfarbene Hose und ein weißes Hemd, sein Sakko hing ordentlich gefaltet über einer Stuhllehne. Seine Hände steckten in schwarzen Stoffhandschuhen. Valerie keuchte erstickt auf. Sie kannte diese Handschuhe und hätte sie unter Tausenden wiedererkannt. Sie glichen jenen, die der schleimige Butler Jérôme benutzt hatte, wenn er sie betatscht hatte.

»Du warst ein böses kleines Mädchen, Valerie«, sagte Nexx. »Ich werde dich bestrafen müssen.«

Nexx musste wahrhaftig eines der Monster sein, vor denen sie sich als Kind in den labyrinthartigen Zimmerfluchten des Schlosses in der Bretagne gefürchtet hatte. Es hatte die magischen *Monstervertreibungsaktionen* ihres Vaters überlebt, war erwachsen geworden und stand nun grinsend in ihrem Schlafzimmer. Verzweifelt versuchte Valerie sich daran zu erinnern, was sie den Stalking-Opfern in ihrer Sendung geraten hatte. Doch all die klugen Ratschläge erschienen ihr lächerlich angesichts der nackten Gewalt, die von Nexx ausging. Er beugte sich vor und schlug ihr ins Gesicht. Der Schmerz war nicht besonders schlimm, aber die Überraschung und die Demütigung, von ihm geschlagen worden zu sein, schürten ihre Angst. Was er tat, machte er nicht zum ersten Mal. Er wusste genau, wie er ihren Widerstand brechen konnte. Sie sah in seinen Augen, dass es ihm Spaß machte, ihr weh zu tun. Die Frau, die sich ihr unter dem Namen Angelika vorgestellt hatte, hatte nicht gelogen.

»Es war sehr dumm von dir, mich in deiner Sendung als Psychopathen vorzuführen. Wenn du erst die Frau an meiner Seite bist, wirst du dir bessere Manieren aneignen müssen. Aber keine Sorge, ich werde dir helfen, dich zu bessern.«

Er fuhr mit dem Zeigefinger langsam von ihrem Bauchnabel bis zum Schlüsselbein empor und presste dann blitzschnell seine Hand auf ihre Kehle.

»Du verstehst es noch nicht, aber das wirst du bald«, stieß er hervor, »warte ab, bis ich dich gezähmt habe, meine kleine Stute. Bald wirst du es genießen, folgsam zu sein.«

Bunte Sterne tanzten vor ihren Augen. Nexx verstärkte den Druck seiner Finger, bis sie das Blut in ihren Ohren rauschen hörte. Valerie zerrte an ihren Fesseln und versuchte verzweifelt, sich zu befreien.

»Nimm deine dreckigen Pfoten von mir«, würgte sie hervor. »Die Polizei ist unterwegs.«

Er lachte amüsiert. »Dein Zinnsoldat wird dir nicht helfen. Koriatis ist damit beschäftigt, das Chaos dort draußen zu überstehen. Glaub mir, weder er noch sonst irgendjemand wird dich vor dem, was dir bevorsteht, bewahren.«

Sie verrenkte sich fast den Hals und versuchte, ihm in den Handrücken zu beißen. Mühelos wehrte er sie ab und schlug ihr ins Gesicht. Dann ließ er seine Finger über ihren nackten Bauch wandern. Sie in seiner Gewalt zu haben schien ihn zu erregen. Seine Blicke wanderten begehrlich über ihren nackten Körper, dann aber wandte er sich auf einmal ab und ging im Zimmer umher. Entspannt eine Melodie vor sich hin summend, öffnete er Schubladen und Fächer, wühlte in ihren intimsten Dingen und beschmutzte sie durch seine Berührung. In einem Regal neben dem großen Spiegel stieß er auf mehrere Schreibkladden und zusammengeheftete Seiten eines Manuskripts. Er blätterte darin und schmunzelte.

»Ich wusste gar nicht, welches Talent in dir schlummert. Wir werden natürlich Kinder haben, denen du deine Geschichten vorlesen musst.«

Einzelne Seiten segelten wie verwelkte Blütenblätter auf den Teppich. Valerie schrieb seit vielen Jahren Kinderbücher und dachte sich Geschichten mit sprechenden Teddybären, Mister Smoothie und seinen wundersamen Abenteuern aus. Allerdings hatte sie ihre Manuskripte noch niemals einem Verlag zur Veröffentlichung angeboten. Vielleicht aus Angst, sie könnten abgelehnt werden, vielleicht aber auch, weil sie um ihr Image als toughe Journalistin fürchtete. Dass Nexx nun ihre geheimsten Gedanken und Gefühle kannte, entsetzte sie mehr als alles andere, was er bislang getan hatte.

Er stellte das Manuskript zurück und drehte sich ruckartig um.

»Genug Zeit verschwendet. Du wirst nun deine erste Lektion lernen.«

Neugierig hob er den Elektrotaser auf, betrachtete ihn einen Augenblick und legte ihn zur Seite. Aus der Innentasche seines Sakkos zog er stattdessen ein schmales Etui. Er öffnete den Deckel und nahm einen blitzenden Gegenstand heraus. Es war ein Skalpell.

»Es wird Zeit, dass ich dich als meinen Besitz kennzeichne, kleine Valerie. Und dazu brauchst du ein Brandzeichen.«

*

Lenny lief über den Pier auf das Polizeiboot zu und winkte laut schreiend mit den Armen. Einer der Beamten wurde schließlich auf ihn aufmerksam. Der Steuermann drosselte das Tempo und ließ das Boot dichter ans Ufer herantreiben. Lenny legte die Hände an den Mund.

»Mordkommission Köln, ich brauche Ihre Hilfe!«

Das Boot war nur noch anderthalb Meter vom Pier entfernt. Lenny wartete nicht länger, nahm Anlauf und sprang auf das Deck. Er wies sich aus und bat die Kollegen von der Wasserschutzpolizei, ihn flussabwärts zu bringen.

»Was ist eigentlich in der Stadt los?«, fragte ihn der Mann am Steuer.

»Alle Ampeln an den Straßen Richtung Norden sind ausgefallen. Da ist nirgends mehr ein Durchkommen. Ich muss so schnell wie möglich in den alten Industriekomplex im Norden.«

»Wo die neuen Luxusapartments stehen?«

Lenny nickte atemlos und strich sich das nasse Haar aus der Stirn. »Vielleicht komme ich zur Abwechslung mal rechtzeitig und kann ein Verbrechen verhindern.«

Der Steuermann drückte den Gashebel nach vorn, und die Antriebsschrauben wühlten das dunkle Wasser des Rheins auf. Zwei Kilometer flussabwärts sprang Lenny an Land. Er hetzte durch eine Schrebergartenkolonie und brachliegende Industriegrundstücke, kletterte über Mauern und Zäune und gelangte schließlich an die Rückseite des Gebäudekomplexes, in dessen Dachgeschoss sich Valeries Loft befand. Sein Anzug war verdreckt und zerknittert, aus seinem klatschnassen Haar tropfte Wasser. Vermutlich sah er nicht nur furchtbar aus, sondern war auch auf dem besten Weg, sich lächerlich zu machen. Aber das war ihm gleichgültig. Denn wenn ihn sein Instinkt nicht trog, schwebte Valerie in Lebensgefahr. Und lieber machte er einen Narren aus sich, als ihr Leben aufs Spiel zu setzen.

Die Eingangstür der Wohnanlage war verschlossen. Lenny drückte wahllos auf die Türklingeln, aber niemand öffnete ihm. Er lief um das Gebäude herum zur Rückseite und vergeudete auf der Suche nach einem Hintereingang wertvolle Zeit. Die beiden Feuerleitern, die er bereits bei seinem ersten Besuch bemerkt hatte, endeten zweieinhalb Meter über dem Erdboden. Unter einer der Leitern stand ein Handkarren, der offenbar vom Hausmeister oder vom Gärtner der Anlage benutzt und vergessen worden war. Lenny kletterte auf die Ladefläche des Karrens und erwischte von dort aus den untersten Holm der Leiter. Er zog sich Hand um Hand weiter nach oben, bis er mit dem Fuß die erste Sprosse erreichte, und kletterte dann rasch bis zum Dachgarten hinauf.

Der Regen stürzte mit unverminderter Wucht vom Himmel. Lenny wischte sich das Wasser aus den Augen und blickte sich um. Die kunstvoll angelegte Grünanlage zog sich wie ein Ring um die Wohnungen im obersten Geschoss. Die würfelförmigen Aufbauten der Lofts ragten wie gläserne Inseln aus einem sturmumtosten Meer. Durch die Lamellen der Außenjalousien eines der Würfel, etwa zehn Meter rechts vor ihm, drang matter Lichtschein.

Lenny lief über den mit Betonplatten ausgelegten Weg, sprang über einen Drahtzaun und wich Terrakottatöpfen aus, in denen scharfkantiges Ziergras wuchs. Er blieb kurz stehen, um sich zu orientieren. Das Loft, aus dem Licht nach außen fiel, gehörte Valerie. Wachsam näherte er sich dem Aufbau mit den Jalousien und zog zwei der Lamellen einen Spalt weit auseinander.

*

Valerie wehrte sich verzweifelt. Sie schrie um Hilfe und zerrte an den Fesseln, aber die dünnen Schnüre gruben sich nur noch tiefer in ihre Haut.

»Ich werde dir niemals gehören … niemals!«

»Bist du dir da so sicher, Valerie?«

Das Skalpell schwebte dicht über ihrem linken Auge. Nexx' Hand brauchte nur zu zucken, und sie würde ihr Augenlicht verlieren.

Verzweifelt suchte sie nach einem Ausweg. Es musste einen Weg geben, diesen Wahnsinnigen zu stoppen. Doch die alles beherrschende Furcht erstickte jedes Denken im Keim.

»Sie … wollen wirklich zerstören, was Sie lieben?«, stieß sie hervor.

»Wer spricht denn von Liebe? Du musst bestraft werden. Dein Versuch, einen Narren aus mir zu machen, ist unverzeihlich.«

Sie spürte Tränen in ihren Augen und hasste sich für ihre Schwäche. Aber die Angst war zu stark. Wenn sie jetzt nachgab, konnte sie Zeit gewinnen, ergab sich vielleicht eine Chance zur Flucht. Wenn doch nur Koriatis käme.

»Ich werde alles tun, was Sie verlangen. Was wollen Sie von mir?«

»Deine Einsicht kommt ein bisschen spät, findest du nicht auch?« Er fuhr mit den Fingerspitzen die Kontur ihres Beckens entlang. »Nun, ich bin dein Herr, aber kein Unmensch. Sagen wir, du darfst dir die Stelle aussuchen, die dich zukünftig als meinen Besitz kennzeichnen wird.«

»Okay, ich … muss nachdenken.« Sie biss sich auf die Lippe und versuchte, sich zu konzentrieren. Der Schal an ihrer linken Hand hatte sich gelockert. Wenn sie Nexx noch ein paar Sekunden hinhalten könnte, würde sie den Arm vielleicht aus der Schlinge ziehen können.

»Frauen … nie können sie sich entscheiden«, sagte er ungeduldig.

Valerie zog ruckartig ihren Arm zurück. Im selben Moment zerbrach das Fenster zum Dachgarten in einem Scherbenregen.

*

Lenny spähte durch die Aluminiumjalousien. Valerie lag gefesselt auf dem Bett. Ein schlanker Mann beugte sich über sie, in seiner Hand blitzte ein scharfer Gegenstand auf. Er konnte das Gesicht des Mannes nicht erkennen, denn er wandte ihm den Rücken zu. Lenny hatte dennoch keinen Zweifel, dass es Nexx war. In diesem Augenblick zog Valerie ihren Arm aus einer Handfessel und schlug blind zu. Lenny zögerte nicht. Er kippte einen säulenartigen Terrakottatopf um, der klirrend zerbarst, und schleuderte eine schwere Tonscherbe gegen das Fenster. Das dünne Glas explodierte in einem Scherbenregen. Vorsichtig schlüpfte er mit der Waffe im Anschlag durch die Bresche in das Loft. Der Angreifer war verschwunden, offenbar hatte der Lärm ihn gewarnt. Valerie war nackt und bis auf eine Hand an allen Gliedmaßen gefesselt.

»Sind Sie in Ordnung?«

Sie zitterte am ganzen Körper und nickte krampfhaft. »Schnell! Nexx … er … muss noch in d… der Wohnung sein!«

Aus dem Wohnraum drang ein Rumpeln zu ihnen herauf. Lenny lief auf die Empore hinaus. Ein Schatten bewegte sich auf die Eingangstür zu.

»Polizei! Bleiben Sie stehen!«

Der Flüchtende riss die Wohnungstür auf und stürzte auf den Korridor hinaus. Lenny lief die Treppe hinunter und verfolgte ihn. Der Bewegungsmelder hatte bereits die Flurbeleuchtung aktiviert, aber niemand war zu sehen. Lenny hetzte die Treppe zum Eingangsbereich hinunter, doch auch das Foyer lag verlassen da. Er trat durch die Glastür nach draußen. Der Regen und die Dunkelheit hatten sich mit Nexx verbündet. Er blieb verschwunden, als hätte er sich in Luft aufgelöst. Verdrossen kehrte Lenny in Valeries Loft zurück.

»Haben Sie ihn erwischt?« Sie hatte inzwischen ihren zweiten Arm befreien können und die zerwühlte Bettdecke über ihren nackten Körper gezogen.

»Nein.«

»Würden Sie mich … bitte losmachen?«

Lenny eilte die Treppe hinunter, suchte in der Küche nach einem Messer und kehrte ins Schlafzimmer zurück, wo er die Schnüre um Valeries Fußgelenke durchschnitt.

»Wie ist er in Ihre Wohnung gelangt«

»Ich weiß es nicht. Er war schon da, als ich kam. Er … er hat mich überrumpelt und betäubt. Könnten Sie bitte draußen warten?«

Lenny wandte sich verlegen ab und wartete auf der Empore, bis sie sich angekleidet hatte und ihn mit unsicherer Stimme wieder ins Schlafzimmer bat. Sie trug denselben jadegrünen Kimono, den sie bei ihrer ersten Begegnung getragen hatte.

»Danke. Wenn Sie nicht gekommen wären, dann … er hätte …«

»Aber er hat nicht«, sagte Lenny.

»Ich schätze, ich sollte mich nie wieder über die Polizei beschweren.«

»Warum haben Sie mich nicht angerufen?«

»Das wollte ich ja, gleich nachdem ich das Licht unter meiner Schlafzimmertür sah … aber dann … ich war mir nicht sicher, ob ich es nicht selbst hatte brennen lassen, und wollte mich nicht lächerlich machen. Ich befürchtete, Sie würden mir nicht glauben.«

Er seufzte. »Es wäre besser, Sie würden mir vertrauen – ich würde mir entschieden weniger Sorgen machen.«

»Sie sind gekommen, weil Sie sich Sorgen um mich gemacht haben? Sind Sie zufällig auch ein Hellseher?«

Lenny lächelte. »Nein. Ich war auf dem Weg zu Ihnen, weil ich Neuigkeiten habe.«

Valerie blickte ihn fragend an.

»Später. Erzählen Sie mir erst, was passiert ist.«

Stockend berichtete sie ihm, wie sie das Loft betreten hatte und was danach geschehen war.

»Aber wenn er so besessen von Ihnen ist und Sie zu lieben vorgibt, warum greift er Sie dann an?«

»Es geht ihm nicht um Liebe. Dazu ist er gar nicht fähig. Was er will, ist, Macht und Kontrolle über eine Frau auszuüben. Es war meine Schuld, ich hätte ihn in meiner Sendung nicht provozieren dürfen. Sie hatten mich ja gewarnt. Typen wie Nexx sind ernsthaft krank. Wenn sie ihr Opfer nicht beherrschen können, drehen sie durch. Die größtmögliche Gewalt hat man über einen Menschen, wenn man entscheiden kann, ob er lebt oder stirbt. Sein Tod stellt für einen Psychopathen den Höhepunkt der eigenen Machtausübung dar, denn dann kann sich sein Opfer ihm nicht mehr entziehen.«

»Das ist in der Tat krank und widersinnig.«

»Aus der Sicht gesunder Menschen sicherlich. Aber Stalker ticken anders. Nexx passt genau in dieses Muster.«

»Wenn Sie das wissen, warum haben Sie ihn dann herausgefordert?«

»Weil ich so verdammt wütend war! Ist das so schwer zu verstehen?«

»Nein, ganz und gar nicht.« Er lächelte. »Wahrscheinlich hätte ich an Ihrer Stelle genauso gehandelt. Auch ich würde verdammt wütend werden, wenn man mich bedroht und mein Leben zerstören will. Aber bei Verrückten wie Nexx kann das schlimme Folgen haben.«

»Er wird mich nicht in Ruhe lassen.«

»Doch, das wird er, denn dafür werde ich sorgen. Von jetzt an nehme ich die Sache persönlich.«

»Werden Sie ihn verhaften?«

Lenny ließ sich auf einen Hocker sinken. Wasser tropfte aus seinem nassen Haar. Er wurde sich seines verdreckten Anzugs bewusst.

Er schüttelte den Kopf. »Verhaften, nein. Aber es reicht für eine Vorladung und ein Verhör. Leider gibt es keine Zeugen für seinen Überfall.«

»Aber Sie müssen ihn doch erkannt haben!«

»Ich habe die Silhouette eines Mannes in Ihrem Schlafzimmer gesehen und unten, an der Haustür, einen Schatten, mehr nicht.«

Auf ihrer Stirn bildete sich eine senkrechte Zornesfalte. »Sie glauben mir noch immer nicht.«

»Warum sagen Sie das? Oder wollen Sie, dass ich für Sie lüge?«

Valerie wandte den Blick ab. »Nein.«

»Das würde ich auch nicht tun. Sehen Sie, es geht nicht darum, was *ich* glaube«, sagte er geduldig. »Wenn wir Nexx vor Gericht bringen wollen, müssen wir Beweise haben, die er nicht widerlegen kann.«

»Aber seine DNA muss hier überall sein. Ein Haar reicht doch aus, um ihn zu überführen. Das können Sie doch feststellen, nicht wahr? Sie brauchen nur eine Probe zu nehmen und sie mit seiner DNA zu vergleichen, dann haben wir das Schwein.«

»Das werden wir auch tun. Die KTU wird Ihre Wohnung auf den Kopf stellen, glauben Sie mir. Aber Nexx behauptet, eine Liebesbeziehung mit Ihnen eingegangen zu sein. Er schwört, dass er hier ein und aus gegangen ist. Wir werden seine DNA also sicherstellen, aber dadurch keinen direkten Beweis für den Überfall auf Sie erhalten.«

»Aber ich habe keine Affäre mit Nexx!«, schrie Valerie.

Lenny blieb gelassen. »Sie wissen es. Ich weiß es. Aber der Staatsanwalt nicht und der Richter ebenfalls nicht. Beide gehen ausschließlich von Fakten aus. Jemand hat Sie überfallen, das ist nicht zu leugnen. Aber dass es Nexx war, müssen wir eindeutig belegen können.«

»Was schlagen Sie also vor? Soll ich in Ruhe abwarten, bis er mich aufschlitzt? Er … er hatte ein Skalpell … und …«

»Wir werden ihn morgen früh in die Mangel nehmen, das verspreche ich Ihnen.«

»Er wird alles abstreiten.«

»So ein Verhör kann sich über Stunden hinziehen und verdammt anstrengend sein. Wenn der Befragte lügt, wird es mit der Zeit immer schwieriger für ihn, sich nicht in Widersprüche zu verstricken. Ich habe schon erlebt, wie Männer, die sich für ausgekochte Burschen hielten, zusammenbrachen und weinten wie Kinder. Ich weiß, was ich tue. Vertrauen Sie mir.«

Valerie fuhr sich mit den Fingern durchs Haar und ließ den Kopf hängen. »Und wenn … er wiederkommt? Heute Nacht?«

Sie sprang auf, riss die Türen des Kleiderschranks auf und warf wahllos Kleidungsstücke auf das Bett. Plötzlich hielt sie inne. »Was zum Teufel mache ich hier überhaupt?«

Ihre Augen füllten sich mit Tränen. Sie sank auf das Bett zurück. »Er … er hat alles beschmutzt, alles … angefasst mit seinen widerlichen bleichen Spinnenfingern. Ich hätte auf Angelika hören sollen.«

»Hat sich Ihre Informantin inzwischen bei Ihnen gemeldet?«

»Nein.«

Lenny öffnete die Bilderdatenbank seines Handys.

»Würden Sie sich bitte dieses Foto ansehen? Es ist … schockierend, aber vielleicht können Sie mir ja helfen, die Tote zu identifizieren.«

Valerie nahm das Handy entgegen.

»Ist sie es?«

»Ja. Was ist mit ihr geschehen?«

Lenny berichtete von dem Unglück im Hotel. »Damit haben wir drei Tote in drei Tagen.«

»Es war Nexx. Er hat sie alle getötet.«

»Aber wie? Zacher starb vermutlich durch eine Verkettung unglücklicher Umstände, und Ihre Informantin stürzte in einen Aufzugsschacht, nachdem sich vermutlich wegen eines Fehlers in der Maschinensteuerung die Türen öffneten. Ich kann lediglich beweisen, dass der alte Mann, der an Zachers Unfall auf der Zoobrücke beteiligt war, ermordet wurde. Die Spuren verweisen auf einen Täter, der profundes Computerwissen besitzt. Aber unsere Leute bei der KTU konnten nur feststellen, dass der Herzschrittmacher gehackt wurde. Von wem blieb dabei offen. Auch in diesem Fall gibt es keine Spur, die zu Nexx führt.«

»Haben Sie mit Ihrem Freund, diesem Hacker, gesprochen? Sie wollten ihn doch hinzuziehen, sollten Ihre eigenen Leute nicht weiterkommen.«

»Ich kann ihn nicht erreichen.«

Ein Windstoß fuhr durch die zerbrochene Fensterscheibe und bauschte die Gardine auf. Valerie begann, heftig zu zittern, und schlang beide Arme um ihren Oberkörper. »Mir ist kalt.«

Lenny betrachtete sie besorgt. »Sie stehen unter Schock. Ich werde einen Arzt rufen.«

»Nein. Ich … es geht schon wieder.«

Sie stand auf und strich sich eine Haarsträhne zurück, eine Geste, die ihm inzwischen vertraut war.

»Sie haben eine Menge durchgemacht«, sagte er, »und Sie sind ein bisschen durch den Wind. Das wäre wohl jeder in Ihrer Situation.«

Unruhig lief sie auf und ab. »Es gibt keinen Ort auf der Welt, an dem ich mich vor ihm verstecken kann.«

»Nexx ist nicht allwissend. Er ist ein gemeiner und skrupelloser Verbrecher. Nicht mehr. Und das werde ich beweisen. Ich bin ganz gut in dem, was ich tue, das können Sie mir glauben.«

Valerie weinte und lachte zugleich, die Spannung löste sich. »Ja, das sind Sie wohl. Wenn Sie da sind, habe ich nicht ganz so viel Angst.«

Seine Lippen formten die Worte, bevor ihn sein Verstand daran hindern konnte. »Ich kann heute Nacht hierbleiben. Das heißt … wenn Sie das möchten.«

Sie blickte auf und wischte sich die Tränen aus den Augen. »Das würden Sie tun?«

»Klar. Ich kann unten auf dem Sofa schlafen. Morgen sehen wir dann weiter.«

Spontan schlang sie die Arme um seinen Nacken und drückte ihr tränenfeuchtes Gesicht an seine Wange. »Danke. Ich … es tut mir leid … ich bin sonst nicht so hysterisch.«

»He, was Sie durchgemacht haben, könnte ein Rhinozeros umhauen. Es gibt nichts, wofür Sie sich entschuldigen müssten.« Er streichelte sanft über ihren Rücken und stellte fest, dass es sich richtig anfühlte. *Aber das sollte es nicht,* dachte er.

Sie löste sich verlegen von ihm, entschuldigte sich noch einmal und blickte ihn dann entschlossen an. »Ich will mein früheres Leben wiederhaben.«

»So gefallen Sie mir schon besser. Außerdem ist mir gerade eine Idee gekommen, wie wir Nexx stoppen können, aber es ist nicht ganz ungefährlich.«

Sie blickte ihn fragend an.

»Wir werden ihn eifersüchtig machen.«

18

Lenny erwachte von den gluckernden Geräuschen einer Kaffeemaschine. Im Radio lief *One o'clock jump* von Count Basie. Es duftete nach geröstetem Toast und Spiegeleiern.

»Das ist die Aufnahme von 1965«, murmelte er verschlafen. Seine Stimme klang wie eine rostige Türangel. Er fühlte sich zerknittert und unausgeschlafen nach einer Nacht auf dem Sofa.

»Ich habe mir schon gedacht, dass Ihnen das gefällt.« Valerie stand hinter dem Küchentresen und goss Kaffee in zwei große Tassen ein. »Ich habe mich ein bisschen über meinen neuen Leibwächter erkundigt. Sie spielen Saxophon in einer Swingband. Das steht zumindest auf der Website Ihrer Combo.«

Lenny gähnte und streckte sich. Seine verspannten Rückenmuskeln schmerzten.

»Sie sind ja ein toller Bodyguard«, fuhr sie fort. »Von dem Lärm, den ich seit zehn Minuten mache, müsste selbst ein Toter wach geworden sein. Sie aber schlafen selig weiter.«

Lenny warf einen Blick auf seine Armbanduhr. Es war Viertel vor neun. Unbehaglich fuhr er sich über die stoppeligen Wangen. »Tut mir leid. Ich muss irgendwann eingenickt sein.«

Sie lachte hell. »Eingenickt? Sie schnarchen lauter als ein Basset.« Sie schob eine Tasse mit verlockend duftendem Kaffee über den Tresen. Lenny setzte sich auf einen der Barhocker und rückte seine Krawatte zurecht.

Sie stützte das Kinn in die Hände und blickte ihn schmunzelnd an. »Ich ziehe Sie nur auf.« Sie wurde wieder ernst. »Danke, dass Sie geblieben sind. Ohne Sie hätte ich kein Auge zugetan.«

Lenny betrachtete sie eingehend. Nachdem er ihr geholfen hatte, die zerbrochene Scheibe im Schlafzimmer notdürftig mit einem Bettlaken abzudecken, war Valerie auf die Schlafcouch in ihrem Arbeitszimmer umgezogen. Auf den ersten Blick schienen die Ereignisse der vergangenen Nacht keine Spuren bei ihr hinterlassen zu haben. Doch inzwischen kannte er sie gut genug, um auch winzige Veränderungen in ihrem Verhalten festzustellen. Sie war eine Spur zu aufgedreht, nervöser als sonst, und immer wieder irrte ihr Blick ängstlich im Zimmer umher.

»Sieht nicht so aus, als ginge es Ihnen besser«, sagte er.

Zwei Scheiben Weißbrot sprangen klappernd aus einem Toaster. Valerie zuckte zusammen.

»Nein, nicht wirklich.« Sie betrachtete ihn prüfend und runzelte die Stirn. »Aber Sie sehen auch nicht gerade aus, als hätten Sie eine Woche Urlaub hinter sich. Ich fürchte, den Anzug muss Ihre Frau bügeln. Darin war ich noch nie gut.«

»Das werde ich wohl selbst erledigen müssen. Ich bin nicht verheiratet.«

»Umso besser«, sagte sie, »Ihre Frau wäre sicher nicht begeistert, wenn sie wüsste, dass Sie eine Nacht auf meiner Couch verbracht haben.«

Es wäre Anja völlig gleich, dachte er.

Valerie stellte einen Teller mit Toast und Rührei vor ihn auf den Tresen. »Zumindest ein Frühstück bin ich Ihnen schuldig.«

Während er aß, telefonierte sie mit jemandem namens Jacobi und versprach, in einer Stunde im Fernsehstudio zu sein. Lenny beobachtete verstohlen jede ihrer Bewegungen. Auch ohne Make-up gefiel ihm jedes Detail ihres Gesichtes, der Schwung ihrer Augenbrauen und Lippen, das zarte Rot ihrer Wangen, die meergrünen Augen. Ihre schlanke Gestalt, die sich unter dem dünnen Stoff ihres Morgenmantels deutlich abzeichnete, erregte ihn trotz seiner Müdigkeit. *Vergiss sie,* dachte er. *Schnell. Bevor es zu spät ist.*

»Schmeckt es Ihnen nicht?«

»Was?«

»Sie sehen mich an, als hätte ich das Rührei versalzen.«

»Was? Nein, nein, ich war nur in Gedanken.«

»Ich muss zur Redaktionsbesprechung.« Sie hielt kurz inne. »Ich fürchte, unsere Kampfansage an Nexx wird warten müssen.«

»Ich kümmere mich in der Zwischenzeit um ihn, keine Sorge.«

Er trat an das Fenster zum Dachgarten. »Ich nehme an, die Kameras funktionieren immer noch nicht?«

»Nein. Sagten Sie nicht, dass Sie der Hausverwaltung Druck machen wollen?«

Er biss sich auf die Lippen. Verdammt, das hatte er völlig vergessen.

»Was werden Sie also unternehmen?«

»Ich werde Nexx mit dem Tod Ihrer Informantin konfrontieren. Ich will sehen, wie er reagiert, vielleicht lässt er sich ja zu einem Fehler provozieren.«

»Und wie wollen Sie ihn eifersüchtig machen?«

Lenny wich ihrer Frage aus. »Nun das ist … gewissermaßen mein Plan B.«

»Aber vorher sollten Sie Ihre Kleidung wechseln. Der Anzug steht Ihnen übrigens hervorragend – wenn er knitterfrei ist.«

Lenny trank den letzten Schluck Kaffee. »Und Sie sollten möglichst schnell das Fenster reparieren lassen. Bewegen Sie sich, wo immer Sie auch hingehen, nur in Begleitung. Keine Alleingänge.«

»Ich kann wohl kaum erwarten, dass Sie ständig an meinem Rockzipfel hängen, wie?«

Nichts, was er lieber tun würde.

»Ich fürchte, nein. Rufen Sie mich an, wenn Sie sich in irgendeiner Weise bedroht fühlen.«

»Ich weiß«, sagte Valerie schmunzelnd, »Sie sind recht gut darin.«

Es klingelte an der Tür.

»Das wird das Team der KTU sein«, sagte Lenny. »Ich weiß, dass das nicht sehr angenehm ist, aber meine Kollegen werden Ihre ganze Wohnung auf den Kopf stellen.«

Valerie drückte auf den Türöffner. »Danke für die Warnung. Wenn sie dadurch eine Spur finden, die Nexx festnagelt, nehme ich das Chaos gerne hin. Viel Glück!«

19

Lenny blieb, bis das Team der Kriminaltechniker seine Arbeit beendet hatte, und nahm dann ein Taxi in die Innenstadt. Der Verkehr auf den Straßen hatte sich normalisiert, die Ampelanlagen funktionierten wieder reibungslos. Er ließ sich in der Nähe der Severinsbrücke absetzen, holte dort seinen Camaro ab und fuhr zu seiner Wohnung, wo er sich duschte und umzog. Sein nächster Stopp war das Präsidium.

Krugmanns Stimme dröhnte über den Flur, als er das Stockwerk betrat, in dem sein Büro lag. Als er an dem Glaskasten vorbeikam, der Krugmann als Kommandozentrum diente, sah er ihn mit den Armen in der Luft herumfuchteln, als wolle er einen Schwarm Mücken vertreiben. Mit vorgerecktem Stiernacken stapfte er auf und ab wie ein Flusspferd mit Zahnschmerzen. Zerteski hockte auf dem Stuhl vor dem Schreibtisch wie ein Fisch, der am Haken eines Anglers hängt und weiß, dass er verloren hat.

Lenny blieb vor dem Kaffeeautomaten stehen und suchte umständlich nach Kleingeld. Unauffällig rückte er dabei näher an Krugmanns Heiligtum heran.

Was sein Vorgesetzter Zerteski vorwarf, konnte er nicht verstehen, aber seiner Schreierei nach zu urteilen, musste sein Partner kurz vor dem Rauswurf stehen. Vielleicht hatte Krugmann genug von Zerteskis ständiger Sauferei. Auf jeden Fall hatte er vergessen, die Jalousien an der gläsernen Trennwand zu seinem Büro vollständig zu schließen. Lenny warf die Münzen in den Automaten und beobachtete aus dem Augenwinkel, was vor sich ging. Krugmann trampelte von einer Wand zur anderen, machte kehrt und nahm einen neuen Anlauf. Zerteski gab keinen Mucks von sich. Zumindest hatte er gelernt, dass jeder Verteidigungsversuch Krugmanns Raserei nur verlängern würde. Man musste einfach so lange warten, bis er sich heiser geschrien hatte und von selbst aufhörte. Irgendwann würde einer seiner cholerischen Anfälle mit einem Herzinfarkt enden. Krugmanns Gesicht leuchtete tiefrot wie eine überreife Frucht kurz vor dem Platzen.

Endlich ließ er sich atemlos in seinen Sessel fallen und wedelte vage mit der Hand. Zerteski war entlassen. Eine Minute später tauchte sein Partner auf dem Gang auf. Mit kaum verhohlener Wut warf er Lenny einen Pappordner vor die Füße.

»Schönen Dank auch. Du bist das größte Arschloch, dem ich mich je anvertraut habe.«

Lenny bückte sich automatisch nach dem Aktendeckel. »Was ist das?«

Zerteski stieß die Tür zu ihrem gemeinsamen Büro auf und knallte Dienstwaffe und Ausweis auf den Tisch.

»Als ob du das nicht wüsstest. Halt bloß deine verlogene Schnauze. Was hat Krugmann dir dafür versprochen? Deine Beförderung?« Er wandte sich ab. »Ich glaube, ich muss kotzen.«

Lenny schlug die Akte auf. Darin fand er einen vollständigen Bericht der Dienstvergehen, die ihm sein Partner vor drei Abenden im *Charlie's* gebeichtet hatte. Unterzeichnet hatte den Bericht Erika Tolck, die Leiterin der internen Ermittlung. Sogar Internetverbindungsprotokolle und intime Fotos, die Zerteski auf dem Portal der Partnerbörse hochgeladen hatte, waren der Akte beigefügt.

»Ich habe dich nicht verpfiffen«, sagte Lenny.

»Ach nein? Wer denn sonst? Niemand außer dir wusste von der Sache. Jetzt lacht sich der ganze Laden über mich kaputt.« Zerteski riss seine Jacke von der Stuhllehne. »Ihr könnt mich alle mal.«

»Was hat Krugmann gesagt?«

»Ich bin suspendiert.«

Lenny überflog die Akte. Man warf Zerteski nicht nur die Weitergabe interner Ermittlungsergebnisse und Manipulation von Beweismitteln vor. Sämtliche Nachlässigkeiten der letzten Monate waren sauber aufgelistet. Zerteski hatte so gut wie keinen Bericht abgegeben. Auch nachdem Lenny ihn ermahnt hatte, hatte er sich nicht zusammengerissen.

»Guido, ich habe damit nichts zu tun. Überleg doch mal. All die Fotos und Protokolle von der Partnerbörse – das muss Danni56 gewesen sein.«

»Versuch erst gar nicht, dich rauszureden. Und ich Idiot habe dir vertraut! In der Mail, die ich dir auf deinen Rechner geschickt habe, war doch alles, was du brauchtest, um mich fertigzumachen.« Wütend schnellte Zerteski vor und packte ihn am Hemdkragen. »Hat es dir Spaß gemacht, mich reinzureiten, du Arschloch?«

Lenny wehrte sich nicht. »Aber warum hätte ich das tun sollen?«

»Weil ich dir im Weg bin? Was weiß denn ich? Ach, leck mich doch am Arsch!«

Zerteski stieß ihn von sich und stürmte auf den Gang hinaus. Lenny hörte ihn die Treppe hinunterpoltern.

Benommen öffnete er sein Mailprogramm und konnte nicht fassen, was er schwarz auf weiß vor sich sah. Vor dreizehn Stunden war von seinem Rechner aus eine Nachricht an die interne Ermittlungsbehörde abgeschickt worden, unterzeichnet von KHK Leonhard Koriatis. Exakt zum Zeitpunkt der Datenübermittlung hatte er das Büro verlassen und sich auf den Weg zu Sanchez gemacht. Kurz darauf hatte ihn Krugmann angerufen und zu dem Hotel in der Südstadt geschickt.

Aber wenn er die Mail nicht verschickt hatte, wer hatte dann seinen Partner ans Messer geliefert?

20

Lenny fühlte sich wie eine Laborratte in einem Käfig. Angezapfte Telefonleitungen, außer Kontrolle geratene Ampelanlagen, manipulierte Sicherheitsschlösser und ein geknackter E-Mail-Account im Polizeipräsidium. Er versuchte nochmals, Sanchez zu erreichen, aber sein Freund meldete sich noch immer nicht. Was hier vor sich ging, hatte rein gar nichts mit übersinnlichen Fähigkeiten zu tun, sondern war das Werk eines begabten Hackers. Er griff zum Telefon und informierte die Abteilung für Cyberkriminalität.

»Unser Netzwerk ist sicher. Da kommt keiner rein«, brummte Dieterle beleidigt.

Lenny dachte an Sanchez. Sein Freund hatte sich mehr als einmal den Spaß gegönnt, in das interne Netz der Kölner Polizei einzudringen. Sanchez liebte solche digitalen Streifzüge. Er richtete dabei niemals Schaden an. Ihm ging es nur darum, zu beweisen, dass er es konnte.

»Überprüft meinen Rechner, jedes einzelne Bit. Von meinem Platz aus wurde eine Mail verschickt, die nicht von mir stammt.«

»Dann pass eben besser auf deinen Account auf.«

»Die Mail muss von außen verschickt worden sein.«

»Okay. Mal sehen, heute klappt es nicht mehr … frühestens morgen …«

»Das ist verdammt wichtig«, schnauzte Lenny. »Checkt meinen Computer, sonst macht Krugmann euch Beine!«

Er knallte den Hörer auf die Gabel. Warum wollte jemand Zerteski fertigmachen? Er war Nexx niemals begegnet, stellte keine Gefahr für niemanden dar – sich selbst ausgenommen.

Nexx! Das Maß war voll. Er würde diesen arroganten Scheißkerl auseinandernehmen. Alleine die Vorstellung, dass er Valerie gefesselt, sie entkleidet und mit einem Skalpell bedroht hatte, war mehr, als er ertragen konnte.

Er stürmte aus dem Büro und prallte in der Tür mit Krugmann zusammen.

»Wohin so eilig, Koriatis?«

»Ich brauche Ihre Hilfe.«

»Sieht so aus, als wüssten Sie etwas, das ich noch nicht weiß.«

Lenny berichtete ihm von seinen Ermittlungsergebnissen im Hotel und den Ereignissen in Valeries Loft.

Krugmann versenkte seine Schaufelhände in den ausgebeulten Hosentaschen. »Und was meint Ihr bemerkenswerter Schnüffelinstinkt dazu, Koriatis?«

»Dass wir es nicht mit Unglücksfällen zu tun haben, sondern mit Mord. Und dass Nexx dahintersteckt.«

»Schwer vorstellbar. Und noch schwerer zu beweisen.«

»Tja, es ist auch schwer, daran zu glauben, dass jemand einen Flugzeugabsturz vorhersagen kann. Und dennoch tun es die meisten

Leute. Warten wir ab, was die KTU in der Wohnung von Frau de Crécy findet.«

»Seien Sie vorsichtig, Koriatis.«

»Ist das eine Dienstanweisung?«

»Ein guter Rat.«

»Ich verstehe. Sie gehören nicht zufällig zu den Leuten, die neugierig darauf sind, was Ihnen die Zukunft bringt?«

»Nein. Aber ich kenne welche, die sich brennend dafür interessieren. Und die werden nicht begeistert sein, wenn Sie ihren Propheten verhaften – die Frau des Polizeipräsidenten zum Beispiel.«

»Vielen Dank für die Warnung. Reden Sie mit dem Staatsanwalt?«

»Wenn Sie mir versprechen, dass es für einen Haftbefehl reicht.«

»Ich tue, was ich kann. Geben Sie mir ein paar Leute mit.«

»Ich hab keine, und Sie haben gerade selbst Ihren Partner abgeschossen, schon vergessen?«

»Zerteski hat sich mir anvertraut. Und ich versprach ihm, die Sache, in die er da hineingeraten ist, in Ordnung zu bringen. Aber ich habe ihn nicht an die interne Ermittlung verpfiffen. Was hätte ich davon? Glauben Sie, ich wäre scharf darauf, die ganze Arbeit alleine zu machen?«

»Wer war's dann?«

»Ich weiß es nicht. Aber ich werde es herausfinden, verlassen Sie sich drauf. Mein Computer wurde gehackt. Ich habe bereits Dieterle darauf angesetzt.«

»Das alles gefällt mir nicht. Ich habe das Gefühl, die Sache zieht größere Kreise, als wir uns vorstellen können.«

»Ich kann mir eine Menge Kreise vorstellen. Und *ich* kann's nicht leiden, wenn jemand versucht, mich zu manipulieren, mich und diese ganze Stadt.«

Krugmann wippte auf den Zehenspitzen auf und ab. »Da haben Sie verdammt recht.«

»Was ist jetzt mit der Verstärkung?«

»Die eine Hälfte unserer Leute liegt mit Grippe im Bett, die andere schuftet sich zu Tode. Auf meinem Tisch stapeln sich neue Fälle. Und bei denen geht's nicht nur um Stalking, sondern um Mord, Raub und Erpressung.«

»Geben Sie mir wenigstens zwei Leute mit.«

»Ich sorge dafür. Hauen Sie schon ab, Sie Dickkopf.«

Lenny war schon auf dem Gang, als ihn Krugmanns Stimme noch einmal innehalten ließ. »Koriatis?«

»Ja?«

»Ich mag's nicht, wenn man mir Vorschriften macht, wie meine Leute ihren Job zu erledigen haben. Also werde ich Sie unterstützen. Aber Sie müssen mehr auf den Tisch legen als Indizien. Nexx wird ein Heer von Anwälten aufbieten. Die werden jede Anklage in der Luft zerreißen, wenn Ihre Ermittlungsergebnisse nicht absolut wasserdicht sind.«

»Das ist mir klar. Ich werde Sie nicht enttäuschen«, antwortete er und hoffte inständig, dass er sich in diesem Punkt nicht irrte.

Lenny parkte seinen Camaro vor Nexx' Villa in Marienburg. Ein Streifenwagen hielt direkt hinter ihm. Kaum war er aus dem Wagen gestiegen, tauchte wie aus dem Hut gezaubert der bullige Leibwächter hinter dem Zufahrtstor auf.

»Heute sogar zu dritt?«, fragte er.

Lenny grinste. »Bringen Sie uns zu Ihrem Herrn und Meister.«

»Haben Sie einen Termin?«

»Brauche ich denn einen?«

»Sieht ganz so aus.«

»Glaub ich nicht. Wenn ich nicht sofort mit Nexx sprechen kann, nehme ich nicht nur ihn, sondern dich auch gleich mit. Ich könnte die Anklage auf Beihilfe zum Mord in drei Fällen erweitern. Dein Name war doch gleich …?«

»Lars Reickert.«

»Also, was ist nun, *Herr* Reickert?«

»Klingt irgendwie überzeugend. Warten Sie einen Moment.«

Nach zehn Minuten kehrte der Glatzkopf zurück und öffnete ihm das Tor.

»Immer rein in die gute Stube.«

Er führte ihn und die beiden Streifenpolizisten auf einem gekiesten Weg tiefer in den parkähnlichen Garten hinein. Nexx saß in einer Laube aus weiß gebeiztem Holz. Er hatte offenbar gerade sein Frühstück beendet und telefonierte. Ein aufgeklappter Laptop stand vor ihm auf dem Tisch. Zu seinen Füßen lagen die beiden pechschwarzen Dobermänner. Der Leibwächter bedeutete Lenny zu warten. Er sprach kurz mit Nexx, der gelangweilt aufblickte und nickte. Dann kehrte der Glatzkopf zu ihm zurück.

»Bitte sehr. Mein Boss hat eine Minute Zeit für Sie.«

Lenny drängte sich an Reickert vorbei.

»Ah, der Mordermittler mit dem ungewöhnlichen Namen«, begrüßte ihn Nexx. »Konnten Sie Ihren verzwickten Fall inzwischen lösen?«

»Ich stehe dicht davor. Es geht inzwischen um drei Morde und eine versuchte Vergewaltigung.«

»Vergewaltigung, sagen Sie?« Nexx tupfte sich die Lippen mit einer Serviette ab. »Lassen Sie mich raten. Bei dem vermeintlichen Opfer handelt es sich um Valerie de Crécy.«

»Wer könnte das besser wissen als Sie?«

Nexx seufzte gespielt. »Sie kann sehr überzeugend sein. Immerhin ist sie eine bekannte Fernsehjournalistin. Denken Sie nur an den Namen ihrer Sendung: *Die Aufdecker*. Es fällt schwer, sie als das zu sehen, was sie ist – zumal sie über alle Maßen charmant und anziehend sein kann. Aber sie ist eine krankhafte Lügnerin. Ich musste das inzwischen schmerzhaft zur Kenntnis nehmen, und Sie sollten es auch tun.« Er blickte auf seine Armbanduhr und erhob sich. »Leider kann ich Ihnen jetzt nicht länger meine kostbare Zeit schenken.«

Lenny hatte genug von Nexx' blasiertem Auftreten. Er trat ein Schritt vor und stellte sich ihm in den Weg. Die Dobermänner setzten sich knurrend auf ihre Hinterläufe.

»Ich bin noch nicht fertig mit Ihnen!«

»Sie werden Ihr ungehobeltes Benehmen bald bereuen, Herr Koriatis«, antwortete Nexx gelassen.

»Unwahrscheinlich. Ich bin Typen wie Ihnen schon oft begegnet. Und wissen Sie, was? Am Ende habe ich sie alle eingesackt. Sie glauben, Sie könnten die Leute mit Ihren Tricks einschüchtern und wie Schachfiguren für Ihre Zwecke manipulieren. Aber mit mir wird Ihnen das nicht gelingen. Sie sind nichts weiter als ein aufgeblasener kleiner Schwindler.«

»Und welche Figur verkörpern Sie in diesem Spiel, Herr Koriatis?« Nexx betrachtete ihn abschätzend. »Lassen Sie mich raten. Ach ja, die Aufgaben eines Bauern passen gut zu Ihnen. Man lässt ihn vorpreschen und sorgt dafür, dass er seinen Kopf verliert. Dieses Ablenkungsmanöver ermöglicht es den wirklich wichtigen Figuren, ungestört ihre Pläne umzusetzen.«

Lenny reagierte auf seine Weise. »Gabriel Kowal, Sie sind vorläufig festgenommen.«

»Aus welchem Grund?«

»Einbruch, Körperverletzung, Nötigung und … heimtückischer Mord.«

Nexx lächelte ungerührt. »Was Sie nicht sagen. Ich bin ehrlich gespannt, wie Sie das beweisen wollen.«

Lenny gab den beiden Uniformierten einen Wink. Mit einem Blick auf Reickert sagte er: »Halten Sie die Hunde zurück.«

Die Polizisten legten Nexx Handschellen an und führten ihn ab.

Zwei Stunden später schwand Lennys Zuversicht. Krugmanns feistes Gesicht hatte die Farbe einer Aubergine angenommen. Er hatte mit seiner Warnung recht behalten. Nexx schwieg. Er beantwortete keine Frage und lächelte hintergründig eine geschlagene Stunde lang, nachdem er erkennungsdienstlich behandelt worden war. Man hatte keinerlei Abwehrverletzungen an ihm feststellen können, die ihn mit dem Überfall auf Valerie in Verbindung brachten. Ein Wangenabstrich musste erst noch ausgewertet und mit den Spuren verglichen werden, die man in Valeries Wohnung sichergestellt hatte. Das Ergebnis würde frühestens in vierundzwanzig Stunden vorliegen. Nexx hatte alle Untersuchungen stoisch über sich ergehen lassen.

Dann erschienen seine Anwälte. Sie waren zu dritt und verlangten, sich ungestört mit ihrem Mandanten auszutauschen. Lenny und Krugmann blieben alleine im Verhörraum zurück.

»Wo bleiben die Ergebnisse der KTU?«, fragte Krugmann ärgerlich. Er schwitzte und trank kannenweise Kaffee. »Wenn das schiefgeht, schicke ich Sie zu Fuß durch die Stadt, um Strafzettel wegen Falschparkens auszustellen.«

Lenny antwortete nicht. Er wusste, dass er sich hatte hinreißen lassen. Nun setzte er seine ganze Hoffnung darauf, Nexx so sehr zu provozieren, dass er einen Fehler beging.

Ein Vollzugsbeamter öffnete die Tür, Nexx kam mit seinen Anwälten zurück.

»Unser Mandant ist nun bereit, Ihre Fragen zu beantworten und in allen Punkten zu kooperieren.«

Stuhlbeine scharrten über den verschrammten Fußboden, alle setzten sich an den Verhörtisch. Nexx lächelte.

»In welcher Beziehung stehen Sie zu Thomas Zacher?«, fragte Lenny.

»Er ist ein Mitarbeiter von Valerie de Crécy. Das hat sie mir zumindest erzählt«, sagte Nexx. »Persönlich bin ich ihm nie begegnet.«

»Hier geht es doch um den Vorwurf versuchter Vergewaltigung und des Mordes«, warf einer der Anwälte ein. »Was hat dieser Thomas Zacher damit zu tun?«

»Er wurde vermutlich ermordet. Ihr Mandant hat ein ausreichendes Motiv für die Tat.«

»Sagt Ihnen der Name Kurt Treskow etwas?«, fragte Krugmann Nexx.

»Nein, tut mir leid.«

»Sie haben ein paar Semester Informatik studiert, nicht wahr?«, fragte Lenny.

»Das ist nicht strafbar und nicht weiter von Relevanz«, antwortete der dritte Anwalt. »Ich muss Sie bitten, Ihre Vorwürfe zu konkretisieren, sonst verschwenden Sie nur unser aller Zeit.«

Nexx lächelte. »Sie haben doch überhaupt nichts gegen mich in der Hand. Ich wäre Ihnen sehr verbunden, wenn wir zu Ende kämen.«

Lenny zog Angelikas Foto aus der Sakkotasche, das er im Hotelaufzug geschossen hatte. »Haben Sie diese Frau schon einmal gesehen?«

Nexx warf einen flüchtigen Blick auf das Foto. »Nein. Tut mir leid. Einer Ihrer ungelösten Mordfälle?«

Lenny biss sich auf die Lippen. Es lief nicht gut. Er hatte die Identität und Adresse der Frau namens Angelika Schweitzer selbst überprüft. Dabei war herausgekommen, dass eine Person dieses Namens nicht in Berlin gemeldet war und auch sonst nirgendwo anders.

Es klopfte an der Tür. Jemand reichte Krugmann eine dünne Akte, die er schnell durchblätterte und dann an Lenny weiterreichte. Es war der vorläufige Bericht der KTU. Man hatte DNA-Spuren von mindestens zwei Personen in der Wohnung sichergestellt. Ob Nexx darunter war, würden sie erst morgen wissen.

»Kommen wir zum gestrigen Abend«, sagte Lenny. »Frau de Crécy wirft Ihnen vor, sie in ihrer Wohnung überfallen, gefesselt und mit einem Skalpell bedroht zu haben.«

Nexx lächelte. »Die Arme ist ja völlig durcheinander.«

»Ich war Zeuge dieses Angriffs.«

»Und Sie konnten sie retten? Dann bin ich Ihnen zu Dank verpflichtet, Herr Koriatis.«

»Wir haben dort DNA-Spuren sichergestellt«, sagte Lenny, »und ich denke, Sie wissen, dass die meisten von Ihnen stammen. Warum haben Sie Frau de Crécy überfallen?«

»Natürlich haben Sie DNA-Spuren von mir gefunden. Ich sagte doch bereits, dass …«

»Sollen wir uns gemeinsam die Aufzeichnung von Frau de Crécys letzter Sendung anschauen?«, unterbrach ihn Lenny. »Darin hat sie Sie angegriffen und öffentlich als das dargestellt, was Sie sind – als einen Psychopathen und krankhaft machtbesessenen Egomanen. Sie glaubten, Sie hätten leichtes Spiel mit Frau de Crécy, der man zahllose Affären nachsagt. Aber Sie merkten bald, dass Sie sich die Zähne an ihr ausbeißen. Und das machte Sie wütend, nicht wahr? Es machte Sie sogar rasend, dass Sie sie nicht besitzen können und sie …«

»Sie bringen hier nichts weiter als haltlose Unterstellungen vor«, unterbrach ihn einer der Anwälte.

»Es reicht«, mischte sich nun auch Krugmann ein.

Nexx war blass geworden.

Du verdammter Narr, dachte Lenny und verfluchte Krugmann insgeheim. *Gib mir noch fünf Minuten, und ich habe ihn so weit, dass er sich vergisst. Dass er endlich einen Fehler macht.*

»Möchten Sie etwa, dass ich für Sie lüge?«, hatte er Valerie gefragt. Keine Sekunde lang hatte er ernsthaft darüber nachgedacht. Nun stand er kurz davor, genau das zu tun. Seine Aussage als Mordermittler besaß immenses Gewicht. Er brauchte nur zu sagen: »Ich habe Sie erkannt, Nexx. Sie haben Valerie de Crécy gefesselt und mit einem Skalpell bedroht«, und Nexx wäre erledigt.

»Halten wir uns an die Fakten, bitte«, sagte einer der Anwälte.

Lenny richtete seine Aufmerksamkeit wieder auf das Gespräch. Ein einzelner Schweißtropfen löste sich in seinem Nacken und rann an seinem Rückgrat hinab.

»Also gut. Wo waren Sie gestern Abend zwischen 21:00 und 22:00 Uhr?«, fragte er Nexx.

»Ich war Studiogast eines Radiosenders und habe Höreranfragen beantwortet. Genau zwei Stunden lang, von 21:00 bis 23:00 Uhr. Live. Mein Büro kann Ihnen die Kontaktdaten des Senders geben. Haben Sie sonst noch irgendwelche Fragen?«

»Wir werden das überprüfen«, sagte Krugmann.

Lenny erstarrte. Er hatte zwar damit gerechnet, dass sich Nexx ein Alibi von einem seiner Angestellten beschaffen würde. Aber eben ein Alibi, das er mit ein bisschen Nachbohren und Druck wie eine Seifenblase zum Zerplatzen gebracht hätte. So lief es meistens. Aber wenn es stimmte, was Nexx behauptete, und der Sender seine Angaben bestätigte, war er unangreifbar.

Krugmann putzte sich geräuschvoll die Nase, Lenny schwieg. Wenn er nur mehr Zeit gehabt hätte. Eine Stunde allein mit Nexx im Verhörraum und das blasierte Schwein hätte gestanden.

»Wenn damit Ihre Fragen beantwortet sind, darf ich mich jetzt wohl verabschieden.« Nexx schob seinen Stuhl zurück, stand auf und ging mit seinen Anwälten im Schlepptau zur Tür.

»Sie irren sich, Nexx!«, rief Lenny ihm hinterher. »Der Part des Bauern liegt mir nicht. Ich bin der Springer, der zuschlägt, wenn Sie am wenigsten damit rechnen.«

»Halten Sie die Klappe, Koriatis«, knurrte Krugmann.

»Nun, Sie durften einen Abend lang den Heldenpart übernehmen, Koriatis«, entgegnete Nexx kalt. »Ich hoffe, Sie haben zum Dank wenigstens einen Kuss von der Prinzessin erhalten.«

»Nein. Aber ich durfte die Nacht bei ihr verbringen.«

Nexx wurde kalkweiß. Bevor er antworten konnte, schoben ihn seine Winkeladvokaten zur Tür hinaus.

»Was sollte dieser dämliche Auftritt, Koriatis?«, knurrte Krugmann. »Sie beharken sich wie zwei balzende Auerhähne.«

»Es ist nur eine Frage der Zeit, bis er einen Fehler macht«, sagte Lenny.

»Der nicht.«

»Alle Psychopathen machen irgendwann einen Fehler. Wenn Sie mich nicht unterbrochen hätten …«

»Die Computerspezialisten haben Ihren Rechner auseinandergenommen«, unterbrach ihn Krugmann. »Raten Sie mal, was Sie gefunden haben.«

Lenny blickte ihn erwartungsvoll an.

»Nichts. Rein gar nichts. Es gibt nicht das geringste Anzeichen für einen Hackerangriff von außen.«

»Das … kann nicht sein.«

»Warum geben Sie nicht einfach zu, dass Sie Zerteski an die Interne verpfiffen haben? Niemand macht Ihnen einen Vorwurf daraus. Wenn Sie mich fragen, war das längst überfällig.«

Krugmann drehte sich um und ließ ihn stehen. Lenny blieb ratlos zurück und wählte Valeries Nummer. Es wurde Zeit, ihr seinen Plan B genauer zu erklären.

Vier Stunden später betrat Lenny seine Souterrainwohnung, warf die Autoschlüssel auf die zerschrammte Kommode im Flur und steuerte auf direktem Weg das winzige Bad an. Er schlüpfte unter die tröpfelnde Dusche und gab sich alle Mühe, sein Äußeres auf Hochglanz zu polieren. Dann ging er ins Schlafzimmer und wählte unter den drei Anzügen, die er noch besaß, einen graublauen von Boss aus. Gewöhnlich trug er dazu ein weißes Hemd mit einer dunkelblauen Krawatte, doch diesmal entschied er sich für ein hellgraues T-Shirt. Er betrachtete sich stirnrunzelnd im Spiegel und hoffte, dass Valerie die zaghafte Veränderung gefallen würde. Er empfand sich nicht als eitel, aber in einer Stunde würde er die Frau treffen, die ihm mehr bedeutete als alle anderen Frauen, denen er bislang begegnet war. Wobei es zu mehr als einer kurzen Affäre meist eh nie gereicht und er sehr schnell die Lust an One-Night-Stands verloren hatte. Was er wollte, war etwas anderes, und darum wollte er Valerie den besten und attraktivsten Lenny präsentieren, den er draufhatte.

Als er mit seinem Aussehen zufrieden war, ging er ins Wohnzimmer hinüber, um seine Dienstwaffe in dem kleinen Safe neben dem Kamin zu verstauen. Das trübe Licht der Deckenlampe enthüllte ein Chaos. Die wenigen billigen Möbel, die noch vom Vormieter stammten, waren umgestürzt, die Sitzpolster aufgeschlitzt und die Schubladen aus dem Schrank gezogen worden. An die vergilbte Wand hinter dem Sofa hatte jemand mit roter Sprühfarbe eine Warnung geschrieben:

Du wirst sie nicht bekommen. Ich werde sie dir wegnehmen.

21

Valerie trat aus der Glastür des Network-TV-Senders und warf einen skeptischen Blick zum Himmel, aus dem kalter Nieselregen fiel. Sie schlug den Kragen ihrer Steppjacke hoch und hielt Ausschau nach Lenny Koriatis, der sie um ein Treffen gebeten hatte. In einer Plastiktüte steckten ihr Anrufbeantworter und der Laptop.

Als sie die Stufen zur Straße hinabstieg, hielt ein rauchblaues Coupé vor dem Haupteingang des Senders. Der gepflegte alte Wagen sah aus wie das Dienstfahrzeug eines FBI-Agenten aus den sechziger Jahren des letzten Jahrhunderts. Koriatis stieg aus und eilte ihr mit einem Regenschirm entgegen.

»Oh. Sie haben ja fast eine Revolution durchgemacht.«

Er blickte sie irritiert an.

»Ein T-Shirt im Dienst?«

»Nun, genau genommen bin ich nicht im Dienst. Sagen wir, ich habe mir Arbeit mit nach Hause genommen.«

Er bot ihr seinen Arm an und geleitete sie zum Wagen.

»Schau an. Ein Mann, der weiß, was sich gehört.«

»Gönnen Sie mir den Spaß.«

»Sind Sie sicher, dass die alte Karre uns beide aushält?«

Die Bemerkung schien ihn zu treffen. »Die alte Karre ist ein Achtundsechziger Chevrolet Camaro«, sagte er. »Seien Sie nett zu ihm, er ist schnell eingeschnappt. Aber Sie können ihm vertrauen. Es gibt keinen Ort, an den er uns nicht zuverlässig bringen würde.« Er hielt ihr die Wagentür auf, ließ sie einsteigen und nahm dann hinter dem Lenkrad Platz.

»Habe ich etwas Falsches gesagt?«, fragte Valerie.

Er tätschelte das Armaturenbrett. »Wir werden es überleben.«

Koriatis lenkte den Wagen Richtung Norden. Wenn sie ihn mit ihrer Bemerkung verärgert hatte, ließ er es sich jedenfalls nicht anmerken.

»Tut mir leid. Ich wollte Ihnen nicht zu nahe treten.«

»Es ist ja nichts passiert.«

Sie warf ihm einen raschen Seitenblick zu. »*Sind* Sie ein altmodischer Mann?«

Er reihte sich in den abendlichen Stadtverkehr ein. Der alte Chevrolet-Motor schnurrte wie eine zufriedene Katze.

»Warum fragen Sie?«

»Sie wissen, wie man sich benimmt, und Sie fahren einen uralten Wagen ohne Klimaanlage und Navigationsgerät. Ich frage mich, ob Sie auch sonst ein bisschen in der Vergangenheit leben.«

»Ich kann Ihnen versichern, dass ich mich mehr für die Zukunft interessiere als für die Vergangenheit«, antwortete er. »Aber Sie haben recht. Ich mag alte Sachen, Dinge mit Stil. Oldtimer, Swing-Musik und Schwarzweißfilme. Heute ist alles viel zu zerbrechlich und dazu konstruiert, schnell kaputtzugehen. Ich finde, dass wir zu viele Dinge wegwerfen. Außerdem bin ich der Meinung, dass man als Polizist eine Art Vorbildfunktion hat und sich anständig kleiden sollte. Halten Sie mich nun für verknöchert?«

»Nein, ganz im Gegenteil. Ich finde Sie erfrischend.« Sie musterte ihn neugierig. »Ich habe mich noch gar nicht richtig für Ihr Engagement und Ihre Hilfe bedankt.«

»Ich habe nur meinen Job erledigt.«

»Tatsächlich? Ich frage mich noch immer, wie es möglich war, dass Sie genau zur richtigen Zeit zur Stelle waren, um mir beizustehen.«

»Wenn man so lange mit Verbrechen zu tun hat wie ich, bekommt man ein Gefühl dafür, was als Nächstes geschehen wird. Nennen Sie es Intuition, wenn Sie wollen.«

»Das ist alles? So einfach?«

Er zuckte mit den Schultern. »Glauben Sie, ich könnte in die Zukunft sehen? Tut mir leid, damit kann ich nicht dienen. Obwohl ich mir manchmal wünsche, diese Gabe zu besitzen. Ich könnte eine Menge Verbrechen verhindern, bevor sie begangen werden. Die Wahrheit ist: Mein Vorgesetzter hat mich gestern zu einem ungeklärten Todesfall geschickt. Es war der dritte merkwürdige Unfall innerhalb weniger Tage. Ich hatte den Verdacht, dass es sich bei der Toten um Ihre Informantin handeln könnte. Also fuhr ich los, um Ihnen das Foto zu zeigen.«

»Glauben Sie, Nexx kann es?«

»Was? In die Zukunft sehen? Nein. Niemand kann das.«

»Ich … ich bin mir nicht mehr so sicher. Was ist, wenn er recht hat, und alles so kommen wird, wie er behauptet?«

»Lassen Sie solche Gedanken nicht zu. Er versucht, Sie mit seinen Tricks zu kontrollieren. Fügen Sie sich nicht in ein Schicksal, das er für Sie bestimmt hat.«

»Aber woher weiß er all diese Dinge? Der Absturz des Flugzeugs, das Auffindungsdatum einer jahrelang verschwundenen Frauenleiche. Er hat auch das Verkehrschaos gestern Abend vorhergesagt, wussten Sie das?«

Lenny nickte. »Ja, ich steckte mittendrin. Und ich glaube, es diente nur dem Zweck, mich von Ihnen fernzuhalten. Ich mag es nicht, manipuliert zu werden. Ehrlich gesagt, macht es mich fuchsteufelswild. Das ist einer der Gründe, warum Sie in meinem Wagen sitzen.«

»Und welche Gründe gibt es noch?«

»Ich halte Nexx für gefährlich. Und ich möchte nicht, dass Ihnen etwas passiert.« Er betrachtete sie prüfend. »Ist alles in Ordnung bei Ihnen? Gab es heute irgendwelche Vorfälle?«

»Nein, es lief wie immer. Alles in Ordnung.«

Nichts war in Ordnung. Sie war kaum noch in der Lage, vor eine Kamera zu treten. Seit gestern Nacht hatte sie nicht mehr gewagt, ihr Smartphone zu benutzen. Jacobi hatte sich bereits beschwert, weil er sie nicht erreichen konnte. Sie arbeitete unkonzentriert und mied den Kontakt zu ihren Kollegen. Aber sie würde Koriatis kein Wort davon erzählen. Auch nicht von der nagenden Angst, die sie seit Nexx' Angriff erfüllte. Sie hatte nie Beklemmungen verspürt, wenn sie spätabends ein Parkdeck betrat oder bei Dunkelheit durch den Park nördlich ihres Wohnkomplexes joggte. Bis gestern. Bei dem Gedanken an schlecht beleuchtete Gehwege krampfte sich ihr Herz zusammen.

»Sie wollten mir von Ihrem Plan B erzählen.«

»Um Nexx eine Falle zu stellen, müssen wir ihn provozieren, ein heftiges Gefühl in ihm wecken, das ihn dazu verleitet, einen Fehler zu begehen. Nichts ist dazu besser geeignet als Eifersucht. Sie ist ein starkes Motiv. Die meisten Verbrechen werden aus Habgier, Rache oder Eifersucht begangen. Wir haben Nexx heute im Präsidium befragt.«

»Haben Sie ihn mit der versuchten Vergewaltigung konfrontiert? Was hat er gesagt?«

»Er hat alles abgestritten. Aber das war nicht anders zu erwarten.«

»Das ist alles?«

»Nein.« Koriatis blickte starr geradeaus. Valerie sah, dass an seiner Schläfe eine Ader pochte. Stockend berichtete er ihr von dem Verhör. »Er hat ein wasserdichtes Alibi für gestern Abend.« Er erzählte Valerie von der Radioshow. »Tausende von Hörern haben die Live-Sendung mitverfolgt.«

»Aber … aber das ist unmöglich.«

»Ich stimme Ihnen zu. Da er nicht an zwei Orten gleichzeitig sein kann, muss eine Version der Geschichte falsch sein.«

Sie schwieg. Zorn kam in ihr auf. Nexx hielt sie alle zum Narren. Sogar die Polizei schien machtlos zu sein.

»Haben Sie schon mal daran gedacht, dass er einen Doppelgänger haben könnte?«, fragte er.

»Einen Doppelgänger?«

»Es kommt doch gar nicht selten vor, dass Prominente Doubles einsetzen.«

Valerie schüttelte den Kopf. »Er war es. Ganz sicher.«

»Dann war ein anderer Mann an seiner Stelle im Hörfunkstudio.«

»War er wirklich die ganze Zeit über im Studio?«

»Ich habe seine Angaben überprüft. Der Moderator behauptet, er wäre ununterbrochen anwesend gewesen. Ich habe mir die Aufzeichnung der Sendung besorgt. Es gibt mehrere Pausen und natürlich Musikeinspielungen. Aber kein Zeitraum zwischen Nexx' Redebeiträgen ist länger als fünf Minuten.«

»Von welchem Sender reden wir?«

»Welle Köln.«

Valerie dachte laut nach. »Der Sender liegt nordwestlich, etwa drei Kilometer von meiner Wohnanlage entfernt. Mit einem schnellen Wagen ist man in ein paar Minuten dort.«

»Sie vergessen das Verkehrschaos. Ich habe fast eine Stunde von der Südstadt zu Ihrem Loft gebraucht.«

»Sie kamen aus der Innenstadt. Nexx kam von Norden.«

»Aber er war viel länger als fünf Minuten bei Ihnen. Selbst wenn er sich augenblicklich in Ihr Loft teleportiert hätte, reicht die Zeit nicht, um vom Sender zu Ihrem Loft und wieder zurückzufahren und Sie obendrein noch zu überfallen.«

»Und wie wollen Sie ihn nun provozieren?«

»Er hat ein völlig übersteigertes Ego, das er aber nur mittels eines Lügengebäudes aufrechterhalten kann. Im Grunde ist er nichts weiter als ein Feigling, der nach Macht und Kontrolle giert, um sich stark zu fühlen. Also müssen wir dafür sorgen, dass sein selbsterrichtetes Kartenhaus in sich zusammenbricht. Vorausgesetzt natürlich, Sie sind einverstanden. Ihn herauszufordern wird nicht ungefährlich sein.«

»Alles ist besser, als untätig herumzusitzen und auf seinen nächsten Zug zu warten. Wie wollen Sie vorgehen?«

»Sie werden sich verlieben. Und Sie werden keine Gelegenheit auslassen, ihm zu zeigen, *wie* verliebt Sie sind. Kennen Sie jemanden, der in die Rolle Ihres Liebhabers schlüpfen könnte? Ein guter Freund vielleicht oder Ihr Kameramann?«

»Henning als Romeo?« Valerie unterdrückte ein Lachen und ging in Gedanken alle möglichen Kandidaten durch. Überrascht stellte sie fest, wie kurz die Liste war. Tatsächlich kannte sie niemanden, von dem sie glaubte, er könne diese Rolle übernehmen. Außerdem gab es keinen Mann, dem sie so sehr vertraute, dass sie ihn so nah an sich herangelassen hätte. Sie wandte den Kopf und blickte durch die verregnete Seitenscheibe auf die verschwommenen Lichter der Großstadt. Koriatis hatte mit seiner einfachen Frage, ohne es zu wollen, an einem wunden Punkt gerührt. Die Gerüchte über ihre Affären waren nichts weiter als leeres Geschwätz der Regenbogenpresse. Es gab keinen Mann in ihrem Leben, und es hatte nie einen gegeben. Sie war in dieser Hinsicht ein unbeschriebenes Blatt.

Da kam ihr ein Gedanke, der ihr sofort gefiel. Warum war sie nicht gleich darauf gekommen? Ihre Miene hellte sich auf.

»Ja, ich kenne jemanden, der perfekt dafür geeignet ist.«

»Gut. Weihen Sie ihn ein. Er muss ...«

»Er weiß bereits Bescheid. Sie, Lenny. Sie sind genau der richtige Mann dafür.«

Er trat auf die Bremse und rammte um Haaresbreite eine Verkehrsinsel.

»Ich weiß nicht, ob ...«

»Aber natürlich.« Je länger Valerie darüber nachdachte, desto besser gefiel ihr die Vorstellung, dass Koriatis in die Rolle ihres Liebhabers schlüpfte. »Sie sind brillant. Stellen Sie sich die Schlagzeilen vor. Die bekannte Fernsehjournalistin Valerie de Crécy verliebt sich in den Mann, der sie vor dem Stalker gerettet hat, der in ihre Wohnung eindrang und sie zu vergewaltigen versuchte.«

»Frau de Crécy, ich ...«

»Die Leute lieben solche Geschichten. Außerdem ist es die beste Lösung. Auf diese Weise können Sie mich rund um die Uhr im Auge behalten. Und sagen Sie Valerie zu mir. Ich hasse diesen vererbten Adelstitel.«

Sie betrachtete ihn neugierig. Die Vorstellung, sich in der Öffentlichkeit offiziell als der Mann an ihrer Seite zu zeigen, schien ihn völlig aus dem Konzept zu bringen.

»Das heißt, natürlich nur, wenn Sie nicht schon anderweitig gebunden sind oder ... Sie sind doch nicht schwul, Lenny ... oder doch?«

»Wer? Ich?«

Belustigt stellte sie fest, dass er rot wurde.

»Nein, bin ich nicht. Weder noch.«

»Na also.«

»Nun, ich schätze, Sie haben recht«, sagte er nach einer Weile, beschleunigte dann und ließ die Stadt hinter ihnen zurück.

»Nebenbei, wohin fahren wir überhaupt?«, fragte sie.

»Ich möchte Ihnen jemanden vorstellen, der uns vielleicht weiterhelfen kann. Ich konnte meinen Freund Sanchez endlich erreichen.«

»Ist er auch so altmodisch wie Sie?«

»Sanchez? Nein. Er ist, nun, unkonventionell, ein Nerd. Seine Freunde nennen ihn Sanchez, den Wurm. Wie ich schon sagte, er ist ein Hacker.«

»Darum haben Sie mich gebeten, meinen Anrufbeantworter und all das andere elektronische Zeug mitzubringen. Aber das ist doch schon von Ihren Spezialisten untersucht worden.«

»Ja, aber Sanchez ist besser. Vielleicht findet er etwas, das der KTU entgangen ist.«

Sie verließen den Großraum Köln und erreichten die Ausläufer des Bergischen Landes. Koriatis bog in einen holperigen Weg ein, den man kaum als Straße bezeichnen konnte. Valerie betete, dass der alte Wagen die Fahrt über die Buckelpiste heil überstehen würde.

»Sind Sie sicher, dass wir hier richtig sind? In dieser Einöde leben höchstens Trolle oder irre Kettensägen-Mörder.«

Lenny lachte. »Sanchez liebt die Abgeschiedenheit. Er hasst Städte. Menschenansammlungen und Lärm machen ihn verrückt.«

»Ein echter Nerd also. Wo haben Sie eigentlich Ihren rüpelhaften Freund gelassen, diesen Cherlesik?«

»Zerteski. Er wurde vom Dienst suspendiert.«

»Oh. Was hat er denn angestellt?«

»Das darf ich Ihnen nicht sagen. Nur so viel: Man hat ihn reingelegt.«

»Und Sie wollen ihm helfen?«

»Ja. Übrigens, wenn wir ein Paar spielen wollen, wäre es nicht schlecht, wenn wir dazu übergehen würden, uns zu duzen.«

»Ja«, antwortete sie lächelnd. »Verrätst *du* mir, wer deinen Freund reingelegt hat?«

»Ja. Du wirst es ohnehin gleich erfahren. Ich bin sicher, dass es Nexx war.«

Er stoppte den Camaro vor einem Gehöft. Windschiefe Fachwerkgebäude umgaben den mit Unkraut überwucherten Hof auf zwei Seiten. Unter einem rostigen Blechdach stand ein uraltes Wohnmobil. Ein zottiger schwarzer Hund lag auf dem Pflaster und hob träge den Kopf.

Lenny stieg aus dem Wagen. »Hi, Jobs!«, rief er.

Der Hund wedelte mit dem Schwanz und kam mühsam auf die Beine. Lenny kraulte ihn hinter den Ohren.

»Er ist schon ziemlich alt«, erklärte er. »Ganz schön wackelig auf den Beinen heute, was, Jobs?«

Der Hund gähnte und winselte.

»Bist du sicher, dass hier jemand wohnt? Es riecht, als wäre jemand gestorben«, sagte Valerie.

Lenny lachte und drückte die unverschlossene Tür auf. »Das ist die Landluft. Sanchez? He Sanchez! Ich bin's. Lenny.«

Eine jugendliche Stimme drang aus dem Haus. »Hi Lenny. Komm rein, hab grad 'ne fette Sache laufen.«

Sanchez saß in seinem Arbeitszimmer, einer niedrigen Kammer, die mit Computern, Platinen, Ersatzteilen und anderen elektronischen Geräten vollgestopft war. Er fläzte auf einem zerschlissenen Sofa mit einem grässlichen Blumenmuster und balancierte einen Laptop auf seinem Kugelbauch.

»Die Leute sind einfach zu dämlich«, sagte er kopfschüttelnd.

»Sanchez bekommt oft Aufträge von Firmen und Versicherungen, die ihre Computernetze auf Schwachstellen testen lassen – und er findet sie alle«, erklärte Lenny.

»Ich möchte dir jemanden vorstellen«, sagte er zu seinem Freund. »Das ist Valerie de Crécy. Valerie, das ist Sanchez – das größte Hackergenie, das die Welt je gesehen hat.«

Sanchez trank glucksend aus einer Cola-Dose und wischte sich mit dem Hemdärmel über den Mund. »Von wegen Versicherung. Das hier ist die Stromversorgung von Köln. Und wenn ich Lust habe, lege ich sie mit einem einzigen Tastendruck lahm. Junge, Junge, haben die Löcher in ihrer Firewall.«

Sanchez grinste von einem Ohr zum anderen. Eine rabenschwarze Lockenmähne umrahmte sein rundes, tief gebräuntes Gesicht. Seine lustigen Augen funkelten wie zwei polierte Knöpfe. Erst jetzt schien er zu bemerken, dass Lenny nicht allein gekommen war.

»Oh, hallo. He, ich kenn Sie. Warten Sie, ich hab's gleich.« Er schwang die Füße vom Sofa, wischte sich die Finger am Hosenbein ab und reichte ihr die Hand.

»Fernsehen, stimmt's? Sie moderieren doch diese Show, wie heißt sie noch?«

»Gib's auf, Sanchez. Valerie ist Journalistin.«

»Immer auf der Suche nach einer heißen Story, was?«

»Deshalb sind wir nicht hier. Sie hat ein Problem, und ich möchte, dass du ihr hilfst.«

»Uh-uh. Keine Hackergeschichten mehr. Deine Kollegen von der Computerkriminalität sind im Moment ziemlich mies drauf.«

»Ein Grund mehr, sich gut mit der Polizei zu stellen. Wie viel hast du eigentlich daran verdient, dass du für vier Stunden den LKA-Server lahmgelegt hast?«

»He, das war ich nicht.«

»Und woher weißt du von der Aktion?«

»Ich … ich hab davon gehört.« Sanchez fuhr sich durch die Locken. »Okay, okay. Was willst du?«

»Valeries Wohnung ist fast so gut gesichert wie deine Festplatten. Trotzdem ist es jemandem gelungen, sich Zugang zu ihrem elektronischen Sicherheitssystem zu verschaffen. Ihr Smartphone, ihr Laptop und ihr Anrufbeantworter wurden ebenfalls manipuliert. Ich will wissen, wer dahintersteckt.«

»Mhm, schwierige Sache. Könnte sein, dass ich dafür ein paar Gesetze umgehen muss.«

»Ja, das ist manchmal nicht zu ändern.«

Sanchez verzog den Mund zu einem schiefen Lächeln. »Ich nehme an, Sie haben eine Codekarte für das Sicherheitssystem?«

»Oh, ja.« Sie suchte in ihrer Handtasche nach der Karte. Unsicher warf sie Lenny einen Blick zu.

»Du kannst ihm vertrauen«, sagte er.

Sanchez ging zu einem Tisch hinüber, der mit Bauteilen, Platinen und Pizzakartons übersät war. In dem Durcheinander versteckt stand ein Computer ohne Gehäuse. Sanchez fuhr den Rechner hoch und steckte die Karte in ein Lesegerät.

»Wie lange wirst du brauchen?«, fragte Lenny.

»Okay, okay. Wird schon 'ne Weile dauern.«

»Außerdem möchte ich, dass du dir noch den Anrufbeantworter, das Laptop und das Smartphone ansiehst.«

Lenny reichte Sanchez einen Zettel über den Tisch. »Das sind meine Zugangsdaten zum Polizeinetz und die IP-Adresse meines Rechners im Büro. Ich will, dass du ein bisschen herumschnüffelst.«

Sanchez riss die Augen auf. »Ich soll was?«

»Jemand hat meinen Rechner im Präsidium gehackt und von dort eine E-Mail abgeschickt, die zu Zerteskis Suspendierung geführt hat. Die Jungs von der Cyberkriminalität schwören, dass unser Netz sicher wäre. Aber wie du selbst am besten weißt, ist es das nicht.«

»Hat Zerteski wieder Mist gebaut?«

»Jemand hatte offenbar ein Interesse daran, ihn aus dem Weg zu räumen. Ich will wissen, warum. Und dann liegt in meinem Kofferraum noch ein weiterer Computer. Er gehört einem Mitarbeiter von Network-TV. Ich will wissen, ob der Rechner gehackt wurde, mit wem sein Besitzer Kontakt hatte und ob es sonst noch irgendwelche Auffälligkeiten, versteckte Dateien oder ungewöhnlichen E-Mail-Verkehr gibt.«

»Das ist jetzt aber nicht zufällig der PC von dem Typen, der sich an der Brücke aufgehängt hat, oder?«

»Du stellst die falschen Fragen, Sanchez.«

»Warum übernimmt das nicht die KTU?«

»Das hat sie und ist zu dem Ergebnis gekommen, dass alle persönlichen Daten darauf gelöscht worden sind. Vielleicht kannst du ja noch etwas rekonstruieren.«

»He, wenn die das nicht geschafft haben, wieso kommst du dann damit zu mir?«

»Weil du besser bist und keine Fragen stellst.«

Sanchez kniff die Augen zusammen. »Du glaubst, ihr habt einen Maulwurf in den eigenen Reihen?«

»Wäre möglich. Und wenn es so ist, wäre der Kerl, den ich suche, sofort gewarnt, wenn ich offizielle Kanäle benutze.«

»He Lenny, was läuft da?«

»Ich weiß es nicht. Noch nicht.«

Sanchez knackte mit den Fingerknöcheln. »Okay, okay. Das wird 'ne Weile dauern. Kochst du uns in der Zwischenzeit was Feines?«

Lenny drehte sich zu Valerie um. »Hast du schon zu Abend gegessen?«

»Nein.« Bei dem Gedanken an einen Blick in Sanchez' Kühlschrank drehte sich ihr der Magen um. »Ich habe keinen Hunger.«

Lenny grinste. »Lassen wir Sanchez arbeiten. Vielleicht kann er uns beim Essen dann schon verraten, wie es jemandem gelingt, die Zukunft vorherzusagen.«

»Logo. Ich bring euch auch gleich noch die Lottozahlen von nächster Woche mit«, sagte Sanchez.

»Keine schlechte Idee.«

Sie folgte Lenny in die Küche. Er durchstöberte die Hängeschränke und warf einen skeptischen Blick in den Kühlschrank. »Ich werde wohl erst einkaufen müssen. Begleitest du mich?«

Valerie beeilte sich, ihm nach draußen zu folgen. Sie verspürte keinerlei Lust, mit dem Nerd alleine zu bleiben.

Lenny fuhr ins benachbarte Dorf. In einer Fleischerei kaufte er

Steaks. Staunend verfolgte sie, wie er mit dem Metzger über die Vor- und Nachteile von Rinderrassen sprach. Der nächste Halt führte sie in einen kleinen, aber gut sortierten Lebensmittelladen.

»Ich liebe diese kleinen Geschäfte«, sagte Lenny, »die Qualität von Gemüse und Obst ist dort meist sehr viel besser als in der Stadt.«

»Du solltest ein Restaurant eröffnen«, sagte sie, während sie an den Warenregalen vorbeischlenderten.

»Vor einigen Jahren habe ich tatsächlich mit dem Gedanken gespielt, auszuwandern und in Südfrankreich ein Bistro zu eröffnen«, antwortete er. »Aber es blieb ein Traum.«

»Ich bin ich Frankreich aufgewachsen.«

»Daher stammt also der adelige Nachname.«

»Ja, mein Vater war ein echter Marquis.«

»Aber du bist Deutsche?«

»Meine Mutter war eine Deutsche. Sie arbeitete als Archäologin und lernte meinen Vater kennen, als er ein neues Spielzeug suchte und begann, Ausgrabungen in Palästina zu finanzieren.«

»Hört sich an, als hättest du ihn nicht besonders gemocht.«

»Ich erinnere mich nicht gern an ihn, das stimmt. Und du? Dein Nachname klingt auch nicht gerade typisch deutsch.«

Er lachte. »Mein Großvater kam als GI nach Deutschland. Er hieß Leonhard. Meine Mutter benannte mich nach ihm, weil er so etwas wie der Familienheld war. Mein Vater hat sich bereits kurz vor meiner Geburt aus dem Staub gemacht. Als ich zehn war, heiratete meine Mutter zum zweiten Mal und nahm den Namen ihres neuen Mannes an, eines in Deutschland stationierten US-Soldaten mit griechischen Wurzeln namens Koriatis. Wir wanderten in die USA aus. Die Ehe hielt nur zwei Jahre, aber den Namen schleppe ich seitdem mit mir herum.«

»Sieht so aus, als wären wir zwei echte Kosmopoliten«, sagte Valerie.

Er nickte. »So, ich denke, wir haben jetzt alles. Baguette wäre nicht schlecht.«

Valerie griff nach einem tiefgefrorenen Brot, was ihr einen strafenden Blick einbrachte. »Lass mich raten. Wir fahren zum Bäcker um die Ecke.«

»Exakt.«

Zwei Stunden später zogen verlockende Düfte durch das alte Bauernhaus. Lenny hatte sogar ein sauberes Tischtuch organisiert. Es gab Steaks, Salat und knuspriges Bauernbaguette, mit dem er irgendetwas angestellt hatte. Es schmeckte wunderbar nach Olivenöl, frischen Kräutern und einem Hauch Knoblauch.

»Was riecht denn hier so gut?« Sanchez stand schnüffelnd in der Küchentür.

»Setz dich zu uns. Was hast du herausgefunden?«, fragte Lenny.

Sanchez legte die Codekarte auf den Tisch. »Mmh. Die Software, die bei einem Einbruch den Alarm auslöst und ihn an die Polizei weiterleitet, ist manipuliert worden – und zwar ziemlich clever. Ich hab sie ein bisschen optimiert, Sie können jetzt beruhigt schlafen«, sagte er zu Valerie. »Jeder, der in Zukunft versucht, das Programm zu knacken, wird sich daran die Zähne ausbeißen. Es verseucht jetzt automatisch die angreifenden Rechner mit einem hübschen kleinen Virus.«

»Das … das haben Sie alles mit Hilfe der Codekarte gemacht?«

Sanchez schaufelte sich Salat auf seinen Teller. »Nee. Ich hab mir Ihren WLAN-Router übers Netz angeguckt.«

»Das geht so einfach?«

»Nee, einfach war's nicht. Aber machbar ist fast alles.«

»Also ist jemand in das System eingedrungen?«, fragte Valerie verblüfft.

»Ja.« Sanchez kaute hingebungsvoll.

»Nun mach's nicht so spannend«, forderte Lenny ihn auf.

»Der Typ hat ein paar verdammt merkwürdige Sachen programmiert. Ich hab so was noch nie zuvor gesehen.« Er deutete mit dem Daumen über die Schulter in Richtung Arbeitszimmer. »Ich hab übrigens auch die gelöschten Nachrichten auf dem Anrufbeantworter wiederhergestellt. Sind Sie mit dem ›bösen Mädchen‹ gemeint?«

»Ja«, sagte Valerie ärgerlich. »Wie hat er das gemacht?«

»Über den Router natürlich. Er hat's geschickt angestellt. Kein Wunder, dass die Jungs von der KTU das nicht rausgekriegt haben.« Sanchez grinste. »Aber wenn man weiß, wonach man suchen muss, ist es kinderleicht zu finden. Sie sollten übrigens Ihren Fernseher vom Internet trennen. Sonst wissen die bösen Buben am anderen Ende der Leitung, was Sie sich ansehen und wie oft Sie durch die Programme zappen. Wenn er eingeschaltet ist, kann man über ihn so gut wie jede Ecke in Ihrem Loft einsehen und überwachen, wer sich gerade darin aufhält. Sie haben echt 'ne schicke Wohnung.«

»Sie haben das alles … gesehen?«

»Jipp, ich hab mich mal kurz draufgeschaltet. Ihre Röhre ist voll vernetzt.«

»Aber … wie?«

Sanchez grinste. »Sobald Sie an einem Fernseher, der ans Internet angeschlossen ist, die Spracherkennung aktivieren, um damit die Lautstärke und andere Einstellungen zu steuern, braucht er dazu ein Mikrophon. Und eine Kamera ist sowieso eingebaut, genau wie in jedem Laptop. Ihr Fernseher zeichnet alles auf. Wussten Sie das nicht?«

»Was geschieht mit diesen Aufzeichnungen?«

»Ihr Verhalten dient der Marktanalyse. Die Industrie will wissen, wofür Sie sich interessieren, um Ihnen besser sinnloses Zeug andrehen zu können. Haben Sie in letzter Zeit ungewöhnliche Werbeprospekte in Ihrem Briefkasten gefunden? Über Antiquitäten zum Beispiel? Oder Schminke und so'n Kram auf biologischer Basis?«

»Ja. Und … mein Fernseher hat mich also aufgenommen, während ich davorsaß?«

»Mmh«, machte Sanchez. »Mann, Lenny. Du musst öfter kommen. Dieses Brot ist echt der Hammer.«

Er wandte sich an Valerie: »Seien Sie also in Zukunft vorsichtig, wenn Sie sich abfällig über das Programm von Network-TV äußern. Richtig unangenehm kann es werden, wenn sich jemand in Ihre Glotze hackt. Er kann sich dann möglicherweise ansehen, ob Sie hübsche Unterwäsche tragen. Oder unanständige Dinge anstellen.«

Valerie dachte an Nexx. Ihr wurde übel.

»Die kleinen elektronischen Helferlein sammeln jede Menge Daten und senden sie an Firmen und Geheimdienste«, fuhr Sanchez fort. »Die neuen digitalen Straßenlampen zum Beispiel sind geil. Damit kann man Bewegungsprofile erstellen und sich in jedes WLAN-Netz einklinken.« Er deutete mit dem Messer auf Valerie. »Sie haben bestimmt einen Haufen Apps auf Ihrem Smartphone. Ich rate Ihnen, die kleinen Spione schnellstens zu löschen und Ihre Payback-Karten zu zerschneiden.«

»Kann es sein, dass du in der Einöde hier paranoid geworden bist?«, fragte Lenny.

»Nee. Gib mir deine Payback-Karten, und ich sage dir, was du in den letzten Monaten eingekauft hast. Wo und zu welchem Preis und wie viel. Kleine Zauberalgorithmen erstellen damit ein Profil von dir, damit die Marketingexperten der Unternehmen genau wissen, wie viel Kohle du bereit bist auszugeben und was sie dir als Nächstes andrehen können.«

»Kannst du sagen, von wo aus die Attacken auf Valeries Wohnung geführt wurden?«

Sanchez brach ein Stück Brot ab und tunkte es in die Soße. »Mann, ist das gut. Nee, er hat's schlau angestellt und dafür Umwege über mehrere Proxyserver genommen. Ich kann dir nur sagen, dass der Rechner irgendwo in Belgien oder Nordfrankreich steht.«

Valerie blickte Lenny an. »Nimm ihn fest. Du hast jetzt genug Beweise.«

»Das halte ich für keine gute Idee.«

»Aber jetzt haben wir ihn doch! Anhand der Aufzeichnungen des Anrufbeantworters kann man seine Stimme identifizieren. Und wir können nachweisen, dass er meinen Fernseher manipuliert hat. Er hat … er hat mich …«

»Und was haben wir davon? Okay, er hat auf deinen Anrufbeantworter gesprochen und dich belästigt. Aber mehr können wir ihm nicht beweisen. Er wird eine Geldstrafe zahlen und zusätzlich noch gewarnt sein, dass wir ihm auf den Fersen sind. Denk daran, dass er auch ein Alibi für gestern Nacht vorweisen kann.« Er wandte sich an Sanchez. »Was ist mit meinem Rechner?«

»Negativ. Nichts. Nada. Einen hübschen kleinen Virus hattest du drauf. Dem hat aber der Virenkiller des Polizeinetzes den Garaus gemacht, bevor er Schaden anrichten konnte.«

»Das ist alles?«

»Jipp.«

Valerie stierte ins Leere und beteiligte sich nicht mehr an der Unterhaltung.

»Was ist los?«, fragte Lenny.

»Dass Nexx Zugang zu der Kamera im Fernseher hatte«, sagte sie, »ist … so … widerlich.«

»Wer ist Nexx?«, erkundigte sich Sanchez.

Niemand antwortete ihm.

Sanchez stutzte und blickte zwischen Lenny und Valerie hin und her. »Moment mal. Reden wir über Gabriel Nexx? Den Showhellseher, der den Flugzeugabsturz vorhergesagt hat?«

Lenny nickte.

Sanchez pfiff durch die Zähne. »Ich glaube ja nicht an diesen übersinnlichen Quatsch, aber wenn er für die Attacken verantwortlich ist, hat er echt was drauf. Wenn's einen gibt, der besser ist als ich, dann er. Der Junge hat ein paar wirklich beängstigende Algorithmen geschrieben.«

»Was ist ein Algorithmus?«, fragte Lenny.

»Ein gefräßiges kleines Monster, das erst mit seiner Arbeit aufhört, wenn es hat, was es will. Es sammelt Daten, analysiert sie und trifft entsprechend der Analyse bestimmte Vorhersagen.«

»Vorhersagen?«, fragten Valerie und Lenny gleichzeitig.

»Ja, Vorhersagen. Börsenkurse, das Wetter, Kaufentscheidungen von potenziellen Kunden, politische Entwicklungen, alles, was du dir vorstellen kannst. Algorithmen werden heute überall eingesetzt. Hast du schon mal von Big Data gehört?«

»Gehört ja, verstanden – nein.«

»Das Speichern der Daten, die jeder von uns täglich erzeugt – in Form von Telefonaten, SMS, E-Mails, Postings in sozialen Netzwerken und vielem anderen mehr«, sagte Valerie geistesabwesend. Sie hatte geglaubt, in ihrem Loft eine behagliche, sichere Bleibe gefunden zu haben … aber sie war niemals allein gewesen.

Sanchez säbelte ein Stück von seinem Steak ab, steckte es sich in den Mund und kaute zufrieden. »Einfach geil. Warum kommst du nicht öfter, Lenny? Du kannst meine Küche benutzen, sooft du willst.«

»Wenn du sie vorher aufräumst, gerne.«

»Ich könnte mich überreden lassen. Aber wo war ich? Ach ja, Big Data. Man schätzt, dass die Menge aller jemals gesprochenen Worte etwa ein Zettabyte beträgt. Die Menschheit steht kurz davor, diese riesige Menge an Informationen innerhalb eines Jahres zu produzieren und selbstverständlich auch zu speichern. Das Datenvolumen verdoppelt sich alle zwei Jahre. Und dabei wird es nicht bleiben. Es wird exponentiell anwachsen.«

»Aber wozu werden all diese Daten gespeichert?«, fragte Lenny, »darunter muss sich doch unglaublich viel Unsinn und belangloses Zeug befinden.«

»Nichts ist belanglos«, antwortete Sanchez, »erst die Gesamtmenge ergibt ein Bild. Es verhält sich wie mit einer Fotografie. Je mehr Pixel sie hat, desto schärfer ist sie. Kommen wir nun zu den Algorithmen. Was fängt man mit der nahezu unendlichen Menge an Daten an?«

Lenny zuckte mit den Schultern. »Ich schätze, man braucht Programme und Suchbegriffe, um sie zu ordnen.«

»Exakt. Aber Algorithmen können noch viel mehr. Sie suchen nach Verbindungen, vergleichen, ordnen und erstellen Profile aufgrund von Erfahrungswerten. Sie lernen. Und mittlerweile sind sie zu verblüffend genauen Vorhersagen in der Lage.«

»Wie zum Beispiel einen Flugzeugabsturz vorauszusagen«, murmelte Valerie.

Sanchez betrachtete sie stirnrunzelnd. »Ich habe mich schon gefragt, wie er das hingekriegt hat. Verdammt, Sie könnten recht haben.«

»Wäre das denn möglich?«, fragte Lenny.

Sanchez zuckte mit den Schultern. »Hängt davon ab, welche Daten ihm zur Verfügung stehen und wie der Algorithmus arbeitet. Wenn die Datenmenge groß genug ist, kann man im Prinzip fast alles vorhersagen.

»Das ist also sein Geheimnis! Angelika hat erwähnt, dass Nexx einige Semester Informatik studiert hat und ins Silicon Valley gehen wollte«, sagte Valerie.

Sanchez lachte glucksend. »Ein paar Semester? Damit kann man in einem Computerladen arbeiten oder als Netzwerktechniker, aber keine Algorithmen schreiben, wie man sie benötigt, um einen Flugzeugabsturz vorherzusagen. Wie ich schon sagte: Prinzipiell kann man alles vorhersagen. Doch noch ist dazu meiner Einschätzung nach niemand in der Lage. Man müsste schon über die Rechenleistung der NASA verfügen und ein echtes Genie sein, um das hinzubekommen. Außerdem braucht man dann auch noch Zugriff auf Milliarden Bits und Bytes. Man müsste riesige Datenmengen aus dem Netz saugen, sie verarbeiten und vergleichen. Und selbst dann wär's ein Lotteriespiel.«

»Aber du sagtest doch, dass Algorithmen mittlerweile überall eingesetzt werden«, warf Lenny ein.

»Ja, weil sie nützliche kleine Spione sind. Wenn ich alles über dich weiß, kann ich dich auch besser steuern. Und das Witzige ist, du lieferst mir das Werkzeug dazu selbst: deine Postings in sozialen Netzwerken, deine Fotos, deine SMS, das Bewegungsprofil deines Smartphones. Payback-Karten dienen nur einem einzigen Zweck. Man will herausfinden, wie sich ein Kunde verhält. Was er kauft, wann und in welchen Mengen. Algorithmen errechnen daraus seinen Marktwert.«

»Seinen Marktwert?«

»Klar. Wer etwas verkaufen will, teilt die Menschen in Kategorien ein. Hast du Geld? Wenn ja, wie viel bist du bereit, für bestimmte Dinge auszugeben? Hast du Geld, dann bist du von Wert für mich. Hast du kein Geld, bist du Junk – Ramsch, Müll, Schrott. Und wie finde ich das heraus? Indem ich dich zum Beispiel mit einer App überwache. Benutzt du ein teures Smartphone oder ein schickes Tablet, kann ich davon ausgehen, dass du Geld hast und bereit bist, es auszugeben. Du musst dich von der Vorstellung verabschieden, dass wir alle das gleiche Internet betrachten.«

»Was meinst du damit?«

»Wenn du mit einem teuren Smartphone ins Netz gehst, werden dir unter Umständen Werbeanzeigen von hochpreisigen Produkten angezeigt. Gehst du mit einem alten Windows-XP-Rechner online, werden dir Produkte zu niedrigeren Preisen angeboten.« Sanchez wandte sich an Valerie. »Es gibt Algorithmen, die anhand Ihrer Einkaufsliste die Wahrscheinlichkeit errechnen, dass Sie schwanger sind. Dann bekommen Sie entsprechende Werbung in den Briefkasten. In den USA erfuhr ein Vater auf diese Weise, dass seine minderjährige Tochter ein Kind bekam – weil sie eine bestimmte Sorte Reinigungsmilch gekauft hatte.«

»Ich kann mir nicht vorstellen, dass man einen Menschen so beurteilen kann – nur aufgrund von ein paar Verhaltensweisen«, sagte Lenny.

»Das kann man auch nicht. Aber über den Avatar, den digitalen Zwilling eines Users, kann man auch den dazugehörigen Menschen selbst steuern. Natürlich kommt es dabei immer wieder zu falschen Entscheidungen und Fehleinschätzungen. Stell dir vor, du ziehst in einen anderen Stadtteil um. Du weißt es nicht, aber dort wohnen fast nur Leute, die ihre Rechnungen nicht bezahlen. Aufgrund deiner neuen Adresse wird dann automatisch deine Zahlungsmoral herabgestuft. Die Kreditwürdigkeit vieler Menschen hängt fast ausschließlich vom Score ab, den Bonitätsprüfer ihnen verleihen. Oft genug beruhen die Empfehlungen allein auf dem Wohnort und dem Alter eines Menschen. Und manchmal nicht einmal das. Aber das wissen weder der Betroffene noch die Firmen, die die Daten abrufen. Je mehr man über die Leute weiß, desto leichter kann man Geld an ihnen verdienen. Und das Gruselige an der Geschichte ist, dass wir die Daten-Bestie selbst mit Begeisterung füttern. Selbst der alte George Orwell hätte sich nicht träumen lassen, wie einfach sich die Menschen überwachen lassen. Die kommenden Generationen werden nichts Schlimmes mehr dabei finden, alles von sich preiszugeben. Sie sind es nicht anders gewohnt. Privatsphäre und Datenschutz existieren für sie nicht.«

»Könnte Nexx solche Algorithmen für seine Show nutzen?«

»Theoretisch schon, aber nicht mit der Treffsicherheit, die er hinlegt. Das lässt die Quantenmechanik nicht zu.«

Lenny stöhnte und sagte dann zu Valerie: »Sanchez hat ein paar Semester Physik studiert.«

Valerie horchte auf. »Können Sie uns den Zusammenhang mit der Quantenmechanik genauer erklären?«

»Okay, okay«, sagte Sanchez. »Alle wollen immer wissen, was die Zukunft bringt. Immer wieder tauchen Schwindler auf, die behaupten, sie könnten hellsehen. Aber ihre Trefferquote liegt nur im Zufallsbereich. Und das ist auch kein Wunder, sondern simple Physik.

Albert Einstein hat mit der Relativitätstheorie die großen Dimensionen des Universums beschrieben, die Quantenmechanik beschreibt die Gesetze des Mikrokosmos. Und sie besagt, dass man nicht gleichzeitig die Position eines atomaren Teilchens und seine Geschwindigkeit bestimmen kann. Es widerspricht den Naturgesetzen. Man kann nur Wahrscheinlichkeiten errechnen. Das ist im Prinzip der physikalische Beweis dafür, dass Hellsehen unmöglich ist.«

»Frag jetzt besser nicht weiter nach, Valerie, das ist Sanchez' Lieblingsthema. Ich bekomme davon Kopfweh«, sagte Lenny.

»Im Silicon Valley arbeiten sie längst daran, die Zukunft vorherzusagen«, fuhr Sanchez unbeirrt fort. »Vielleicht ist Nexx ja der Erste, dem das Kunststück gelungen ist. Es würde mich nicht wundern, der Mann hat's wirklich drauf.«

Lenny legte sein Besteck ab. »Du meinst das wirklich ernst.«

Sanchez zuckte mit den Schultern, ging zum Kühlschrank und hebelte eine Büchse Bier auf. »Es gibt Typen, die glauben, dass es nur eine Frage der Datenmenge ist und der Rechengeschwindigkeit. Beides steht heute im Überfluss zur Verfügung. Das ist es, was ich eben meinte: Wird ein Algorithmus erst einmal gestartet, rechnet er so lange, bis er zu einem Ergebnis kommt. Wenn es genügend Rechenleistung und Speicherplatz gibt, kann er im Prinzip bis in alle Ewigkeit an einem Problem kauen. Und da mittlerweile unvorstellbare Datenmengen vorhanden sind, mit denen er arbeiten kann, und auch die Grenzen der Rechengeschwindigkeit immer mehr verschoben werden, steht dem eigentlich nichts mehr im Weg.«

Lenny schüttelte den Kopf. »Man kann vielleicht das Wetter vorhersagen oder die Börsenkurse, aber du vergisst einen wesentlichen Faktor.«

»Und der wäre?«

»Menschen sind keine Computer. Sie handeln chaotisch, intuitiv und irrational. So etwas kann kein Programm der Welt vorhersehen.«

»Wenn du dich da mal nicht irrst, Lenny. Es gibt genug Forscher, die der Meinung sind, dass das menschliche Gehirn nichts anderes ist als ein biologischer Computer.«

»Aber wenn das stimmt, dann hätten wir keinen freien Willen mehr«, warf Valerie ein. Ihr war plötzlich kalt geworden.

»Wie meinst du das?«, fragte Lenny.

»Menschen stehen ständig in Interaktion mit ihrer Umwelt. Sie reagieren auf Situationen und Ereignisse und planen ihr Leben danach. Stell dir vor, ich wüsste alles über dich – wie du in jeder Lage reagierst, was du magst und was du verabscheust. Indem ich dein Umfeld dann so verändere, dass du mit einer bestimmten, von mir gewollten Reaktion antwortest, könnte ich dich steuern wie ein Modellflugzeug.«

Sanchez nickte. »Sie haben es erfasst, Lady.«

Lenny warf seine Serviette auf den Teller und stand auf. »Ich kann und will nicht glauben, dass so etwas funktioniert. Es wäre eine grauenvolle Welt.«

»Und das Schlimmste daran wäre, du würdest gar nicht merken, dass du manipuliert wirst«, sagte Sanchez.

Lenny wanderte zum Küchenfenster hinüber und blickte in den Nachthimmel. Plötzlich drehte er sich um. »Dann könnte Zacher tatsächlich durch eine verbrecherische Manipulation verunglückt sein. Wenn Nexx genug Informationen über ihn gesammelt hat und wusste, wie er in einer bestimmten Situation reagieren wird, könnte Nexx genau diese Situation herbeigeführt haben, bei der Zacher dann auch tatsächlich durch sein eigenes Verhalten zu Tode gekommen ist. Er war bekannt dafür, ein Tolpatsch zu sein. Aber … das ist … das ist einfach unvorstellbar.« Er wandte sich an Sanchez. »Was hast du auf dem Rechner von Zacher gefunden?«

»Auf dem waren ein paar interessante Apps installiert, die ich wiederherstellen konnte. Jemand hat ihn auf Schritt und Tritt überwacht. Alle Daten aus dem Speicher wurden, wie die von Valerie auch, an denselben Server übertragen, der irgendwo zwischen Paris und der Atlantikküste stehen muss – ich tippe mal auf Guernsey –, darunter ein detailliertes Bewegungsprofil, alle SMS-Verbindungen und Telefongespräche, einfach alles. Außerdem war da noch eine ziemlich seltsame App, die all diese Daten miteinander abgleicht und verschlüsselt. Dieses Programm ist wirklich spooky und verdammt schwer zu entdecken. Ich kann noch immer nicht genau sagen, was es macht. An den Quellcode komme ich auch nicht ran. Das ist mir noch nie passiert. Und dann gab's da einen regen Austausch zwischen Zacher und einer E-Mail-Adresse auf Zypern, die aber nicht mehr existiert. Die Daten sind alle futsch.« Er warf Valerie einen Blick zu. »Jemand ist sehr an Ihnen interessiert, Lady. Und ich meine nicht nur an Ihrer Arbeit bei Network-TV. Es wird Ihnen nicht gefallen, aber jemand hat Zacher benutzt, um Sie über Monate hinweg auszuspionieren. Wenn Nexx dahintersteckt, dürfte er inzwischen mehr über Sie wissen als Sie selbst.«

»Aber … warum Guernsey?«, fragte Lenny.

»Die Insel ist ein Steuerparadies, ein Eldorado der Briefkastenfirmen. Vielleicht besitzt Nexx dort eine Bleibe, die er als Hauptwohnsitz angibt«, erklärte Valerie.

Lenny wandte sich an Sanchez. »Danke. Du hast uns sehr geholfen.«

»Okey dokey. Wäre nett, wenn du dafür sorgen würdest, dass sich deine Kollegen von der Cyberabwehr in den nächsten Wochen etwas zurückhalten würden. Ich bin ein bisschen klamm.«

»Ich seh mal, was ich tun kann. Da wäre noch etwas.«

»Immer zu Diensten.«

»Ich möchte, dass du in allen sozialen Netzwerken die Meldung verbreitest, dass Valerie und ich ein Paar sind. Wie du das anstellst, interessiert mich nicht, aber Nexx muss davon erfahren.«

»He, herzlichen Glückwunsch«, sagte Sanchez grinsend.

»Es ist nicht so, wie du denkst«, sagte Lenny. »Ich will Nexx nur aus seinem Bau locken.«

»Ah, du willst ihn ein bisschen eifersüchtig machen?«

»So was in der Art.«

»Das lässt sich machen. Ein paar Fotos oder noch besser Videos wären für den Anfang nicht schlecht.«

»Die bekommst du«, sagte Lenny.

*

Lenny fuhr über einsame Straßen des Oberbergischen Landes zurück nach Köln. Valerie war still und nachdenklich.

»Woran denkst du?«, fragte er.

»Glaubst du, es ist möglich, die Zukunft vorherzusagen?«

»Nein. Aber wenn es stimmt, was Sanchez uns erzählt hat, dann könnte man unter bestimmten Umständen Menschen steuern wie willenlose Marionetten.«

»Tommy war ein Unglücksrabe«, sagte Valerie, »wir haben oft über ihn gelacht, wenn er mal wieder über ein Kabel gestolpert ist. Zweimal hat er sich dabei ernsthaft verletzt, einmal fast erwürgt.«

»Nexx könnte davon gewusst haben.«

»Und dann eine Situation herbeigeführt haben, in der Tommy unbewusst genau die Schritte unternahm, die zu seinem Tod führten? Mein Gott, wenn das wahr wäre! … Ich habe nur ein Problem mit dieser Theorie.«

»Welches?«

»Dass es eben eine Theorie und praktisch unmöglich ist.«

»Vielleicht doch. Denk an die Vorhersagen.«

»Was stand denn eigentlich in dem dritten Umschlag?«, fragte Lenny.

»Hast du in den letzten Tagen kein Fernsehen geschaut?«

»Dazu fehlte mir die Zeit.«

»Was in dem Umschlag stand, hat Nexx gestern öffentlich verkündet.«

»Sag schon.«

»Er hat vorhergesagt, dass ich am 18. September sterben werde. Bis dahin bleibt mir nur noch eine Woche.«

»Warum hast du mir nichts davon erzählt?«

»Ich … ich weiß nicht. Ich will nicht daran denken.«

»Lass dich nicht von ihm beeinflussen. Er will dir nur Angst einjagen, das ist alles.«

»Wenn es aber doch stimmt? Was würdest du tun, wenn du noch eine Woche zu leben hättest?«

Lenny schwieg. Er bog mit dem Camaro in die Allee ein, in der der Komplex mit Valeries Loft lag, und hielt vor dem Haus an.

»Ich weiß es nicht. Aber eins weiß ich sicher.«

Sie blickte ihn fragend an.

»Ich würde bis zur letzten Sekunde um mein Leben kämpfen. Davon abgesehen, glaube ich nicht an ein unabänderliches Schicksal.«

Sie schwiegen eine Weile. Lenny schaltete den Motor aus.

»Ich habe Angst«, sagte Valerie. »Ich habe noch nie in meinem Leben solche Angst gehabt. Ich kann nicht mehr klar denken. Ich fühle, wie die Zeit verrinnt, und ich kann nichts tun, um sie aufzuhalten, Nexx aufzuhalten. Er wird uns alle zerstören.«

»Nein, das wird er nicht. Er ist ein ganz gewöhnlicher Schweinehund. Ein bisschen gerissener als die anderen vielleicht, aber nicht so schlau und mächtig, wie er glaubt. Ich werde mit ihm fertigwerden.«

»Lenny?«

»Ja?«

»Kommst du … noch mit rauf? Ich meine, falls uns jemand beobachtet, würde das unsere Geschichte glaubhafter machen.«

Er zog den Zündschlüssel ab und öffnete die Wagentür. Er hatte gehofft, dass sie ihn darum bitten würde zu bleiben. In einer Nacht konnte viel geschehen.

22

Sie sollten nicht so viel trinken.«

Zerteski hob träge den Kopf. Er war so sehr in seine düsteren Gedanken versunken, dass er den Mann gar nicht bemerkt hatte, der sich auf den Barhocker neben ihm setzte.

Der Fremde schnippte mit den Fingern. »Ich nehme eine Margarita!«, rief er Charlie zu.

»Wass geht 'n Sie das an?«

»Wenn Sie sich zu Tode saufen, können Sie mir nicht mehr folgen. Ich möchte Ihnen ein Geschäft vorschlagen, bei dem Sie nur gewinnen können, mein Freund. Und dazu sollten Sie halbwegs nüchtern sein.«

»Wassn gewinnen?«

»Ihre Selbstachtung, Ihren Job und … wer weiß … eine Frau ist vielleicht am Ende auch noch drin.«

Die Worte lösten einen Adrenalinschub in Zerteski aus, der den Alkoholnebel in seinem Kopf schlagartig verdampfen ließ. Eingehend betrachtete er den Mann. Er war von kräftiger und kantiger Statur wie ein Bauernschrank. Sein kahler runder Schädel glänzte im schummerigen Kneipenlicht wie eine Billardkugel. Er schien nicht auf Streit aus zu sein, dennoch ging etwas Bedrohliches von ihm aus. Zerteskis Gespür, bevorstehenden Ärger meilenweit gegen den Wind zu riechen, hatte ihm schon mehr als einmal die Haut gerettet. Er hatte das Gefühl, dass er sich besser anhören sollte, was der Glatzkopf zu sagen hatte.

»Woher kennen Sie meinen Namen? Und woher wissen Sie, dass ich meinen Job verloren habe?«

Der Mann nahm die Margarita entgegen, probierte und nickte anerkennend. »Ich weiß eine ganze Menge über Sie.«

»Was wollen Sie?«

»Ihnen helfen.«

»Ich brauche Ihre Hilfe nicht.«

»Hören Sie auf zu quatschen, und hören Sie mir zu. Ich werde meinen Vorschlag nur ein einziges Mal machen.«

Und Zerteski hörte zu.

23

Es war eine seltsame Liaison. Lenny fühlte sich wie ein Wachhund, der vor der Schwelle zur Tür seiner Gebieterin schlief. Außerdem gingen ihm die Anzüge aus.

Sie zeigten sich bei jeder passenden Gelegenheit zusammen in der Öffentlichkeit, um Nexx zu beweisen, dass sie ein Paar waren. Lenny hatte Valerie geraten, nichts an den Manipulationen des Fernsehers und des Telefonanschlusses zu ändern, um Nexx nicht zu warnen. Aber sie hatte darauf bestanden. Das Loft sollte wieder ihre Zuflucht und ihr Heim sein.

Sanchez hatte alle Geräte und den WLAN-Router überprüft und zusätzliche Sicherungen eingebaut, die selbst Nexx nicht würde überwinden können.

Lenny ertappte sich dabei, dass er jede Minute an ihrer Seite genoss. Valerie erwies sich als aufmerksame Zuhörerin und gab sich große Mühe, ihn nicht allzu offensichtlich auszufragen. Aber er war nun einmal Polizist. Nach einer halben Stunde wusste er, wie das Spiel lief. Wenn er am Zug war, nutzte er die Chance, mehr über sie zu erfahren. Alles, was sie tat, dachte und sagte, interessierte ihn. Sie stellten fest, dass sie die gleichen Menschen mochten und die gleiche Musik hörten. Ihre Ansichten über die meisten Themen deckten sich, und ihre Fragen und Antworten griffen ineinander wie zwei aufeinander abgestimmte Zahnräder. Sie redeten die halbe Nacht.

Dann rollte sich Lenny auf dem Sofa zusammen, während Valerie in ihr Schlafzimmer ging.

Am zweiten Abend wagte er zu hoffen, dass sie sich wirklich für ihn interessierte und nicht nur seine Kochkünste schätzte. Er lief zu kulinarischer Hochform auf. Wenn er gegen 17:00 Uhr das Präsidium verließ, hatte er bereits ein komplettes Drei-Gänge-Menü geplant und erschien zwei Stunden später pünktlich mit prall gefüllten Einkaufstüten in Valeries Loft. Er zauberte Aufläufe und Soufflés, raffinierte Salate und Steaks, die so zart waren, dass sie auf der Zunge zergingen. Sie aßen, redeten und hörten einander zu. Dann zog sich Valerie ins Schlafzimmer zurück. Lenny nahm das Sofa, starrte in die Dunkelheit und dachte an Valerie.

Am dritten Abend stellten sie ihren Schlachtplan für die kommenden Tage auf. Es wurde höchste Zeit, dass Lenny die Couch mit einer Schlafstätte tauschte, die diesen Namen auch verdiente. Sein Rücken protestierte jeden Morgen heftiger. Er ertrug die Schmerzen mit stoischer Gelassenheit, denn ihre Gespräche wurden intensiver und ihre Blickkontakte länger. Am Montag war nicht mehr zu leugnen, dass die Luft zwischen ihnen vor Spannung knisterte wie ein aufgeladener Hochspannungskondensator.

Nexx trat nicht in Erscheinung. Es gab keine weiteren Drohanrufe, keine Hackerversuche oder permanentes Stalking. Valerie begann zu hoffen, dass er von ihr abgelassen hatte, aber Lenny ahnte, dass dies nur die Ruhe vor dem Sturm war.

Lenny nahm sie mit ins *Charlie's,* wo sie Zerteski trafen. Sein ehemaliger Partner befand sich im Dauerrausch, trotzdem versuchte Lenny, mit ihm zu reden. Beim zweiten Versuch schüttete er Lenny sein Kölsch ins Gesicht und drohte, ihn zu verprügeln. Danach ließ er sich nicht mehr im *Charlie's* sehen. Lenny gab auf.

Am Morgen des 14. September, einem Dienstag, lud er Valeries Gepäck in den Kofferraum seines Camaro und verließ mit ihr die Stadt Richtung Osten. Nach fünf kurzweiligen Stunden passierten sie die Stadtgrenzen von Berlin. Lenny hatte Krugmann gebeten, die Reise offiziell abzusegnen, aber der hatte abgelehnt.

»Sie sehen ziemlich fertig aus«, hatte er gesagt, »nehmen Sie ein paar Tage frei. Was Sie in Ihrem Urlaub treiben, geht mich nichts an.«

Und genau das hatte er getan.

Sie checkten im Hotel Adlon in unmittelbarer Nähe des Brandenburger Tores ein. Valerie hatte dort eine Suite reserviert, von der aus man einen grandiosen Blick über Berlin genoss. Erst jetzt wurde ihm wirklich bewusst, wie groß die Kluft zwischen ihren Welten war. Sie verfügte über finanzielle Mittel, von denen er nicht einmal zu träumen wagte. Der verschwenderische Luxus in den Hotels, Bars und Cafés, in denen sie sich den Paparazzi zeigten, überwältigte ihn und vermittelte ihm das Gefühl, ein Hochstapler zu sein. Valerie dagegen bewegte sich mit traumwandlerischer Sicherheit auf dem Parkett der Prominenten und Reichen.

All das gehörte zu ihrem Plan. Sanchez hatte nicht zu viel versprochen. Bereits vor ihrer Ankunft schwirrten Gerüchte über ihre Liebesreise in die Hauptstadt durch das Internet und die Klatschspalten der Illustrierten.

Als sie zusammen das berühmte Café Einstein Unter den Linden betraten, machte Lenny zum ersten Mal Bekanntschaft mit einem Klatschreporter. Er stammelte abgehackte Sätze in das Mikrophon vor seiner Nase und hatte das Gefühl, nicht in eine Kamera, sondern in die Mündung einer Pistole zu blicken. Valerie dagegen schien ihren Auftritt zu genießen. Sie hakte sich bei ihm unter und drückte ihm demonstrativ einen Kuss auf die Wange. Ein wahres Blitzlichtgewitter flackerte auf. Lennys Stimmung aber sank stündlich. Es war seine Idee gewesen, doch er hatte nicht damit gerechnet, dass Valerie ausgerechnet ihn für die Rolle des Liebhabers engagieren würde.

Immerhin spielten sie ihre Rollen perfekt. Niemand zweifelte an ihrer Verliebtheit. Die Geschichte vom Polizisten, der die bekannte Fernsehjournalistin Valerie de Crécy vor einem gefährlichen Stalker gerettet hatte, war ein gefundenes Fressen für die Regenbogenpresse. Dass sie beinahe das Opfer einer Vergewaltigung geworden und Nexx der Täter war, erfuhr allerdings niemand.

Sie besuchten das Pergamonmuseum und fuhren bei strahlendem Sonnenschein mit einem Ausflugsdampfer auf der Spree. Sie aßen in den besten Restaurants und machten die Bars und angesagten Szeneklubs unsicher. Kurz, sie ließen nichts aus, um aufzufallen. Die Nächte verbrachte Lenny auf einer Schlafcouch im Hauptraum der Suite und überließ Valerie das Bett im Nebenzimmer.

Zwei Tage später, am Donnerstag, waren sie zu Gast beim Empfang eines Staatssekretärs im Presseamt des Bundeskanzleramts. Lenny wurde herumgereicht wie ein exotisches Haustier, das es zu bestaunen galt. Er schüttelte einem Minister die Hand, hörte sich flache Witze an, trank zu viel Champagner und fühlte sich schrecklich fehl am Platz.

Schließlich stellte er das Glas ab, lockerte seine Krawatte und trat auf die mit ockerfarbener Terrakotta gepflasterte Terrasse hinaus, die in einen parkähnlichen Garten überging. Vom Wannsee wehte ein kühler Wind heran und spielte mit dem Blätterkleid der Bäume, das sich hier und da bereits herbstlich färbte. Nach einem trockenen und heißen Sommer war der September noch immer ungewöhnlich warm.

»Hier steckst du also.«

Lenny drehte sich um.

Valerie kam auf ihn zu. Sie trug ein mintfarbenes Sommerkleid, das wunderbar zum Grün ihrer Augen passte und gleichzeitig reizvoll zu ihrem kastanienbraunen Haar kontrastierte. Er hatte das Gefühl, jemand drehe ihm ein Messer im Herz herum.

»Ich brauchte ein bisschen frische Luft«, sagte er.

Sie trat an die steinerne Brüstung. »Es ist ein schöner Abend.« Sie sah ihn an. »Den ich viel lieber mit dir alleine verbringen würde als mit dieser Bande von geilen alten Männern, die mir auf den Hintern starren und glauben, ich würde es nicht bemerken. Sie laden mich nur ein, weil sie mit mir gesehen werden wollen und hoffen, sie könnten mich unbemerkt betatschen. Aber ich kann solche Einladungen leider nicht ausschlagen. Ich brauche die Kontakte, um meine Informationskanäle offen zu halten.« Sie zuckte mit den Schultern. »Also muss ich das Spiel mitspielen.«

Lenny spürte, wie er die Zähne aufeinanderpresste und sich versteifte.

Plötzlich lachte Valerie laut auf.

»Was ist?«, fragte er ärgerlich. »Mache ich mich so lächerlich unter all der Prominenz?«

»Nein«, antwortete sie lachend. »Du schlägst dich großartig. Es ist nur … du hast gerade eine so finstere Miene gemacht, als wolltest du alle am liebsten sofort festnehmen und in Handschellen abführen.«

Lenny drehte sich um und blickte wieder in den Park, damit sie sein Gesicht nicht sehen konnte. »Ich dachte, es macht dir Spaß. Du stehst im Mittelpunkt, wirst bewundert und umschmeichelt. Was kann sich eine Frau mehr wünschen?«

»Ich kann mir eine Menge Dinge vorstellen, die ich lieber täte. Glaubst du wirklich, ich wäre so versessen auf falsche Komplimente und anzügliche Blicke? Wenn du wüsstest, wie mir das zuwider ist.«

»Entschuldige. Das ist nur … nicht meine Welt. Ich komme mir vor wie ein lästiges Anhängsel, wie eine ausgestopfte Jagdtrophäe.«

Valerie legte ihre Hand auf seinen Unterarm. »Nein, das bist du ganz bestimmt nicht. Ich werde nie vergessen, was du für mich getan hast und immer noch tust.«

Na toll!, dachte Lenny. *Gleich sagt sie: Lass uns gute Freunde bleiben.*

»Wir müssen nur noch den Bundespresseball hinter uns bringen«, sagte sie.

Er seufzte. »Ich werde auch das überstehen.«

»Ist die Zeit mit mir denn so schlimm?«

»Nein. Sie ist wunderbar. Nur leider … zu kurz.«

»Der Sonntag gehört nur uns. Wozu hast du Lust?«

»Ich würde gerne das Meer sehen.«

»Das Meer? Du hast noch nie das Meer gesehen?«

Er ärgerte sich, dass er es erwähnt hatte. Sie musste ihn für einen provinziellen Idioten halten.

»Doch. Das heißt, nur aus dem Flugzeug – als ich aus den Staaten nach Deutschland flog. Aber ich war noch nie am Strand. Ich …«

»Valerie? Ach, hier sind Sie. Kommen Sie, kommen Sie, ich möchte Sie dem Minister vorstellen. Gönnen Sie sich noch ein paar Drinks, Herr Ko… Kari… ach egal. Heute geht alles aufs Haus!«

Der Staatssekretär legte seinen Arm um Valerie und drängte sie sanft in den Saal zurück. Sie blickte über die Schulter noch einmal zu Lenny und zwinkerte ihm zu. Er blieb alleine zurück. Aus den Augenwinkeln sah er die fette Frau des Staatssekretärs. Sie hatte ihn entdeckt und kam mit leicht unsicheren Schritten auf ihn zu. Nach Valeries Erklärungen wusste er ihren Blick zu deuten und sah sich eilig nach einem Fluchtweg um.

24

Valerie war nicht nur zum Vergnügen in Berlin, Jacobi hatte bereits mehrere Interviewtermine für sie vereinbart. Nach ihrem gemeinsamen Frühstück im Adlon hetzte sie von Termin zu Termin, während Lenny die Zeit nutzte, um Licht ins Dunkel von Nexx' Vergangenheit zu bringen.

Er hatte vor acht Jahren drei Semester Psychologie an der Humboldt-Universität studiert. Lenny fragte sich zur Verwaltung durch, wies sich aus und erkundigte sich nach einem Studenten namens Gabriel Kowal. Niemand erinnerte sich an ihn, auch im digitalen Archiv der Universität gab es keine Einträge über ihn.

An der TU Berlin hatte Lenny mehr Glück. Der Dekan verwies ihn an einen ehemaligen Kommilitonen von Nexx, der in der Universität an einem Forschungsauftrag arbeitete.

Thorsten Spickart war dürr wie ein vertrockneter Ast, trug einen zotteligen rotbraunen Bart und eine randlose Brille mit starken Gläsern. Als er Lenny die Hand schüttelte, wippte an seinem Hinterkopf ein gewaltiger Haarknoten. Das Durcheinander in seinem Büro glich dem Chaos in Sanchez' Bauernhof.

Lenny wies sich aus.

»Polizei?« Spickart wich argwöhnisch einen Schritt zurück. »Mann, das ist jetzt sechs Jahre her. Ist das nicht längst verjährt?«

»Was soll verjährt sein?«

Spickart begriff wohl, dass er einen Fehler gemacht und Lenny durch seine Bemerkung erst auf etwas aufmerksam gemacht hatte, was er bis dahin gar nicht wusste.

»Nun ja, ich dachte ja nur … weil Sie wegen Gabriel hier sind.«

»Am besten fangen Sie ganz vorne an.« Lenny suchte nach einem freien Stuhl und entschied dann, dass er lieber stand.

»Ich habe Gabriel damals zu einem Studienplatz an der TU verholfen.«

»Das ist nicht strafbar.«

»Schon. Aber er wäre auf normalem Weg niemals angenommen worden. Dazu fehlte ihm der passende Schulabschluss. Deshalb habe ich mich in das System der Uni gehackt und seine Bewerbungsunterlagen ein bisschen aufpoliert. Die Immatrikulation erfolgte dann mehr oder weniger automatisch.«

»Was hat er Ihnen dafür gezahlt?«

»Zweitausend in bar.« Spickart hob beschwichtigend die Hände. »Ich habe das wirklich nur einmal gemacht, danach nie wieder. Ich war damals gerade ein bisschen klamm. Und Gabriel konnte sehr unangenehm werden, wenn etwas nicht nach seinem Kopf ging. Ich wollte ihn einfach nur vom Hals haben.«

»Können Sie vielleicht etwas genauer beschreiben, was Sie mit ›unangenehm‹ meinen?«

»Er war total übergeschnappt. Ich hab ihn auf einer Studentenfete kennengelernt. Er hat mitgekriegt, dass ich an der TU Informatik studiere. Er sagte, das wolle er auch unbedingt machen. Aber die hätten ihn niemals genommen, er hatte ja noch nicht einmal Abitur. Die Zeugnisse sollte ich für ihn fälschen, was ich auch gemacht hab. Wenn er nicht bekam, was er wollte, konnte er total ausrasten. Dauernd hat er Leute unter Druck gesetzt. Darin war er verdammt gut. Vor allem mit Frauen hat er das gemacht. Es hieß, dass eine seinetwegen sogar von einer Brücke gesprungen sei.«

»Hat er Ihnen gesagt, warum er das Studienfach wechseln wollte?«

»Nein. Angelika hatte ihn damals angeschleppt. In unserer Clique hat er eigentlich alle nur genervt.«

»Angelika Schweitzer?«

»An ihren Nachnamen erinnere ich mich nicht mehr. Jedenfalls hatte sie ihm einen Job als Hausmeistergehilfe in einem Pflegeheim besorgt. Ihr kleiner Bruder lebte, glaube ich, dort. Während der Semesterferien hat Gabriel in dem Heim gearbeitet und danach das Studium geschmissen, weil er unbedingt an die TU wollte.«

»Wie hat er sich als Student gemacht?«

»Ich hab gehört, dass er an der Humboldt ziemlich faul gewesen sein soll. Aber hier an der TU hat er sich richtig reingekniet.« Er grinste. »Ich hab ihm eine Menge Tricks beigebracht. Er war ganz heiß darauf, zu erfahren, wie man sich in ein Netzwerk hackt, ohne Spuren zu hinterlassen, und er lernte verflixt schnell.«

»Erinnern Sie sich noch an den Namen des Pflegeheims?«

»Ja, klar. Warten Sie.« Spickart entfernte eine Visitenkarte von einer Pinnwand über seinem Schreibtisch und reichte sie Lenny. »Meine Oma wohnt dort.«

Lenny studierte die Karte. Das Heim lag in Potsdam, direkt an der Havel.

»Danke. Sie haben mir sehr geholfen.«

»Das war's?«

»Ja.« Lenny wandte sich zur Tür.

»Und was ist jetzt wegen des Jobs, den ich für Nexx erledigt hab?«

»Ich arbeite für die Mordkommission. Urkundenfälschung fällt nicht in meinen Bereich.«

»Oh, Mann! Konnten Sie das nicht früher sagen?«

Lenny grinste und verließ die Universität.

Eine Stunde später betrat er das Foyer des Pflegeheims. Das *Casa Conviva* lag in einem Waldgebiet unmittelbar an der Havel. Lenny bat um ein Gespräch mit der Heimleitung. Er wartete zehn Minuten, dann kehrte die Empfangsdame zurück.

»Frau Ronau hat jetzt Zeit für Sie.«

Isabell Ronau war eine schlanke Frau Mitte fünfzig mit ergrautem Haar und warmen braunen Augen. Sie empfing ihn in ihrem Büro, einem lichtdurchfluteten Raum mit Blick auf die Flusslandschaft.

»Was kann ich für Sie tun, Herr Koriatis?«

»Ich bin auf der Suche nach Informationen über einen Ihrer ehemaligen Angestellten.«

»Ich werde sehen, was ich tun kann. Um wen handelt es sich?«

»Um Gabriel Kowal. Er arbeitete vor zirka acht Jahren in Ihrer Einrichtung als Hausmeistergehilfe.«

»Einen Moment.« Sie stand auf und ging zu einem altmodischen Schrank, in dem sauber aufgereiht mehrere Dutzend Ordner standen. Mit dem Zeigefinger fuhr sie an den Rückenschildern entlang, bis sie den richtigen gefunden hatte. Umständlich begann sie, in den Unterlagen zu blättern.

»Benutzen Sie keine digitale Verwaltung?«, fragte Lenny.

»Meine Mitarbeiter schon«, sagte die Heimleiterin lächelnd. »Aber ich mag nun mal das Gefühl von Papier zwischen meinen Fingern. Ich gestehe, ich bin etwas altmodisch in dieser Beziehung.«

Zum Glück!, dachte Lenny. *Sonst hätte Nexx auch diese Spur vernichtet.* Er war sich sicher, dass er im System des Heims keinen Eintrag zu Gabriel Kowal finden würde.

»Ja, hier haben wir ihn. Er war von Mai bis Ende August 2009 bei uns als Aushilfskraft angestellt«, sagte Frau Ronau.

»Gab es irgendwelche Auffälligkeiten?«

»Welcher Art?«

»Verhielt er sich aggressiv, oder versuchte er, Kollegen zu manipulieren?«

»Lassen Sie mich nachdenken. Ja, jetzt erinnere ich mich an ihn. Nein, er erledigte seine Arbeit gut und schnell, Probleme gab es keine. Er war ein stiller, in sich gekehrter junger Mann.«

»Entsinnen Sie sich auch an seine Freundin? Ihr Vorname war Angelika.«

Frau Ronau nickte. »Ja. Angelika Domrath. Wie könnte ich sie vergessen? Ihr neunjähriger Bruder war zu dieser Zeit bei uns in Behandlung.«

Domrath hieß sie also. »Weswegen?«, fragte Lenny.

»Ich weiß nicht, ob ich befugt bin, Ihnen diese Auskünfte zu geben.«

»Ich ermittle in mehreren Mordfällen. Sie müssen mir nicht antworten, wenn der Datenschutz Vorrang hat. Ich kann auch den Dienstweg einhalten und mir einen richterlichen Beschluss besorgen – und in ein paar Tagen wiederkommen. Ich muss Sie aber darauf aufmerksam machen, dass vielleicht Menschenleben von den Informationen abhängen, die Sie mir geben können.«

»Oh. Ich verstehe. Sie sagten Mordkommission, nicht wahr? Haben Sie ihn gefunden?«

Lenny runzelte die Stirn. »Wen gefunden?«

»Micha Domrath. Er wird seit dem Sommer 2009 vermisst. Die Polizei geht davon aus, dass er in die Havel stürzte und ertrank. Seine Leiche wurde nie gefunden.«

»Warum war er hier?«

»Micha war Autist. Seine Eltern kamen bei einem Autounfall ums Leben, als er vier Jahre alt war. Er hatte im Wagen gesessen, als das Unglück geschah. Seine Schwester war die einzige noch lebende Verwandte und mit seiner Pflege überfordert. Micha besaß einen Intelligenzquotienten von einhundertsechzig, war aber zu einer normalen Kommunikation nicht in der Lage. Er verständigte sich ausschließlich über seinen Computer mit anderen Menschen.«

»Litt er an einer Sprachbehinderung?«

»Nein. Sehen Sie, Autisten leben in ihrer eigenen Welt. Sie messen den Dingen völlig andere Bedeutungen zu als wir. Das macht die Verständigung mit ihnen sehr schwierig. Aber sie sind keineswegs dumm oder zurückgeblieben. Ihr Gehirn arbeitet nur auf eine andere Weise als das gesunder Menschen, kann aber gerade deshalb unglaubliche Leistungen vollbringen. Ich hielt Micha für einen *Savant,* einen Inselbegabten.«

»Einen Inselbegabten?«

»Manche Autisten verfügen über ein einzigartiges Talent, das geradezu übermenschlich anmutet. Sie lernen innerhalb von Minuten perfekt Klavier zu spielen, oder sind in der Lage, ganze Städte aus dem Gedächtnis zu zeichnen, nachdem sie nur einmal einen Blick auf deren Skyline geworfen haben. Das menschliche Gehirn ist uns noch immer in weiten Teilen ein Rätsel. Aber es scheint, als ob *Savants* einen hohen Preis für ihre Talente bezahlen, denn in allen anderen Bereichen sind sie nahezu lebensunfähig. Micha sprach nicht, sondern benutzte seinen Laptop. Seine Botschaften waren nicht immer leicht zu verstehen. Aber es gab jemanden, der einen besseren Zugang zu ihm hatte als alle anderen. Das war Gabriel Kowal.«

»Er freundete sich mit dem Jungen an?«

»Ja, das kann man so sagen. Offenbar verband sie das gemeinsame Interesse an Computern. Wenn Gabriel mit seiner Arbeit fertig war, steckten sie oft die Köpfe zusammen. Es war das erste Mal, dass ich Micha lachen hörte. Ich hatte den Eindruck, dass Gabriels Gesellschaft ihm guttat, also förderte ich ihre Begegnungen.«

Lenny überlegte. »Wie genau kam es zu dem Unglück?«

Die Heimleiterin stand auf, ging zum Fenster und blickte hinaus auf den Wald entlang der Havel. »Wir sind ein Pflegeheim, kein Gefängnis. Auch Micha hatte die Möglichkeit, sich außerhalb des Gebäudes aufzuhalten. Er war ja in keiner Weise körperlich behindert.«

»Ohne Aufsichtspersonen?«

»Nein, natürlich nicht. Er hielt sich zusammen mit anderen Kindern im Park auf. Mehrere Pfleger passten auf die Kinder auf.«

»Wie konnte er dann vor den Augen des Personals verschwinden?«

»Haben Sie Kinder, Herr Koriatis?«

»Nein.«

»Es gibt keinen absoluten Schutz für sie. Kinder verunglücken ständig, schrammen sich die Knie auf, brechen sich Arme und Beine und geraten in gefährliche Situationen. Meistens haben sie einen Schutzengel und kommen glimpflich davon. Manchmal aber auch nicht. Man kann es nicht verhindern. Die Wahrheit ist, dass niemals geklärt worden ist, was damals geschah. Bitte treten Sie zu mir ans Fenster.«

Lenny ging um den Schreibtisch herum.

»Sehen Sie die Wiese dort drüben zwischen den Bäumen? Dort haben die Kinder gespielt. Die Freifläche ist auf drei Seiten von Strauchwerk begrenzt, wie Sie sehen. Eigentlich ein Areal, das man gut im Auge behalten kann. Aber was ist, wenn eins der Kinder in die Büsche kriecht? Wenige Meter dahinter fließt die Havel. Ein Moment der Unachtsamkeit reicht aus. Ich mache niemandem einen Vorwurf. Dennoch … bleibt das Unglück entsetzlich. Vor allem, weil man Michas Leiche nie gefunden hat.«

»Trotz gründlicher Suche?«

»Die Havellandschaft besteht aus unzähligen Wasserläufen, Seen und Seitenarmen mit tückischen Strömungen. Die Leiche kann bis in die Mecklenburgische Seenplatte gespült worden sein.«

Frau Ronau wandte abrupt den Kopf und sah Lenny an. »Aber wenn Sie den Jungen nach so vielen Jahren nicht gefunden haben, warum sind Sie dann hier?«

»Ich ermittle in einer Mordserie. Wir gehen jeder noch so kleinen Spur nach.« Er tippte nachdenklich mit dem Kugelschreiber auf seinen Notizblock. »Sie sagten, Micha habe sich mit Hilfe seines Laptops verständigt.«

»Das ist richtig.«

»Wissen Sie, was aus seinem Computer geworden ist? Hat seine Schwester den persönlichen Besitz des Jungen abgeholt?«

»Ich kann mich nicht erinnern. Warten Sie bitte einen Moment. Ich werde mich erkundigen.«

Frau Ronau verließ das Büro, und Lenny blickte wieder auf die träge dahinfließende Havel hinaus, ein Gewirr aus Wasserläufen und Seen. Er ließ das Bild auf sich wirken und schloss die Augen. Kein Muster. Nichts. Aber es war da. Verdeckt von einer Spur, die ihn in die Irre führte, einer falschen, absichtlich gelegten Spur.

Die Heimleiterin kehrte zurück. Sie stellte einen Karton auf den Schreibtisch und nahm den Deckel ab.

»Das sind Michas Sachen. Seltsam, meine Mitarbeiterin erwähnte, dass in den letzten Wochen bereits zwei Besucher danach gefragt haben. Zuerst kam Angelika Domrath. Aber zum Zeitpunkt ihrer Nachfrage wusste niemand, dass der Computer noch hier war. Er tauchte erst nach dem Besuch eines Reporters vor zwei Wochen auf, als der Gebäudeflügel, in dem sich auch Michas ehemaliges Zimmer befand, renoviert wurde.«

»Ein Reporter? Hat er sich ausgewiesen?«

»Ja, er stellte sich als Thomas Zacher vor – von Network-TV, glaube ich.«

Das war also die Spur, der Zacher nachgegangen war. Der Beweis, den er Valerie am Abend seines Todes hatte liefern wollen. Lenny kramte in dem Karton – ein Pullover, eine Wollmütze, Spielzeugfiguren und ein zerzauster Teddybär. Der Laptop war noch da, er lag ganz unten im Karton.

»Die Daten auf dem Computer könnten sich als sehr wertvoll für meine Suche nach dem Täter erweisen«, sagte er.

»Nehmen Sie die Sachen ruhig mit, wir haben sowieso keine Verwendung mehr dafür. Aber Sie müssen mir den Empfang quittieren und Michas Habe zurückbringen, denn alles gehört nun seiner Schwester.«

Lenny zögerte einen Moment, zog es dann aber vor, Frau Ronau nichts über Angelika Domraths Schicksal zu sagen. Zumindest jetzt nicht. Er bedankte sich, packte den Karton mit dem Laptop des Jungen in seinen Kofferraum und fuhr nach Berlin zurück. Auf Sanchez wartete Arbeit.

Der Bundespresseball fand im Hotel Adlon statt. Valerie spielte ihre Rolle als Lennys Geliebte, als hätte sie nie etwas anderes getan. Sie hielt medienwirksam Händchen und verteilte freigiebig Küsse. Lenny seinerseits machte Bekanntschaft mit dem roten Teppich und einem Meer von Blitzlichtern. Er fühlte sich wie ein Kalb mit zwei Köpfen, das jeder begaffen wollte. In den Gesichtern der Fotografen und der Zuschauer hinter der Absperrung glaubte er, die unausgesprochenen Fragen zu lesen: Warum tauscht sie den geheimnisvollen Nexx gegen diesen Niemand ein? Was findet sie bloß an diesem Kerl? Wo er sogar einen halben Kopf kleiner ist als sie! Doch er hatte das Spiel begonnen, nun musste er es auch zu Ende spielen. Dass es für ihn längst kein Spiel mehr war, ahnte außer ihm niemand.

Gabriel Nexx stand ebenfalls auf der Gästeliste, und genau damit hatten sie gerechnet. Sein Erscheinen beflügelte Valeries Schauspielkünste. Zumindest konnte er nun seine offizielle Version von ihrer Beziehung nicht mehr aufrechterhalten. Sie würdigte ihn keines Blickes und gab sich so glücklich und strahlend, wie es nur eine frisch verliebte Frau sein konnte. Allein Lenny spürte ihre Angst, wenn Nexx in ihre unmittelbare Nähe kam. Dann verstärkte sich der Druck ihrer Finger in seiner Hand, und der ohnehin geringe Abstand zwischen ihnen schmolz noch weiter zusammen.

Ihr Ziel, ihn zu provozieren, erreichten sie indessen nicht. Nexx bewahrte sein Pokerface und ließ mit keinem Wimpernschlag erkennen, was in ihm vorging. Trotzdem ging Lenny jede Wette ein, dass er vor Eifersucht raste. Er war sicher, dass Nexx bald zuschlagen würde, und grübelte über das Wie und Wann. In dem bunten Treiben der Gäste, der hin und her hastenden Kellner und Kameraleute war es unmöglich, Valerie ständig im Auge zu behalten.

Jemand zupfte sie spielerisch am Ärmel. Valerie erschrak zunächst, aber dann hellte sich ihre Miene auf, und sie begrüßte den Mann mit dem blonden Haar, dem Spitzbärtchen à la Musketier und den hellblauen Augen überschwenglich wie einen alten Freund. Lenny kannte sein Gesicht aus dem Fernsehen, aber ihm fiel der dazugehörige Name nicht ein. Irgendwie sahen die meisten Prominenten in der Realität anders aus als auf der Mattscheibe. Der Mann legte seinen Arm um Valeries Hüfte und zog sie sanft, aber bestimmt zur Bar.

Lenny blieb mit einem Anflug von Eifersucht zurück. Er drängte das Brennen in seiner Brust zurück, griff sich ein Champagnerglas von einem Tablett und leerte es in einem Zug. Ganz entgegen seiner Gewohnheit nahm er einer vorbeieilenden Bedienung hastig das nächste Getränk ab. Diesmal hatte er einen Scotch auf Eis erwischt.

Er versuchte, sich auf seine Aufgabe zu konzentrieren, aber das Gefühl, fehl am Platz zu sein, steckte wie ein vergifteter Stachel in seinem Herzen. Der Scotch verbreitete eine angenehme Wärme in seinem Bauch, brachte aber keine Entspannung. Je mehr er über seine Gefühle für Valerie nachdachte, desto klarer wurde ihm, dass er nicht hierhergehörte. Seine Hoffnung, sie würde seine Zuneigung irgendwann erwidern, war die Schwärmerei eines unreifen Teenagers. Er wollte gar nicht bestreiten, dass Valerie ihm dankbar war, aber eben nicht mehr. Er war der nützliche Idiot, der gerade dabei war, einen kompletten Narren aus sich zu machen.

Lenny stellte das leere Whiskyglas auf einem der Partytische ab und schnappte sich ein neues. Warum sich nicht ein bisschen auf Kosten der Reichen und Schönen amüsieren? Morgen früh würde der Zauber vorbei sein, und er verwandelte sich wieder in das Aschenputtel, das er nun mal war. Er würde die Sache mit Zerteski in Ordnung bringen und mit ihm nach Feierabend ein Kölsch im *Charlie's* trinken gehen. Das war sein Leben und nicht diese aufgeblasene Glitzerwelt.

Valerie stand noch immer mit dem Musketier-Mann an der Bar und schien sich köstlich zu amüsieren. Gerade lachte sie hell auf und warf ihren Kopf in den Nacken. Ihr Haar schimmerte wie flüssiges Kupfer.

Lenny nahm sich noch einen Scotch. Bislang hatte sich Valerie noch nicht dazu geäußert, ob sie ihren Plan, Nexx so lange zu provozieren, bis er einen Fehler machte, in Köln fortsetzen wollte.

Jemand stieß ihn von hinten an. Lennys Whisky schwappte über und spritzte auf seinen Anzug – den letzten sauberen, den er noch besaß. Fluchend drehte er sich um.

»Tut mir leid. Wie ungeschickt von mir.«

Gabriel Nexx prostete ihm grinsend zu. »Eine nette Show haben Sie da abgezogen. Ich nehme an, die hilflosen Versuche, mich zu einer unbedachten Reaktion zu verleiten, sind auf Ihrem Mist gewachsen.«

»Eine Show?«, parierte Lenny. »Ah, ich verstehe. Ein Mann wie

Sie, dessen Leben ausschließlich aus Lügen besteht, kann nicht begreifen, dass zwei Menschen aufrichtige Gefühle füreinander empfinden können.«

Nexx lachte laut auf, als hätte Lenny einen köstlichen Witz gerissen. Die Umstehenden drehten sich zu ihnen um und lachten unsicher mit.

»Geben Sie es schon zu, Koriatis. Sie hatten einen Plan, aber er hat nicht funktioniert.« Er drehte sich um und wies mit einer weit ausholenden Bewegung in den Raum. »Ich habe Sie beobachtet. Sie passen nicht hierher. Sie wissen es, und die Leute wissen es auch. Beenden Sie diese jämmerliche Vorstellung, bevor sie peinlich wird. Sie folgen Valerie wie ein blasser Schatten.« Er tippte ihm mit dem Finger auf die Brust. »Und mehr sind Sie auch nicht. Ein Schatten. Wenn der Rummel vorbei ist und die Scheinwerfer ausgehen, werden Sie verschwinden wie ein trauriger Schneemann in der Frühlingssonne.«

Seitdem sich Lenny als Jugendlicher in den Straßen von Washington geprügelt hatte, war er nicht mehr so wütend gewesen. Er war wütend auf all die Leute im Saal, die herumstolzierten, als gehörte ihnen die Welt, und in Wirklichkeit überhaupt keine Ahnung vom wirklichen Leben hatten. Achtlos trampelten sie auf anderen Menschen herum oder benutzten sie für ihre kleinen und großen Intrigen. Die Hitze und der Alkohol stiegen ihm zu Kopf. Nexx hatte recht. Er war ein naiver kleiner Jäger, der sich in blinder Verliebtheit im Dschungel seiner Illusionen verirrt hatte.

»Sie werden für die Morde an Zacher, Treskow und Angelika Domrath bezahlen, Nexx. Ich weiß, Sie halten sich für gerissener und schlauer als alle anderen, aber Sie sind es nicht. Sie sind nur ein ganz gewöhnlicher mieser Scheißkerl. Ihre Überheblichkeit wird Sie zu Fall bringen. Ich werde Sie in den Knast bringen, genauso wie ich schon vor Ihnen all die anderen Verbrecher hinter Gitter gebracht habe. Verlassen Sie sich drauf.«

Nexx zeigte seine blendend weißen Zähne und lachte erneut. »Sie sind mir ja ein ganz ausgeschlafener kleiner Kerl.«

Eine Frau in einem tief ausgeschnittenen Kleid drehte sich zu ihnen um und kicherte.

»Sie sollten die Vergangenheit ruhen lassen und sich mehr mit der Zukunft beschäftigen«, fuhr Nexx leise fort. »Das kann sehr einträglich sein.«

»Ich verdiene mein Geld lieber auf ehrliche Art, als es den Leuten für leere Versprechungen aus der Tasche zu ziehen.« Lenny zuckte mit den Schultern. »Valerie steht eben nicht auf Schwindler und Strauchdiebe. Pech für Sie, Nexx.«

Nexx' Lächeln gefror. »Treiben Sie es nicht zu weit, Koriatis. Genießen Sie den Abend, ich gönne Ihnen den Spaß. Lassen Sie es richtig krachen, räumen Sie die Bar leer und vögeln Sie eines der Püppchen, die man extra zu diesem Zweck eingeladen hat. Aber denken Sie immer daran: Valerie gehört mir.« Er beugte sich vertraulich vor. »Wissen Sie eigentlich, warum Ihre Mutter mit einer Überdosis Crack in den Adern von der Memorial-Bridge gesprungen ist? Sie denken immer noch, Ihr Stiefvater hat sie gestoßen, nicht wahr? Das haben Ihnen auch die Cops gesagt. Aber es stimmt nicht. Sie ist selbst gesprungen. Denn der alte Bill, dem Sie Ihren wunderbaren Nachnamen verdanken, war viel zu sehr mit der Nutte beschäftigt, zu der er jeden Freitagabend ging. Der Apfel fällt nicht weit vom Stamm. Sie schlagen nach Ihrem Stiefvater, Koriatis. Und Ihre Mutter war auch nicht viel besser. Eine billige kleine Hure, die die Beine breitgemacht hat, damit ihr missratener Sohn etwas zu essen hat, um sich besser prügeln zu können.«

»Halten Sie den Mund.«

»Wo waren Sie eigentlich, als Ihre Mutter starb? Ach richtig, Sie lagen betrunken in der Gosse, nachdem Ihnen die vier Jungs von der Southgang die Fresse poliert hatten, nicht wahr? Ihre Mutter ist gesprungen, weil sie Abschaum großgezogen hatte.«

Wäre er nüchtern gewesen, hätte er vielleicht verhindern können, was nun geschah. Aber das war er nicht. Er war angetrunken und hatte eine Scheißwut im Bauch. Lenny schickte Nexx mit einem sauberen rechten Schwinger zu Boden. Zu spät begriff er, dass sein Widersacher zuvor bewusst die Aufmerksamkeit der Umstehenden auf sich gezogen hatte. Es gehörte alles zu seinem Plan.

25

Lenny erwachte von einem leichten Schlag gegen den Kopf. Schlaftrunken blickte er sich um. Die Morgenzeitung lag auf der Bettdecke, Valerie stand in der Tür. Ihre grünen Augen funkelten wütend.

»Das hast du großartig gemacht. Herzlichen Glückwunsch, Lenny! Dein genialer Plan ist aufgegangen. Aber kann es sein, dass du dabei eine Kleinigkeit verwechselt hast? Wenn ich mich nicht irre, sollte Nexx *dir* eine reinhauen.«

Lenny griff nach der Zeitung und unterdrückte ein Gähnen. Sein Kopf fühlte sich an wie eine in dicke Watteschichten gepackte Bowlingkugel.

»Würde es dir etwas ausmachen, ein bisschen leiser zu schreien?«, krächzte er.

Auf der Titelseite prangte ein großes Farbfoto. Nexx lag benommen auf dem Boden, und er selbst stierte dämlich in die Kamera.

»Sie schlagen sich um diese Frau!«, lautete die fette Schlagzeile. Darunter entdeckte er ein kleineres Foto von Valerie. »Eine Affäre zu viel?«, rätselte der Kolumnist.

»Was zum Teufel hast du dir dabei gedacht? Ich stehe da wie eine Nymphomanin.« Wütend lief Valerie auf und ab, blieb stehen und riss die Gardinen zur Seite. Lenny kniff die Augen zusammen, als grelles Licht ins Zimmer fiel.

»Tut mir leid«, war alles, was er herausbrachte. Mühsam versuchte er das Ende der vergangenen Nacht zu rekonstruieren. Vergeblich. Filmriss.

»Wie … wie bin ich ins Hotel zurückgekommen?«

»Die Polizei hat dich hierhergebracht. Ich soll dir Grüße von deinen Berliner Kollegen ausrichten. Du sollst vorbeikommen und den Streifenwagen sauber machen, den du vollgekotzt hast.«

Er fuhr sich mit der Hand über die Augen und schluckte. Seine Zunge fühlte sich an, als wäre über Nacht ein Pelz darauf gewachsen.

»Lenny, wie konntest du das nur tun?«

»Ich weiß es nicht mehr genau. Er hat etwas gesagt, das mich furchtbar zornig gemacht hat. Ich … ich hatte ein paar Drinks. Eigentlich … trinke ich sonst nie etwas.«

»Musstest du ausgerechnet gestern Abend eine Ausnahme machen?«

»Er hat uns reingelegt. Erinnerst du dich, was du mir über Mister Smoothie anvertraut hast? Dass Nexx Dinge über dich wusste, die er eigentlich nicht hätte wissen können, weil du sie niemals einem Menschen erzählt hast.« Er fuhr sich mit der Hand durch das Haar. »Nexx wusste alles über mich. Er … hat etwas sehr Hässliches über meine Eltern gesagt … und ich habe mich provozieren lassen.«

Plötzlich schoss Übelkeit in ihm hoch. Er schlug die Decke zurück, taumelte ins Bad und übergab sich in die Toilettenschüssel. Anschließend steckte er seinen Kopf unter die eiskalte Dusche. Mit tropfnassem Gesicht kehrte er zurück.

»Was hat er genau gesagt?«, fragte Valerie.

»Ich … weiß nicht … ob ich darüber reden kann.«

Ihm wurde plötzlich klar, was für ein jämmerliches Bild er abgeben musste. Er trug noch immer die Socken und das Hemd der vergangenen Nacht, nur seine Hose war ihm irgendwie abhandengekommen.

»Komm rüber zu mir. Ich glaube, es ist noch Kaffee da.« Valerie drehte sich um und verschwand in ihrer Suite. Lenny folgte ihr wie ein Gespenst. Sie reichte ihm eine Tasse, die er dankbar annahm.

»Ich bin auf eine Spur gestoßen.« Er berichtete von seinem Besuch in dem Pflegeheim an der Havel. »Sanchez wird den Computer auswerten, vielleicht wissen wir dann mehr. Tut mir leid, wenn ich dir den Abend verdorben habe. Gestern war wohl nicht mein bester Tag. Der Rummel, die Kameras, all die Leute und dann auch noch Nexx haben mich aus der Spur gebracht. Ich fühlte mich wie ein Esel, den man aus seinem vertrauten Stall gezerrt hat, um gegen eine Herde Rennpferde anzutreten. Und Nexx wusste das. Er hat von Anfang an alles geplant.«

»Mir den Abend verdorben?« Valeries Lippen zuckten. Sie versuchte, ihr Lächeln mit der Hand zu verdecken, aber es gelang ihr nicht.

»Was ist daran so komisch?«

»Nichts. Eigentlich fand ich es cool, dass du ihm eine reingehauen hast.«

Lenny starrte sie an. »Cool?«

»Ich hasse diese Pflichtveranstaltungen. Alle laufen aufgedonnert herum, spielen ihre Rolle und tun so, als würden sie sich großartig fühlen. Dabei ist jeder froh, wenn der falsche Zauber vorbei ist.«

»Was ich getan habe, ist unverzeihlich.«

Valerie warf ihren Koffer aufs Bett und begann zu packen. »Sei nicht so streng mit dir.«

»Aber ich habe alles vermasselt. Ich werde mit der Presse reden; klarstellen, was wirklich passiert ist.«

Sie lachte schallend. »Du würdest alles nur noch schlimmer machen. Lass sie doch reden. Ich habe mich über die Schlagzeilen geärgert. Aber jetzt, wo ich weiß, was passiert ist, kann ich deine Reaktion verstehen. Was wissen die schon über uns? Sie schreiben einen Haufen Mist, und es ist ihnen egal, was sie damit anrichten.« Sie drehte sich zu ihm um. »Weißt du, was ich an dir mag?«

Er schüttelte stumm den Kopf.

»Dass du echt bist und kein Abziehbild. All diese Promis auf den Empfängen und Partys sind nichts weiter als leere Hüllen. Wenn du ihnen ihre Masken abnimmst, findest du nichts dahinter. Weil da nichts ist. Du aber …«, sie blickte ihn lange an, »du bist der erste Mann, auf den ich mich verlassen kann – und der sich wirklich für mich interessiert, nicht für das Gesicht, das er aus dem Fernsehen kennt.«

»Na wenigstens etwas«, murmelte er.

»Und jetzt mach einen Menschen aus dir, sonst setzt vor Schreck die Ebbe ein, wenn das Meer dich so sieht.«

»Du willst immer noch mit mir ans Meer fahren?«

Sie klappte den Koffer zu. »Ja. Das will ich. Oder willst du noch länger in Berlin bleiben?«

Lenny wollte nicht.

Das Meer war nicht so, wie er es sich vorgestellt hatte. Es war größer und lebendiger. Er spürte den Wind auf seiner Haut und schmeckte das Salz auf seinen Lippen. Er hörte die klagenden Schreie der Möwen und das rhythmische Rauschen der Wellen, die bunte Muschelschalen und Seegras an den Strand spülten. Am meisten beeindruckte ihn die Freiheit, die unendliche Weite, die er mit seinem Blick nicht erfassen konnte. Er wusste, dass er hierbleiben wollte. Für immer. Mit Valerie.

Sie mieteten einen kleinen Bungalow über den Steilkippen von Nienhagen und unternahmen einen Spaziergang am Strand. Anschließend aßen sie in einem Restaurant mit Blick auf das Meer zu Abend. Lenny konnte sich nicht sattsehen. Er hatte das Gefühl, angekommen zu sein.

Auch Valerie veränderte sich. Die Anspannung legte sich und verschwand schließlich ganz. Sie begannen, über andere Dinge als die Ereignisse der vergangenen Tage zu reden. Die See übte einen Zauber aus, der alles Düstere und Böse aus ihren Herzen spülte und weit forttrieb. Übrig blieben nur sie beide. Mehr brauchten sie nicht.

Mit Einbruch der Dämmerung kehrten sie in den Bungalow zurück. Der Seewind heulte um das Haus über den Klippen und ließ die alten Balken des Fachwerkhauses knacken. Lenny entzündete im offenen Kamin ein Feuer. Valerie saß auf dem Teppich, genoss die Wärme und goss Rotwein in zwei bauchige Gläser.

»Was hat Nexx zu dir gesagt, das dich so wütend gemacht hat?«

Lenny wartete, bis die Scheite zuverlässig brannten, und setzte sich im Schneidersitz neben den Kamin. »Er sagte etwas über meine Mutter, das er eigentlich nicht wissen kann.«

»Willst du darüber reden?«

»Nein, lieber nicht.«

»Ich würde die Geschichte aber gerne hören.«

»Wahrscheinlich stimmt sie gar nicht, und er wollte mich nur provozieren.«

»Was ihm gelungen ist.« Valerie senkte den Blick. »Ich habe noch nie jemandem von Mister Smoothie erzählt.«

Lenny blickte gedankenverloren in die Flammen. Nach einer Weile begann er, stockend zu berichten.

»Meine Mutter lernte Bill Koriatis in Wiesbaden kennen. Er war dort bei den amerikanischen Streitkräften stationiert. Seine Eltern stammten aus Thessaloniki und wanderten in die USA aus. Mit zwanzig trat er in die Army ein und wurde drei Jahre später nach Deutschland versetzt. Meine Mutter verliebte sich Hals über Kopf und heiratete ihn.«

»Hört sich nach einer schönen Liebesgeschichte an.«

Lenny schüttelte den Kopf. »Er war ein Taugenichts. Als ich zehn war, überredete er meine Mutter, mit ihm in die Staaten zu gehen. Er behauptete, er hätte über einen Bekannten in der Army gute Geschäftskontakte nach Connecticut geknüpft, und beschrieb ihr das Leben in den USA in den schillerndsten Farben. Meine Mutter fiel drauf rein. Sie war schon immer leicht zu begeistern gewesen. Und sie liebte das Leben und das Abenteuer und ging mit ihm. In Wirklichkeit, aber das erfuhr ich erst später, steckte Bill damals mal wieder in Schwierigkeiten und kam seinem Rausschmiss zuvor, indem er den Dienst quittierte und die Army freiwillig verließ.«

»Was hatte er getan?«

»Genau weiß ich es nicht, nur, dass er in irgendwelche Schiebereien verstrickt war. Wir verließen Deutschland Hals über Kopf und zogen nach Washington, D.C.«

»Das muss hart für dich gewesen sein.«

»Ich begriff schnell, dass die Sprache der Schlüssel für alles war, und lernte so schnell wie möglich Englisch. Trotzdem blieb ich der German guy, hatte es schwer, Freunde zu finden. Und wenn ich welche fand, waren es garantiert die falschen.

Bills Versprechungen von einem guten Job, von Geld und Freiheit stellten sich schnell als frei erfunden heraus. Er fand keine Arbeit und verbrachte die meiste Zeit zu Hause oder in einer Bar einen Block die Straße runter. Die Typen, mit denen er herumhing, taugten nichts. Meine Mutter war bald dazu gezwungen, sich Arbeit zu suchen. Sie jobbte in einem Diner und brachte die Familie mehr schlecht als recht durch. Bill soff sich durch den Tag und fing an, mit Drogen zu dealen. Wir zogen häufig um, weil wir die Miete nicht bezahlen konnten. Die Gegenden, in denen wir lebten, wurden immer ärmlicher, und schließlich landeten wir in einem wirklich miesen Vorort von Washington. Meine Mutter bekam Depressionen und konnte nicht mehr arbeiten.

Bill fing an, sie zu schlagen. Zuerst, wenn er betrunken war, später auch, wenn er nüchtern war. Ich wechselte dauernd die Schule. Nirgendwo fasste ich richtig Fuß und blieb der deutsche Außenseiter. Ich schwänzte die Schule und trieb mich auf der Straße herum. Ständig bekam ich die Fresse voll und musste auf die harte Tour lernen zu überleben. Ich schloss mich einer Gang an, weil das der einzige Weg war, einen gewissen Schutzstatus zu erlangen. Aber ich merkte zu spät, dass ich mich mit gefährlichen Typen eingelassen hatte.«

»Wie alt warst du?«

»Fast siebzehn. Ehe ich begriff, was geschah, steckte ich mittendrin in Einbruchsdelikten, Drogenhandel und Schutzgelderpressung. Sechs Wochen bevor meine Mutter starb, wurde ich bei einem Ladendiebstahl erwischt. Sie hatten mich wie immer vorgeschickt, um die Lage zu sondieren. Weil ich so ein ehrliches Gesicht hatte, behaupteten sie. Doch diesmal ging die Sache schief. Ein Gangmitglied erschoss den Ladenbesitzer. Die anderen machten sich rechtzeitig aus dem Staub, aber ich schaffte es nicht mehr und wurde festgenommen. Der Cop, mit dem ich zu tun hatte, bot mir einen Deal an. Ich sollte der Polizei helfen, die Gang hochzunehmen, dafür würde ich mit einem blauen Auge davonkommen. Ich war klug genug, auf das Angebot einzugehen. Also ließen sie mich laufen und schleusten mich wieder in die Bande ein. Detective Mason Williams war meine Rettung. Er hatte ein Jahr zuvor seinen Sohn bei einer Schießerei verloren. Seine Frau hatte sich von ihm getrennt, aber er gab trotzdem nicht auf und kümmerte sich weiterhin unbeirrt um die Kids auf der Straße. Er war ein verdammt guter Polizist und opferte dafür seine Freizeit. Als er mich unter seine Fittiche nahm, hatte ich zum ersten Mal das Gefühl, gebraucht zu werden und das Richtige zu tun.«

»Was ging schief?«

»Alles. Jemand hat mich verpfiffen. Einer der Cops muss ein Spitzel gewesen sein, der die Hand aufhielt. Die Gang lockte mich in einen Hinterhof und brachte mich fast um. Mason fand mich gerade noch rechtzeitig und rettete mir das Leben.

An jenem Abend fand die Polizei die Leiche meiner Mutter im Potomac-River. Es gab einen Zeugen, der gesehen haben wollte, dass mein Stiefvater sie von der Memorial-Bridge gestoßen hat. Am nächsten Morgen war Bill verschwunden. Wahrscheinlich war ihm der Boden unter den Füßen zu heiß geworden. Aufgeklärt wurde ihr Tod nie. Der Augenzeuge war nicht besonders glaubwürdig und verwickelte sich in Widersprüche. Später stellte sich heraus, dass Bill ihn übers Ohr gehauen hatte. Möglicherweise wollte er sich nur an ihm rächen, und meine Mutter hat den Freitod gewählt.«

Valerie trank einen Schluck Wein. »Du hattest eine harte Kindheit.«

»Nexx wusste davon. Er hat gesagt, meine Mutter sei anschaffen gegangen, um mich durchzubringen. Sie habe sich umgebracht, weil ich so viel Mist gebaut hätte. Tatsächlich hatte ich ihr versprochen, an diesem Abend pünktlich zu Hause zu sein. Wäre ich damals rechtzeitig gekommen, würde sie noch leben. Aber ich lag halb tot in der Gosse.« Er blickte auf. »Nexx wusste das alles.«

»Wie ist das möglich?«

»Ich weiß es nicht. Aber ich werde es herausfinden.«

»Tut mir leid, dass ich so wütend auf dich war«, sagte Valerie.

»Ich kann's dir nicht verdenken. Schließlich hab ich es versaut.«

»Ich hätte wohl auch zugeschlagen.« Sie schwieg eine Weile. »Lenny?«

»Ja?«

»Du trägst keine Schuld am Tod deiner Mutter.«

Er antwortete nicht. Der Wind heulte um den Bungalow, als wolle er ihr widersprechen.

»Bist du deswegen Polizist geworden? Weil Mason dir geholfen hat auszusteigen?«

»Ja. Sechs Wochen später war er tot. Sie haben ihn aus einem fahrenden Auto heraus erschossen.«

»Es muss schlimm gewesen sein, so kurz hintereinander zwei geliebte Menschen zu verlieren. Wie bist du nach Deutschland gekommen?«

»Die Prügel, die ich bezogen hatte, waren nur eine erste Warnung gewesen. Wäre ihnen Mason nicht dazwischengekommen, hätten sie mich noch in derselben Nacht im Potomac-River versenkt. Einen Verräter wie mich durften sie nicht am Leben lassen. Inzwischen war ich achtzehn und sah keine andere Chance, als in die Army einzutreten. Ich wusste, dort kämen sie nicht an mich heran. Trotzdem ließ ich mich so schnell wie möglich nach Deutschland versetzen, genau wie mein Vater es vor vielen Jahren getan hatte. Ich sprach perfekt Deutsch, was die Sache erleichterte. In Wiesbaden trat ich dann in die Militärpolizei ein, machte zusätzlich eine Ausbildung als Profiler und arbeitete dann bei der deutschen Polizei als Verbindungsmann. Ein paar Jahre später ging ich nach Köln ins Einbruchsdezernat, weil ich alle Tricks kannte. Vor drei Jahren wechselte ich zur Mordkommission.«

»Mason hat dich sehr beeinflusst, nicht wahr?«

»Er war der einzige Freund, den ich je hatte – von Sanchez abgesehen. Der Einzige, der zu mir gehalten hat, als alle anderen mich aufgegeben hatten. Ich hatte immer das Gefühl, ich wäre es ihm schuldig, seine Arbeit fortzusetzen. Neben meinem Job bei der Mordkommission kümmere ich mich deshalb um die Straßenkinder hier in Köln.«

Er legte Holz nach. »Nun weißt du alles über mich.«

»Wirklich alles?«

Er zuckte mit den Schultern. »Alles, was wichtig ist.«

»Du siehst gut aus, bist in deinem Job erfolgreich und fährst ein merkwürdiges altes Auto, aber ein Privatleben scheinst du nicht zu haben.«

»Ich schätze, du bist jetzt dran«, antwortete er ausweichend.

»Warum gibt es keine Frau in deinem Leben, Lenny?«

Er stocherte mit dem Schürhaken in der Glut. Funken stoben auf.

»Warum nicht, Lenny?«

»Das ist eine lange Geschichte.«

»Wir haben Zeit. Oder hast du noch einen wichtigen Termin?«

»Erzähl mir, wie es kommt, dass du in einem Schloss in der Bretagne aufgewachsen bist.«

»Das habe ich bereits. Mein Vater war stinkreich und von Adel. Das Schloss war nur ein Teil seines weitläufigen Immobilien- und Landbesitzes. Und in meiner Kindheit wohnten wir eben dort.«

»Was genau ist in diesem Schloss geschehen?«

Valerie goss sich Wein nach. Lenny bemerkte, dass ihre Hand zitterte.

»Was soll dort passiert sein? Ich verbrachte meine Kindheit in dem Kasten, das ist alles.«

»Erzähl mir von Mister Smoothie.«

Sie nippte an dem Wein. »In dem alten Gemäuer konnte es ziemlich unheimlich sein, wenn die Nacht hereinbrach. Anfangs hatten wir noch eine Menge Personal, aber mein Vater investierte zu dieser Zeit in die falschen Aktien und verlor einen beträchtlichen Teil seines Vermögens. Jedenfalls hat meine Mutter das erzählt. Er kam damit nicht klar und begann, sich zu verändern. Er zog sich immer mehr zurück und neigte zu Wutanfällen. Und dann war da noch Jérôme.«

»Nexx hat ihn mir gegenüber erwähnt.«

»Nexx?«

»Ja, er wusste eine Menge über deine Familie. Wo du aufgewachsen bist, und er deutete auch an, dass Jérôme pädophile Neigungen hatte.«

Valerie verzog angewidert den Mund. »Jérôme, der Butler. Ich hätte nie gedacht, dass ich noch mal von ihm höre. Er passte in das unheimliche Schloss wie der buckelige Igor in Frankensteins Burg. Wenn ich ihm im Dunkeln auf einem der Gänge begegnete, stand ich Todesangst aus. Ich glaube, meine Schwester fürchtete sich noch mehr vor ihm. Und wir hatten allen Grund dazu. Er begann, uns nachzustellen. Ich erwischte ihn dabei, wie er meine Schwester heimlich beobachtete. Das Schwein hatte ein Loch in die Wand zu unserem Badezimmer gebohrt. Bald darauf fanden wir auch eins, durch das er uns im Schlafzimmer beobachten konnte.

Eines Abends überraschte er mich in einem leerstehenden Flügel des Schlosses, in dem wir ab und zu spielten, und befingerte mich. Einmal habe ich ihn dabei erwischt, wie er eine Katze ertränken wollte. Er war krank.«

Sie rieb ihre Arme, als wäre die Temperatur im Raum schlagartig gefallen. »Das war kein neugeborenes Kätzchen, das niemand haben wollte, sondern ein ausgewachsenes Tier. In einer Ecke des Gartens stand eine alte Viehtränke. Ich weiß nicht, ob die Katze hineingefallen war oder ob Jérôme sie hineingestoßen hatte. Es machte ihm Spaß, das erschöpfte Tier zu quälen. Er stieß es immer wieder mit einer Astgabel unter Wasser. Als er mich bemerkte, warf er den Stock fort und grinste. Seine Augen waren so entsetzlich kalt. Als Nexx mich überfiel, trug er die gleichen schwarzen Stoffhandschuhe, wie sie auch Jérôme getragen hat. Seine Hände waren verschorft und ganz narbig. Auch das weiß Nexx.«

»Hast du darüber mit deinen Eltern gesprochen?«

»Ja. Aber sie waren viel zu sehr mit sich selbst und dem drohenden Ruin beschäftigt. Also erfand ich Mister Smoothie. Ihm konnte ich alles erzählen. Ich bildete mir ein, dass er mich beschützen konnte.«

»Ein imaginärer Freund kann Kindern eine große Hilfe sein«, sagte Lenny.

»Ja, er gab mir Selbstvertrauen. Meine Schwester Julie und ich wurden unzertrennlich. Gemeinsam wehrten wir uns gegen Jérômes Nachstellungen und jagten ihm ein-, zweimal einen gehörigen Schrecken ein. Trotzdem vermieden wir es, nach Einbruch der Dunkelheit allein durch das Schloss zu laufen.«

»Wie alt warst du?«

»Ich war zwölf, meine Schwester vierzehn. Ein Jahr lang lieferten wir uns einen verbissenen, lautlosen Krieg mit Jérôme.«

»Und dann?«

»Kurz vor seinem Tod warf mein Vater ihn hinaus. Zuvor war es zwischen den beiden zu einem fürchterlichen Streit gekommen. Es hieß, Jérôme hätte Geld unterschlagen, was er aber bestritt. Vielleicht hatte mein Vater nur nach einem Vorwand gesucht, um ihn loszuwerden. Unser Dienstmädchen behauptete jedenfalls, Jérôme hätte geschworen, sich dafür zu rächen.«

»Ein Diener, der wegen Unterschlagung gefeuert wird, ist erledigt. Niemand, der davon erfährt, wird ihn je wieder einstellen.«

Valerie durchstöberte ihre Handtasche und reichte ihm ein vergilbtes Foto. Es zeigte Valerie und ein zweites sommersprossiges Mädchen mit kastanienbraunem Haar, das eine perfekte zwei Jahre ältere Ausgabe von ihr war. Sie saßen auf einer Steinmauer, ließen die Beine baumeln und lachten in die Kamera. Neben ihnen befand sich ein mit Rosen überwuchertes Portal, das aus dem typischen grauen Sandstein der Bretagne gemauert war.

»Das sind Julie und ich«, sagte sie. »Mein Vater hat das Foto gemacht. Er starb an einem Herzinfarkt, als ich sechzehn war. Die Aufregung, der drohende Bankrott wegen seiner Spekulationsgeschäfte, all das war zu viel für ihn. Meine Mutter verkaufte die übrig gebliebenen Ländereien und ging mit uns nach Deutschland zurück. Der Erlös reichte nicht nur aus, um Vaters Schulden zu tilgen, es blieb auch noch mehr als genug für jeden von uns übrig. Um Geld musste ich mir nie Sorgen machen.«

»Warum bist *du* nicht verheiratet?«, fragte Lenny.

»Ich habe zuerst gefragt.«

»Vielleicht habe ich mein Vertrauen in das Geschenk der Liebe verloren. Genau wie du dein Vertrauen verloren hast. Ich weiß nur noch nicht genau, wie es bei dir dazu gekommen ist.«

»Du glaubst doch auch, ich wäre leicht zu haben. Eine Frau, die es liebt, im Scheinwerferlicht zu stehen, und die jede Gelegenheit für eine Affäre nutzt.«

»Das behaupten die Klatschreporter, nicht ich. Bist du diese Art von Frau?«

Valerie lehnte den Kopf gegen das Sofakissen und schloss die Augen. »Ich hasse diesen ganzen Trubel. Aber er ist Teil meines Berufes. Dutzende von Männern haben mich angemacht, die einen halbwegs intelligent, die meisten plump und unverhohlen auf Sex aus. Lediglich zwei waren darunter, auf die ich mich eingelassen habe. Beide Male wurde ich enttäuscht. Irgendwann merkte ich, dass mir die Affären, die man mir nachsagte, einen gewissen Schutz vor den Männern boten, die es ernst meinten. Gegen die anderen konnte ich mich ohnehin wehren.«

Lenny hängte den Feuerhaken in das Geschirr neben dem Kamin zurück. »Bist du schon mal jemandem begegnet, dessen Anblick dich wie ein Stromschlag getroffen hat, so dass du gedacht hast: Das ist der Mensch, nach dem ich gesucht habe?«

»Gefühle können einen ganz schön in die Irre führen.«

»Bei mir war es nicht mehr als eine flüchtige Begegnung«, fuhr Lenny fort, »aber ich glaubte zu wissen, dass sie eine Einladung des Schicksals war und ich nur zuzugreifen brauchte. Alles, was ich tun musste, war, die Chance zu nutzen. Hätte ich den Moment verstreichen lassen, wäre niemals etwas geschehen. Heute wünschte ich mir, ich hätte genau das getan.«

»Was ist passiert?«

»Sie hieß Anja und empfand genauso wie ich. Es war … Magie. Wir hatten eine wundervolle Zeit. Drei Monate später war sie verschwunden. Meine Sparbücher waren leer geräumt, meine Konten bis zum Limit überzogen und meine Lebensversicherung mit einer Hypothek belastet. So viel zu den magischen Momenten des Lebens.«

»Hast du versucht, sie zu finden?«

»Ja. Schließlich bin ich Polizist. Sie ist mit ihrem Fitnesstrainer nach Neuseeland durchgebrannt, um dort eine Surfschule zu eröffnen.« Er griff nach der Weinflasche. »Mit meinem Geld. Ich war ein solcher Idiot.«

»Wie hoch sind deine Schulden?«

»Zu hoch für einen Polizisten. Viel schlimmer ist, dass sie mein Vertrauen in die Chancen, die das Leben einem manchmal unverhofft schenkt, zerstört hat.«

»Du liebst deinen Beruf«, sagte Valerie.

»Vielleicht füllt er nur die Leere in meinem Leben aus.«

»Nein, es ist mehr. Ich bin überzeugt, die Kids auf den Straßen von Köln schauen zu dir auf.«

»Nein, tun sie nicht.«

»Ich wette, du wärst ein guter Vater.«

»Ich hatte keine Gelegenheit, es herauszufinden.« Er wechselte schnell das Thema. »Du scheinst deinen Beruf jedenfalls nicht besonders zu lieben«, sagte er.

»Vielleicht füllt er ja auch bei mir nur eine Lücke aus.«

»Nun sag schon.«

»Nein. Du würdest mich auslachen.«

»Das kommt auf einen Versuch an. Ich verspreche dir, dass ich nicht lachen werde.«

Valerie trank einen Schluck Wein, um ihre Verlegenheit zu überspielen. »Ich schreibe heimlich.«

»Davon würde ich gerne einmal etwas lesen.«

»Wohl kaum, denn ich schreibe Kinderbücher.«

»Valerie, das ist wundervoll. Hast du sie schon einem Verlag angeboten?«

»Nein.«

»Warum nicht? Ich bin sicher, sie sind hervorragend.«

»Das kannst du doch gar nicht wissen. Vielleicht habe ich ja Angst vor einer Ablehnung.«

»Es kommt auf einen Versuch an. Hab Vertrauen.«

»Vertrauen?« Es klang bitter und enttäuscht.

»Du musst Vertrauen in dich selbst haben. Folge deiner inneren Stimme. Sie wird dich nicht belügen oder in die Irre führen.«

»So wie dich deine innere Stimme nicht in die Irre geführt hat, als du dich mit Anja eingelassen hast? Und was ist mit den Mustern, die du siehst?«

»Ich folge nur meinem Instinkt.«

»Hat er dich nie enttäuscht?«

Er nickte. »Doch, immer dann, wenn ich ihm kein Vertrauen geschenkt habe. Ich muss mich fallenlassen und ihm die Führung überlassen. Wenn die Menschen die Wahl haben zwischen ihrem Verstand und ihrem Herzen, ignorieren sie oft das Gefühl und vertrauen auf ihren *gesunden* Menschenverstand. Dabei übersehen sie, dass der Verstand beeinflusst und durch äußere Einflüsse verdorben werden kann. Das Herz ist wahrhaftig – wenn man seine Stimme sprechen lässt.«

»Wahrhaftig«, wiederholte Valerie. »Aus deinem Mund hört sich das ganz einfach an.«

»Erzähl mir eine deiner Geschichten.«

»Nein. Ich würde dich langweilen. Sie sind für Kinder gedacht.«

»Ich bin ein großes Kind. Würde ich sonst einen so albernen Wagen fahren?«

»Versprichst du, mich nicht auszulachen?«

»Ja, das verspreche ich.«

Valeries Geschichte handelte von der kleinen Schildkröte Örks, die ihren Onkel Mister Smoothie besuchen wollte, der auf der anderen Seite eines großen Sees in einem Baumstumpf lebte. Aber sosehr sich Örks auch anstrengte, war sie doch zu langsam und zu ängstlich für die weite Reise. Dies gelang ihr schließlich nur auf allerlei Umwegen mit der Hilfe ihrer Freunde. Freundschaft und Liebe waren die zentralen Themen der Geschichte.

»Du sagst gar nichts. Sie hat dir nicht gefallen.«

»Doch.« Lenny lächelte. »Sehr sogar. Ich bin zwar kein Verleger, aber ich finde, du hast Talent.«

»Ich weiß nicht.« Valerie schwieg eine Weile. »Ich habe mich noch gar nicht bei dir bedankt«, sagte sie plötzlich.

»Wofür?«

»Dafür, dass du deine Rolle so gut gespielt hast.«

»Das … war nicht gespielt.«

Valerie starrte ihn überrascht an. Lenny kam sich vor wie ein Verrückter, der sein eigenes Traumschloss in die Luft sprengt. Aber die Lunte brannte bereits. Es war zu spät, um sie zu löschen.

»Als du mir zum ersten Mal die Tür geöffnet hast, wusste ich sofort, dass das Schicksal mir eine zweite Einladung geschickt hat. Auch wenn die Chancen eins zu einer Million standen.«

»Glaubst du wirklich, dass sie so schlecht stehen?«

Er blickte sie lange an und erforschte die Konturen ihres Gesichts, das ihm mittlerweile so vertraut schien – den Schwung ihrer Augenbrauen, die Linie ihrer Wangenknochen und die sinnlichen Lippen. Ihm wurde klar, warum er ihre Augen so sehr liebte. Sie waren vom gleichen Grün wie die Farbe des Meeres. Die See, unergründlich tief und ständig in Veränderung begriffen, wild, launisch und eine todbringende Gefahr für den Unvorsichtigen, dann wieder ruhig und glatt und lockend in ihrer sanften Verspieltheit.

»Du und ich«, begann Lenny, »wir sind wie das Meer und der Wind. Eine Menge Leute behaupten, sie wüssten, ob der Wind morgen weht oder nicht, ob er zornig seine Kraft an den Menschen erprobt. Sie glauben zu wissen, wie hoch die Wellen schlagen und wann das Meer so glatt wie ein Spiegel ist.« Er schüttelte den Kopf. »Niemand kann vorhersagen, wohin der Wind die See treibt. Weder du noch ich wissen, was morgen sein wird. Was wir kennen und mit uns tragen, ist die Vergangenheit. Sie ist es, die wir loslassen müssen.« Er drehte sich zu ihr um. »Wir müssen lernen loszulassen, Valerie. Nur dann haben wir eine Zukunft.«

Sie blickte ihn ernst an. »Was würdest du tun, wenn du nur noch zwei Tage zu leben hättest?«

»Sag so etwas nicht. Nexx ist nicht allwissend. Denk daran, was Sanchez gesagt hat. Niemand kann die Zukunft kennen. Du wirst nicht sterben, Valerie.«

»Ich will es trotzdem wissen. Was würdest du tun?«

Seine Blicke folgten der geschwungenen Linie ihres Halses. »Ich weiß es nicht.«

»Würdest du es bedauern, eine Gelegenheit, die nie wiederkehren wird, zu versäumen?«

»Ja.«

Valerie nahm sein Gesicht in ihre Hände und küsste ihn. Überrascht erwiderte er ihren Kuss, zögernd und behutsam zunächst, doch bald schon veränderte sich das zaghafte Spiel, wurde leidenschaftlicher und erregter, als sich ihre Zungen für einen köstlichen Augenblick trafen. Seine Hände glitten über ihren Rücken und erforschten die Konturen ihres Körpers. Sie reagierte auf seine Berührungen und dirigierte ihn sanft, fast ohne dass er es bemerkte. Ihre Küsse wurden hungriger und forderten ihn heraus, das Spiel auf eine neue Ebene zu führen. Lenny fühlte sich wie ein zum Tode Verurteilter, dem nur noch wenige Stunden bleiben und der gierig das Leben in sich aufsaugt. Der Bungalow über den Klippen verwandelte sich im Heulen des Sturms und dem Rauschen des Meeres zu einer Insel, dem Zufluchtsort der letzten beiden Überlebenden, während die Welt vor den Fenstern unterging.

Die Intensität ihrer Erregung und ihr Verlangen zeigten ihm, dass sie ebenso empfand wie er. Es spielte keine Rolle, was morgen geschehen würde. Alles, was existierte, geschah hier und jetzt, und es fühlte sich richtig an.

Atemlos löste sie sich von ihm, nahm seine Hand und zog ihn ins Schlafzimmer. Das flackernde Licht des Kaminfeuers fiel durch die offene Tür und überzog das Bett mit einem warmen goldenen Schimmer. Sie entkleideten sich ohne Hast, sondern empfanden es als Teil des Spiels. Als Lenny mit ihr schlief, wusste er, dass sich

Himmel und Meer vereinigten. Er fühlte, dass er angekommen war und alles, was vorher gewesen war, seine Bedeutung verlor. Die Schatten der Vergangenheit verblassten und machten Platz für etwas Neues, das aus den Trümmern von Schmerz und Enttäuschung wuchs wie eine Rose zwischen Schutt und geborstenen Steinen.

Später wusste er nicht mehr zu sagen, wie oft sie sich in dieser Nacht geliebt hatten. Er schlief in ihren Armen ein wie ein Kind, das noch nichts von den Lügen der Welt weiß. Alles war neu, morgen würde sein Leben neu beginnen.

26

Der Morgen war klar und kalt. Der Sturm hatte sich gelegt und einen blauen Himmel zurückgelassen, der wie frisch gewaschen aussah. Lenny stand auf den Klippen und blickte auf das graugrüne Meer hinaus. Er konnte sich nicht sattsehen und versuchte immer wieder, die Weite zu erfassen. Über ihm kreisten Möwen und stießen schrille Schreie aus. Er legte den Kopf in den Nacken, beobachtete ihren Flug und lachte schließlich mit ihnen um die Wette.

Die Eingangstür des Bungalows öffnete sich. Valerie kam auf ihn zu.

»Wir sind spät dran. Ich muss zurück nach Köln.«

Lenny nahm sie in die Arme. »Ich wünschte, es gäbe kein Köln, sondern nur diesen Bungalow, den Himmel und das Meer.«

Sie lachte. »Überleg dir gut, was du dir wünschst. Das würde schnell langweilig werden.«

»Niemals.«

»Jacobi hat angerufen. Er hat gute Neuigkeiten. Ich bekomme den Hanns-Joachim-Friedrichs-Preis verliehen.«

»Das ist großartig.«

»Warte, bis du den Rest hörst. Dann wirst du deine Meinung vielleicht ändern.«

Lenny blickte sie gespannt an.

»Der Preis wird im Rahmen einer Veranstaltung von Network-TV am 18. September verliehen.«

»Du glaubst, Nexx weiß davon und wird versuchen, seine Drohung wahr zu machen?«

»Ich weiß es nicht. Jedenfalls wird nichts aus meinem Plan, den Tag mit dir unter der Bettdecke zu verbringen.«

»Ich werde dich am 18. keine Sekunde aus den Augen lassen. Dir wird nichts geschehen. Es ist die Gelegenheit, auf die wir gewartet haben, um Nexx in die Falle zu locken. Ich werde Krugmann um Unterstützung bitten. Er muss sie mir einfach gewähren.«

Valerie fröstelte in der kalten Morgenluft. Lenny legte ihr seine Jacke um die Schultern, zog sie in seine Arme und vergrub sein Gesicht in ihrem Haar. Er wollte diesen Duft nie wieder missen. »Alles wird gut. Wir werden neu beginnen, und …«

Sie befreite sich sanft von ihm.

»Lenny … ich bin noch nicht so weit.«

»Was meinst du damit?«

»Ich … habe nachgedacht. Die Nacht mit dir war wunderschön. Aber ich glaube, es ist besser, wenn wir es bei diesem einen Mal belassen.«

»Ich verstehe.«

Sie wandte sich ab. »Nein. Das glaube ich nicht. Aber … es ist besser so, glaub mir.«

»Ich könnte deine Entscheidung vielleicht akzeptieren, wenn ich die Gründe dafür kennen würde.«

»Wir führen ein zu unterschiedliches Leben. Du bist Polizist, und du liebst deinen Beruf. Und ich liebe meinen.«

»Waren wir letzte Nacht nicht anderer Meinung? Wovor läufst du davon, Valerie?«

»Ich bin ständig auf Achse und …«, sie suchte nach Worten. »Erinnere dich an Berlin. Es hat dir nicht gefallen. Du magst die Menschen aus dem Showbiz nicht, zu viele Scheinwerfer und zu viel Öffentlichkeit. Und du wirst die Paparazzi bald verfluchen.«

»Du magst das doch auch alles nicht.«

»Das ist etwas anderes. Ich …«

»Valerie, was willst du mir eigentlich sagen?«

»Nichts. Das heißt, ich …« Sie drehte sich zu ihm um und sah ihm in die Augen. »Bitte, Lenny. Frag mich nicht.«

»Okay. Dann lass uns nach Köln zurückfahren.«

»Wirst du mir trotzdem gegen Nexx beistehen?«

Lenny fühlte eine tödliche Kälte in sich aufsteigen. Sie kroch an seinen Beinen nach oben und erfasste seinen Leib, ergriff Besitz von seinem Herzen und verwandelte es in einen kalten Klumpen, der nichts mehr empfand.

»Ich erledige meinen Job«, sagte er, »so wie ich es immer mache. Und wenn du mich brauchst, werde ich da sein. Immer. Das verspreche ich.«

27

18. September

Sind Sie verrückt geworden, Koriatis? Ich soll ein SEK zusammentrommeln, nur weil Ihnen Ihre Intuition sagt, dass heute etwas passieren wird? Wenn ich wegen jeder vagen Drohung ein Sondereinsatzkommando losschicken würde, bräuchte ich hundertmal mehr Leute, als ich habe. Vergessen Sie's.«

»Nexx hat in aller Öffentlichkeit Frau de Crécys Tod für den

18. September vorausgesagt. Die einzige logische Erklärung, wie sich diese Prophezeiung erfüllen kann, ist, dass er einen Mord plant. Ich bin außerdem sicher, dass er Treskow, Zacher und Angelika Domrath auf dem Gewissen hat. Wahrscheinlich noch mehr Menschen.«

Krugmann lehnte sich angriffslustig vor. »Dann beweisen Sie es! Mensch, Koriatis! Der Mann arbeitet im Showbusiness. Auffallen um jeden Preis ist sein Job! Deswegen ist er noch lange kein Killer.«

Lenny unterbrach seine ruhelose Wanderung. »Und wenn doch? Ich will kein Risiko eingehen. Geben Sie mir wenigstens eine Handvoll Leute.«

Krugmann ließ sich ächzend in seinen Sessel zurücksinken. »Eine Handvoll Leute! Warum nicht gleich eine Hundertschaft? Und das nach Ihrem grandiosen Verhör, bei dem Sie dem Mann rein gar nichts nachweisen konnten und sich zudem wie ein eifersüchtiger Kater aufgeführt haben?« Er schlug eine zusammengefaltete Tageszeitung auf. »Wo liegt das Liebesnest?«, prangte in fetten Buchstaben auf der Titelseite. Valerie und er sorgten noch immer für Schlagzeilen. Es war geradezu ein Wunder, dass nicht auch noch Klatschreporter in Nienhagen aufgetaucht waren.

»Was wollen Sie eigentlich noch alles unternehmen, um Nexx zu provozieren?«, fragte Krugmann. »Finden Sie nicht auch, dass es irgendwann mal reicht? Zumal Nexx den Schwanz mittlerweile eingezogen zu haben scheint. Er wird nichts mehr riskieren.«

»Ich bin sicher, dass er etwas plant.«

»Der Mann mag eine Macke haben«, seufzte Krugmann. »Vielleicht ist er sogar besessen von dieser Frau. Na und? Würden wir alle Menschen, die neben der Spur laufen, verhaften, wäre Köln eine Geisterstadt.«

»Ist das Ihr letztes Wort?«

»Haben Sie überhaupt eine Vorstellung davon, wie viele hohe Tiere aus Politik und Wirtschaft zu Nexx' Kunden zählen?«, fragte

Krugmann. »Wenn ich ihm so kräftig auf die Füße trete, dass es wirklich weh tut, bleibt mein Schuh im Hintern eines Ministers stecken. Ich habe nur noch zwei Jahre, dann ist dieser Laden hier für mich Vergangenheit. Und ich habe nicht die geringste Lust, meine Pension wegen Ihrer Hirngespinste aufs Spiel zu setzen. Haben Sie das verstanden?«

»Ja.« Lenny wandte sich Richtung Tür.

Krugmann seufzte. »Also gut. Ich werde mit dem Chef der Security-Firma reden, die das Sicherheitspersonal für die Veranstaltung stellt. Die Leute sollen Sie unterstützen und die Augen offen halten, mehr als sie es ohnehin tun. Zufrieden?«

»Man muss nehmen, was man kriegt. Was ist mit Zerteski?«

»Tut mir leid. Ich kann nichts für ihn tun. Er bleibt vorläufig suspendiert. Wenn Sie mich fragen, hat ihm der Verrat von Dienstgeheimnissen den Rest gegeben. Er ist draußen.«

Lenny zögerte.

»Ist noch was?«

»Ich frage mich, ob ich etwas für ihn tun kann.«

»Sie haben vielleicht Nerven. Ich gebe Ihnen einen guten Rat: Machen Sie einen großen Bogen um ihn. Er hat eine Stinkwut auf Sie!«

28

Ich kann die Preisverleihung nicht absagen. Seit vier Jahren warte ich darauf, dass ich für den Journalistenpreis nominiert werde. Du hast selbst gesagt, dass die Feier die beste Gelegenheit wäre, um Nexx' verrückte Prophezeiungen zu widerlegen und ihm eine Falle zu stellen.«

Lenny saß in einem Korbstuhl auf der Empore vor Valeries

Schlafzimmer. Durch den Spalt der halbgeöffneten Badezimmertür hindurch betrachtete er ihre schlanke Gestalt. Sie trug ein dunkelrotes Abendkleid und war damit beschäftigt, ihr Make-up zu perfektionieren.

»Ich will dich keiner Gefahr aussetzen, und sei sie noch so gering.«

Sie kam aus dem Bad und drehte sich um die eigene Achse. »Wie sehe ich aus?«

Lenny fühlte einen brennenden Schmerz in der Brust. »Unbeschreiblich.«

Er meinte, was er sagte. Er hatte geglaubt, sie verloren zu haben, aber während der Fahrt zurück nach Köln war ihm klargeworden, dass die Nacht am Meer nicht nur ihn, sondern auch Valerie verändert hatte. Sie war unsicher und stand zwischen zwei Welten. Vor der Zukunft hatte sie ebenso große Angst wie vor der Vergangenheit. Zumindest redete sie inzwischen nicht mehr vom Schicksal und dem unausweichlichen Ende. Er würde um sie kämpfen, so wie er um alles, was es wert war, bislang hatte kämpfen müssen.

»Der Preis wird für herausragende journalistische Arbeit vergeben, und ich habe ihn mir mehr als verdient. Ich werde diesen Augenblick nicht wegen Nexx verpassen. Ich will ihm zeigen, dass ich keine Angst vor ihm habe.«

Lenny nickte. Er wusste, wie wichtig die Preisverleihung für sie war und dass er sie vom Besuch der Veranstaltung nicht würde abhalten können. Irgendwie musste er den Spagat schaffen, nicht von ihrer Seite zu weichen und gleichzeitig ihre Umgebung im Auge zu behalten.

»He, was ist das?« Valeries Hand war unter sein Sakko geglitten und hatte dort sein Schulterhalfter samt Dienstwaffe entdeckt. In seinen Taschen steckten drei Ersatzmagazine.

»Glaubst du wirklich, dass Nexx etwas plant?«

»Ich weiß es nicht, möchte aber auf alles vorbereitet sein.«

Es war nicht das erste Mal, dass er sich in einer ausweglosen Situation mit einer Überzahl von Gegnern befand. Aber er hatte noch nie um einen so hohen Preis gekämpft. Diesmal stand nicht nur sein eigenes Leben auf dem Spiel, sondern auch das der Frau, die er liebte.

Vierzig Minuten später stieg er aus dem Fond einer Limousine und kniff die Augen im Blitzlichtgewitter der Kameras zusammen. Das Spiel ging in die letzte Runde.

Valerie schenkte den Fotografen ein strahlendes Lächeln und hakte sich demonstrativ bei Lenny unter. Er führte sie zu dem mit einem roten Teppich ausgelegten Anlegesteg der *MS Rheingold*, an deren Bord die Preisverleihung stattfinden sollte. Wachsam behielt er die Umgebung im Auge, erkannte aber rasch, dass er damit überfordert war. Um Valeries Sicherheit zu garantieren, hätte er mindestens ein Dutzend gut ausgebildeter Leibwächter gebraucht. Nun musste er darauf vertrauen, dass das Sicherheitspersonal die Augen aufhielt. Die Menge der Schaulustigen, Kameramänner, Reporter und illustrer Gäste überlud seine Sinne. Vergeblich versuchte er, sich zu konzentrieren und auf seine Intuition zu verlassen. Immer wieder suchte er nach auffälligen Mustern, die seine Alarmglocken schrillen ließen. Doch gerade seine angespannte Konzentration verhinderte, dass sein Instinkt fehlerfrei arbeiten konnte.

»Wo sind deine Leute?«, fragte Valerie.

»Überall«, log er.

»Ich kann keinen Einzigen erkennen.«

»Natürlich nicht. Sonst könnte Nexx sie ebenfalls sehen und wäre gewarnt. Verlass dich auf mich.«

Er spürte, wie sich ein Schweißtropfen in seinem Nacken löste und eisig am Rückgrat herabrann. Wenn er nicht einhalten könnte, was er versprochen hatte, würde er das Teuerste verlieren, was er jemals besessen hatte.

Für Mitte September war es ungewöhnlich warm. Der Sommer

war noch einmal zurückgekehrt und schenkte Köln eine wunderbare Nacht. Am tiefschwarzen Himmel zeigte sich keine Wolke. Die Sterne standen ungewöhnlich hell am Firmament, als wollten sie die Preisverleihung mit einem würdevollen Glanz überziehen. Die Lichter der Stadt spiegelten sich mit ihnen um die Wette im dunklen Wasser des Rheins.

Die Veranstalter hatten das Oberdeck des Schiffes in einen offenen Festsaal verwandelt. Auf der Bühne, über der das Logo von Network-TV prangte, spielte eine Live-Band exzellenten Jazz und Pop. Valerie begrüßte Freunde, Kollegen und Bekannte. Lenny hatte Mühe, an ihrer Seite zu bleiben. Rastlos suchte er in dem Gewühl nach Mustern und versuchte, sich in das boshafte Hirn seines Widersachers hineinzuversetzen. Was hatte Nexx vor? Lenny war sicher, dass er nicht persönlich auftauchen würde, aber längst einen Plan ausgeheckt hatte, um dafür zu sorgen, dass sich seine tödliche Prophezeiung erfüllte. Aber wie? Bediente er sich eines Attentäters, den er manipulierte und steuerte? Setzte er auf ein raffiniert inszeniertes Unglück wie beim Tod Zachers, oder plante er etwas völlig anderes? War er, Lenny, vielleicht selbst das Werkzeug, das Nexx benutzen würde?

Diese Vorstellung erschreckte ihn so sehr, dass er versucht war, Valerie auch gegen ihren Willen in Sicherheit zu bringen. Aber das hätte auch bedeutet, dass das Versteckspiel weiterging. Und er wollte es zu Ende bringen. Hier und jetzt.

Eine Kellnerin mit einem bezaubernden Lächeln bot ihm eine Auswahl von Drinks auf einem Tablett an. Lenny griff nach einer Cola. Er brauchte einen klaren Kopf und würde seinen Fehler vom Bundespresseball nicht wiederholen. Nervös nippte er an dem eiskalten Getränk und ließ seine Blicke über die Menge wandern. Er schätzte die Zahl der Gäste auf etwa dreihundert. Viele hatten bereits in den halbrund um die Bühne angeordneten Stuhlreihen Platz genommen, die anderen standen in lockeren Gruppen zusammen und plauderten. Valerie unterhielt sich mit einem korpulenten Mann um die fünfzig. Nach ihrer Beschreibung musste das Eugen Jacobi sein, ihr Redaktionsleiter. Neben ihm stand ein unscheinbarer Mann mit Stirnglatze, den Lenny beinahe übersehen hätte – vermutlich Henning Lehner, ihr Kameramann, der ebenfalls ausgezeichnet werden sollte.

Ein tiefes Grollen ließ das Deck unter seinen Füßen vibrieren. Die Konstellation der Lichter am Ufer veränderte sich, der Dampfer legte ab. Lenny stellte das Glas ab. Seine Hand verschwand unauffällig in seinem Sakko. Er wusste nicht mehr, wie oft er seine Waffe schon kontrolliert hatte. Vielleicht konzentrierte er sich zu sehr auf die Anwesenden, und die Gefahr drohte von einer ganz anderen Seite. Wenn er nur ein paar Leute gehabt hätte! Er musste zunächst sämtliche Zugänge zum Oberdeck, die Ein- und Ausgänge und die anderen Räumlichkeiten inspizieren. Auch wenn das bedeutete, Valerie aus den Augen zu lassen.

Misstrauisch betrachtete er Lehner. Valerie hatte ihm eine seltsame Geschichte über den kleinen Kameramann erzählt. Er besaß offenbar das wertvolle Talent, die gefährlichsten Situationen unbeschadet zu überstehen. Schließlich fasste er einen Entschluss.

»Ich sehe mich mal kurz um«, flüsterte er in ihr Ohr, »bin gleich wieder da. Bleib du bei Lehner.«

Wie ein unruhiger Kater streifte er durch das Labyrinth der Gänge und Korridore, steckte seine Nase in jeden Raum des oberen Decks und machte eifrig Gebrauch von seinem Dienstausweis. Er stieß auf einen Küchentrakt, in dem schwitzende Köche in riesigen Töpfen rührten, auf Maschinenräume und Belüftungsanlagen, Kabinen und Treppenfluchten. Für einen Attentäter boten sich tausend Möglichkeiten, zuzuschlagen und danach unerkannt zu entkommen. Erschrocken stellte Lenny fest, dass er schon seit fast zwanzig Minuten unterwegs war. Er verfluchte seinen Leichtsinn und hetzte zum Heck zurück, wo die Verleihung stattfand.

Kurz darauf bemerkte er, dass er sich verlaufen hatte. Er hielt mehrmals inne und lauschte. Als er neben dem gleichmäßigen Dröhnen des Schiffsdiesels Gelächter, Musik und Stimmen zu hören glaubte, folgte er seinem Gespür, trat durch eine Stahltür und befand sich hinter der Bühne. Dort herrschte ein Durcheinander aus Boxen, Kabeltrommeln und Instrumentenkoffern. Auf einem Podest vor der Heckreling bereiteten drei Pyrotechniker ein Feuerwerk vor.

Lenny suchte sich einen Weg zum unmittelbaren Backstage-Bereich. Durch einen Spalt im Vorhang sah er, wie Valerie und Henning Lehner unter dem Beifall der Menge auf die Bühne stiegen. Von den Stuhlreihen brandete Applaus auf, die Stimme des Moderators klang geisterhaft verzerrt zu ihm herüber. Die Preisverleihung hatte begonnen.

Lenny suchte unter den Zuschauern nach Nexx, konnte ihn aber nirgends entdecken. Valerie hatte inzwischen die Bühne erklommen. Das Blitzlichtgewitter der Fotografen hüllte sie in eine strahlende Aura. In ihrem eleganten Abendkleid sah sie hinreißend aus – und zugleich zart und verletzlich.

Der Moderator stand zwischen Valerie und Lehner und beschrieb ausschweifend ihre Verdienste. Der Preis ging offenbar an beide, Valerie erhielt ihn für ihre Recherchearbeit, Lehner für seine Kameraführung. Lennys Blicke wanderten weiter zu der turmhohen Bühnenkonstruktion. Dutzende von Scheinwerfern hingen in ordentlichen Reihen an den Traversen, automatische Spotlichter drehten sich gehorsam. Er blickte gebannt auf einen Punkt direkt über der Bühne, wo das regelmäßige Muster der Beleuchtung von einem schräg stehenden Spot unterbrochen wurde. Plötzlich löste sich der schwere Scheinwerfer mit einem vernehmlichen Knacken aus seiner Halterung und stürzte auf die Bühne hinab. Lenny nahm seinen Fall wie in Zeitlupe wahr. Lehners unheimlicher Instinkt für Gefahr rettete ihm das Leben. Er trat zwei Schritte zurück, während sein Arm zur Seite zuckte, als hätte ihn ein Stromstoß getroffen, und schob Valerie reflexartig nach hinten. Der Moderator lachte und machte einen Scherz, Sekundenbruchteile später traf ihn der Scheinwerfer an Kopf und Schulter und begrub ihn unter sich. Valerie stand wie gelähmt daneben.

Die vorderen Zuschauer waren entsetzt aufgesprungen. Lenny suchte einen Weg durch die hintere Bühnendekoration, als ihn eine Druckwelle erfasste. Er stolperte über einen Instrumentenkoffer und stürzte in ein Durcheinander aus Kabeln und Kisten. Feuerwerkskörper rasten über ihn hinweg und setzten Bühnenvorhänge und Deko-Stoffbahnen in Brand.

Lenny befreite sich aus dem Chaos. Er sah, dass Valerie offenbar unverletzt war. Lehner hatte einen Arm um ihre Schulter gelegt und versuchte, sie von der Bühne hinab in Sicherheit zu bringen. Die Flammen breiteten sich rasend schnell aus und setzten das Logo von Network-TV in Brand. Das Feuer schnitt Lenny den Weg zum bestuhlten Decksbereich vor der Bühne ab. Auf der Suche nach einem Fluchtweg irrten seine Blicke umher. An der Heckreling stand eine untersetzte Gestalt. Im Schein des Feuers leuchtete ihr Gesicht blutrot. Es war Zerteski. Er verzog den Mund zu einem hässlichen Grinsen, dann schnellte seine Hand nach vorn, und er zeigte Lenny den ausgestreckten Mittelfinger. Er war also Nexx' Werkzeug!

Lenny zog im Laufen seine Waffe und schob fluchend Kisten und Flightcases aus dem Weg. Im Zuschauerbereich schrie jemand gellend auf. Lenny fuhr herum. Einer der beiden Masten, die das Geflecht aus Trägern und Rohren des Bühnenaufbaus aufrecht hielten, neigte sich zur Seite, kippte auf das Deck und riss Traversen, Lautsprecherboxen und Scheinwerfer mit sich. Eine Feuerzunge schoss in den Nachthimmel, Funken stoben durch das Dunkel wie verirrte Sternschnuppen.

Er sah Valerie, ihr bleiches Gesicht war verstört und angsterfüllt. Sie hatte ihn ebenfalls entdeckt und rief seinen Namen. Lenny rannte auf die Trümmer der Bühnenkonstruktion zu, aber die Hitze des Feuers hielt ihn zurück.

An den Türen, die zu den Treppenaufgängen führten, entstand ein mörderisches Gedränge. Dutzende Passagiere sprangen in Panik über Bord. Lenny schrie Valerie über den Lärm hinweg eine Warnung zu, aber seine Stimme ging in dem Inferno unter.

Er lief wieder zum Heck, wo der Aufbau der Pyrotechniker verschwunden war, und stieß mit dem Fuß gegen einen Gegenstand, der sich als abgerissener menschlicher Arm entpuppte. Endlich fand er die Tür, durch die er gekommen war. Als er sie aufriss, fauchte eine Windbö durch die Öffnung und heizte die Flammen an.

Er rannte den Laufgang auf der Steuerbordseite entlang nach vorne. Auf Höhe des Mittschiffs sah er die untersetzte Gestalt seines ehemaligen Partners. Da er keine Möglichkeit sah, die Backbordseite zu erreichen, konzentrierte er sich auf Zerteski und hoffte, dass Lehners wundersames Talent Valerie schützen würde.

Er folgte Zerteski durch eine Tür ins Schiffsinnere. Dort brannte nur die Notbeleuchtung, der Strom musste ausgefallen sein. Es roch nach Rauch und verschmortem Kunststoff. Entweder breitete sich das Feuer im Heck schneller aus, als er geglaubt hatte, oder es brannte an einer weiteren Stelle. Durch ein Fenster fiel roter Feuerschein und tauchte den leeren Treppenabgang in ein gespenstisches Licht. Rauchschwaden zogen vom Bug her durch die Gänge. Jemand polterte hastig die Stufen hinab zu den unteren Decks.

»Guido, bleib stehen!«

Lenny rannte die Treppe hinab. Die letzten drei Stufen übersprang er und landete auf dem Teppich eines kleinen Foyers. Der Schwung riss ihn von den Beinen. Er rollte sich über die Schulter ab und stieß mit der Hüfte schmerzhaft gegen die Schiffswand. Ein Schuss peitschte über ihn hinweg. Die Kugel prallte an einem Feuerlöscher ab und sirrte als todbringender Querschläger durch das Dunkel.

Lenny hielt den Atem an und lauschte. Schritte entfernten sich nahezu unhörbar. Irgendwo im Schiff heulte ein Feueralarm auf. Er richtete sich vorsichtig an der Wand auf und schlich in die Richtung, in der er Zerteski vermutete. Wenn er für den Anschlag verantwortlich war, wie hatte er dann seine Flucht geplant? Ein schrecklicher Gedanke durchfuhr ihn. Vermutlich wollte er gar nicht entkommen, sondern bei seinem verzweifelten Amoklauf sterben. Und das machte ihn unberechenbar.

Lenny erreichte eine weitere Treppe. Da sich zum Zeitpunkt des Unglücks die allermeisten Gäste auf dem Oberdeck im Heckbereich befunden hatten, war der Aufgang vor ihm menschenleer. Dumpf klangen von draußen panische Schreie herein.

Lenny presste sich dicht an die Wand, die Waffe im Anschlag.

»Guido!«

Lenny hatte die oberste Stufe fast erreicht. Zerteski feuerte schnell hintereinander zwei Kugeln ab, die wie verhexte Billardkugeln von Handläufen und Treppenstufen abprallten. Lenny zog sich hastig nach unten ins Dunkel zurück. Der Dampfer neigte sich zur Seite und begann sich zu drehen. Die Lichter der Stadt zogen an den Fenstern vorbei und warfen verzerrte Schatten ins Schiffsinnere.

»Guido, hör auf mit dem Quatsch! Lass uns reden. Es ist alles anders abgelaufen, als du glaubst. Nexx hat uns beide reingelegt.«

Die Schüsse waren von oben abgefeuert worden. Lenny suchte fieberhaft einen Weg hinauf, ohne in Zerteskis Schussfeld zu geraten. Alles blieb still. Über ihm fiel quietschend eine Tür ins Schloss. Lenny hetzte die Treppenstufen hinauf zum Oberdeck. Er stieß die Tür auf, rollte sich über den Boden ab und suchte Schutz hinter einer Box mit Rettungswesten. Zerteski gab blindlings einen Schuss ab und rannte Richtung Bug. Lenny packte die Walther mit beiden Händen und zielte.

»Guido, bleib stehen! Zwing mich nicht zu schießen!«

Zerteski wirbelte herum und drückte erneut den Abzug durch,

aber seine Waffe klickte trocken. Das Magazin war leer. Lenny riskierte einen hastigen Blick. Zerteski warf seine offenbar leergeschossene Pistole in den Rhein und zog eine zweite Waffe aus dem Gürtel.

Aus der Tür hinter Lenny tauchten mehrere Gäste auf. Das flackernde Licht des Feuers verwandelte ihre Gesichter in blutrote Fratzen, als hätte man ihnen die Haut abgezogen. Sie wankten orientierungslos auf das Deck. Wahrscheinlich standen sie unter Schock und bemerkten die drohende Gefahr gar nicht.

Zerteski hob die Waffe. Lenny blieb keine andere Wahl. Bevor Unbeteiligte in seine Schussbahn gerieten, feuerte er zweimal. Zerteski zuckte unter der Wucht der Kugeln zusammen. Ihre Blicke trafen sich einen Wimpernschlag lang, dann ließ Zerteski die Pistole fallen und sackte zusammen.

Lenny lief quer über das Deck und schrie den Passagieren eine Warnung zu. Hastig zogen sich die Flüchtenden zurück. Er steckte seine Waffe ein, kniete sich neben seinen ehemaligen Partner und zog das Magazin aus dessen Pistole. Er lebte noch, atmete aber flach und schnell.

»Warum?«, fragte Lenny. »Warum hast du Idiot das getan?«

»Halt … mich fest«, stieß Zerteski hervor. »Mir … ist kalt.«

Lenny half ihm in eine sitzende Position. Zerteskis Hemd und Hose waren blutdurchtränkt. Er kniete sich neben ihn, legte einen Arm um seine Schulter und barg Zerteskis Kopf an seiner Brust, als wäre er ein kleiner Junge, der sich die Knie aufgeschrammt hat.

»Du blöder Mistkerl, warum hast du das gemacht?«

»Sie … hat versprochen, alles in Ordnung zu bringen … alles zu löschen.« Er hustete krampfhaft.

Lenny kam ein schrecklicher Gedanke.

»Hast du die gefälschten Polizeiberichte an Danni56 geschickt?«

Ein Zittern lief durch Zerteskis Körper. »Ja. Musste … ich doch. Sie wollte es so.«

Endlich sah er klar. Hinter Danni56 steckte niemand anderes als Nexx. Er hatte Zerteski die Daten zurückgeschickt und zuvor den Virus eingebaut, den Sanchez entdeckt hatte. Das Programm hatte sich automatisch auf seinem Rechner im Präsidium installiert, als er die Nachricht geöffnet hatte. Auf diese Weise war es Nexx ein Leichtes gewesen, die verhängnisvolle Mail an die interne Ermittlung zu schicken. Zerteski hatte sich selbst ans Messer geliefert.

»Ich ha… hab's versaut«, keuchte er kaum hörbar.

»Nein, hast du nicht. Es kommt alles in Ordnung.«

Sein Partner lachte keuchend. »Ja. Quatsch du nur.«

»Wer?«, fragte Lenny. »Wer hat dir den Auftrag gegeben, das Schiff in die Luft zu jagen?«

Zerteski zitterte. Seine Haut war eiskalt und schweißnass. Er setzte zu einer Antwort an, schaffte es aber nicht.

»War es Nexx?«

»Bist … du … Freund?«, hauchte Zerteski.

»Ja, verdammt. Was denkst du denn? Wir werden sie fertigmachen. Das habe ich dir versprochen. Sag mir, wer sie sind.«

»Weiß nicht«, sagte Zerteski. Dann starb er.

Lenny blieb reglos sitzen, Zerteski noch immer im Arm haltend. Als er endlich aufstand, wusste er nicht, wie viel Zeit vergangen war. Der Dampfer stieß rumpelnd gegen eine Anlegestelle. In der Ferne heulten die Sirenen von Feuerwehr und Notarzt durch die Nacht. Lenny ging betäubt auf das Heck zu. Er hatte nur einen Gedanken: Valerie.

Am Heck stieß er auf Henning Lehner. Sein Gesicht war mit Ruß und Blut verschmiert, aber er schien unverletzt. Seine Augen blickten traurig.

»Wo ist sie?«, fragte Lenny. »Wo ist Valerie?«

»Es herrschte ein furchtbares Gedränge. Ich habe sie einen Moment aus den Augen verloren. Dann sah ich, wie sich ein Mann rücksichtslos durch die Menge zu ihr durchdrängte. Er stieß Valerie … über Bord.« Er zeigte auf den toten Zerteski. »Es war dieser Mann.«

Lenny erinnerte sich nicht daran, wie er ans Ufer gekommen war. Blaulicht erleuchtete die Nacht, Sanitäter versorgten Verletzte. Helfer des Technischen Hilfswerks und der Polizei deckten leblose Körper mit Plastikplanen zu. Lenny ging auf die Reihe der Toten zu und schlug mechanisch eine Plane nach der anderen zurück.

Ein Helfer hielt ihn zurück. »Sie sollten sich das nicht ansehen.

»Bin Polizist«, stammelte er. »Das ist mein Job.«

Valerie lag unter der dreizehnten Plane. Sie war tot.

Lennys Herz brach. Es gefror und erstarrte zu einem Eisblock, der nie wieder tauen würde. Nexx' Prophezeiung hatte sich erfüllt.

((VAKAT))

TEIL
2

Mr. Smoothie

Too much information running through my brain.
Too much information driving me insane.

(The Police, Too much information)

29

Willst du heute für zwei trinken, Lenny?« Charlie schob ein Kölsch über den Tresen. »Wo hast du denn deinen Kumpel gelassen? Schiebt Zerteski Sonderschichten?«

Lenny stierte in sein Glas. »Er ist auf einer langen Reise.«

Charlie polierte seinen Zapfhahn. »Muss ja ziemlich weit weg sein, ich hab ihn schon 'ne Ewigkeit nicht mehr gesehen.«

»Ja«, sagte Lenny, »sehr weit weg.«

Er stürzte das Kölsch hinunter und signalisierte Charlie mit dem leeren Glas, dass er ein neues wollte.

Der Wirt wies mit dem Kinn auf die kleine Bühne, die mit alten Tourneeplakaten bekannter Jazzgrößen dekoriert war – Miles Davis, Charlie Parker und Louis Armstrong.

»Du hast schon lange nicht mehr mit deiner Band bei mir gespielt.«

»Nächsten Freitag vielleicht.« Lenny deutete auf den Fernseher an der Wand hinter dem Tresen. »Kannst du den Ton mal lauter machen?«

Nexx' scharf geschnittenes Gesicht war auf dem Bildschirm zu sehen. Er gab offenbar eines seiner seltenen Interviews.

»… verschiebe ich die geplante Tournee. Ich bitte um Verständnis. Die Karten behalten selbstverständlich ihre Gültigkeit. Die neuen Termine werden bekanntgegeben.«

»Nexx, wir alle möchten Ihnen unser Mitgefühl aussprechen. Es muss schrecklich sein, wenn sich eine Prophezeiung auf diese Weise erfüllt.«

»Der Tod von Valerie de Crécy hat mich tief getroffen, das stimmt. Leider hat sie meine Warnungen in den Wind geschlagen. Es ist eine tragische Geschichte. Sie zeigt aber auch, dass wir unserem Schicksal entrinnen können, wenn wir es nur wollen. Es ist wichtig zu erkennen, dass wir eine Wahl haben. Leider traf Valerie die falsche Entscheidung.«

»Wie sehen nun Ihre Pläne für die Zukunft …?«

Lenny wandte sich angewidert ab. »Wo bleibt mein Kölsch?«, rief er ungeduldig.

Charlie zog überrascht die Augenbrauen hoch und hielt ein Glas unter den Zapfhahn. Wortlos stellte er das Bier auf den Tresen und wandte sich dann einem anderen Gast zu.

Lenny trank das Kölsch in einem Zug leer, warf einen Geldschein auf die Theke und verließ mit unsicheren Schritten die Bar.

Als er auf die Straße trat, hatte es zu regnen begonnen. Seit dem verhängnisvollen 18. September war das Wetter umgeschlagen, der Winter schickte seine Boten voraus. In den eiskalten Regen mischten sich vereinzelte Hagelkörner. Lenny bemerkte sie kaum. Die Welt um ihn herum glich einem stumpfen, verrauschten Schwarzweißfilm. Sein Körper fühlte sich taub an, seine Sinne funktionierten nicht mehr richtig. Er erkannte keine Muster mehr. Was blieb, war ein dumpfes Brennen in seinem Herzen, das nicht mehr verging. Wie ein schwelendes Feuer, das ihn von innen heraus vergiftete.

Vor drei Tagen hatte die Gerichtsmedizin Valeries Leiche freigegeben. Ihr Körper wies Sturzverletzungen am Hinterkopf und Rücken auf. Man hatte Wasser in ihren Lungen gefunden. Sie war ertrunken. Lenny hatte ihre Schwester Julie ausfindig gemacht und ihr geholfen, die Bestattungsformalitäten zu erledigen.

Drei Tage, die er in einer Art Schockstarre verbracht hatte. Krugmann hatte seine Dienstwaffe einbehalten und ihn so lange zum Innendienst verdonnert, bis die interne Ermittlungsbehörde Zerteskis Tod geklärt hatte. Lenny gab die gleichen Antworten auf die immer gleichen Fragen und blieb ansonsten stumm und fühllos wie ein Stein, den jemand achtlos über den Asphalt gekickt hatte und der in der Gosse liegengeblieben war.

An diesem Morgen war er mit Julie zur Beisetzung gefahren und gerade lange genug aus seiner Apathie erwacht, um die Endgültigkeit des Todes zu begreifen. Valerie würde nie wieder lachen, ihn nie wieder berühren und lieben. In diesem Augenblick hatte er den wahnwitzigen Plan gefasst, Gabriel Nexx zu töten. Sein Leben für Valeries Leben, Auge um Auge, Zahn um Zahn. Lenny hatte sich niemals in seinem Leben in Rachephantasien ergangen. Er war Polizist, und die sorgten für Gerechtigkeit, nicht für Vergeltung. Aber Gerechtigkeit würde er niemals erlangen, wenn er sich an die Buchstaben des Gesetzes hielt. Er fühlte sich hilflos, blind und taub. Konsequenzen fürchtete er nicht, denn ein Danach würde es nicht geben. Es machte keinen Sinn mehr für ihn. Nichts machte mehr Sinn.

Er erledigte nach wie vor seine Arbeit, aber er tat es stumpfsinnig und mechanisch wie ein Roboter. Im Verlauf einer Routinerecherche hatte er herausgefunden, dass Nexx Anteilseigner des Radiosenders war, der ihm das Alibi zur Zeit des Überfalls auf Valerie verschafft hatte. Er hatte den Moderator daraufhin noch ein zweites Mal aufgesucht. Unter dem Druck des Verhörs war der schließlich zusammengebrochen und hatte gestanden, dass Nexx ihm mit seiner Entlassung gedroht, ihn zu einer Falschaussage gezwungen und die Sendung für etwa zwanzig Minuten verlassen hatte. Währenddessen hatte der Tontechniker eine Aufzeichnung eingespielt, die den Zuhörern vorgaukelte, die Sendung wäre durchgehend live. Nexx hatte keine fünf Minuten gebraucht, um Valeries Loft zu erreichen. Die Ampeln auf den Strecken vom Radiosender zu ihr waren allesamt intakt gewesen. Sanchez hatte außerdem herausgefunden, dass die Steuerung der Ampeln, die im Norden Kölns ausgefallen waren, vom selben Rechner aus gehackt worden war, von dem auch die Angriffe auf Valerie und Zacher erfolgt waren. Aber was brachte das jetzt noch?

Die schneidend kalte Luft vertrieb den Alkoholnebel aus Lennys überhitztem Schädel. Er lief durch dunkle Nebenstraßen zu seinem Camaro, stieg ein und griff unter den Sitz. Die Beretta 92, die er dort aufbewahrte, lag schwer und kalt in seiner Hand. Lenny fasste einen Entschluss. Warum warten? Er musste es zu Ende bringen. Das Brennen in seiner Brust, der pulsierende Schmerz, der jede Faser seines Körpers durchdrang, würde nie wieder verschwinden. Valeries Tod hinterließ eine Leere in ihm, als hätte ihm ein wahnsinniger Chirurg einen Teil seines Herzens amputiert. Sie war nicht die erste Frau in seinem Leben, die er gewonnen und wieder verloren hatte, aber niemals zuvor hatte er eine solche Trauer empfunden. Seine Seele trieb in einem kalten, dunklen Ozean und erreichte kein Ufer mehr.

Er liebkoste die Beretta mit den Fingerspitzen. Nexx würde für das, was er getan hatte, bezahlen. Was danach geschah, war nicht mehr wichtig. Es interessierte ihn nicht länger, ob er lebte oder starb. Die letzte Kugel im Magazin würde er aufheben, um den Schmerz zu beenden, der in ihm wühlte wie ein Schwarm Geier, der das tote Fleisch von den Knochen eines verendeten Wolfs hackt. Er drehte die Beretta um und drückte sich den Lauf unters Kinn. Wie fühlte sich das Sterben wohl an? Oder ging es so schnell, dass man gar nichts spürte?

Die Beifahrertür wurde aufgerissen, der Wind wehte Eisnadeln und winzige Schneeflocken in das Innere.

»Warten Sie gefälligst mit dem Unsinn, bis ich fertig bin. Sie versauen mir sonst meine Jacke.«

Julie de Crécy ließ sich auf den Sitz neben ihm fallen und schlug die Tür zu.

Lenny ließ die Beretta sinken und stieß erschrocken den Atem aus. Einen Moment lang war er überzeugt gewesen, einen Geist zu sehen. »Es … es ist die …«

Julie nickte. »… die Ähnlichkeit, ich weiß. Tut mir leid, wenn ich Sie erschreckt habe. Falls Sie anfangen, Gespenster zu sehen, sollten Sie vielleicht weniger saufen.«

»Wie haben Sie mich gefunden?«

Sie lachte. »Das war nicht schwer. Ich fragte im *Charlie's* nach Ihnen. Einen blauen Camaro mit weißen Zierstreifen sieht man nicht an jeder Straßenecke. Ich dachte mir schon, dass Sie irgendeinen Unsinn vorhaben.«

»Und wenn schon. Es wäre nicht das erste Mal.«

»Aber es könnte das letzte Mal sein.«

»Das kann Ihnen doch egal sein.«

Julie strich sich eine Haarsträhne aus der Stirn, eine Geste, die ihn schmerzlich an Valerie erinnerte.

»Geht Ihnen jeder Fall, den Sie nicht lösen können, so an die Nieren?«

»Nein.«

»Valerie hat mir von Ihnen erzählt. Ich konnte es kaum fassen, aber ich hatte das Gefühl, sie hätte endlich ihren Mister Right gefunden. Sie haben sie sehr beeindruckt, wissen Sie das?«

»Es spielt keine Rolle mehr.«

»Sie war völlig verwandelt.«

»Schwer vorstellbar«, sagte er matt.

»Sie sind der erste Mann, der sie glücklich gemacht hat.«

»Warum quälen Sie mich, indem sie mir all das erzählen? Ich hätte ihr nie erlauben dürfen, zu dieser verdammten Preisverleihung zu gehen.«

»Sie hätten sie nicht davon abhalten können. Wir de Crécys sind unbelehrbare Dickköpfe.«

Lenny schloss die Augen. Alles drehte sich um ihn herum. »Sie werden mich nicht daran hindern, Nexx eine Kugel in den Kopf zu jagen und …«

»Und sich danach selbst ein Loch in den Schädel zu blasen? Wenn Sie das tun, verraten Sie Valerie und alles, woran sie geglaubt hat. Sie hat an *Sie* geglaubt, Lenny. Enttäuschen Sie sie nicht.«

»Sie ist tot.«

»Das macht keinen Unterschied.«

»Sie können hervorragend Moralpredigten halten. Warum sind Sie keine Priesterin geworden?«

Julie reagierte nicht auf seinen Spott. »Ich will, dass Sie weitermachen. Ich will, dass Sie dieses Schwein kriegen. Das sind Sie Valerie schuldig.«

»Ich bin niemandem etwas schuldig.«

»Dann sind Ihre Versuche, den Jungs da draußen ein Vorbild zu sein, nichts wert. Ich habe mich mit ihnen unterhalten und war beeindruckt. Sie sind ein Held in den Augen der Kids, wussten Sie das?«

»Sie sind eben dankbar, dass sie jemand ernst nimmt.«

»Sie werden ziemlich enttäuscht sein, wenn sie erfahren, dass Lenny Koriatis sich selbst aufgegeben hat.«

»Es gehört zum Erwachsenwerden, Niederlagen zu akzeptieren.«

»Sie machen mich wahnsinnig. Hören Sie endlich auf, sich in Selbstmitleid zu suhlen.«

»Ich kann nicht die ganze Welt retten.«

»Vielleicht doch. Irgendjemand muss es wenigstens versuchen.«

»Nexx hat mächtige Verbündete. Haben Sie eine Ahnung, wie viele hochgestellte Tiere aus Politik und Wirtschaft er zu seinen Kunden zählt? Wenn ich ihm zu sehr auf die Füße trete, werden sie mich fertigmachen.«

Julie lächelte ihn spöttisch an. »Das hat Sie bisher auch nicht davon abgehalten, sich mit ihm anzulegen. Valerie hat mir nicht erzählt, dass Sie ein Angsthase sind, der sich beim ersten Anzeichen von Schwierigkeiten in seinen Bau zurückzieht. Sie beschrieb das Bild eines Mannes, der sie zu beschützen weiß.«

»Als sie starb, war ich nicht bei ihr.«

»Sie wissen nicht, ob Sie ihren Tod hätten verhindern können. Vielleicht war er wirklich vorherbestimmt.«

»Nein, er war eiskalt geplant.«

»Sie sind für ihren Tod nicht verantwortlich. Aber haben Sie schon einmal darüber nachgedacht, dass Valerie nicht das letzte Opfer von Nexx sein könnte? Wenn Sie recht haben mit Ihrer Vermutung, wird er weiterhin Frauen quälen und töten. Und Sie sind der Einzige, der ihn daran hindern kann.«

Sie stieg aus und ließ ihn allein zurück. Lenny legte die Beretta unter den Sitz zurück und begann nachzudenken.

30

Jobs, Sanchez' schwarzer Mischlingshund, erhob sich auf seine wackeligen Hinterbeine und begrüßte Lenny schwanzwedelnd. Sanchez' strubbeliger Haarschopf tauchte in der offenen Tür auf.

»Por Dios! Du siehst aus, als hättest du eine sechstägige Kneipentour hinter dir.«

»Hallo, Sanchez. Damit liegst du fast richtig. Aber es waren nur drei Tage.«

»Okay, okay. Komm rein.«

Lenny holte den Karton mit dem Laptop von Micha Domrath aus dem Kofferraum. Sein Blick streifte einen Stapel lose zusammengehefteter Blätter. Krugmann hatte ihn dazu verdonnert, den Polizeipsychologen aufzusuchen. Lenny hatte im Dienst einen Menschen erschossen, der noch dazu sein Freund und Kollege gewesen war. Es gehörte zum Routineprozedere, dass ein Psychologe seine Dienstfähigkeit beurteilte. Lenny hatte geglaubt, das Gespräch locker zu überstehen, aber Dr. Wulfrath hatte sich als sauertöpfischer Bürokrat erwiesen. Nicht genug damit, dass er Details aus Lennys Jugend ausgegraben hatte, die dieser längst vergessen geglaubt hatte. Nein, er hatte ihn zu einem wahren Seelenstriptease gezwungen. Und als wären die Tests nicht erschöpfend genug gewesen, musste er bis zum Abend zusätzliche Fragebogen ausfüllen und an Wulfrath zurückschicken. Er hoffte, dass Sanchez ein Faxgerät besaß.

»Wir müssen reden«, sagte er.

Besorgt runzelte Sanchez die Stirn. »Okay. Komm rein.«

Sein Freund führte ihn in sein Arbeitszimmer, das noch genauso aussah wie bei seinem letzten Besuch. Allerdings hatte sich, soweit das überhaupt möglich war, das Chaos aus Computerbauteilen und Pizzakartons noch einmal vergrößert.

»Kochst du uns was Schönes?« Sanchez rieb sich den Bauch.

»Diesmal nicht. Du wirst eine Pizza bestellen müssen.«

»Okay, okay. Was kann ich für dich tun?« Er verschwand in der Küche und kehrte mit zwei eiskalten Dosen Bier zurück. »Warum hast du deine hübsche Freundin nicht mitgebracht, die Journalistin? Wie hieß sie gleich …?«

»Sie ist tot«, unterbrach ihn Lenny.

Sanchez erstarrte. »Oh, Mann, das tut mir leid. Was ist passiert?«

»Hast du nichts von dem Brand auf dem Rheinschiff gehört?«

»Doch, ja. Warte mal, es hieß, das sei ein Anschlag gewesen, irgendwas mit Terroristen.«

»Keine Terroristen. Es war Nexx.« Lenny stellte die ungeöffnete Bierdose ab. »Hast du keine Cola? Irgendetwas ohne Alkohol. Wir werden beide einen wachen Verstand brauchen.«

»He, das hört sich nach ’ner Menge Arbeit an.«

Lenny stellte Michas Laptop ab.

»Schnüffel mal ein bisschen auf dieser Festplatte herum.«

»Wonach suchst du?«

»Ich weiß es nicht. Vielleicht jage ich nur einem Phantom nach. Such nach Dingen, die es eigentlich nicht geben kann. Nach … wie heißen diese Programme noch mal?«

»Algorithmen.«

»Ja, das meine ich. Nexx hatte ein reges Interesse an dem Jungen, dem dieser Laptop gehört hat und der so etwas wie ein Computergenie gewesen sein muss. Vielleicht findest du auf der Festplatte ja etwas, das uns weiterhilft.«

»Du bist immer noch hinter ihm her«, sagte Sanchez.

»Ich habe jemandem versprochen, nicht aufzugeben.«

»Was hast du vor?«

»Ich mache das, was ich gelernt habe. Ich wühle so lange im Dreck, bis ich etwas finde, womit ich Nexx festnageln kann. Ich werde … nach Mustern suchen.« Er setzte sich auf die einzige freie Stelle des Sofas und stützte den Kopf in die Hände.

»Ich hol dir mal 'ne Kopfschmerztablette«, sagte Sanchez stirnrunzelnd.

»Es tut mir leid. Ich … hätte dich nicht so überfallen dürfen. In letzter Zeit … laufen die Dinge nicht besonders gut. Ich sollte dich in diese Sache gar nicht mit reinziehen.«

»He, ich denke, wir sind Freunde.«

Lenny schüttelte den Kopf. »Vielleicht hat Krugmann ja recht. Ich gehe nach Hause, schlafe mich mal richtig aus und warte das Ergebnis der internen Untersuchung ab.«

»Das wirst du schön bleibenlassen«, sagte Sanchez. »Wenn dieses Schwein meine Eliza auf dem Gewissen hätte, würde ich genauso reagieren.« Er klopfte Lenny auf die Schulter. »Aber ein bisschen Überlegung kann nicht schaden. Dieser Typ ist ein gefährlicher Gegner.«

»Nexx ist in der Lage, die Zukunft vorherzusagen. Er weiß, was geschehen wird.«

»Das ist unmöglich. Ich hab es dir doch erklärt.«

»Und wenn er die Zukunft voraussagen kann, weil er zuvor geplant hat, was passieren soll? Dazu braucht er keine übersinnlichen Fähigkeiten.«

Sanchez drehte den Laptop in den Händen. »Ich ahne, worauf du hinauswillst, aber mir bleibt nur, mich zu wiederholen. Einen so leistungsstarken Algorithmus gibt es nicht. Und meiner Meinung nach wird es ihn auch niemals geben. Er müsste nahezu unendlich viele Daten gleichzeitig verarbeiten und in kausale Zusammenhänge zueinander setzen.«

»Speicherplatz und Rechenleistung sind heute im Überfluss verfügbar. Das waren deine Worte.«

»Das stimmt. Aber denk an das Beispiel des Schmetterlings, der mit dem Schlagen seiner Flügel einen Tornado auslöst. Je komplexer Zusammenhänge sind, desto vielfältiger die möglichen Abweichungen. Und umso unwahrscheinlicher wird es auch bei einem geplanten Ereignis, vorauszusagen, was geschehen wird.«

»Nexx kann es.«

»Okay, ich schau mal, was ich finden kann. Spür du inzwischen deinen Mustern nach.«

Es dauerte eine Stunde, bis Lenny das Muster gefunden hatte. Zunächst suchte er nach Gemeinsamkeiten zwischen den Opfern von Nexx, die ihm bekannt waren. Zacher hatte ein doppeltes Spiel gespielt und versucht, seine Erkenntnisse zu Geld zu machen. Seine Gier hatte ihn das Leben gekostet; ob durch einen tragischen Unfall oder durch Nexx' bewusstes Eingreifen, ließ sich nicht einwandfrei klären. Das Perfide an dessen Verbrechen war ja gerade die perfekte Tarnung. Nexx ließ seine Morde wie Unglücksfälle aussehen, ohne jemals selbst am Tatort zu sein. So konnte er stets ein Alibi vorweisen und seine Anwälte würden jede auf Indizien beruhende Anklage vor Gericht entkräften. Lennys Verdacht war außerdem so ungeheuerlich, dass ihm niemand Glauben schenken würde.

Treskow hatte sterben müssen, weil seine Bareinzahlung zu auffällig gewesen war und sich möglicherweise zu Nexx zurückverfolgen ließ. Der tödliche Hackerangriff auf seinen Herzschrittmacher passte genau zu Nexx' eiskalter Vorgehensweise. Er hatte sichergehen wollen, dass der Rentner nichts über den provozierten Unfall auf der Brücke ausplauderte.

Angelika Domrath war ein Verhältnis mit ihm eingegangen, das ihr Leben zerstört hatte. Im Jahr 2012 war sie dann spurlos verschwunden. Lenny fand keine Hinweise darauf, dass Familienangehörige oder ihre Freunde sie vermisst hätten. Offenbar hatte sie alle Kontakte nach und nach abgebrochen und ihr altes Leben freiwillig aufgegeben. Der Druck, den Nexx auf sie ausgeübt hatte, musste unerträglich gewesen sein, sonst hätte sie diesen Schritt, der zudem illegal war, niemals getan. Er fragte sich, auf welchem Weg sie sich neue Papiere besorgt hatte. Eine neue Identität aufzubauen war weitaus schwieriger, als sich die meisten Menschen vorstellten. Vier Jahre lang hatte Angelika das Leben eines Outlaws geführt, bevor Nexx sie kaltblütig ermordet hatte. Er musste erfahren haben, dass sie in dem Pflegeheim nach Michas Computer gefragt hatte. Möglicherweise hatte er die Information von Zacher. Ihm musste klargeworden sein, dass der Rechner noch existierte und eine Gefahr für ihn darstellte.

Lenny kramte in dem Karton mit Michas Habseligkeiten und stieß auf ein Foto, das Angelika zusammen mit ihrem Bruder zeigte. Sie mochte auf dem Bild Ende zwanzig sein, so alt wie Valerie geworden war. Sie trug das Haar länger und lachte in die Kamera. Ihre Ähnlichkeit mit Valerie versetzte ihm einen schmerzhaften Stich. Beide Frauen waren tot.

Die Ursache des Feuers auf dem Rheindampfer stand mittlerweile fest: Durch den enormen zusätzlichen Stromverbrauch für Scheinwerfer und Kameras hatte sich ein Kabel überhitzt, was zu einem Schmorbrand geführt hatte. Das defekte Kabel hatte wiederum die Stromzufuhr zur Brandmeldeanlage unterbrochen. Die Pyrotechniker waren von dem sich rasch ausbreitenden Brand völlig überrascht worden. Alles nur Zufall? Eine Verkettung unglücklicher Umstände so wie bei Zacher? Nein, er war sich sicher, dass dies alles von Nexx akribisch geplant worden war. Es war auch kein Zufall, dass Zerteski Valerie über Bord gestoßen hatte. Danni56, die Mail an die interne Ermittlung, all das hatte nur dazu gedient, Zerteski gegen ihn aufzuhetzen und seinen Hass zu schüren, bis er bereit war, sich an ihm zu rächen. Nur beweisen konnte Lenny es nicht mehr. Zerteski war tot.

Konnte all das ein Mensch dank eines Computerprogramms planen und steuern? Oder verfolgte er eine völlig falsche Spur?

Ein Prickeln kroch seine Wirbelsäule herauf. Lenny spürte, dass er dem Muster ganz nah war. Es war so dicht unter der Oberfläche verborgen wie Glatteis unter frisch gefallenem Schnee. Es war die ganze Zeit über da gewesen, er hatte bislang nur zu tief unter dem Eis gesucht. Dabei trat es ganz klar zutage. Es war die Ähnlichkeit zwischen Angelika Domrath und Valerie.

Er ging hinüber ins Wohnzimmer. Sanchez saß in einem abgewetzten Ohrensessel, seine Füße ruhten auf dem Couchtisch.

»Ich brauche eine Verbindung zur Vermisstendatenbank des BKA.«

Sanchez reagierte nicht. Er war vollkommen in seiner Arbeit versunken. Für ihn existierte nur noch Michas Laptop. Lenny rüttelte ihn an der Schulter.

»He Sanchez.«

»Was?«

»Ich brauche eine Verbindung zum BKA.«

»Du hast mir nicht gesagt, dass sie dich suspendiert haben.«

»Das haben sie auch nicht. Ich schiebe Innendienst.«

»Warum benutzt du dann nicht deinen offiziellen Zugang?«

»Weil ich nicht weiß, ob Nexx mir dabei über die Schulter schaut und meine Suchanfragen ihn misstrauisch machen.«

»Weißt du, was du da von mir verlangst?«

»Ja. Und ich weiß, dass du das nicht zum ersten Mal machst.«

Sanchez grinste breit. »Okay, okay. Wird aber 'nen Moment dauern.«

Er brauchte sechzehn Minuten, um sich in das interne System des

BKA zu hacken. »Hätte ich deine Zugangsdaten benutzen dürfen, wär ich schneller gewesen.«

»Ich will nicht, dass jemand die Spur zu mir zurückverfolgen kann.«

»Okay. Du hast fünfzehn Minuten, dann musst du wieder aus dem System raus. Die Zeit läuft … ab jetzt.«

Sanchez verschwand im Badezimmer und kehrte mit einer Packung Novalgin zurück.

»Nimm nicht mehr als zwei. Die sind echt stark.«

»Danke. Sag mal, kann man eigentlich einen Herzschrittmacher hacken? Und diese medizinischen Überwachungsarmbänder?«

»Klar geht das. Aber … he, so was mach ich nicht. Das ist echt übel. In den USA haben sie einen geschnappt, der auf diese Weise fünf Leute umgebracht hat. Ein kurzer Stromstoß – zack, das war's.«

»Kann man rekonstruieren, wer hinter einem solchen Anschlag steckt?«

»Kommt drauf an. Wenn du den Typ nicht auf frischer Tat ertappst, ist es fast unmöglich.«

»Danke, hab ich mir schon gedacht.«

Lenny ging ins Arbeitszimmer, wo er nach vermissten Personen im Zeitraum von 2007 bis zum heutigen Tag suchte. Er gab Alter, Geschlecht und körperliche Merkmale ein, die zu Valerie passten, und landete sieben Treffer. Er druckte die Karteikarten und Fotos aus und suchte nach einer Querverbindung zu Gabriel Kowal, aber der Name tauchte nirgendwo auf. Er tauschte die Anfrage »vermisste Person« gegen die Stichworte »ungewöhnlich« und »Unfall« aus. Der Computer zeigte fünf weitere Übereinstimmungen an. Fünf Frauen, deren Ähnlichkeit mit Valerie verblüffend war und die unter mysteriösen Umständen ums Leben gekommen waren. Eins der Opfer war Sarah Wiehlfeld, deren Leiche von der Polizei exakt an jenem Tag, den Nexx vorhergesagt hatte, gefunden worden war.

In drei der fünf Todesfälle hatte die Polizei wegen des Verdachts auf Fremdverschulden ermittelt, die Untersuchungen waren aber eingestellt worden, nachdem es keine eindeutigen Anhaltspunkte auf ein Tötungsdelikt gegeben hatte. Lenny zählte zwölf ungeklärte Todes- beziehungsweise Vermisstenfälle.

Er löschte die Suchanfrage und gab ein weiter zurückliegendes Datum ein, den 1. Januar 2005. Und wieder wurde er fündig. Im April jenes Jahres war eine junge Frau namens Katharina Schumann als vermisst gemeldet worden. Sie war bis heute nie wieder aufgetaucht, auch ihre Leiche war nie gefunden worden. In der Liste der Zeugen, die zu ihrem Verschwinden vernommen worden waren, tauchte der Name Gabriel Koweal auf. Lenny hatte den Eingang zum Labyrinth gefunden! Nexx hatte alle Einträge in den Polizeidatenbanken gelöscht, die ihn mit einem der Fälle in Verbindung bringen konnten. Ein simpler Tippfehler hatte ihm einen Strich durch die Rechnung gemacht.

Lenny druckte die Vernehmungsprotokolle und Querverweise aus. Das Bild von Katharina Schumann schockierte ihn. Sie war eine jüngere Ausgabe von Valerie. Ohne es zu ahnen, war er einem Serientäter auf die Spur gekommen, der wahrscheinlich fünfzehn Menschen auf dem Gewissen hatte. Nexx war besessen von einem bestimmten Frauentyp. Lenny ging jede Wette ein, dass die vermissten Frauen tot waren; ermordet von einem Psychopathen, der über nahezu uneingeschränkte Macht verfügte. Auch die Anzeigen, die Valerie laut Nexx gegen andere Männer wegen Stalkings gestellt hatte, untersuchte er mit Sanchez' Hilfe noch einmal. Sie stellten sich als geschickt gemachte Fälschungen heraus.

Lenny ordnete die Ausdrucke und begann, sich mit dem Fall der vermissten Katharina Schumann zu beschäftigen.

Ein halbes Jahr vor ihrem Verschwinden hatte sie Gabriel Kowal wegen Stalkings angezeigt, drei Monate später noch einmal wegen Körperverletzung. Lenny fand einen Link zu den Strafanzeigen, der jedoch ins Leere lief. Die Dokumente waren nicht mehr vorhanden.

Sein Verdacht, dass Katharinas Fall nur wegen eines Tippfehlers noch in der Datenbank gespeichert war, verdichtete sich. So war es immer. Jeder Mörder beging irgendwann einen entscheidenden kleinen Fehler. Nexx bildete da keine Ausnahme.

Lenny blätterte die Ausdrucke durch und ließ sich von seiner Intuition leiten. Er stieß auf die Aussage von Dorothee Schuchert, einer Freundin Katharinas. Nachdem er die Zeilen überflogen hatte, war ihm klar, dass er nicht nur den Eingang zum Irrgarten entdeckt hatte, sondern auch den Faden, der ihn zum Ziel führen würde. Wenn Adresse und Telefonnummer von Dorothee Schuchert noch aktuell waren, würde er bald sehr viel mehr über Gabriel Nexx wissen.

Er tippte die Nummer in sein Handy, zögerte dann aber und schaltete es aus. »Sanchez?«

Sein Freund antwortete nicht. Wahrscheinlich war er wieder in die Welt der Bits und Bytes abgetaucht. Sanchez war der typische Computer-Nerd – genial, aber beinahe autistisch veranlagt, wenn er sich mit digitalen Rätseln herumschlug. Lenny stand auf und ging ins Wohnzimmer hinüber. Autistisch ... wie Micha Domrath, der sein kurzes Leben in einem Pflegeheim verbracht hatte. Die Deckenlampe im Korridor flackerte chaotisch und malte unheimliche Muster an die Wand.

»Ich brauche eine abhörsichere Leitung.«

Sanchez blickte geistesabwesend auf. »Hä?«

»Nexx wusste über jeden von Valeries Schritten Bescheid, weil er sie lückenlos überwacht hat. Was ist, wenn er auch mein Handy angezapft hat?«

»Ich kann nicht alles auf einmal erledigen.«

»Klar. Hast du nun eine sichere Verbindung oder nicht?«

Sanchez grinste. »Wenn irgendein Arschloch versucht, sich in mein Netz einzuklinken, weiß ich das in Sekundenbruchteilen. Keine Chance für Nexx. So gut ist nicht mal der.« Er zog ein Smartphone aus der Hemdtasche und reichte es Lenny.

»Danke.« Lenny ging mit dem Telefon zurück ins Arbeitszimmer, wählte die Nummer von Dorothee Schuchert und hatte Glück: Sie meldete sich nach viermaligem Klingeln am anderen Ende der Leitung.

»Hier spricht Leonhard Koriatis, Mordkommission Köln«, stellte er sich vor.

»Mordkommission?«

»Ich bearbeite einen alten Fall, zu dem Sie mir möglicherweise wertvolle Informationen geben könnten.«

»Es geht um Katharina.«

»Ja.«

»Haben Sie sie gefunden?«

»Nein. Aber es gibt neue Erkenntnisse. Ich bin mit dem Fall erst seit kurzem betraut und stieß in den Akten auf Ihre Aussage, die Sie im Februar 2010 zu Protokoll gegeben haben. Ich habe einige Fragen zu Gabriel … Kowal.«

»Der Erzbengel.«

»Bitte?«

»Das war sein Spitzname. Er gab sich als unschuldiger Engel, der sich dann als Teufel entpuppte. Er hat sie umgebracht. Ich weiß es, aber ich kann es nicht beweisen.«

»Erzählen Sie mir von ihm. Was ist er für ein Mensch? In welcher Beziehung stand er zu Katharina Schumann?«

»Gabriel war ein krankes Schwein, ein Psychopath.«

»Das ist ein vernichtendes Urteil.«

»Glauben Sie mir. Ich kannte ihn schon, als er noch ein Kind war. Gabriel ist böse.«

»Niemand ist ausschließlich böse.«

»Gabriel ist es. Ich lernte seine Familie kennen, als sie 1992 aus Polen nach Rostock kam. Alles begann damit, dass wir in der Schule Nachhilfe für Schüler mit Migrationshintergrund organisierten. Die Aktion wurde von den Lehrern angeregt und unterstützt. Ich kam schnell auf die Idee, mir damit ein bisschen Geld zu verdienen. Siebzehnjährige Mädchen leiden ständig unter finanzieller Not. Gabriel schien ein netter Junge zu sein. Er war schüchtern, besaß aber das Talent, die Menschen für sich einzunehmen. Ich glaube, das war ihm damals noch gar nicht bewusst. Er war wissbegierig und intelligent, und ihm war klar, dass Sprachkenntnisse der Schlüssel zu einem besseren Leben waren. Er nahm mein Angebot sofort an, und so besuchte ich ihn zweimal die Woche in der Bruchbude im Rostocker Hafen, in der die Kowals damals hausten.«

»Hatte er Geschwister?«

»Nein, er war ein Einzelkind. Und selbst das war dem Alten schon eines zu viel. Manchmal glaube ich, wenn seine Frau ein zweites Mal schwanger geworden wäre, hätte er das Kind nach seiner Geburt in der Warne ersäuft wie eine junge Katze.«

»Sie scheinen nicht viel von Gabriels Vater zu halten.«

»Der Alte war ein Dreckskerl. Er tyrannisierte seine Familie und war ständig betrunken. Ich gab Gabriel acht Wochen lang Nachhilfe in Deutsch. Eines Abends kam der Alte nach Hause, voll wie immer. Er setzte sich zu uns an den Küchentisch und schickte Gabriel Zigaretten holen. Es war ein Vorwand, um ihn loszuwerden, damit er mir in Ruhe an die Wäsche konnte. Er schob seine Hand unter meinen Rock. Ich wehrte mich und floh aus der Wohnung. Danach war ich nie wieder dort.«

»Denken Sie, er hat den Jungen missbraucht?«, fragte Lenny.

»Ich weiß es nicht. Möglich wäre es.«

»Wie hat Gabriel darauf reagiert?«

»Er hat mich nie darauf angesprochen, warum ich nicht mehr käme, aber ich vermute, er wusste, was passiert war. Einige Zeit kam er noch in die Nachhilfegruppe, ließ sich nach einigen Wochen aber auch dort nicht mehr blicken.«

»Und die Mutter?«

»Die war kaum besser als ihr Mann. Sie erzählte mir dauernd, dass sie Karriere als Tänzerin machen würde, wenn sie nur aus diesem Loch herauskäme. Aber das war nicht mehr als ein alberner Traum, an den sie sich klammerte, um der Wirklichkeit zu entfliehen. Bevor sie Gabriel zur Welt brachte, hat sie wohl tatsächlich mal getanzt, musste ihre Anstellung aber wegen ihrer Schwangerschaft aufgeben.«

Lenny klemmte sich das Handy zwischen Schulter und Ohr und machte sich Notizen. Er hatte schon so viele ähnliche Lebensgeschichten gehört, dass ihm die weitere Entwicklung der Dinge nur allzu bekannt war. Vermutlich hatte die Mutter dem Jungen die Schuld daran gegeben, dass sie gestrandet war und ihre Träume begraben musste, die sich ohnehin niemals realisiert hätten. Dazu kam der alkoholkranke, prügelnde Vater – Bausteine eines lieblosen Heranwachsens, das mit einer verhärteten vernarbten Seele endete.

»Hat Gabriel einmal erwähnt, dass er als Kind einen Unfall hatte, bei dem er reanimiert werden musste?«

»Seine Mutter hat es erzählt. Ein elektrischer Schlag hat ihn fast umgebracht. Er war fünfzehn Minuten klinisch tot, bevor der Notarzt ihn zurückgeholt hat. Es hieß, dass sich sein Gehirn davon nicht mehr vollständig erholt hätte.«

»Wie äußerte sich das?«

»Das weiß ich nicht genau. Angeblich soll er unter Wutanfällen und epileptischen Störungen gelitten haben. Gabriel näherte sich mir nur noch ein paar Mal, aber er spürte wohl, dass ich keinen Kontakt mehr mit ihm wollte. Ein knappes Jahr später kam dann sein Vater ums Leben.«

»Wissen Sie darüber Genaueres?«

»Und ob«, sagte sie, »wie könnte ich das vergessen? Die ganze Schule sprach davon. Der Alte arbeitete im Schlachthof, wo er Schweinehälften mit einer Kreissäge zerteilte. Die Tiere wurden zuvor mit einem Elektroschocker getötet. Kowal kam irgendwie mit dem Schocker in Berührung, stürzte in die Säge und wurde genauso von ihr auseinandergeschnitten wie die Schweine. Es gab Gerüchte, dass er sternhagelvoll gewesen ist – was wohl auch der Wahrheit entsprechen dürfte.«

»Wie hat Gabriel den Tod seines Vaters aufgenommen?«

»Wie alles andere auch – mit Schweigen. Er tat mir leid, denn die Jungs an der Schule machten grausame Witze über ihn. Ein halbes Jahr später machte sich dann auch die Mutter aus dem Staub.«

»Sie starb ebenfalls?«

»Nein, nein. Eines Tages war sie plötzlich nicht mehr da.« Sie lachte. »Wer weiß, vielleicht hat sie ja doch noch Karriere als Tänzerin gemacht – oder als Stripperin in einer schmierigen Bar.«

»Und Gabriel?«

»Ich begann eine Ausbildung in Berlin und verlor ihn aus den Augen. Ein paar Jahre später traf ich ihn zufällig wieder. Er studierte und jobbte während der Semesterferien in einem Computerladen in Rostock. Er hatte sich verändert, und das nicht nur äußerlich. Dass er es trotz seiner Herkunft und familiären Schwierigkeiten bis auf die Universität geschafft hatte, beeindruckte mich. Aber da war etwas in seinem Wesen, das mir Angst einflößte – ein kalter, grausamer Zug in seinen seltsamen zweifarbigen Augen, der mich an seinen Vater erinnerte. Ich entsinne mich noch gut an den Abend unseres Wiedersehens. Katharina und ich hingen in Warnemünde in einer Diskothek ab, als er auftauchte. Er wechselte ein paar Worte mit mir, schien aber mehr Interesse an Katharina zu haben.

»Katharina Schumann? Das Mädchen, das kurz darauf spurlos verschwand?«

»Ja.«

»Was genau geschah in der Diskothek?«

»Gabriel machte Katharina an. Er schien geradezu besessen von ihr zu sein, ein besserer Ausdruck fällt mir nicht ein. Er wusste eine Menge Dinge über sie, so als ob er sie schon geraume Zeit über beobachtet hätte. Mir war das unheimlich. Ich warnte Katharina vor ihm, obwohl ich eigentlich keinen Grund dafür hatte. Schließlich war es sein Vater gewesen, der sich wie ein Schwein benommen hatte, nicht er. Aber das unterschwellige Gefühl von Angst und Bedrohung, das ich in seiner Nähe empfand, brachte mich einfach dazu. Doch je mehr ich Katharina drängte zu gehen, desto mehr trieb ich sie in Gabriels Arme. Der Abend endete im Streit zwischen uns, und sie zog mit ihm los.«

»War das derselbe Abend, an dem sie verschwand?«

»Nein. Ich traf sie zwei Tage später. Sie schwärmte von Gabriel und war bis über beide Ohren in ihn verknallt. Gabriel und Katharina wurden schon bald von allen nur noch ›die siamesischen Zwillinge‹ genannt. Man traf sie nie alleine an. Ich bedauerte zwar, dass ich Katharina nur noch selten sah, freute mich aber auch für sie. Die Beziehung hielt etwa acht Wochen.«

»Wer von beiden beendete sie?«

»Beenden? Man beendet keine Beziehung mit Gabriel. Zuerst wusste ich nicht, was los war. Sie sprach nicht darüber. Wenn ich ihr zufällig begegnete, hatte ich das Gefühl, dass sie unter enormem Druck stand. Katharina war nervös und schreckhaft und zuckte beim leisesten Geräusch zusammen. Ich bot ihr meine Hilfe an, aber sie lehnte ab. Sie sagte, sie hätte ein bisschen Stress mit Gabriel, aber das würde sich legen. Eine Woche später stand sie mit einem Koffer in der Hand vor meiner Tür. Sie zitterte vor Angst und fragte mich, ob sie ein oder zwei Nächte bei mir bleiben könne. Natürlich nahm ich sie auf, sie war schließlich meine Freundin. Wenn ich geahnt hätte, was mir bevorstand, hätte ich sie vielleicht dennoch abgewiesen. Sie denken sicher, ich wäre selbstsüchtig, aber …«

»Das denke ich nicht, Frau Schuchert, denn ich habe Gabriel Kowal kennengelernt.«

Sie holte tief Atem und berichtete dann weiter. »Gabriel hatte Katharina in ein Nervenbündel verwandelt. Sie fürchtete sich vor ihrem eigenen Schatten. Dabei hatte alles ganz harmlos begonnen.

Katharina hatte sich eines Abends verspätet. Sie war in einen Stau geraten, und der Akku ihres Handys war leer. Als sie schließlich in Gabriels Wohnung ankam, überschüttete er sie mit Vorwürfen und steigerte sich in einen Wutanfall hinein. Zunächst schrieb sie sein Verhalten seiner Angst zu, ihr könnte etwas zugestoßen sein, zumal er sich am nächsten Tag bei ihr entschuldigte. Aber es blieb nicht bei diesem einen Vorfall. Er begann, sie zu überwachen, kontrollierte ihr Handy, las ihre Mails und fuhr ihr nach, wenn sie alleine unterwegs war – was immer seltener vorkam. Katharina glaubte zu ersticken, weil sie keinen Schritt mehr ohne ihn machen konnte.

Er begann, ihre Freundschaften zu zerstören, um sie zu isolieren, und ging dabei sehr geschickt vor. Als Katharina merkte, was vor sich ging, war es bereits zu spät. Ihre einzige Kontaktperson war Gabriel, alle anderen hatten sich von ihr abgewandt. Ich benutze das Wort nicht gerne, aber es trifft es am besten. Gabriel hielt sie wie ein Haustier.«

»Sie meinen, sie verließ die Wohnung nicht mehr?«

»Er hat sie eingesperrt und behauptet, es sei zu ihrem Besten. Schließlich gelang ihr nach einer Woche die Flucht, und sie rettete sich zu mir. Nachdem ich alles erfahren hatte, riet ich ihr, zur Polizei zu gehen, aber sie weigerte sich. Sie sagte, Gabriel hätte ihr gedroht, sie umzubringen, sollte sie ihn anzeigen.«

»Aber der Terror hörte trotzdem nicht auf«, sagte Lenny.

»Nein. Er spürte Katharina bald bei mir auf und ließ seine krankhafte Wut auch an mir aus. Trotzdem hielt ich zu Katharina und ging ohne ihr Wissen zur Polizei. Die Beamten nahmen meine Anzeige auf, aber mehr geschah nicht. Gabriel tyrannisierte uns nach wie vor. Er rief pausenlos an, schlich ums Haus und drohte uns unverhohlen mit Gewalt.

Dann merkte Katharina, dass sie schwanger war. Sie trieb das Kind ab. Gabriel erfuhr davon und rastete völlig aus. Er steckte meinen Wagen in Brand, drang in meine Wohnung ein und zerstörte dort alles, was mir lieb und teuer war. Und all das stellte er so geschickt an, dass es keine Beweise gegen ihn gab, um ihn anzuzeigen.

Am nächsten Abend fand ich einen Brief von Katharina in meiner Wohnung. Sie schrieb, sie wolle mich nicht länger der Gefahr aussetzen. Danach habe ich sie nie wiedergesehen.«

Lenny blätterte in seinen Ausdrucken. »Katharina Schumann wurde in allen EU-Staaten als vermisst gemeldet. In den Akten ist vermerkt, dass sie einige Tage später mit einem Ladendiebstahl in Ploubazlanec im Norden Frankreichs in Verbindung gebracht wurde. Es gab Zeugen, die sie auf Fotos wiedererkannt haben wollen.«

»Ja. Sie sprach davon, eine Weile unterzutauchen – in der Hoffnung, dass Gabriel sie dann in Ruhe lassen würde. Wir hatten auch mal geplant, gemeinsam auf die Île de Bréhat in der Bretagne zu fahren. Ich vermute, dass sie dorthin unterwegs war. Das habe ich auch der Polizei gesagt.«

»Nördlich von Ploubazlanec gibt es eine Fährverbindung zur Île de Bréhat«, sagte Lenny, »so weit passt es also.«

»Die Beamten setzten sich mit der französischen Polizei in Verbindung, aber von Katharina fehlte jede Spur. Niemand weiß, ob sie jemals auf der Insel angekommen ist oder das Festland überhaupt verlassen hat.«

»Halten Sie es für möglich, dass sie Selbstmord beging?«

»Ich weiß es nicht. Zuletzt lebte sie in einem Zustand permanenter Angst, sie schlief nicht mehr und litt unter Depressionen. Kein Wunder nach all dem, was sie durchgemacht hatte. Natürlich wurde Gabriel von der Polizei vernommen, aber es gab keine Beweise gegen ihn. Die Beamten hatten ja nicht mal eine Leiche.«

»Sie glauben, er ist ihr in die Bretagne gefolgt und hat sie umgebracht?«

»Ehrlich gesagt, versuche ich, diese schreckliche Geschichte zu vergessen. Aber wenn Sie mich so direkt fragen – ja, ich glaube, dass er sie ermordet hat. Doch was nützt das jetzt noch? Es macht Katharina nicht wieder lebendig.«

Lenny kritzelte eine Notiz auf die Rückseite eines Ausdrucks. Sanchez hatte, was den Standort des Servers betraf, von dem bislang alle Hackerattacken ausgegangen waren, auf Guernsey getippt. Die Insel lag in unmittelbarer Nähe zur Bretagne. Und wenn Nexx damals dort gewesen war, ergab dies eine Verbindung, ein Muster. Erleichtert stellte Lenny fest, dass seine Fähigkeit, im Chaos Regelmäßigkeiten zu erkennen, langsam wieder zurückkehrte. Je mehr er sich auf seine Aufgabe konzentrierte, Nexx einzukreisen, desto klarer arbeitete sein Verstand und drängte Valeries Tod in die tieferen Schichten seines Unterbewusstseins. Er hatte nun einen Ansatzpunkt, eine deutliche Spur. Wenn er die Leiche des Mädchens fand, konnte er Nexx vielleicht einen Mord nachweisen.

Nexx alias Gabriel Kowal litt unter extremer Verlustangst. Sein Vater war bei einem Unfall getötet worden und hatte ihn – aus seiner Perspektive gesehen – im Stich gelassen. Seine Mutter hatte sich kurz darauf aus dem Staub gemacht und ihn ebenfalls zurückgelassen. Nexx wollte besitzen, wonach es ihn verlangte, es festhalten und nie wieder hergeben. Dazu zählten in erster Linie Frauen. Er war unfähig zu einer echten Bindung, zu Vertrauen und Liebe. Seine Furcht, verlassen zu werden, verwandelte ihn in einen Tyrannen, der seinen Besitz hinter Gräben und Mauern in Sicherheit brachte. Er hatte Katharina Schumann eingesperrt wie eine Gefangene, der nur durch einen glücklichen Zufall die Flucht gelungen war. Doch mit ihrer Flucht hatte sie sich seiner Kontrolle entzogen und damit ihr eigenes Todesurteil unterzeichnet. Lenny erinnerte sich an Valeries Worte: Der vollkommene Besitz ist für einen Stalker wie Nexx der Tod seines Opfers. Dadurch bleibt es für immer sein. Wie oft hatte sich in ihm wohl das Verlangen nach dieser Art absoluten Besitzes geregt? Wie viele ermordete Frauen gingen auf sein Konto? Er betrachtete das Foto von Katharina Schumann in den Ermittlungsunterlagen. Sie ähnelte Valerie nicht so sehr wie Angelika Domrath, entsprach aber dennoch dem gleichen Frauentyp.

»Können Sie Gabriels Mutter beschreiben? Wie sah sie aus?«

»Kastanienbraunes Haar, grüne Augen, schlank, ziemlich groß für eine Frau. Sie sah fast so aus, als wäre sie eine ältere Schwester von Katharina.« Dorothee Schuchert stutzte. »Glauben Sie, dass da eine Verbindung besteht?«

»Vielleicht. Sie haben mir sehr geholfen, Frau Schuchert. Darf ich Sie anrufen, falls noch Fragen auftauchen?«

»Ja. Versprechen Sie mir etwas?«

»Wenn ich kann.«

»Fassen Sie dieses Schwein.«

»Ich werde nicht aufhören, ihn zu jagen. Und eines Tages werde ich ihn festnehmen. Alle Serienmörder machen irgendwann einen Fehler.« Er dachte an den Tippfehler. Manchmal waren es nur Kleinigkeiten.

»Sie sind der Polizist, der mit der Journalistin zusammen war, nicht wahr? Ich meine, die bei dem Brand ums Leben kam. Es stand in allen Zeitungen.«

»Ja, der bin ich.«

»Sie hatte kastanienbraunes Haar. Und sie war groß. Ich habe sie oft im Fernsehen gesehen. Ich mochte ihre Sendung. Hat er sie auch getötet?«

»Ja.«

»Ich wünsche Ihnen viel Glück.«

»Danke.«

Lenny beendete das Gespräch, und die Welt um ihn herum war plötzlich wieder dunkel, schwarz und konturlos. Er heftete die Fotografien der fünfzehn Frauen an die Pinnwand in Sanchez' Arbeitszimmer. Fünfzehn beinahe identische Gesichter, fünfzehn ungeklärte Schicksale. Es gab keinen Zweifel mehr, Gabriel Nexx war ein Serienkiller, der sich immer wieder den gleichen Frauentyp als Opfer aussuchte. Nur dank eines Tippfehlers war Lenny auf eine der größten ungelösten Mordserien in Deutschland gestoßen.

Er hörte Schritte auf dem Gang.

»He Lenny. Das musst du dir anschauen.«

Lenny drehte sich um. Sanchez stand in der Tür. Er sah blass und verstört aus.

»Hast du etwas entdeckt?«

Sanchez nickte. »Könnte man so sagen.«

31

Hast du ein Gespenst gesehen?«, fragte Lenny. »Du bist bleich wie der Tod.«

Sanchez stellte vorsichtig den Laptop auf einem freien Fleck des Schreibtischs ab, als würde er bei der leisesten Erschütterung zerbrechen wie hauchdünnes Eis.

»Ja. Hab ich. Ich weiß jetzt, wie Nexx arbeitet.«

Lenny blickte ihn gespannt an. »Und?«

»Weißt du, was ein nichtlinearer Algorithmus ist?«

»Nein, erklär's mir.«

»Alle Computer arbeiten linear. Es gibt Zustandsgrößen, mit denen ein Programm gefüttert wird, und dazu mathematische Gleichungen, die daraus eine mögliche Entwicklung ableiten. In einer Umgebung, die sich linear verhält, funktioniert das hervorragend.«

»Die Darstellung von Informationen durch die Zahlen 0 und 1«, sagte Lenny.

»Stark vereinfacht dargestellt – ja. Man kann dieses Prinzip auf alle unbelebte Materie ausweiten. Wenn ich einen Stein in ein Loch werfe, kann man berechnen, wann er unten ankommt – falls bekannt ist, wie schwer er ist und mit welcher Kraft er geworfen wurde. Ebenso kann man die Flugbahn einer Kanonenkugel oder einer Rakete berechnen. In linearen Systemen verhalten sich Dinge immer nach denselben Gesetzen. Die Zukunft ist vorhersehbar.«

»Aber so funktioniert die Welt nicht.«

»Nein«, sagte Sanchez. »Die meisten Entwicklungen im Universum laufen nichtlinear ab. Das trifft vor allem auf lebende Wesen zu, aber auch auf das Wetter und andere komplexe Systeme. Ich komme noch mal auf das Beispiel mit dem Stein zurück. Auf den Stein wirkt eine bestimmte Energie ein. Er nimmt sie auf, fällt irgendwo zu Boden und gibt die Energie ab. Weiter geschieht nichts. Der Stein bleibt passiv, bis eine neue Kraft ihn bewegt – Wasser, eine Schneelawine oder andere Steine. Ein Lebewesen verhält sich völlig anders, unvorhersehbar. Wenn ich dich angreife, weiß ich nicht genau, wie du reagieren wirst. Selbst wenn ich dich gut kenne und weiß, wie du *normalerweise* reagierst, kann ich keine exakte Vorhersage treffen. Wirst du dich zur Wehr setzen, vor mir fliehen oder ausweichen? Dein Handeln kann von unendlich vielen Kleinigkeiten abhängen. Es gibt Algorithmen, die im Vorhersagen nichtlinearen Verhaltens ziemlich gut sind, wenn man sie mit irrsinnig vielen Daten füttert. Aber trotzdem können sie nicht *genau* beschreiben, was geschehen wird. Du wirst dich bei einem Angriff jedes Mal minimal anders verhalten. Eine simple Beschreibung von Ursache und Wirkung, von einwirkender Kraft und Gegenkraft reicht nicht aus. Das macht es so schwierig, exakte Voraussagen über das Verhalten von Menschen zu machen.«

Sanchez suchte umständlich nach seinen Zigaretten. Seine Finger zitterten, als er sich eine ansteckte.

»Nexx hat einen nichtlinearen Algorithmus geschrieben. Er oder derjenige, der diesen Laptop benutzt hat.«

»Was erschreckt dich daran so?«

»Verstehst du denn nicht? Hast du vergessen, wovor ich dich gewarnt habe? Mit diesem Algorithmus kann man das nichtlineare, chaotische Verhalten von Menschen vorhersagen. Es bedeutet, dass der freie Wille der Vergangenheit angehört.«

»Du meinst, Nexx hat einen Flugzeugabsturz punktgenau mit Hilfe dieses Algorithmus vorhergesagt?«

Sanchez nickte heftig mit dem Kopf. »Ja, genau das meine ich. Lenny, wer diesen Algorithmus besitzt, kann die Welt beherrschen!«

»Es reicht ihm schon, wenn er Frauen damit beherrschen kann«, antwortete Lenny sarkastisch.

»Hä?«

Lenny zeigte Sanchez die Fotos der fünfzehn Frauen und erklärte ihm, was er herausgefunden hatte.

»Aber wenn er sie steuern kann, wie er will, warum bringt er sie dann um?«, fragte Sanchez.

»Weil das für ihn die höchste Form des Besitzes darstellt.«

»Das verstehe ich nicht.«

»Es ist auch nicht leicht zu verstehen. Nexx ist ein Psychopath. Äußerlich ein erfolgreicher, zielstrebiger, normal wirkender Mann, aber innerlich ein wahres Monster. Er passt genau in das Muster eines Serientäters. Vermutlich leidet er unter starken Verlustängsten, weil ihn sein Vater, aber vor allem seine Mutter im Stich gelassen haben. Er rächt sich dafür, indem er Frauen quält und tötet, die ihr ähnlich sehen. Er braucht das Gefühl, die absolute Kontrolle über sie zu besitzen. Droht er sie zu verlieren, tötet er sie, um den Augenblick ihres Verlustes und der Angst, alleine zurückgelassen zu werden, in einen Akt der Machtausübung zu verwandeln. Wir müssen ihn stoppen.«

»Wir?« Sanchez lachte auf. »Du begreifst nicht ganz, mit wem du dich da anlegst. Nexx ist gewissermaßen allwissend. Er weiß, was geschehen wird. Gleichgültig, welchen Plan du auch gegen ihn ausheckst, er wird dahinterkommen.« Er legte die Hand auf Michas Laptop. »Vorausgesetzt, er weiß genug über dich, um diesen kleinen digitalen Teufel hier zu füttern.«

»Ein solch geniales Programm ersinnt doch niemand über Nacht, sonst hätte es längst jemand getan. Ist Nexx alleine überhaupt in der Lage dazu?«

»Das bereitet mir auch Kopfschmerzen. In diesem Programm steckt die Entwicklungsarbeit eines ganzen Teams. Selbst die besten Programmierer der Welt würden Jahre brauchen, um es zu entwickeln, von der Finanzierung will ich gar nicht erst reden. Nur ein *Savant* wäre dazu in der Lage.«

»Ein *Savant?*«

»Man nennt sie auch Inselbegabte, Autisten, die über eine einzige sehr spezielle Fähigkeit verfügen, die über alles hinausgeht, was man dem menschlichen Gehirn normalerweise zutraut. Es gibt da einen Typen, der mal auf den Kopf gefallen ist und anschließend perfekt Klavierspielen konnte. Und dann ist da noch …«

»Halt, warte. Was hast du gerade über die Inselbegabten gesagt?«

»Dass Savants meistens autistisch sind, und ihr Gehirn anders funktioniert als bei normalen Menschen.«

»Micha!«

Sanchez blickte ihn fragend an.

Aufgeregt berichtete ihm Lenny von seinem Besuch im Pflegeheim. »Nexx freundete sich mit dem Jungen an. Er muss bemerkt haben, welches Talent in ihm steckt. Der Junge hat das Programm geschrieben.«

»Wäre möglich. Frag ihn.«

»Er ist tot. Ertrunken in der Havel.«

»Was für ein Verlust für die Menschheit. Ich hätte ihn gerne kennengelernt. Auf dem Rechner sind noch andere bemerkenswerte Programme.«

»Noch mehr Teufelszeug?«

»Einige sehr interessante Sachen, mit denen man in so ziemlich jedes Netzwerk eindringen kann, egal, wie gut es gesichert ist. Wirklich bemerkenswert.« Sanchez runzelte die Stirn. »Ich muss gestehen, dass ich noch gar nicht alles verstehe.«

»*Du* verstehst es nicht?« Lenny wusste, dass Sanchez in Hackerkreisen als Genie galt.

»Ich habe doch gesagt, der Junge war brillant. Alleine die Gesichtserkennungssoftware, die er programmiert hat, ist der Hammer. Sie geht über alles hinaus, was ich bisher gesehen habe.«

»Was macht man damit?«

»Was du willst. Stell dir vor, du sitzt in einem Café und siehst am Nachbartisch eine Frau, auf die du sofort scharf bist. Du fotografierst sie unauffällig mit deinem Handy und jagst das Bild durch die Software. Die durchsucht dann das Internet, soziale Netzwerke und Bilddatenbanken. In kürzester Zeit weißt du alles über sie, was das Netz hergibt. So etwas gibt's natürlich schon, aber«, er zeigte auf den Laptop, »dieses Programm toppt alles, was ich kenne.«

Lenny drehte sich zu der Pinnwand mit den Fotos der verschwundenen Frauen um. »Er hat die Software benutzt, um Frauen zu finden, die dem zwanghaften Bild entsprechen, das er im Kopf hat.«

Er studierte die Gesichter der Frauen – kastanienbraunes, langes Haar, grüne Augen. Elektrisiert nahm er ein Foto von der Pinnwand. Es zeigte eine Frau Ende zwanzig. Ihre Ähnlichkeit mit Valerie war verblüffend. Auf den ersten Blick glaubte Lenny, ihre Zwillingsschwester gefunden zu haben. Er überflog rasch die Daten auf dem Vermisstenprotokoll. Seine Hand zitterte, als er die Seiten umblätterte. Die Frau hieß Marina Vuković. Sie war an demselben Tag verschwunden, an dem auch das Feuer auf dem Rheinschiff ausgebrochen war. Aus der Akte ging hervor, dass sie sich illegal in Deutschland aufhielt. Ihr Bruder hatte sie trotzdem zwei Tage nach dem Unglück als vermisst gemeldet, weil er sich große Sorgen um sie machte. Er hatte angegeben, dass sie einen Job als Putzkraft auf einem Ausflugsschiff angenommen hatte. Sie besaß keine gültigen Papiere und hatte schwarzgearbeitet. Da sie sich nicht wieder gemeldet hatte, befürchtete ihr Bruder, dass sie sich unter den Unglücksopfern befand.

Lenny starrte auf das Foto. Eine irrwitzige Hoffnung keimte in ihm auf. Die Tote am Rheinufer hatte Valeries Kleidung getragen, er selbst hatte sie für Valerie gehalten. Niemand hatte einen Grund gehabt, daran zu zweifeln. Sie war zudem von ihrer Schwester identifiziert worden, weshalb auch die Gerichtsmedizin keinen Anlass gesehen hatte, einen DNA-Abgleich vorzunehmen.

Wieder spürte er den Hauch eines Kusses auf seiner Wange, Valeries warmen Atem. Hatten sie vor achtundvierzig Stunden wirklich Valerie de Crécy zu Grabe getragen? Nexx konnte keine bessere Chance als diese bekommen, um ihrer habhaft zu werden. Er hatte vorausgesagt, dass sie sterben würde. Und seine Prophezeiung hatte sich erfüllt, weil er ihren Tod geplant hatte. So gut, dass wahrscheinlich Marina Vuković statt ihrer auf dem Friedhof lag. Nun besaß Nexx absolute Macht über Valerie. Denn offiziell war sie tot. Mit einem Menschen, der nicht mehr existierte, konnte er tun und lassen, was er wollte. Eine Hand aus Eis griff nach seinem Herzen.

»He Lenny. Was ist los? Hast jetzt *du* ein Gespenst gesehen?«

»Ja«, sagte er, »hab ich.«

Einen Geist, der ruhelos durch die Korridore eines verlassenen Schlosses wandelte. Plötzlich sah er klar. Er wusste, wo Valerie war. Sie war heimgekehrt. Vor seinen Augen tauchten zwei Fotografien auf – ein inszeniertes Hochzeitsbild mit Nexx und Valerie und ein weiteres Bild, auf dem zwei junge Mädchen lachend in die Kamera blickten – Valerie und Julie de Crécy. Valerie hatte ihm das Foto in der Nacht am Meer gezeigt. Im Hintergrund war jeweils ein von Rosen überwucherter Steinbogen zu sehen, ein Portal, das zum Landsitz der de Crécys gehörte.

»Kannst du herausfinden, ob Nexx in letzter Zeit Immobilien erworben hat?«

»Ich kann's versuchen.«

Lenny wanderte ruhelos auf und ab, während Sanchez in die Datenbänke von Behörden und Katasterämtern eindrang.

»Mann, du hattest recht.« Sanchez schüttelte den Kopf. »Eins muss man dir lassen. Du hast wirklich ein phänomenales Gespür.«

Lenny überflog die knappe Meldung in einer Online-Illustrierten. Gabriel Nexx hatte vor einem halben Jahr ein altes Landschloss in der Bretagne gekauft. Dem Artikel zufolge war das Haus dreihundert Jahre im Besitz der Familie de Crécy gewesen. Der letzte Erbe in der Ahnenreihe, Giles de Crécy, hatte während der Finanzkrise 2008 einen großen Teil seines Vermögens mit Aktienspekulationen verloren und war einem Herzinfarkt erlegen. Kurz darauf war das Anwesen verkauft worden, aber der neue Besitzer hatte offenbar die Unterhaltungskosten des alten Gemäuers unterschätzt und es an Nexx verkauft.

»Wer wird die Prinzessin in seinem Schloss?«, lautete die Bildunterschrift. Das Landhaus sah aus, wie Valerie es ihm beschrieben hatte: ein wuchtiges Sandsteingebäude mit gedrungenen Rundtürmen an den Ecken, umgeben von einer mannshohen Bruchsteinmauer, die von einem mit Rosen bewachsenen Torbogen unterbrochen wurde.

»Sieht gruselig aus«, sagte Sanchez. »Du wirst eine Armee brauchen, um die Burg zu stürmen.«

»Keine Armee, nur einen Durchsuchungsbeschluss. Ich werde in diesem verfluchten Schloss jeden Stein umdrehen.«

»He, wenn du ihm an den Kragen willst, bin ich dabei.«

»Nein, Sanchez. Wenn du hier vor deinen Bildschirmen die Stellung hältst, nützt du mir mehr.«

»Ich habe zwar schon gesehen, wie du mit deinem Dickschädel Wände einrennst, aber allein wirst du gegen Nexx untergehen. Er wird dir immer einen Schritt voraus sein, weil er dich besser kennt als du dich selbst. Wir müssen ihn mit seinen eigenen Waffen schlagen.« Sanchez klappte Michas Laptop zu und trug ihn in sein Arbeitszimmer. »Warte 'ne Sekunde, ich spiegele die Festplatte auf mein Tablet. Dann nehmen wir ihn auseinander.«

»Sanchez, ich muss das alleine durchziehen.«

»Du hast mir mehr als einmal meinen Arsch gerettet. Es wird höchste Zeit, dass ich mich revanchiere.«

»Du kannst mir helfen, wenn du das machst, was du am besten kannst: Schleich dich in sein Netzwerk ein. Wir müssen davon ausgehen, dass nichts vor ihm verborgen bleibt. Wenn er gewarnt wird, hat er genügend Zeit, um belastendes Material verschwinden zu lassen.« Er drehte sich um. »Aber dich hat er nicht auf der Rechnung.«

»Und wie willst du verhindern, dass er Wind von der Sache bekommt?«

»Ganz einfach. Für einen Durchsuchungsbefehl auf französischem Boden brauche ich ein Rechtshilfegesuch. Ich werde den Staatsanwalt bitten, dieses Gesuch auf einer altmodischen Schreibmaschine zu tippen. Dann übergebe ich das Schreiben eigenhändig an die zuständigen Behörden in Nantes. Um einen Hellseher als Schwindler zu entlarven, muss man ihn überraschen.«

32

Sie gehen mir langsam auf die Nerven, Koriatis.«

Krugmann stieß pfeifend den Atem aus und plumpste in seinen Schreibtischsessel. »Eine Exhumierung! Nennen Sie mir einen vernünftigen Grund, warum mich Westhofen nicht sofort rausschmeißen sollte, wenn ich ihm mit diesem Quatsch komme.«

Lenny hatte damit gerechnet, dass sein Chef schwer zu überzeugen sein würde, und sich gut vorbereitet. Er klappte seinen Aktenkoffer auf und klemmte dreizehn Fahndungsfotos in die Leiste an der Wand hinter Krugmanns Schreibtisch, dazu je eine Aufnahme von Valerie und Angelika Domrath. Dann begann er, ihn systematisch mit seinen Ermittlungen zu konfrontieren.

»Nexx wusste, wo wir die Leiche von Sarah Wiehlfeld finden würden, weil er sie selbst in dem alten Bunker abgelegt hatte. Er hat mindestens fünfzehn Morde begangen, wahrscheinlich noch mehr. Und er wird weitermachen, wenn wir ihn nicht stoppen.«

Krugmann hörte schweigend zu. Nachdem Lenny seine Thesen vorgebracht hatte, nickte er ernst.

»Verflucht, Koriatis. Wenn Sie recht haben, ist das die teuflischste Mordmaschine, die je erfunden wurde. Aber können wir Nexx eindeutig mit den Verbrechen in Verbindung bringen?«

»Er steht mit dem Verschwinden von Katharina Schumann in Zusammenhang. Ich weiß von Valerie de Crécy, was Angelika Domrath ihr über Nexx erzählt hat und was er ihr selbst angetan hat. Beide Aussagen weisen starke Übereinstimmung mit der Zeugenaussage von Dorothee Schuchert auf. Alle drei belegen eindeutig, dass Nexx Frauen stalkt. Er besitzt Täterwissen im Fall Wiehlfeld. Und ich bin der Überzeugung, dass er Micha Domrath umgebracht hat, nachdem er ihn nicht mehr brauchte. Eine Exhumierung von Marina Vuković wird außerdem ergeben, dass Valerie de Crécy lebt und sich wahrscheinlich in der Hand von Nexx befindet.«

»Warum sollte er sie ausgerechnet in Frankreich versteckt halten? Warum nicht in seiner Villa hier in Köln?«

»Weil er niemals so leichtsinnig wäre, eines seiner Opfer mitten in der Stadt festzuhalten. In der Bretagne hat er viel bessere Möglichkeiten dazu. Der Rechner, von dem aus die Hackerangriffe auf Valerie de Crécy und Thomas Zacher geführt wurden, steht in Nordfrankreich. Nexx hat das ehemalige Landschloss der de Crécys bei Saint-Malo gekauft, und ich sage Ihnen auch, warum er das getan hat: Er will Valerie de Crécy mit den Schrecken ihrer Kindheit konfrontieren, um sie zu brechen und gefügig zu machen. Besorgen Sie mir diesen Durchsuchungsbefehl, und ich liefere Ihnen die Beweise, mit denen Sie Nexx festnageln können.«

»Sie lehnen sich verdammt weit aus dem Fenster, Koriatis. Woher stammen eigentlich Ihre Informationen?« Krugmann lehnte sich zurück und kniff die Augen zusammen. »Sanchez Moreno, nicht wahr? Sie sollten sich von ihm fernhalten. Moreno hat fünfzehn Monate gesessen, weil er die Server mehrerer Banken geknackt hat. Kein besonders glaubwürdiger Zeuge, oder?«

»Der Rest seiner Strafe wurde zur Bewährung ausgesetzt, weil er inzwischen hauptsächlich für uns arbeitet. Ich sage es nicht gern, aber er ist um Längen besser als unsere Leute. Wenn ich falschliege, nehme ich es auf meine Kappe. Aber wenn ich recht habe, klären *Sie* die größte Mordserie auf, die es in diesem Land je gegeben hat.«

Krugmann lehnte sich wieder nach vorne und sah ihn eindringlich an. »Wenn Sie sich irren, können Sie leere Plastikflaschen am Rheinufer sammeln. Und ich mit Ihnen.«

»Nexx ist nicht allmächtig.«

»Sie haben ja keine Ahnung.« Krugmann stemmte sich aus seinem Sessel und raffte die Fotos und Lennys Bericht zusammen.

»Also gut. Sie werden Ihren Durchsuchungsbefehl bekommen.«

»Westhofen soll das Rechtshilfegesuch mit einer Schreibmaschine tippen. Ich werde es persönlich an die zuständige französische Staatsanwaltschaft übergeben.«

»Mann, Koriatis! Es reicht jetzt! Einen Durchsuchungsbefehl mit einer Schreibmaschine tippen! Warum schicken wir nicht gleich einen berittenen Boten in die Bretagne?«

»Keine schlechte Idee.«

»Warten Sie hier.« Krugmann verließ das Büro und knallte die Tür hinter sich zu.

Lenny blieb zurück und lächelte zum ersten Mal seit vielen Tagen. Er würde Valerie wiedersehen.

33

Der Camaro schien die Unruhe seines Besitzers zu spüren, denn der alte Chevrolet-Motor schnurrte gehorsam und trug Lenny stetig nach Westen.

»Mann, haben Sie ein Glück, Koriatis«, hatte Krugmann nach seiner Rückkehr ins Büro gebrummt und ihm das geforderte Amtshilfegesuch in die Hand gedrückt.

»Westhofens Ex-Frau hat einen Haufen Geld für Nexx' Hellseherquatsch rausgeworfen, und er ist alles andere als begeistert, noch immer für diesen Unfug bezahlen zu müssen. Die französischen Kollegen in Nantes sind informiert und erwarten Sie. Aber wenn Sie Mist bauen, können Sie im Archiv Akten sortieren, bis Sie an einer Staublunge krepieren, das verspreche ich Ihnen.«

Westhofen hatte das Rechtshilfegesuch an die Staatsanwaltschaft in Nantes gefaxt. Lenny hoffte, dass dieser Übertragungsweg sicher war. Grimmig wurde ihm bewusst, dass er auf dem besten Weg war, eine Paranoia zu entwickeln.

Sicherheitshalber hatte er sein Handy ausgeschaltet und bewahrte den Akku getrennt davon auf. Inzwischen befand er sich fünfzehn Kilometer vor Aachen. Er benutzte kein Navigationsgerät, sondern folgte den Hinweisschildern. Der alte Camaro verfügte über keinen Bordcomputer, der sich unbemerkt ins Internet einwählte und über das Netz von außen manipuliert werden konnte, trotzdem wuchs Lennys Unruhe. Über ihn existierten unzählige Daten – psychologische Tests, Beurteilungen von Vorgesetzten, Versetzungsgesuche und Hunderte von Ermittlungsberichten, die seine individuelle Handschrift trugen. Genug Details, um daraus ein Netz zu weben, in dem er sich verfangen könnte.

Entschied er wirklich selbst, welchen Weg er gehen wollte? Wie lange steuerte Nexx ihn schon? Sanchez hatte ihn gewarnt. Wenn

Nexx über jeden seiner Schritte vor ihm informiert war, dann wusste er auch, dass er in die Bretagne kommen würde. Das bedeutete, dass er keinen Schlachtplan entwickeln konnte, den Nexx nicht vereiteln würde. Aber er war nun einmal Leonhard Koriatis, Sohn eines Taugenichts und einer Selbstmörderin, der durch schmerzhafte Lektionen gelernt hatte, sich gegen alle Widerstände durchzuschlagen. Er liebte alte Autos, Swing-Musik und Schwarzweißkrimis und verliebte sich zu leicht. Was auch immer er tat, er blieb er selbst. Er dachte, fühlte, plante und handelte wie Lenny Koriatis. Nichts und niemand konnte daran etwas ändern. Erst jetzt begriff er die Gefahr, die von dem Algorithmus ausging, in ihrer ganzen Tragweite. Denn noch befand sich dieses Programm *nur* im Besitz eines Egomanen, der seine eigenen Triebe befriedigen wollte. Doch wenn es in die Hände eines skrupellosen Tycoons oder eines Geheimdienstes gelangte, könnte das unter Umständen für alle Menschen das Ende ihres freien Willens bedeuten. Es ging nicht mehr nur um Nexx, Valerie und ihn. Es ging um das Schicksal der Menschheit, um eine unvorstellbare Macht, die zu einer Orwellschen Neutronenbombe anwachsen konnte.

Es begann zu regnen, Wassertropfen verteilten sich unregelmäßig auf der Frontscheibe. Vom Fahrtwind getrieben, bildeten sie zitternde Muster. Seitdem Lenny Valerie für tot gehalten hatte, war seine Fähigkeit, Muster im Chaos zu erkennen, wieder eingegangen wie eine empfindliche Blume, die auf kargem Boden wuchs. Doch nun war die Gabe mit voller Wucht zurückgekehrt, so als hätte die Hoffnung, dass Valerie noch am Leben war, ihn von den Ketten der Verzweiflung befreit. Lenny begriff, was er tun musste, wie er Nexx besiegen konnte: Er musste das Unerwartete, das Unvorhersehbare tun, wie ein Doppelpendel, das, einmal angestoßen, schnell außer Kontrolle gerät. Genau das war seine einzige Chance: außer Kontrolle zu geraten. Er musste das Gegenteil von dem tun, was Lenny Koriatis tun würde. Er musste das *Unerwartete* wagen.

Wenn Nexx ihm wirklich immer einen Schritt voraus war, konnte er ihn ebenso wenig abschütteln wie seinen eigenen Schatten. Und sollte Nexx von der bevorstehenden Durchsuchung erfahren haben, musste er damit rechnen, dass Lenny sich diese Gelegenheit zur Abrechnung nicht entgehen lassen und auf dem schnellsten Weg versuchen würde, die Bretagne zu erreichen. Zunächst hatte er einen regulären Flug von Köln nach Nantes buchen wollen, aber Sanchez hatte ihm davon abgeraten. Möglicherweise kontrollierte Nexx die Flughäfen. Aber überwachte er auch die Autobahnen?

Er unterquerte eine Brücke und wenig später eine Mautstation. An den Verstrebungen hingen Kameras und elektronische Scanner. War Nexx in der Lage, öffentliche Kameras anzuzapfen und den Weg des auffälligen Camaro zu verfolgen? Schließlich hatte er auch das Ampelsystem der Kölner Innenstadt lahmgelegt. Er begriff, dass er einen Fehler gemacht hatte, weil er davon ausgegangen war, dass der öffentliche Raum anonym war. In der neuen Welt des Algorithmus galt es, anders zu denken als bisher: misstrauischer, verschlagener, paranoid. Er hätte die Autobahn meiden sollen und beschloss, sofort auf Nebenstrecken auszuweichen.

Der Camaro raste weiter nach Westen, Lenny wartete fieberhaft auf die nächste Ausfahrt. Acht Kilometer vor Aachen näherte sich auf der Gegenfahrbahn ein auffälliger gelber Gefahrguttransporter. Das auf die Spitze gestellte rote Quadrat am Kühlergrill leuchtete im Regen wie ein Fanal. Ein chaotisches Muster aus Lichtern und Warnlampen zuckte durch die Regenschleier. Scheinwerfer und Blinker flammten auf und verloschen wieder. Die Elektronik des Lkws schien verrücktzuspielen. Plötzlich scherte der schwere Laster nach links aus und durchbrach die Mittelleitplanke.

34

Sanchez, der Wurm, trank seine achte Tasse kolumbianischen Kaffees. Seit sieben Stunden entlockte er Micha Domraths Laptop Stück für Stück das Geheimnis von Nexx' Erfolg. Auch das unerklärliche Protokoll, das Lenny in Zachers Tasche gefunden hatte, ergab nun einen Sinn. Es war der Ausdruck einer Eingabemaske. Man fütterte das Programm mit allen verfügbaren Informationen über einen Menschen – je mehr, desto besser. Die blinden Stellen füllte dann der Algorithmus, so wie ein Genetiker die Lücken in einer fehlerhaften Genstruktur mit fremdem Material stopft. Mit einer unheimlichen Wahrscheinlichkeit von achtundneunzig Prozent konnte das Programm vorhersagen, wie das Opfer in einer bestimmten Situation reagieren würde. Eine verschwindend geringe Unsicherheit blieb und ließ sich nicht vermeiden. Die Quantenmechanik verbot es, zur selben Zeit den Aufenthaltsort und die Masse eines Teilchens zu bestimmen.

Sanchez schaufelte löffelweise Zucker in seinen Kaffee. Noch immer verstand er nicht genau, wie der Algorithmus die Datenflut zueinander in Beziehung setzte, ahnte aber, dass hier der Schlüssel zum Verständnis des Programms verborgen lag.

Er hatte das Netz nach Thomas Zacher durchsucht. Die Informationen, die er zusammengetragen hatte, reichten aus, um zu beweisen, dass er nicht das Opfer eines Unfalls geworden war. Sanchez setzte voraus, dass Nexx Zachers Tod geplant hatte, und trug die zu erwartenden Ereignisse in das Protokoll ein. Nach zwei Minuten spuckte das Programm die Bedingungen aus, die erfüllt werden mussten, um Zacher so enden zu lassen, wie er tatsächlich gestorben war.

Sanchez verbrachte eine weitere Stunde damit, in die Datenbanken der Ermittlungsbehörden der Alitalia einzudringen, die den

Flugzeugabsturz untersuchten, den Nexx vorhergesagt hatte. Der Pilot der verunglückten Maschine wurde in geheimen Dossiers als hochgradig depressiver Alkoholiker eingestuft. Offenbar versuchte man zu vertuschen, dass er trotzdem als uneingeschränkt dienstfähig eingestuft worden war. Sanchez stieß auf einen lückenlosen Lebenslauf des Mannes. Nach drei Versuchen spuckte das Programm die Bedingungen aus, unter denen der Pilot das Flugzeug zum Absturz bringen würde. Der Algorithmus war die perfekte Mordmaschine.

Der manipulierte Herzschrittmacher und der Tod von Angelika Domrath gingen ebenfalls auf das Konto von Nexx. In die Datenbanken und die Steuerungssoftware der Maschinenbaufirma einzudringen, die den Aufzug im Hotel überwachte, war nicht mehr als eine Fingerübung für ihn gewesen.

Zwar konnten Lenny und er nun beweisen, wie die Morde ausgeführt worden waren, aber Nexx nicht eindeutig damit in Verbindung bringen. Sie hatten nichts weiter als ein erstaunliches Programm, mit dem man die Zukunft vorhersagen konnte, geschrieben von einem autistischen Jungen, den man nicht mehr befragen konnte. Wenn die geplante Razzia in der Bretagne ins Leere lief, würden Lennys Anschuldigungen wie ein Kartenhaus in sich zusammenfallen.

Sanchez trank einen Schluck Kaffee, um seine Gehirnwindungen zu schmieren. Es war an der Zeit, einen Weg in Nexx' Computernetzwerk zu suchen.

Sein Blick fiel auf das Faxgerät. Lenny hatte die psychologischen Fragebogen ausgefüllt und an den Polizeipsychologen zurückgeschickt. Sanchez kam ein schrecklicher Verdacht. Er hackte sich in die Polizeidatenbank und erschrak. Dr. Wulfrath war nicht der Einzige, der Lennys Profil analysierte. Im internen Netz der Kölner Polizei klaffte ein so großes Loch, als hätte sich jemand mit einer Schlagbohrmaschine in ihm vorgearbeitet. Dieser Jemand hatte alle

Daten abgesaugt, die mit Lenny in Verbindung standen, auch die Ergebnisse der psychologischen Tests.

Sanchez ließ seine Fingerknöchel knacken. »Wie du willst, du Scheißkerl. Dann lass mal sehen, wer der Bessere von uns beiden ist.«

Unaufhaltsam bohrte sich Sanchez durch den digitalen Beton, mit dem Nexx sein Operationszentrum schützte. Drei Stunden und fünf Tassen Kaffee später bewegte er sich unerkannt durch die Geheimgänge von Nexx' Server. Lenny hatte nicht den Hauch einer Chance. Alles, was er tat, war bereits von einem teuflischen Computerprogramm vorherbestimmt. Fassungslos verfolgte Sanchez den Weg des Camaro, aufgezeichnet von Abstandsmessern und Überwachungskameras. Sanchez blieben nur noch sechsundvierzig Sekunden, um in die komplizierte Elektronik eines dreißig Tonnen schweren Trucks einzugreifen.

35

Im Führerhaus des heranrasenden Gefahrguttransporters blitzte das Deckenlicht wie ein Stroboskoplicht und erhellte das bleiche Gesicht des Fahrers. Hektisch versuchte er, den tonnenschweren Lastzug zu kontrollieren. Wie ein Leviathan aus Stahl schleuderte der Laster etwa fünfzig Meter vor dem Camaro quer über die regennasse Autobahn. Der Auflieger begann, sich zu drehen, und wirbelte die Zugmaschine herum. Das Heck des Sattelschleppers krachte gegen den Pfeiler einer Brücke, der chromblitzende Tank riss auf, und die hochentzündliche Flüssigkeit im Inneren explodierte. Der Camaro raste in einen Feuerball hinein.

Lenny trat hart auf die Bremse, fetter, schwarzer Qualm nahm ihm die Sicht. Der hinter ihm fahrende Wagen krachte in das Heck seines Chevys und schob ihn ein Stück nach vorne. Der Stoß rettete

Lenny das Leben. Ein brennendes Karosserieteil landete auf der Motorhaube des Wagens hinter ihm und setzte ihn in Brand. Blechteile und Fetzen von brennendem Gummi prasselten wie ein Kometenschauer auf den Camaro herab. Lenny lenkte den Wagen nach rechts auf die Standspur. Im Rückspiegel sah er, dass sein Chevrolet eine Flammenfahne hinter sich herzog.

Er fand eine Lücke zwischen der einsturzgefährdeten Brücke und dem verunglückten Gefahrguttransporter und trat das Gaspedal durch. Der Wagen raste los und erreichte freien Asphalt. Dreihundert Meter vor Lenny tauchte im Regendunst eine Baustellenausfahrt auf. Er steuerte den brennenden Wagen durch die Absperrbaken und stoppte hinter einer Reihe von Baustellenfahrzeugen. Es roch nach verschmortem Gummi und ätzenden Chemikalien. Lenny sprang aus dem Auto und rannte auf eine Kieshalde zu. Kaum hatte er die schützende Halde erreicht, flog sein geliebter alter Camaro in die Luft.

Straßenbauarbeiter tauchten aus den Regenschleiern auf wie die Gespenster ertrunkener Seeleute. Der Schein des Feuers beleuchtete ihre erschrockenen Gesichter. Lenny drehte sich auf den Rücken und blickte zurück. Am Horizont stieg dichter Rauch auf, aus dem immer wieder Flammen schlugen.

Ein Baulaster stoppte neben ihm, der Fahrer stieg aus und lief auf ihn zu. »Alles in Ordnung mit Ihnen?«

Lenny nickte. »Es gab einen Unfall auf der Autobahn. Können Sie mich ein Stück mitnehmen?«

»Sie sollten warten, bis Polizei und Rettungskräfte hier sind.«

»Ich bin die Polizei.«

»Können Sie sich ausweisen?«

Lenny zog seinen Dienstausweis aus der Tasche seines Sakkos.

»Leonhard Koriatis, Mordkommission Köln. Ich muss so schnell wie möglich zum nächsten Bahnhof, ein Flughafen wäre noch besser.«

»Dann müssen Sie nach Maastricht.«

Lenny wischte sich den Staub von der Hose.

»Ich nehme Sie bis Eilendorf mit, da gibt's eine Bushaltestelle. Von da aus können Sie ins Aachener Zentrum fahren.« Er warf Lenny einen kritischen Blick zu. »Sie sehen ziemlich fertig aus.«

»Mit geht's gut.«

Lenny kletterte auf den Beifahrersitz des Baulasters und schloss erschöpft die Augen. Wenn er nur einen Wimpernschlag länger gezögert hätte, wäre er jetzt tot und Nexx' Plan hätte funktioniert. Er zweifelte keinen Augenblick daran, dass der Hellseher das Unglück inszeniert hatte, so wie er auch Zachers Tod auf der Brücke geplant hatte. Und das konnte nur eins bedeuten: Nexx wusste, dass er kam. Und er wusste von der geplanten Razzia. Ihn verließ der Mut.

»Sie haben ja keine Ahnung«, hatte Krugmann gesagt.

Wie sollte er gegen einen Feind bestehen, der ihm stets einen Schritt voraus war?

»Was ist denn da hinten passiert?«, fragte der Lastwagenfahrer.

»Ein Tanklaster ist gegen einen Brückenpfeiler gerast.« Seine Gedanken wirbelten in einem verrückten Tanz umher. Er war Polizist. Er müsste aussteigen, zur Unfallstelle zurücklaufen und Kontakt mit seinen Kollegen aufnehmen. Er besaß wichtige Hinweise zur Ursache des Unglücks. Aber was sollte er sagen?

»Hört zu, Leute. Ich habe keine Zeit für euch. In der Bretagne sitzt ein Wahnsinniger, der unsere Entscheidungen kontrolliert und uns lenkt wie ein Puppenspieler seine Marionetten. Ihr, ich und alle anderen haben keinen freien Willen mehr. Nexx hat die Elektronik dieses Lasters manipuliert und ihn gegen den Brückenpfeiler gesteuert, weil er mich töten wollte, ohne Spuren zu hinterlassen.«

Selbst einem Verschwörungstheoretiker, der daran glaubte, dass die Erde hohl ist und von außerirdischen Wesen bewohnt wird, mussten seine Ausführungen lächerlich erscheinen. All die Toten und Verletzten, das Leid und Elend. Und er konnte nicht das Geringste dagegen tun.

Zwanzig Minuten später betrat er den Hauptbahnhof in Aachen. Er hatte sein Vorhaben, einen Wagen zu mieten, aufgegeben. Dazu musste er sich ausweisen, und seine Daten würden in einem Computersystem gespeichert werden. Wenn Nexx' Algorithmus auf der Lauer lag und sämtliche Datenbanken nach ihm durchsuchte, würde er binnen Sekunden herausfinden, wo er sich aufhielt.

Die Anonymität des Internets, die unsichtbare Datenflut, die auf Wegen, die niemand wirklich kannte, zwischen Servern und Rechnern ausgetauscht wurde, jagte Lenny zum ersten Mal Angst ein. Kollegen hatten ihn zuweilen damit aufgezogen, dass er den alten Zeiten nachtrauerte. Aber dass er alte Gangsterfilme und gute Manieren schätzte, hatte ihn nie daran gehindert, moderne Kommunikationsmittel zu benutzen. Er hatte sich, so wie die meisten anderen Menschen auch, niemals Gedanken darüber gemacht, was mit all den Spuren geschah, die er in der digitalen Welt hinterließ. Nun wurde er sich bewusst, was es bedeutete, Smartphones, Apps und Internet von einer Sekunde zur anderen als Hilfsmittel auszuschließen. Er kam sich nackt und hilflos vor.

Ein Anflug von Panik überfiel ihn, sein Puls beschleunigte sich. Trotz der kühlen Luft in der Halle begann er zu schwitzen. Da stand er inmitten hin und her hastender Menschen, Reisender, die auf ihren Zug warteten, Fremder, die ankamen, und Einheimischer, die ankommende Freunde begrüßten. Sie alle strebten sorglos oder konzentriert ihrem Ziel entgegen.

Lenny stand starr in der Schalterhalle und hob den Kopf, der sich so schwer anfühlte, als wäre er mit Blei ausgegossen. Aus den Augenwinkeln nahm er vier, nein sechs Kameras wahr. Wahrscheinlich gab es noch mehr. Sie zeichneten jede seiner Bewegungen auf. In der Regel löschten die Betreiber der Sicherheitsanlagen die Aufzeichnungen in gewissen Abständen, aber er wusste, dass das nicht immer geschah. Mehr als einen Mörder hatte er schon dank vorhandener Archivaufnahmen öffentlicher Kameras entlarvt. Auf wie viele dieser elektronischen Augen hatte Nexx Zugriff? Jetzt, in diesem Moment? Wusste er bereits, dass er hier war? Lenny begriff auf drastische Weise, dass es im öffentlichen Leben keinen sicheren Ort mehr gab. Er musste so schnell wie möglich sein Erscheinungsbild verändern, doch er rührte sich nicht vom Fleck. Er hatte Angst und fühlte sich beobachtet. Als ob ein mörderisches Raubtier auf der Lauer läge, bereit zum Sprung, um ihn in Stücke zu reißen, sobald er sich bewegte.

Verstört verließ er die Halle und überquerte den Bahnhofsvorplatz. Aus bleigrauen Wolken fiel stetiger Regen. Es kam ihm vor, als hätte er in der Bahnhofshalle eine fundamentale Wandlung durchlebt. Die Welt, in die er zurückkehrte, war nicht mehr die gleiche wie die, die er vor wenigen Minuten verlassen hatte. Sie hatte sich verändert, war bedrohlicher und feindlicher geworden. Der Regen schien alle Farben ausgewaschen zu haben – aus dem herbstlichen Laubkleid der Bäume, den Fassaden der Häuser, den nun stumpf wirkenden Lacken der vorbeifahrenden Autos. Selbst die Gesichter der Menschen erschienen ihm bleich und grau wie vorbeiziehende Schatten. Nexx kannte jeden verborgenen Winkel seiner Seele, was vielleicht noch nicht einmal das Gefährlichste war. Denn das bewusste Ich eines Menschen und damit auch sein freier Wille waren nur ein kleiner Teil der Persönlichkeit. Lenny wurde klar, dass er die meisten Entscheidungen unbewusst traf, aus Routine und Gewohnheit heraus. Nexx wollte lediglich Macht über seine Opfer ausüben. Fiel der Algorithmus jedoch in die Hände von Konzernen, Diktatoren und Geheimdiensten, bedeutete das eine Gefahr ganz anderer Art.

Lenny fühlte sich wie ein Schiffbrüchiger, der auf einer einsamen Insel gestrandet war. Gab es denn gar keinen Weg, den Nexx nicht überwachte? Sein Blick fiel auf das Plakat einer Flugshow, die auf einem Sportflugplatz im Stadtteil Aachen-Merzbrück stattfinden sollte. Er betrachtete das Plakat genauer. Plötzlich wusste er, was er zu tun hatte.

Ein Taxi brachte ihn zu dem nahe gelegenen Flugplatz. Neben einem kleinen Tower befand sich ein offener Hangar. Cessnas, Segelflugzeuge und Ultraleichtflieger standen auf dem Rollfeld. Ein Mechaniker wartete den Motor eines kleinen Transportflugzeugs. Lenny sprach ihn an und fragte ihn nach einer Möglichkeit, in die Bretagne zu gelangen.

Im Flughafenrestaurant traf er den Piloten der Maschine und hatte Glück. In einer Stunde würde er Richtung Nantes starten, um dort dringend erwartete Ersatzteile abzuliefern. Lenny spendierte ihm einen Kaffee. Drei Minuten später hatte er seine Passage nach Nordfrankreich.

Im Frachtgutterminal von Nantes fand er einen Lastwagenfahrer, der Lebensmittel zur Île de Bréhat transportierte und ihn mitnahm. Am späten Nachmittag stieg Lenny vor der Gendarmerie von Saint-Quay-Portrieux aus. Er sprach kein Französisch, aber einer der Polizisten verstand genug Englisch, um sich mit ihm verständigen zu können. Der Durchsuchungsbefehl aus Nantes war bereits eingetroffen, Lenny wurde erwartet. Er stieg mit mehreren französischen Kollegen in einen der beiden Streifenwagen.

In wenigen Minuten hatten sie Nexx' Landsitz nördlich des Städtchens erreicht. Das kleine Schloss befand sich inmitten eines Wäldchens im Hinterland der Sandsteinklippen. Lenny stieg aus dem Wagen, folgte den Gendarmen und bezwang mühevoll seine Ungeduld. Er würde Valerie wiedersehen und sie in seine Arme schließen. Das war alles, was am Ende zählte.

Nexx öffnete den ungebetenen Besuchern selbst die Tür und würdigte die sechs Gendarmen keines Blickes.

»Kommen Sie herein, Herr Koriatis«, sagte er. »Ich habe Sie bereits erwartet.«

36

Während ein Gendarm Nexx' Computer im Kofferraum des Streifenwagens verstaute, durchsuchte Lenny mit den anderen Polizisten das Landhaus. Er öffnete jede Tür und jeden Verschlag, fand aber keine Spur von Valerie. Als er aus dem Haus trat und unter dem Rosenbogen stand, der zum Garten führte, sah er Nexx. Er spazierte gelassen auf der Hochebene umher und rauchte. Der Wind zerrte an seinen Hosenbeinen, als wollte er ihn aufs Meer hinausziehen. Lenny sah sich nach den Gendarmen um. Sie standen etwa fünfzig Meter entfernt auf der anderen Seite der Gartenmauer bei den Streifenwagen, diskutierten lautstark und verstauten die letzten Rechner im Kofferraum. Lenny blickte zum Meer hinüber. Zwanzig Schritte trennten ihn von Nexx. Er sah noch einmal zu den Polizisten hinüber, die weder Nexx noch ihn beachteten. Er brauchte nichts weiter zu tun, als zu seinem Feind hinüberzugehen und ihn in einem unbeobachteten Moment über die Klippen zu stoßen. Niemand würde etwas bemerken. Nexx würde genauso sterben wie seine Opfer. Mordlust und hilflose Wut stiegen in Lenny auf.

Doch Nexx kam ihm zuvor. Er trat seine Zigarette aus, versenkte die Hände in den Hosentaschen und schlenderte auf ihn zu. Die Gelegenheit war vorüber.

»Sie verschwenden meine Zeit!«, rief er Lenny zu.

Nexx musste seinen Zorn bemerkt haben, denn er blieb stehen und wich unwillkürlich einen Schritt vor ihm zurück.

»Wenn Sie mich töten, werden Sie nie die Wahrheit erfahren.«

»Wo ist Valerie?«

Nexx lächelte. Seine heterochromen Augen leuchteten bizarr im Zwielicht der Abenddämmerung.

»In der Tat, das ist die Frage, die mich genauso antreibt wie Sie: Wo ist Valerie?«

»Haben Sie noch immer nicht genug?«, rief Lenny. »Sie scheinen nicht zu begreifen, dass dies Ihre allerletzte Chance ist. Ich werde niemals aufgeben. Ich werde an Ihnen kleben wie Fliegen an einem Haufen Scheiße. Denn das sind Sie, Nexx: nichts weiter als Dreck.«

»Mir scheint, dass Sie derjenige sind, der noch nicht genug hat. Eins muss ich Ihnen lassen, Sie sind nicht schlecht. Nicht so gut wie ich, aber immerhin … nicht schlecht. Noch nie ist jemand so dicht an mich herangekommen. Es beginnt, mir Spaß zu machen. Eigentlich mag ich Sie ganz gerne, Koriatis. Sie langweilen mich zumindest nicht. Ich hasse Langeweile.«

»Für den Augenblick mögen Sie gesiegt haben. Doch am Ende werden Sie verlieren. Ich werde immer hinter Ihnen her sein. Immer. Und Sie werden niemals wissen, wann ich zuschlage. Ich werde mit Ihnen das tun, was Sie Ihren Opfern angetan haben. Katharina Schumann, Zacher, Angelika Domrath, Micha, Valerie.«

Nexx zündete sich eine neue Zigarette an. »Wie lange, glauben Sie, können Sie dieses Spiel überleben? Faszinierend, dass Sie den kleinen Unfall auf der Autobahn, ohne Schaden zu nehmen, überstanden haben. Bedanken Sie sich bei Sanchez. Er hat Ihnen das Leben gerettet. Nun, Ihr Hackerfreund wird dafür bezahlen, dass er versucht hat, meine Pläne zu durchkreuzen.«

»Lassen Sie Ihre Finger von Sanchez. Das geht nur uns beide an. Wenn Sie wussten, dass die Staatsanwaltschaft einen Durchsuchungsbefehl ausgestellt hat, warum wollten Sie mich dann töten? Warum das Risiko eingehen?«

Nexx trat dicht an ihn heran. »Weil ich es kann. Und weil es mich mit Genugtuung erfüllt. Es wird nicht die letzte Lektion sein, die ich Ihnen erteile. Niemand stellt sich ungestraft zwischen Valerie und mich.«

»Wo ist sie?«

»Sie haben herausgefunden, dass ich den Familienbesitz der de Crécys gekauft habe. Warum, glauben Sie, habe ich das getan?«

»Sagen Sie es mir.«

»Es sollte eine Überraschung sein, ein Ort, an dem wir leben, kein dunkles Verlies. Aber wie Sie gesehen haben, ist sie nicht hier.«

»Wer liegt in dem Grab auf dem Kölner Hauptfriedhof?«

»Aber das wissen Sie doch längst.« Nexx schnippte seine Kippe ins Gras. »Zerteski war ein nützlicher Idiot, und zunächst lief alles nach Plan. Doch ein winziges Detail hatte ich übersehen – oder vielmehr mein kleiner Zauberkasten hat nicht damit gerechnet. Wie Sie wissen, weichen seine Berechnungen um etwa zwei Prozent ab. Zwei Prozent, die zur vollkommenen Kontrolle der Ereignisse fehlen und nach wie vor unvorhersehbare Zwischenfälle zulassen, die sich möglicherweise verheerend auswirken. Sie können sich vorstellen, wie sehr mich das beunruhigt. Denn nun … weiß niemand mehr, wo Valerie ist. Eine schreckliche Vorstellung, nicht wahr?« Er lächelte. »Für uns beide.«

»Was ist passiert?«

»Glauben Sie wirklich, dass ich Ihnen das verrate?«

Lenny antwortete nicht. Nexx hatte also nicht versucht, ihn zu töten, weil er dazu in der Lage war und sein Tod ihm Genugtuung verschaffte. Sondern weil Valerie sich an einem Ort befand, den er nicht erreichen konnte. Weil sie sich seiner Kontrolle entzog, und das machte ihn rasend. Er schlug in seiner Wut blind um sich.

»Ich sehe, Sie fangen an, mir zu glauben. Sieht so aus, als wären wir Leidensgenossen, was?«

»Wir haben nichts gemeinsam. Sie haben abscheuliche Verbrechen begangen, und ich werde Sie dafür zur Rechenschaft ziehen. Haben Sie eigentlich keine Angst, ich könnte unsere kleine Plauderei aufzeichnen?«

»Nein. Ihr altmodisches Verhältnis zu technischen Spielereien ist mir durchaus bekannt. Andernfalls hätte ich mich wohl kaum so freimütig geäußert.«

»Glauben Sie wirklich, Sie könnten Menschen steuern wie Figuren in einem Computerspiel?«

»Aber natürlich. Das mache ich die ganze Zeit.«

»Ich werde Valerie finden. Sie werden sie niemals bekommen. Niemals, haben Sie das verstanden?« Lenny wandte sich ab und ging zu den Streifenwagen zurück. Ein Gendarm eilte auf ihn zu und reichte ihm ein Handy. »La police allemande!«

Es war Krugmann. »Sanchez Moreno will Sie sprechen.«

»Sanchez? Wieso …«

»Der Typ ist völlig durchgeknallt. Ich kann mit seinem Gefasel nichts anfangen. Beruhigen Sie den Spinner, oder ich lasse ihn in eine Ausnüchterungszelle sperren.«

Lenny hörte, dass Krugmann den Hörer weitergab.

»Lenny. Sie haben … er hat …«

»Was ist los, Sanchez?«

»Eliza. Du kennst sie, wir sind seit einem halben Jahr zusammen. Sie hatte einen Unfall. Es war Nexx. Er hat sie umgebracht.«

Erschüttert blickte Lenny zu der Hochebene zurück. Nexx grinste ihn mit der Kippe zwischen den Zähnen an.

37

Ich habe Sie gewarnt«, polterte Krugmann, »die Konsequenzen tragen Sie alleine.«

»Haben Sie den Bericht der KTU schon?«

Krugmann stieß pfeifend den Atem aus. »Die französischen Kollegen in Nantes haben Nexx' Rechner untersucht. Ich warte auf die Übersetzung. Aber ich kann Ihnen trotzdem schon verraten, was sie gefunden haben.«

Lenny studierte vergeblich Krugmanns Bulldoggengesicht. Gleichgültig ob er einen Mörder überführt hatte oder an Magenschmerzen litt – der Ausdruck war stets derselbe.

»Sagen Sie mir nicht, dass Nexx gewarnt wurde.«

Krugmann schüttelte unwillig den Kopf. »Ich habe Ihnen von Anfang an gesagt, dass Sie sich verrannt haben. Sie wollten nicht auf mich hören, also beschweren Sie sich jetzt nicht.«

»Verdammt, er hat alles gelöscht.«

»Nein, hat er nicht«, brummte Krugmann. »Die Ermittler in Nantes haben ihn intensiv verhört. Dieses verrückte Programm, das Moreno auf dem Laptop des Jungen entdeckt hat, war auch auf Nexx' Computern. Er streitet gar nicht ab, Kontakt zu Micha Domrath gehabt zu haben. Angeblich hat der Junge ihm das Programm überlassen, bevor er in der Havel ertrank. Nexx gibt weiterhin zu, diesen Algi…«

»… Algorithmus.«

»… dieses Scheißprogramm für seine Shows verwendet zu haben.«

»Er hat damit fünfzehn Morde geplant und durchgeführt.«

Krugmann zuckte mit den Schultern. »Das können wir ihm nicht beweisen. Und das Beste kommt erst noch: Er verklagt uns auf Schadensersatz. Er behauptet, durch Ihre überstürzte Aktion wären Gerüchte in Umlauf gekommen, die ihn als Scharlatan brandmarken. Ich fürchte, er könnte damit Erfolg haben.«

»Aber …«

Krugmann hob abwehrend die Hand. »Kein Aber mehr. Meine Pension ist mir wichtiger als Ihre verbohrte Jagd nach diesem Spinner.«

»Dieser Spinner ist der größte Serienkiller in der deutschen Kriminalgeschichte! Und Sie wollen ihn laufenlassen? Wegen Ihrer Pension?«

Krugmann versenkte die Hände in den Hosentaschen und blickte zum Fenster hinaus. Alle Farbe war aus seinem Gesicht gewichen.

»Ich bin jetzt über vierzig Jahre bei diesem Verein und habe mir nie etwas zuschulden kommen lassen. Aber … dieser Fall ist nicht wie andere.«

»Ein Mörder bleibt ein Mörder.«

Krugmann zog einen Zettel aus seiner Hosentasche und faltete ihn auseinander. »Das fand ich heute Morgen in meinem Briefkasten.«

Lenny griff nach dem Blatt Papier. Es war ein Protokoll ähnlich dem, das er bei dem toten Zacher gefunden hatte. Darin wurde detailreich der Tagesablauf von Lea Krugmann beschrieben. Es endete mit ihrem gewaltsamen Tod auf einem Bahnsteig.

»Lea ist meine Enkelin.« Krugmann nahm Lenny das Protokoll ab und steckte es in den Reißwolf.

»Ich verstehe.«

»In einer Stunde erscheinen Sie zu einer Anhörung bei der internen Ermittlung«, sagte Krugmann.

»Wozu?«, fragte Lenny misstrauisch.

»Zerteskis Tod ist noch immer nicht vollständig aufgeklärt. Man hat noch eine Menge Fragen an Sie.« Er betrachtete Lenny beinahe mitleidig. »Sie waren mein bester Mann, Koriatis. Aber ich fürchte, ich kann Ihnen nicht länger den Rücken stärken.«

Lenny nickte und wandte sich Richtung Tür.

»Koriatis?«

»Ja?«

»Ein einzelner Mann, einer, der nichts mehr zu verlieren hat … so jemand könnte Nexx stoppen.«

»Ich werde daran denken.«

»Viel Glück.«

Sie waren zu dritt. Erika Tolck, die Leiterin der internen Ermittlungsstelle, saß in der Mitte, flankiert von zwei Mitarbeitern, die Lenny an Nexx' Dobermänner erinnerten.

»Setzen Sie sich bitte.«

Er nahm hinter einem nüchternen Stahlrohrtisch Platz, Stuhlbeine scharrten über den abgewetzten Linoleumboden. Erika Tolck hatte ihre Position erst seit wenigen Wochen inne. Sie genoss den Ruf einer Drahtbürste, der es Vergnügen bereitete, verschorfte Wunden wieder aufzureiben.

»Sie heißen Leonhard Koriatis, sind achtunddreißig Jahre alt, geboren in Wiesbaden. Ist das korrekt?«

»Ja.«

»Sie arbeiten seit Januar 2012 in der Abteilung für Gewaltverbrechen unter Kriminalhauptkommissar Dieter Krugmann?«

»Ja.«

»Wir werden Sie noch einmal zu den Vorfällen an Bord der *MS Rheingold* am 18. September befragen.«

»Ich habe meinen Aussagen nichts hinzuzufügen.«

»Das zu beurteilen, überlassen Sie bitte uns. In welchem Verhältnis standen Sie zu Kriminalkommissar Guido Zerteski?«

»Wir waren Kollegen und arbeiteten als Team zusammen.«

»Seit wann?«

»Zerteski wurde mir vor einem halben Jahr von Krugmann zugeteilt.«

»Aus welchem Grund?«

»Sein bisheriger Partner wechselte in eine andere Dienststelle.«

»Und Sie waren über die Hintergründe informiert?«

»Es gab Gerüchte.«

»Welcher Art?«

»Dass niemand gern mit Zerteski zusammenarbeitete. Er war dafür bekannt, seine Partner im Dienst zu verschleißen.«

»Auf welche Weise?«

»Er brauchte ab und zu jemanden, der ihn motivierte. Das konnte sehr anstrengend sein.«

»Hat sich KHK Krugmann diesbezüglich geäußert?«

»Ja, er sagte, ich solle ein bisschen auf Zerteski aufpassen. Krugmann wollte ihm eine Chance geben und hoffte wohl, mein Einfluss könne sich positiv auf seine Arbeitsmoral auswirken.«

»Wie würden denn Sie seine Arbeitsmoral beschreiben?«, fragte der schlaksige Ermittler neben Tolck.

Lenny versuchte, ein Muster zu erkennen. Sie konzentrierten sich auf Zerteski. Aber warum?

»Eigeninitiative war nicht unbedingt seine Stärke. Er brauchte mehr Führung als andere. Aber er war kein schlechter Polizist.«

»Sie müssen hier die Wahrheit sagen, das ist Ihnen doch hoffentlich bewusst?«, fragte der Mann rechts neben Tolck.

»Selbstverständlich.«

»Zerteski stand in dem Ruf, seine Partner zu verschleißen, sagten Sie. Hatten Sie keine Bedenken, dass eine enge Zusammenarbeit mit ihm Ihr Bestreben nach einer Beförderung negativ beeinflussen könnte?«

»Als Team hatten wir eine sehr gute Aufklärungsrate.«

»Was wohl auf Ihr Engagement zurückzuführen ist«, sagte Tolck trocken. »Zerteskis übermäßiger Alkoholkonsum war Ihnen bekannt?«

»Wir trafen uns nach Feierabend manchmal im *Charlie's*. Ja, er trank schon mal einen über den Durst. Aber das beeinflusste seine Arbeit nicht.«

»Das ist Ihre Einschätzung. Bei einem dieser Treffen gab Zerteski Ihnen gegenüber zu, vertrauliche Ermittlungsergebnisse weitergegeben zu haben, ist das richtig?«

»Ja.«

»Sie hatten also Kenntnis von einem ernsten Dienstvergehen. Was unternahmen Sie?«

»Was soll die Fragerei? Zerteski hatte ein paar Probleme. Ich habe versucht, ihm zu helfen.«

»Was unternahmen Sie?«

»Ich versprach, mit Krugmann zu sprechen. Sein Job war alles, was Zerteski geblieben war. Wenn er den auch noch verloren hätte …«

Tolck fiel ihm ins Wort. »Ein Gespräch mit Ihrem Vorgesetzten fand aber nicht statt. Sie wendeten sich stattdessen in einer E-Mail an die interne Ermittlungsstelle und offenbarten darin detailliert Zerteskis Dienstvergehen. Warum änderten Sie Ihre Meinung?«

»Ich habe diese Mail niemals abgeschickt.«

Tolck runzelte die Stirn und blätterte in ihren Unterlagen. »Sie haben behauptet, Ihr Rechner im Präsidium sei gehackt worden, und beauftragten Ihren Kollegen Dieterle von der Cyberabteilung, ihn zu untersuchen.«

»Ja.«

»Aber es kam nichts dabei heraus. Er fand keinen Hinweis auf ein unbefugtes Eindringen in das Polizeidatennetz.«

Lenny schwieg. Er wusste inzwischen, wie die E-Mail erzeugt worden war. Aber er konnte es nicht beweisen. Verdammt, er konnte überhaupt nichts beweisen. Nexx war wie die Hydra. Sooft er ihm einen seiner verfluchten Köpfe abschlug, wuchs ein neuer nach.

»Warum änderten Sie also Ihre Meinung? War etwas zwischen Ihnen und Zerteski vorgefallen?«, fragte Tolck.

»Nein.«

»Uns liegen Zeugenaussagen vor, dass Guido Zerteski das Gerücht streute, Sie beabsichtigten, ein Verhältnis mit der Journalistin Valerie de Crécy zu beginnen. Er betonte immer wieder, wie lächerlich diese Absicht sei.«

»Worauf wollen Sie eigentlich hinaus?«

»Hat es Sie nicht gestört, dass sich Zerteski über Sie lustig machte?«, fuhr Tolck unbeirrt fort, ohne auf seine Bemerkung einzugehen.

»Mir war davon nichts bekannt.«

»Ach nein? Könnte man Ihren Sinneswandel, Zerteski nicht mehr beizustehen, sondern ihn stattdessen zu denunzieren, nicht auch damit erklären, dass Sie befürchteten, Ihr Ruf könnte Schaden nehmen? Das wäre einer Beförderung abträglich gewesen – die Sie ja anstreben, wie allgemein bekannt ist.«

Lenny erkannte nun das Muster. Sie hatten bereits ein Urteil über ihn gefällt. Es ging ihnen nur noch darum, ihre Entscheidung glaubhaft darzustellen. Weil sie etwas in der Hand hatten, das sie ihm erst am Schluss präsentieren würden. Er wäre genauso vorgegangen.

»Sie unterstellen mir Absichten, die nicht der Wahrheit entsprechen. Welche Zusammenhänge wollen Sie eigentlich konstruieren?«

»Wir gehen davon aus, dass Sie KK Guido Zerteski an Bord der *MS Rheingold* vorsätzlich erschossen haben«, sagte der Dürre.

Lenny starrte die drei Ermittler wortlos an. Plötzlich verstand er.

»Das wird nicht die letzte Lektion sein, die ich Ihnen erteile.«

Nexx! Es gehörte zu seinem Plan. Er war ihm zu nahegekommen, und nun bezahlte er den Preis dafür.

»Das kann nicht Ihr Ernst sein. Glauben Sie wirklich, ich hätte Zerteski erschossen, weil er meine Beförderung gefährdete?«

»Wir sind nicht hier, um Scherze mit Ihnen zu treiben, Herr Koriatis. Sie wussten, dass Zerteski einen Amoklauf plante, aber Sie wussten nicht, wo und wann.

»Ich hatte keine Ahnung, was er beabsichtigte.«

»Es gibt einen Zeugen, der gehört hat, wie Zerteski Sie und Valerie de Crécy in der Musikkneipe *Charlie's* bedrohte. Demnach sagte er wörtlich: ›Ich werde die Scheiße noch aus dir rausprügeln, Lenny! Und deine verfluchte Fernsehtussi nehm ich dir auch weg!‹«

Tolck reichte Lenny eine Akte mit einem Vernehmungsprotokoll. Der Zeuge war Lars Reickert, Nexx' Leibwächter.

»Als dann das Feuer während der Preisverleihung auf der *MS Rheingold* ausbrach, wussten Sie sofort, dass Zerteski dahintersteckte, und waren außer sich vor Wut. Er hatte die Frau in Gefahr gebracht, in die Sie sich verliebt hatten. Und Sie nutzten die Gelegenheit, um Zerteski einen Denkzettel zu verpassen, den er nicht vergessen sollte. Vielleicht hatten Sie zuerst sogar nur die Absicht, ihn zu verletzen, haben dann aber die Gelegenheit genutzt, zwei Fliegen mit einer Klappe zu schlagen und den Störenfried für immer loszuwerden.«

»Das ist krank. Sie haben nicht den geringsten Beweis dafür.« Lenny sprang wütend auf und stieß den Stuhl um. »Ich höre mir diesen Unsinn nicht länger an.«

»Setzen Sie sich. Wir sind noch nicht fertig.«

»Wenn Sie solch schwere Anschuldigungen erheben, müssen Sie sie beweisen. Aber das können Sie nicht. Weil nichts davon wahr ist.«

Der Dürre ließ darauf die Schlösser seines Aktenkoffers aufschnappen und legte einen Asservatenbeutel auf den Tisch.

»Das ist Zerteskis Handy. Es wurde nach seinem Tod sichergestellt. Soll ich Ihnen Ihre SMS vorlesen, oder wollen Sie uns selbst über deren Inhalt informieren?«

Lenny schüttelte den Kopf. Er wusste jetzt, wie Valerie sich gefühlt haben musste, als Nexx seine Nachrichten auf ihrem Anrufbeantworter gelöscht hatte.

»Nur einen Tag nach dem Vorfall im *Charlie's* schickten Sie eine SMS an Zerteski, in der Sie ihn übel beschimpften und bedrohten. Sie schrieben … warten Sie …« Tolck öffnete den Nachrichteneingang des Handys und las laut vor: »Wenn du ihr ein Haar krümmst, bring ich dich um, du Scheißkerl.«

»Das ist nicht wahr. Das habe ich niemals geschrieben.«

»Wir haben die Daten Ihres Mobilfunkanbieters. Wenn ich Sie zum Abgleich also bitte um Ihr Handy bitten dürfte?«

»Sie können nicht beweisen, dass ich die Nachricht geschrieben habe.«

Tolck schüttelte den Kopf. »Wenn Sie kooperativ sind, können wir vielleicht eine Lösung finden.«

»Ich war gezwungen, Zerteski zu erschießen, weil Menschenleben gefährdet waren. Das ist meine Aufgabe als Polizist. Er war mein Freund. Bevor er starb, hat er die Wahrheit erfahren. Wir wurden beide Opfer einer Intrige.«

»Es ist die Sache eines Gerichts, die Schuldfrage zu klären. Es wird weitere Untersuchungen geben. Sie sind vorläufig suspendiert.

Ich fordere Sie hiermit auf, mir Ihre Dienstwaffe und Ihren Ausweis zu übergeben.«

Lenny warf seinen Dienstausweis auf den Tisch. »Meine Waffe haben Sie bereits einkassiert. Schon vergessen?«

Tolck hob den Kopf. Ihr Blick war so kalt wie ein Dezembertag. »Das psychologische Gutachten von Doktor Wulfrath kommt zu dem Schluss, dass Sie nicht dienstfähig sind. Und ich werde dafür sorgen, dass Sie es auch nie wieder sein werden.«

38

Zwei Jahre später

An Regentagen war das Meer so stumpf und grau wie Lennys Seele. Weißbemützte Brecher rollten auf den Strand unterhalb der Kreidefelsen zu und brachen sich an den Steilwänden der Insel. Der Winter kam früh in diesem Jahr, die Buchen oberhalb der Felsen färbten sich bereits Mitte Oktober blutrot. Der erste Herbststurm fegte von der aufgewühlten See her über Rügen. Lenny liebte das Meer noch immer.

Seit knapp zwei Jahren lebte er auf Rügen und verkaufte Alarmanlagen und Sicherheitstechnik. Das Geschäft lohnte sich, da die Sonneninsel sich immer mehr zur Riviera der Ostsee verwandelte. Sündhaft teure Apartments und exklusive Eigentumswohnungen schossen wie Pilze aus dem Boden. Ihre Besitzer legten großen Wert auf Privatsphäre und achteten auf den bestmöglichen Schutz. Lenny beriet seine potente Kundschaft in Fragen der Sicherheit und verdiente nicht schlecht dabei.

Die interne Ermittlungsbehörde in Köln hatte ihm den vorsätzlichen Mord an Zerteski nicht nachweisen können. Dennoch hatte er aus dem Polizeidienst ausscheiden müssen. Das System, an das er glaubte, hatte ihn fallengelassen, als er dessen Unterstützung am meisten gebraucht hätte.

Es hatte eine Zeit gegeben, in der er sicher gewesen war, dass das Gute unweigerlich über das Böse siegen würde. Aber ein Happy End gab es nur in Hollywoodfilmen. Er sah ein, dass er grenzenlos naiv gewesen war. Im wirklichen Leben war Nexx ungeschoren davongekommen und hatte sich auf perfide Weise gerächt, indem er das Leben von Valerie und Sanchez und sein eigenes zerstörte. All das hatte er hinter sich lassen wollen, doch die Vergangenheit verfolgte ihn wie ein rachsüchtiges Gespenst.

Die Kälte machte ihm nichts aus. Die Wangen vom eisigen Wind gerötet, zog er sich den Kragen seiner Sportjacke über das Kinn und spurtete die achtundsechzig Treppenstufen vom Strand hinauf zur Hochebene. Dort hielt er keuchend inne und warf einen Blick auf die See hinaus. Bleigraue Wolken jagten über den Horizont, der in dem milchigen Licht mit dem Meer verschmolz. Wie jeden Morgen lief er die sechs Kilometer lange Runde an den Thiessower Klippen entlang zum Lotsenturm und von dort wieder zurück zu der alten Fischerkate, die er bewohnte.

Er war noch dreihundert Meter von seinem Zuhause entfernt, als das Handy in seiner Jackentasche vibrierte. Er benutzte es nur, wenn es unbedingt nötig war. Das acht Jahre alte Prepaid-Handy funktionierte tadellos, besaß aber keinen Internetzugang, ließ sich also weder orten noch hacken. Lenny verlangsamte seine Schritte. Sanchez' Nummer blinkte auf dem Display.

»Hallo Sanchez.«

»Hi Lenny. Wie geht's dir?«

»Gut«, log er. »Und du? Was treibst du so?«

»Wenn ich die Augen schließe, sehe ich Eliza. Wenn ich sie öffne, denke ich an Nexx.«

Lenny hörte an Sanchez' belegter Stimme, dass er mühsam die Tränen zurückhielt.

»Er hat sie umgebracht. Das Schwein hat sie kaltblütig umgebracht, weil ich dir geholfen habe.« Er machte eine lange Pause. »Ich habe darüber nachgedacht, was du gesagt hast.«

»Ich hatte zu viel getrunken. Vergiss es.«

»Nein, du hattest recht. Wusstest du, dass er den Landsitz in der Bretagne wieder verkauft hat?«

»Nein.«

»Der verfluchte Algorithmus raubt mir den Schlaf«, sagte Sanchez.

»Ist noch immer keine Kopie aufgetaucht?«

»Nein. Die Franzosen haben überhaupt nicht bemerkt, womit sie es da zu tun hatten. Für sie war es nichts weiter als ein harmloses Programm, mit dem Nexx seine Shows aufzieht.«

Lenny hatte Sanchez vorgeschlagen, einen Virus in Nexx' Netzwerk einzuschleusen, um den Algorithmus für immer zu zerstören. Sein Freund hatte ihn jedoch davon überzeugt, dass eine solche Aktion sinnlos war, weil Nexx ganz sicher Sicherheitskopien von seinem wertvollsten Besitz angefertigt haben würde.

»Es ist ruhig um ihn geworden.«

»Das Gerücht, dass kein übersinnliches Talent, sondern ein Computerprogramm hinter seinen Prophezeiungen steckt, hat seiner Popularität schwer geschadet. Aber ich schätze, er hat genug Kohle verdient.«

Die Collage aus Wolken, Regen und Licht bildete ein eigentümliches Muster. Seit zwei Jahren suchte Lenny nach Valerie, ohne auch nur auf die geringste Spur von ihr gestoßen zu sein. Wenn es noch eines letzten Beweises bedurft hätte, dass Nexx ebenso wenig wie er selbst wusste, wo sie sich aufhielt, hatte Sanchez ihn soeben geliefert: Nexx hatte das Landhaus verkauft, weil er es nicht mehr brauchte. Er hatte die Hoffnung aufgegeben, sie zu finden.

»Du hoffst immer noch, dass sie lebt, nicht wahr?«, fragte Sanchez, als hätte er Lennys Gedanken erraten.

»Ich weiß es.«

»Hast du schon mal daran gedacht, dass sie nicht gefunden werden will?«

Lenny kickte einen Kieselstein über die Klippen. »Vielleicht hat sie ja versucht, mich zu finden. Aber auch ich habe mein Leben verändert. Weißt du, was am schlimmsten ist, Sanchez?«

»Nein.«

»Es ist meine Schuld, dass Nexx nicht nur mein Leben, sondern auch deins und das von Eliza zerstört hat.«

»Nein Lenny, nicht du. Nexx war es. Seine krankhafte Gier und sein Größenwahn sind schuld daran, dass du deinen Job verloren hast und die Frau, die du liebst. Und er trägt die Verantwortung für Elizas Tod. Ich hasse diesen Scheißkerl dafür. In den vergangenen zwei Jahren gab es keinen Augenblick, in dem ich nicht daran gedacht habe, mich zu rächen.«

Was hatten sie nicht alles versucht? Sanchez hatte sein Netzwerk aus Hackerfreunden gegen Nexx aufgehetzt. Nachdem zwei von ihnen tödlich verunglückt waren, hatten sich die anderen jedoch zurückgezogen. Niemand verspürte Lust, sich wegen eines privaten Rachefeldzugs umbringen zu lassen. Einen letzten verzweifelten Weg hatten sie bisher immer ausgeschlossen. Lenny ahnte, dass Sanchez von dieser Idee ebenso verfolgt wurde wie er selbst. Er hatte nächtelang gegrübelt und einen teuflischen Plan nach dem anderen verworfen. Sein Herz schrie nach Gerechtigkeit, aber wenn er diesem Ruf nachgab, würde er eine Metamorphose beenden, die er nicht mehr umkehren könnte und die erst enden würde, wenn Nexx tot war.

Noch immer besaß er die Beretta und ein volles Magazin. Die Waffe lag in einen geölten Lappen eingewickelt unter einer lockeren Bodendiele der Fischerkate. Aber noch wollte Lenny nicht zulassen, dass Nexx ihn zum Mörder machte.

»Du sagtest damals zu mir, dass ich gegen Nexx nicht gewinnen kann, weil er mir immer einen Schritt voraus sein wird. Manchmal träume ich davon, wie ich ihn verfolge. Und immer, wenn ich glaube, ihn erreicht zu haben, entfernt er sich wieder von mir.«

»Du musst eine Entscheidung treffen«, sagte Sanchez.

»Nein.«

»Aber das wirst du«, sagte Sanchez. »Schon morgen.«

»Ich muss die Vergangenheit loslassen, vergessen und neu anfangen. Darum bin ich hier. Wie zum Teufel kommst du darauf, dass ich mich morgen entscheiden werde?«

»Der Algorithmus sagt es.«

Lenny schwieg.

»He, bist du noch da?«, fragte Sanchez.

»Was hast du getan?«

»Ich habe ein bisschen mit Nexx' Baby herumgespielt. Und ich habe einen Plan, Lenny. Diesmal werden *wir* Nexx einen Schritt voraus sein.«

»Halt dich da raus. Das ist eine Sache zwischen Nexx und mir«, sagte Lenny.

»Nein, es geht uns beide an. Okay, okay. Ich verlange nicht von dir, dass du ihm ein Loch in den Schädel ballerst. Du sollst dir nur anhören, was der Algorithmus dazu sagt. Wir werden Nexx mit seinen eigenen Waffen schlagen.«

Zwanzig Minuten später stand Lenny noch immer auf den sturmumtosten Felsen und blickte auf das Meer hinaus. Die See trug ein zerknittertes Kleid aus zornigen graugrünen Wellen. Der Wind peitschte das Wasser zu einer Armee glitzernder Soldaten auf, die gegen die Insel anrannten. Es würde funktionieren. Niemand würde ihnen etwas nachweisen können. Sanchez' Vorschlag kam einer Art zynischer Gerechtigkeit gleich, denn seine Idee hätte auch Nexx' niederträchtigem Gehirn entspringen können.

Ja, sie mussten dem Ganzen ein Ende machen. Lenny war erschreckend klargeworden, dass die Jagd nach Nexx zu seinem einzigen Lebensinhalt geworden war. Vielleicht war dies auch der Grund, warum er zögerte, ihn einfach über den Haufen zu schießen, ganz gleich, welche Konsequenzen es nach sich zog. Denn was käme danach? Nichts, gar nichts. Er hätte nicht einmal mehr ein Ziel. Und die Leere in seinem Herzen, vor der er sich fürchtete, würde auch nicht verschwinden, wenn Nexx tot war. Nur Valerie würde diese Leere füllen können.

Er kehrte in sein bescheidenes Zuhause zurück, goss Wasser in die Kaffeemaschine und schaltete den Fernseher über dem Küchentresen ein. Jede noch so kleine Information, jede Neuigkeit über Nexx hatte er in den vergangenen zwei Jahren gesammelt. Unkonzentriert verfolgte er die Morgennachrichten, denn seine Gedanken kehrten immer wieder zu Sanchez' Plan zurück. Er blickte auf den Bildschirm, ohne das Geschehen wirklich wahrzunehmen.

»... fragen sich seit langem viele begeisterte junge Leser, wer sich hinter der Schriftstellerin verbirgt, die sie mit ihren phantastischen Geschichten fesselt. Zum ersten Mal hat Irma Svenson sich nun an einen Roman für das erwachsene Publikum gewagt. Natürlich hoffen wir, dass es ihr gelingen wird, auch die Herzen der großen Leser im Sturm zu erobern.«

»Es sieht ganz danach aus«, antwortete eine zweite Stimme. »Außerdem ist es einem Fan offenbar gelungen, einen Blick auf die geheimnisumwitterte Autorin zu werfen, von der bislang niemand weiß, wer sich hinter ihrem Pseudonym verbirgt. Er stellte ein Handyvideo ins Netz, das er heimlich von Irma Svenson aufgenommen hat. Dort wurde es bereits mehr als fünftausend Mal angeklickt.«

Die Glaskanne entglitt Lennys Händen und zerplatzte auf den Bodenfliesen. Wasser tropfte über die Kante der Anrichte. Sein Herz trommelte einen verrückten Wirbel gegen seine Brust. Er starrte auf die verwackelte Aufnahme von Irma Svenson. Sie trug das dunkel gefärbte Haar kürzer, aber ihre Augen waren dieselben – grün mit goldenen Sprenkeln. Irma Svenson war niemand anderes als Valerie de Crécy!

Erst jetzt bemerkte er das Blinken des Anrufbeantworters. Alle Nachrichten, die auf dem Apparat in seinem Laden in Göhren landeten, wurden automatisch an seine private Telefonnummer weitergeleitet. Traumwandlerisch drückte er auf die Abspieltaste.

»Hier spricht Svenson. Es heißt, Sie wären der beste Mann, wenn es um die Sicherheit von Immobilien geht. Ich hätte einen Auftrag für Sie. Rufen Sie mich zurück, wenn Sie Interesse haben. Meine Nummer lautet …«

Er startete die Aufnahme ein zweites Mal.

»Hier spricht Svenson …«

Nein, er irrte sich nicht.

Dreimal hörte er die Nachricht ab, bis er keinen Zweifel mehr hatte. Es war die überaus lebendige Stimme einer Toten. Einem ersten Impuls folgend, griff er zum Hörer und wählte die angegebene Mobilfunknummer. Doch bevor sich jemand meldete, legte er auf, verließ das Haus und lief durch den Regen zu den Klippen. Unruhe und sich widerstrebende Gefühle erfüllten ihn, und er spürte die kalte Gischt kaum, die der Wind in sein Gesicht trieb. Es konnte kein Zufall sein, dass der Anruf mit dem Auftauchen des Handyvideos im Fernsehen zusammenfiel. Oder doch? Seit er akzeptiert hatte, dass Nexx dazu in der Lage war, den Lauf von Ereignissen zu beeinflussen und das Leben von Menschen wie ein größenwahnsinniger Puppenspieler zu steuern, witterte er hinter jedem zufälligen Zusammentreffen einen Plan, eine böse Absicht. Vielleicht war dies aber tatsächlich nur einer jener schicksalhaften Momente, wie er sie schon früher erlebt hatte? Hatte er einfach seinen Glauben an eine göttliche Fügung verloren? Eine Fügung, die alles zu einem guten Ende bringen sollte?

Aufgewühlt wanderte er ohne Ziel umher und stieg die Stufen

vom Kliff zum menschenleeren Strand hinunter. Wütend schleuderte er Kieselsteine in die heranstürmenden Wellen, um seinen Zorn abzureagieren. Ja, er war wütend. Zunächst hatte er hinter Valeries Worten nach einer versteckten Botschaft gesucht. Doch dann wurde ihm klar, dass sie nicht wissen konnte, auf wessen Anrufbeantworter sie gesprochen hatte. An seiner Ladentür in Göhren stand kein Name, nur die Aufschrift *LK Safety-Systems*. *LK* stand für Lenny Koriatis.

Atemlos hielt er inne und wischte sich das Salzwasser aus dem Gesicht. Wie war es möglich, dass sie, ohne voneinander zu ahnen, so nahe nebeneinander lebten? Denn lebte Valerie nicht auf Rügen, sondern auf dem Festland, würde sie sicher keine Firma in Göhren beauftragen. Warum waren sie sich nie begegnet? Konnte das Schicksal so grausam sein? Aber dann wurde ihm klar, dass nicht der Zufall sie auf diese Insel verschlagen hatte, sondern eine gemeinsame Erfahrung: die Erinnerung an ihre Nacht in dem Bungalow am Meer. Ihr ehemaliges Liebesnest lag nur etwa hundertfünfzig Kilometer von hier entfernt. Dass sie beide diese Insel als ihr neues Zuhause gewählt hatten, war ein Beweis dafür, wie gut sie zueinanderpassten. Es war ein Muster, das er die ganze Zeit übersehen hatte.

Sein Zorn verrauchte und machte Grübeleien Platz. Warum war Valerie untergetaucht? Und warum hatte sie ihn in dem Glauben gelassen, sie wäre tot? War es ihr egal, wie sehr er unter ihrem Verlust litt? Oder liebte sie ihn noch immer und suchte ebenso verzweifelt nach ihm wie er nach ihr?

Vielleicht hatte sie ihn längst vergessen und lebte mit einem Mann zusammen, zog ein Kind groß und führte ein Leben, in dem es keinen Platz mehr für ihn gab. Zwei Jahre waren eine lange Zeit.

Das Meer spülte Seetang und Muschelschalen auf den Strand und bildete verschlungene Muster im Sand. Lennys Herz krampfte sich furchtsam zusammen. Er war nicht der Einzige, der nun wusste, wer sich hinter dem Namen Irma Svenson verbarg. Nexx würde das Video ebenfalls irgendwann sehen, es war unausweichlich. Valerie schwebte in tödlicher Gefahr.

39

Irma Svenson hielt keine Lesungen ab und gab auch keine Interviews. Das konnte sie nicht, weil sie nicht existierte. Sie war ein Kunstprodukt. Dennoch erhielt sie jede Woche Dutzende von Fanbriefen. Valerie las und beantwortete jeden Brief und jede Autogrammanfrage persönlich und signierte unzählige Bücher.

Die Begeisterung ihrer kleinen Leser spornte sie immer wieder aufs Neue an, ihren Stil zu verfeinern und noch intensivere Geschichten zu schreiben.

Die fünfzigtausend Euro, die sie vor über zwei Jahren im Schließfach einer Kölner Bank deponiert hatte, waren längst aufgebraucht. Inzwischen lebte sie von den Einnahmen ihrer Buchverkäufe. Es lagen Angebote von zwei Fernsehanstalten für eine Animationsserie vor, die auf Motiven ihrer Bücher beruhte, und es gab Pläne für die Verfilmung von *Herr Konrad geht auf Reisen,* das schon kurz nach der Erstveröffentlichung reißenden Absatz fand. Irma Svenson war auf dem besten Weg, sich zur deutschen Joanne K. Rowling zu entwickeln.

Valeries Leben verlief wieder in erfolgreichen Bahnen, aber zwei Dinge verhinderten, dass sie glücklich war: die Angst, Nexx könnte sie eines Tages enttarnen, und die Trennung von Lenny. Sie vermisste ihn mit einer Intensität, die einem immerwährenden Phantomschmerz gleichkam. Die Furcht vor Nexx war im Lauf der Zeit langsam verebbt. Die Wunde, die der Verlust Lennys ihr gerissen hatte, heilte indessen nicht.

Ein halbes Jahr lang hatte sie fast täglich mit dem Gedanken gespielt, ihm eine Nachricht zukommen zu lassen, dass sie lebte. Aber sie wusste, dass er sich nicht mit dem Wissen zufriedengeben würde, dass es ihr gutging. Doch um sein Leben mit ihr teilen zu können, hätte er seine Welt zurücklassen müssen. Sie wusste, dass er seinen Job liebte, und wollte nicht, dass er ihn für sie aufgab – was er zweifellos getan hätte. Sie bereute zutiefst, ihn nach der gemeinsamen Nacht am Meer abgewiesen zu haben. Sie hatte ihm nie gesagt, was sie für ihn empfand.

Es gab Tage, an denen sie in Schwermut versank und alles, was sie erreicht hatte, gegen eine Stunde mit ihm eingetauscht hätte. An einem dieser lichtlosen Tage, wenn das Meer in endlosen Wellen gegen die Kreideklippen anstürmte und der Sturmwind klagend um den Bungalow auf der Hochebene heulte, hatte sie mit einem Prepaid-Handy, das man nicht zurückverfolgen konnte, bei der Kölner Polizei angerufen und sich zur Mordkommission durchstellen lassen.

Nachdem man sie weitergeleitet hatte, fragte sie einen Mitarbeiter nach Leonhard Koriatis, aber zu ihrem Erstaunen erklärte er ihr, dass Lenny nicht mehr bei der Polizei arbeitete. Beunruhigt war sie nach Stralsund gefahren und hatte dort ein Internetcafé aufgesucht. In dem Haus, das sie angemietet hatte, gab es zwar einen Telefonanschluss, den sie aber nicht angemeldet hatte. Recherchen für ihre Bücher betrieb sie in Internetcafés auf dem Festland, die sie nach dem Zufallsprinzip auswählte. Ihre Manuskripte verschickte sie auf altmodische Weise mit der Post oder lieferte einen USB-Stick. Der Verlag, der sie unter Vertrag genommen hatte, hielt ihr Verhalten für die Marotte einer Künstlerin. Solange die Verkaufszahlen weiterhin explodierten, kümmerte es niemanden.

In Stralsund hatte sie den Namen Leonhard Koriatis in eine Suchmaschine eingegeben und war auf einen Zeitungsartikel gestoßen, der sich mit dem Brand auf der *MS Rheingold* beschäftigte. Darin hieß es, dass es nach der Preisverleihung zu einer Schießerei zwischen Polizeibeamten gekommen wäre und die Hintergründe noch immer nicht vollständig aufgeklärt wären, aber zur Suspendierung des Mordermittlers Leonhard Koriatis geführt hätten.

Danach verlor sich seine Spur. Aus Angst, Nexx könnte auf sie aufmerksam werden, verzichtete sie auf weitere Nachforschungen. Der Preis, den sie für ihre Freiheit zahlen musste, war die Einsamkeit.

An einem regnerischen Oktobermorgen leerte sie den Briefkasten am Ende der Auffahrt zu ihrem Haus. Blake, der zwei Jahre alte Rottweiler, steckte den Kopf aus der Haustür und schnüffelte in der feuchten Luft, entschied aber, dass er durchaus warten konnte, bis Valerie zurückkam. Er mochte keinen Regen, ließ deswegen aber keine Sekunde lang in seiner Wachsamkeit nach. Blake war eine Alarmanlage auf vier Pfoten und würde sie mit seinem Leben beschützen. Hervorragend ausgebildet und grundsätzlich misstrauisch gegenüber Fremden, hörte er ausschließlich auf ihre Kommandos. Er war Wächter, Beschützer und Freund in einem und erwies sich an kalten Winterabenden zudem als kuscheliger Fußwärmer. Valerie verließ den Bungalow über den Klippen niemals ohne ihn. Blake war ihr Radar, ihr Frühwarnsystem, aber nicht ihre einzige Waffe.

Das Haus stand in einem Waldstück vierhundert Meter von den Steilklippen entfernt am Rand einer Siedlung baugleicher Bungalows, die im Sommer von Touristen genutzt wurden. Aus diesem Grund hatte Valerie das Haus dauerhaft gemietet. Niemand kam auf die Idee, dass hier jemand seinen festen Wohnsitz hatte. Das Haus stand etwas abseits der anderen und war von einem weitläufigen Garten umgeben. Buchen und vom Wind bizarr geformte Kiefern boten Sichtschutz gegen neugierige Passanten. Die Rückseite des Grundstücks grenzte an die Klippen und war dadurch nicht zugänglich. Neben der Hauptzufahrt gab es noch einen versteckten Pfad, über den sie im Notfall flüchten und in wenigen Minuten eins der anderen Häuser erreichen konnte, um Hilfe zu holen.

Der Bungalow war eine Burg, die gut zu verteidigen war. Es wäre auf Dauer billiger gewesen, das Haus zu kaufen, aber dazu hätte sie unweigerlich einen Notar aufsuchen müssen, der ihren Ausweis kontrolliert hätte. Valerie de Crécy war tot und musste es bleiben. Sie mied jede Situation, in der sie sich möglicherweise hätte ausweisen müssen. Und bisher war sie damit gut zurechtgekommen. Der Vermieter war froh über die überhöhte Miete, die sie klaglos bezahlte und mit ihrem Wunsch nach Privatsphäre begründete. Wahrscheinlich hielt er sie für eine überspannte Künstlerin. Sie ließ ihn in dem Glauben.

An den Grundstücksgrenzen hatte sie Kameras, Bewegungsmelder und Infrarotsensoren installiert. Niemand konnte sich dem Bungalow unbemerkt nähern, ohne Alarm auszulösen. Im Haus selbst gab es keine Kameras. Seit ihren Erlebnissen mit Nexx verabscheute sie Überwachungstechnik in geschlossenen Räumen und setzte sie nur im Außenbereich ein. Die Rolle des Wächters übernahm Blake, und er spielte sie bestens. Wenn sie sich gegen Mitternacht in ihr Schlafzimmer zurückzog, rollte sich der Rottweiler vor ihrer Tür zusammen. Er würde jedem Eindringling, der sie bedrohte, die Kehle durchbeißen.

In dem Unterstand neben dem Haus, der durch eine Nebeneingangstür in der Küche zu erreichen war, stand ein stets vollgetankter Subaru Forester mit Allradantrieb, der bei jedem Wetter einsatzfähig war.

Überall im Haus hatte Valerie Verstecke angelegt, in denen sie Reizgas, Elektrotaser und Baseballschläger griffbereit hielt. Jeden Freitag kontrollierte sie ihre geheimen Waffenkammern. Eine Schusswaffe besaß sie nicht, weil sie für die Beantragung eines Waffenscheins ihren Namen hätte angeben müssen – was sie unter allen Umständen vermeiden wollte.

Regelmäßig trainierte sie ihre Fitness und besuchte zweimal pro Woche einen Selbstverteidigungskurs für Frauen.

Ihr Haus war abgesichert wie das Pentagon, sie selbst ein Phantom.

Doch die Furcht blieb.

In den letzten Wochen war das unbestimmte Gefühl einer drohenden Gefahr wieder stärker geworden, ohne dass sie einen Grund dafür hätte nennen können. Wenn sie Besorgungen machte, mit Blake Spaziergänge am Strand unternahm oder das Herbstlaub von der Terrasse kehrte, fühlte sie sich beobachtet. Die Bewegungsmelder schlugen keinen Alarm, und die Kameras zeichneten nichts auf. Blake kaute zufrieden an einem Knochen. Dennoch spürte sie eine latente Bedrohung.

Sie ließ ungern Fremde ins Haus, hatte sich aber dennoch dazu entschlossen, eine Fachfirma damit zu beauftragen, ihre selbst installierten Sicherheitseinrichtungen zu überprüfen und eventuell zu verbessern. Zu ihrer Überraschung fand sie in ihrer unmittelbaren Nähe in Göhren einen Laden, der Alarmanlagen und Sicherheitstechnik anbot. Da sie so wenig Aufmerksamkeit wie möglich erregen wollte, erschien ihr das kleine Unternehmen gerade richtig. Am Morgen hatte sie dort angerufen und dem Besitzer eine Nachricht mit der Bitte um Rückruf aufs Band gesprochen.

Valerie fächerte die Tagespost auf der Küchenanrichte auseinander – zwei Rechnungen, acht Fanbriefe mit Absenderadressen in ungelenker Kinderschrift und ein blassblauer Brief mit dem Absender »Mr. Smoothie«.

Bei seinem Anblick eruptierte Valeries schwelende Furcht wie ein Geysir, der kochendes Wasser in die Luft schleudert.

Sie ließ den Umschlag fallen, als enthielte er ein tödliches Gift. Blake spürte ihre Unruhe und blickte sie wachsam an. Es gab nur drei Menschen, die von dem imaginären Freund ihrer Kindertage wussten: sie selbst, Lenny und Nexx.

Valerie legte die Fingerspitzen an ihre Nase und knabberte an ihren Daumennägeln, was sie immer tat, wenn sie angestrengt überlegte. Sie sah, dass ihre Hände zitterten, und spürte die lähmende Angst in ihrem Bauch. War es möglich, dass Lenny sie gefunden hatte? Dass er sich ihr auf diese Weise zu erkennen gab? Das war unwahrscheinlich. Wenn er überhaupt nach ihr suchte, war die Chance, dass er sie aufgestöbert hatte, gering. Er musste wie alle anderen davon ausgehen, dass sie tot war. Valerie de Crécy existierte nicht mehr. Nicht einmal Julie ahnte, dass sie noch lebte. Aber wenn er sie doch gefunden hatte, wie würde er sich zu erkennen geben? Sicher nicht, indem er ihr einen Brief schickte und »Mr. Smoothie« als Absender daraufschrieb. Blieb nur noch Nexx.

Blake winselte leise. Valerie bückte sich nach dem Brief, hob ihn auf und riss den Umschlag auf. In ihm steckte ein einziges Blatt Papier. Sie brauchte drei Versuche, um es auseinanderzufalten. Die Botschaft war unmissverständlich:

»Du warst ein böses Mädchen. Ich werde dich bestrafen müssen. Ich werde dich besuchen, kleine Valerie. Schon bald.«

40

Bist du sicher, dass sie es ist?«, fragte Sanchez.

»Ja.«

»Du sagst, du hast ihre Stimme gehört.«

»Ich irre mich nicht.«

»Erstaunlich, wie sich die Dinge zusammenfügen.«

»Was meinst du damit?«

»Ich habe ein bisschen mit dem Algorithmus herumgespielt. Nexx wird in genau … warte … in fünf Tagen, zwei Stunden und dreiundvierzig Minuten in Sellin erscheinen. Es kommt mir so vor, als hätte das Programm vorhergesehen, was geschehen wird. Dass ein Ereignis eintreten wird, das Nexx verrät, wo sich Valerie versteckt hat. Ich weiß, das ist unmöglich, aber es ist verflucht unheimlich. Ich weiß nicht mehr, was ich glauben soll, Lenny.«

»Es funktioniert also?«

»Worauf du dich verlassen kannst. Nexx wird, zweiundfünfzig Stunden nachdem er auf Rügen angekommen ist, einen tödlichen Unfall erleiden.«

»Das ist Hexerei.«

»Nein, ist es nicht«, antwortete Sanchez. »Nur Mathematik. Und ohne deine Hilfe wird es nicht gehen.«

Sanchez erklärte ihm die Details.

»Wie läuft die Übertragung ab?«

»Ich schicke die Daten über eine gesicherte Verbindung an die anonyme E-Mail-Adresse, die wir eingerichtet haben. Sobald du das Paket empfangen hast, lösche ich die Adresse. Damit hat sie nie existiert.«

»Hast du Valeries Anschrift?«

»Nein. Wenn sie es ist, hat sie gelernt, sich unsichtbar zu machen. Aber ich kann das Gebiet, in dem sie sich am häufigsten aufhält, eingrenzen. Diese Gesichtserkennungssoftware ist wirklich eine Wucht. Wusstest du, dass alle Straßenlampen in der Selliner Innenstadt mit Kameras ausgerüstet sind?«

Lennys Herz begann schneller zu schlagen, während ihm Sanchez die Koordinaten durchgab. Sellin. So nahe!

Er verabschiedete sich rasch von Sanchez, legte auf und steckte das in Frage kommende Gebiet auf einer detaillierten Karte der Umgebung ab. Sein Instinkt, der ihn zu einem der besten Mordermittler gemacht hatte, funktionierte noch immer. Nach einer Stunde hatte er drei vielversprechende Ansätze. Er streifte sich die gefütterte Winterjacke über, stülpte eine schwarze Wollmütze über sein dunkles Haar und setzte trotz des trüben Regentages eine Sonnenbrille auf. Dann fuhr er mit seinem schwarzen Chevrolet Chevelle nach Sellin und wünschte sich zum ersten Mal, einen unauffälligeren Wagen zu fahren. Aber er konnte einfach nicht von den alten Schlitten lassen.

Valeries Versteck erwies sich als Teil einer Wohnanlage, die im Sommer an Feriengäste vermietet wurde. Die zwei anderen in Frage kommenden Unterkünfte hatten sich als Fehlschläge erwiesen, somit blieb nur noch diese Möglichkeit. Hatte sie diesen Platz zum Leben gewählt, weil er sie an den Bungalow in Nienhagen erinnerte oder um sich vor Nexx zu verbergen? Immerhin musste sie befürchten, dass er noch immer versuchte, sie aufzuspüren. Vielleicht hatte er sich auch ein neues Opfer gesucht, doch Lenny hielt es für wenig wahrscheinlich. Sein schwaches Ego musste es als tödliche Beleidigung ansehen, dass Valerie sich ihm erfolgreich entzogen hatte. Wenn Nexx sie fand, würde er sie töten, um sie für immer zu besitzen, daran hegte er keinen Zweifel.

Gegen Mittag ließ der Regen nach. Lenny stellte den Wagen in der Nähe der Wohnanlage ab und stapfte durch den tropfnassen Buchenwald die Zufahrt entlang. Hinter Ligusterhecken und Krüppelkiefern reihte sich ein Bungalow an den anderen. Die Grundstücke waren großzügig bemessen und so angelegt, dass sie zur Straßenseite hin kaum einsehbar waren. Durch die kahl werdenden Bäume hindurch schimmerte das Meer. Die Häuser standen dicht an den Kreideklippen. Von der Ostseite aus musste man einen traumhaften Blick über die See genießen können. In einer dieser Wohneinheiten lebte Valerie.

In einer Einfahrt entdeckte Lenny einen weißen Lieferwagen mit der Aufschrift »Hausmeisterservice«. Ein grauhaariger Mann in einem blauen Arbeitsoverall trat gerade aus dem Haus und trug einen Werkzeugkasten zum Wagen. Hausmeister waren meist geschwätzige Leute und wussten stets, wer kam und ging, wer in welchem Haus wohnte und welche Art Müll er in die Abfalltonnen warf. Kurzum: Ein Hausmeister war eine wandelnde Informationsquelle. Lenny überquerte die Straße, tippte mit dem Zeigefinger an seine Mütze und rief einen Gruß über den Gartenzaun.

»Ich hab gehört, Sie haben noch freie Bungalows.«

Der Mann setzte seinen Werkzeugkasten ab und wischte sich mit einem Taschentuch den Schweiß von der Stirn.

»Zu dieser Jahreszeit kommen nicht viele Touristen. Sie können sich ein Haus aussuchen.«

»Und im Sommer ist das anders?«

»Da ist immer alles ausgebucht.« Der Mann deutete mit dem Daumen hinter seine Schulter. »Schauen Sie sich ruhig um. Irgendwo hab ich auch noch eine Visitenkarte des Vermieters … warten Sie einen Moment.«

Er tastete die Taschen seines Overalls ab und verschwand dann mit dem Oberkörper im Fahrerhaus des Lieferwagens.

Lenny ging am Haus entlang, schaute in jedes Fenster und machte sich mit dem Grundriss vertraut. Hinter einem Windfang lag ein großes Wohn-Ess-Zimmer, daneben eine kleine Küche. Eine Tür im Eingangsbereich führte in ein Badezimmer, eine zweite in einen kurzen Flur, an den sich zwei geräumige Schlafzimmer anschlossen. Ein Keller existierte nicht, denn die Häuser ruhten auf stabilen Betonplatten. Überrascht bemerkte er die steile Stiege, die zu einem Studio unter dem Dach führte. Streng genommen waren die Häuser also keine Bungalows. Ein hölzerner Anbau neben dem Haus diente als Abstell- und Geräteraum. Lenny warf einen Blick durch das Seitenfenster des Anbaus und bemerkte, dass sowohl ein Flüssiggastank als auch ein Autostellplatz darin untergebracht waren. Der Anbau war durch eine Nebeneingangstür mit der Küche verbunden und hoch genug für einen Camper oder ein Wohnmobil.

Der Hausmeister kehrte zurück und reichte ihm eine Visitenkarte.

»Traumhaft«, schwärmte Lenny. »Am liebsten würde ich sofort einziehen und das ganze Jahr über hierbleiben. Die Stille ist genau das, was ich für meine Arbeit brauche.«

»Womit verdienen Sie denn Ihr Geld?«

»Ich bin Schriftsteller.«

Der Hausmeister wischte sich die ölverschmierten Finger an den Hosenbeinen ab.

»Ein paar Häuser sind das ganze Jahr über vermietet. Wir haben hier Maler, Bildhauer und Drehbuchschreiber. Weiß der Teufel, was die alle auf die Insel zieht.« Er wies mit dem Kinn die Straße entlang. »Die Frau im Bungalow da hinter der Biegung schreibt auch Bücher. Für Kinder, glaube ich. Was schreiben Sie?«

»Krimis«, antwortete Lenny. Sein Herz schlug schneller. Er war Valerie so nahe wie seit zwei Jahren nicht mehr.

»Sie können sie ja mal besuchen und mit ihr fachsimpeln. Ich muss jetzt das Haus abschließen, bin fertig.«

»Sie kennen doch sicher alle Dauermieter«, sagte Lenny.

»Klar.«

»Auch die Schriftstellerin? Ich meine, ich will nicht neugierig sein, aber ich würde sie schon gerne besuchen. Aber ich will sie keinesfalls belästigen. Sie wissen ja, wie Künstler sind. Viele suchen die Einsamkeit.«

»Ein bisschen seltsam sind sie alle«, bestätigte der Hausmeister. »Manche mehr, manche weniger.« Er blickte den Gartenzaun entlang. »Aber bei ihr hab ich mich schon öfter gefragt, ob sie vielleicht vor jemandem davonläuft.«

»Wie kommen Sie darauf?«

»Weiß nicht. Sie hat überall auf dem Grundstück Kameras und Bewegungsmelder installiert. Wenn die Dinger kaputtgehen, bittet sie mich jedes Mal um Hilfe. Fremden gegenüber ist sie extrem misstrauisch. Auch mich lässt sie nicht aus den Augen, wenn ich was repariere. Und ich hab noch nie gesehen, dass sie Besuch hatte.« Er schüttelte bedauernd den Kopf. »So 'ne hübsche Frau und geht kaum aus dem Haus. Wenn Sie mich fragen … na, ich glaube, die hat 'ne Heidenangst vor irgendwas. Vielleicht ist sie durch das viele Schreiben nicht ganz richtig im Kopf. So wie Don Quichotte.« Er kratzte sich an der Nase. »Hab ich mal als Kind gelesen.«

»Sie lebt alleine?«, fragte Lenny.

»Wie ein Eremit, wenn Sie mich fragen. Bis auf den Montagabend. Da geht sie zu den Nielsens. Er malt dauernd Bilder vom Meer, sie schnitzt Schmuck aus Bernstein, den sie am Strand sammelt. Hab aber noch nie was von ihr gesehen, was mir gefallen hätte. Lauter komisches Zeug. Na, ich muss jetzt los.«

Lenny winkte zum Abschied mit der Visitenkarte. »Vielen Dank auch. Ich werde gleich mal anrufen.« Er sah dem Lieferwagen nach, bis er das Ende der Zufahrtsstraße erreicht hatte.

Er könnte jetzt gleich zu ihr gehen. Klingeln und warten, bis sie die Tür öffnete. Doch eine seltsame Scheu überkam ihn und hielt ihn davon ab.

»Ich bin noch nicht so weit, Lenny«, hatte sie gesagt.

War sie jetzt bereit für ihn? Oder würde er einen kompletten Narren aus sich machen? Oder hatte sie ihn vergessen? Nein, erst musste er Gewissheit haben, dass er Valerie wirklich gefunden hatte, und er musste wissen, wie sie lebte.

Er kehrte zu seinem Wagen zurück und tat das, was er schon bei unzähligen Observierungen getan hatte: Er wartete.

Drei Stunden später wurde seine Geduld belohnt. Ein dunkelgrüner Subaru Forester rollte die Straße entlang und bog in die Straße nach Sellin ein. Am Steuer saß eine Frau Anfang dreißig mit einem modischen Kurzhaarschnitt. Sie trug eine getönte Brille und hatte den Kragen ihrer Steppjacke hochgeschlagen. Lenny konnte nur einen kurzen Blick auf ihr Gesicht werfen. Überrascht stellte er fest, dass er nicht mit Sicherheit sagen konnte, ob es sich bei der Frau um Valerie handelte. Zwei Jahre waren eine lange Zeit. Zumindest glich sie der geheimnisvollen Schriftstellerin auf dem Video. Er startete den Motor und folgte ihr.

41

Lenny beobachtete die Frau, die sich Irma Svenson nannte, bis er ihre Gewohnheiten und ihren Tagesablauf kannte. Zu seiner Erleichterung stellte er fest, dass es offenbar keinen Mann in ihrem Leben gab. Ihr einziger treuer Begleiter war ein bulliger Rottweiler, mit dem er nicht voreilig Bekanntschaft machen wollte. Insgeheim war er stolz auf sie. Sie hatte sich zwei Jahre lang vor Nexx verborgen und wusste sich offenbar gut zu schützen. Dienstags und freitags besuchte sie einen Selbstverteidigungskurs für Frauen, der Hund wich nie von ihrer Seite, und ihr Heim glich einer Burg mit tausend Augen. Lenny schöpfte Hoffnung.

Am folgenden Sonntag, einem stürmischen, kühlen 15. Oktober, beschloss er, seine Tarnung aufzugeben. Valerie pflegte die Sonntagnachmittage mit langen einsamen Strandspaziergängen zu verbringen, stets begleitet von ihrem Hund.

Als Lenny seinen Chevelle in der Straße oberhalb der Seebrücke in Sellin abstellte, wurde er daran erinnert, dass er in einer Welt lebte, in der der Zufall seine Macht mit einem Computeralgorithmus teilen musste. Er sah Gabriel Nexx. Sanchez hatte das Erscheinen ihres alten Feindes angekündigt, doch Lennys Gedanken hatten sich in den vergangenen Tagen ausschließlich um Valerie gedreht. Daher war Sanchez' mörderischer Plan vorübergehend aus seinem Fokus verschwunden. Nexx stieg aus einem schwarzen Jeep Cherokee auf der anderen Straßenseite und betrat das Kurhaushotel, ohne Lenny zu bemerken. Eine halbe Minute später verließ ein Page das Hotel und parkte den Jeep in der Tiefgarage.

Lenny überquerte die Wilhelmstraße und lief durch die Einfahrt der Tiefgarage. Er trug den Peilsender, den ihm Sanchez geschickt hatte, ständig bei sich, hatte ihn aber völlig vergessen. Nun wurde es unerwartet Zeit, den letzten Akt vorzubereiten.

Als er das Parkdeck erreichte, schlug die Tür des Treppenaufgangs zu. Er wartete, bis die Garage menschenleer war, mied die Überwachungskameras und lief mit gesenktem Kopf auf den Jeep zu, der im Halbdunkel einer Parklücke stand. Er brauchte nur Sekunden, um den GPS-Sender im Radkasten anzubringen. Er würde die Position des Wagens nun zuverlässig an Sanchez übermitteln.

Ihr Plan sah vor, in die Elektronik des Cherokee einzugreifen, um einen tödlichen Unfall auszulösen. Der Algorithmus gab Ort und Zeit vor. Sanchez hatte das Programm wochenlang mit Informationen über Nexx gefüttert und Abermillionen mögliche zukünftige Abläufe durchgespielt. Vor zwei Nächten hatte der Algorithmus dann einen perfekten Mordplan ausgespuckt. Gegen 21:16 Uhr am 20. Oktober würde es zu einem Verkehrsunfall fünf Kilometer nördlich von Sellin kommen. Die gewundene Küstenstraße führte dort gefährlich nahe an den Kreidefelsen entlang und streifte ein felsiges Kap, das weit ins Meer hineinragte. Die See war dort bis in Strandnähe außergewöhnlich tief. Zu dieser Jahreszeit zogen tückische Strömungen alles, was in ihre Fänge geriet, aufs offene Meer hinaus.

Zu Sanchez' Überraschung war ein Eingriff in die Elektronik des Jeeps entsprechend dem Algorithmus zwar zwingend erforderlich, andererseits aber nur *eine* der Voraussetzungen, die zu Nexx' Tod führten. An dem Unfall musste ein zweiter Wagen beteiligt sein, dessen Fahrer überleben würde. Warum der Algorithmus den Plan so ausgearbeitet hatte, verstand Sanchez nicht, jedenfalls beharrte das Programm auf dieser Konstellation. Veränderte Sanchez die Parameter so, dass der Cherokee das einzige Fahrzeug auf der Straße war, geschah nichts, weil der Virus, den Lenny in Nexx' Wagen installieren sollte, versagte.

Zwei Tage und schlaflose Nächte später, die Lenny in seinem Wagen verbrachte, um über Valeries Sicherheit zu wachen, nahm die Operation »Nexx« Gestalt an. Nur mühsam hatte er der Versuchung widerstanden, Valerie zuvor aufzusuchen und sie einzuweihen. Immerhin plante er einen eiskalten Mord und wollte sie nicht in die Sache mit hineinziehen. Falls sein Plan fehlschlug, würde er alleine die Verantwortung tragen. Würde er gelingen, wäre Nexx tot und Valerie frei. Sie würde niemals erfahren, wie es zu seinem Tod gekommen war.

Am Montagmorgen gegen halb acht meldete sich Sanchez.

»Die Auswertung des Senders hat ergeben, dass Nexx ziellos über die Insel fährt«, sagte er, »er weiß, dass sie irgendwo hier lebt, aber nicht, wo er sie suchen soll.«

»Sonst noch etwas, das uns weiterhilft?«

»Er benutzt regelmäßig die Küstenstraße von Sellin Richtung Binz.«

Lenny richtete sich im Autositz auf. In Gedanken fuhr er die gewundene Straße oberhalb der Klippen entlang.

»Er fährt am Kap entlang.«

»Ein lauschiges Plätzchen«, sagte Sanchez, »wie geschaffen für ein Rendezvous mit dem Tod.«

»Was ist mit dem Fahrer des zweiten Wagens?«

»Ihm wird nichts geschehen.«

»Bist du sicher? Ich will nicht, dass ein Unschuldiger zu Schaden kommt.«

»Das wird nicht passieren. Das Baby auf meinem Rechner wird es nicht zulassen. Du glaubst gar nicht, was man mit diesem Ding alles anstellen kann. Ich könnte dir Sachen erzählen …«

»Ich will es nicht wissen. Wenn die Sache gelaufen ist, zerstörst du das Programm. Das ist meine Bedingung.«

»Und was ist mit den Kopien, die Nexx ganz sicher besitzt?«

»Um die kümmern wir uns später.«

»Okay, okay, gib mir eine Stunde. Ich gleiche die GPS-Daten ab und schicke dir das ganze Paket. Du weißt, was du zu tun hast?«

»Warum installierst du den Virus nicht über das Mobilfunknetz?«

»Weil Chrysler das Loch in seiner Software mittlerweile gestopft hat. Du brauchst den Stick nur in den USB-Port in der Mittelkonsole zu stecken, das Programm installiert sich von selbst. Es greift in die Lenkung ein, wenn die Zielkoordinaten erreicht sind.«

»Sanchez?«

»Was ist?«

»Das ist verdammt unheimlich. Ich meine … dass es funktioniert.«

»An dieser Sache ist genauso wenig Übersinnliches wie an Nexx' Prophezeiungen.«

»Es ist der perfekte Mord.«

»Es ist ein würdiger Abgang für diesen Scheißkerl.«

Nexx kehrte erst nach Einbruch der Dunkelheit ins Hotel zurück. Lenny war ihm auf seiner Irrfahrt über den Südosten der Insel gefolgt. Er schien Rügen systematisch nach Valerie abzusuchen, war ihr jedoch noch kein Stück näher gekommen. Der versteckte Sender zeichnete ein verworrenes Muster auf die digitale Landkarte, das Nexx' Hilflosigkeit deutlich machte. Ihm fehlte offenbar der entscheidende Hinweis. Die Küstenstraße Richtung Norden am Kap vorbei benutzte er diesmal nicht, und Lenny zwang sich zur Geduld.

Er wartete, bis Nexx den Jeep wieder in der Tiefgarage des Hotels abgestellt hatte und im Treppenhaus verschwunden war. Mit einem Störsender hatte er verhindert, dass die Zentralverriegelung des Cherokee ihren Dienst versah, ohne dass sein Besitzer dies bemerkte.

Dann stieg er mit einem USB-Stick und einer Dose Farbspray aus dem Chevelle. Mit dem Spray machte er zwei Überwachungskameras unbrauchbar, die auf den Standort des Jeeps ausgerichtet waren, setzte sich dann in Nexx' Wagen, klappte das Fach in der Mittelkonsole auf und steckte den Datenstick in den USB-Port. Nun behielt er seine Armbanduhr im Auge. Die Installation des Virus, mit dem sich Sanchez in die Elektronik des Wagens hacken würde, dauerte zwei Minuten. Danach zog Lenny den Stick ab und kehrte zu seinem Chevelle zurück. Bevor er den Motor starten konnte, spürte er den kalten Stahl eines Pistolenlaufs an seiner Schläfe.

»Wir beide machen jetzt einen kleinen Ausflug, Koriatis. Und wir werden eine Menge Spaß zusammen haben. Mach keine hastigen Bewegungen, sonst blas ich dir das Hirn aus dem Schädel. Ich will die Pistole, die in deinem Gürtel steckt, und dein Handy.«

Lenny warf einen Blick in den Rückspiegel. Hinter ihm saß ein hagerer, etwa fünfzig Jahre alter Mann. Er sprach mit französischem Akzent. Sein knochiges Gesicht wirkte im künstlichen Licht des Parkdecks wie ein Totenschädel. Langsam reichte er ihm die Beretta und sein Telefon.

»Wer sind Sie?«

»Mein Name ist Jérôme. Ich bin ein guter Freund von Nexx.«

42

Ellen und Valdemar Nielsen gehörten zu den wenigen Menschen, mit denen Valerie in den vergangenen zwei Jahren Freundschaft geschlossen hatte. Die beiden waren vor fünf Jahren von Dänemark nach Rügen gezogen. Ellen war in Binz aufgewachsen und sehnte sich danach, an den Ort ihrer glücklichen Kindheit zurückzukehren. Beide waren über sechzig und hatten sich ihren Traum vom Leben als freie Künstler erfüllen wollen. Valerie hatte Ellen am Selliner Strand kennengelernt, nachdem Blake und der Labrador der Nielsens sofort Freundschaft geschlossen hatten. Seit einem Jahr besuchte Valerie die Nielsens jeden Montagabend in ihrem Bungalow, um eine Variante von Doppelkopf zu spielen, für die man nur drei Mitspieler brauchte. Sie mochte die kurzweiligen Abende zu dritt, aber heute war sie unkonzentriert und nervös. Ihre Gedanken kreisten um Nexx. Sie würde wohl alles zurücklassen und sich erneut auf die Flucht begeben müssen, wenn sie überleben wollte.

»Was ist los mit dir, Valerie? Du verlierst heute jedes Spiel!«, fragte Valdemar.

»Sie ist ganz blass um die Nase«, sagte Ellen, »sie wird sich eine Erkältung eingefangen haben.«

Valerie lächelte befangen. Sie wusste, dass die Nielsens vor vielen Jahren ihre leibliche Tochter verloren hatten. Es beunruhigte sie zuweilen, dass sie in ihr eine Art Ersatz zu sehen schienen, aber das trübte ihr herzliches Verhältnis in keiner Weise. Es gab Momente, in denen sie das Spiel nur allzu gerne mitspielte, weil es sie ihre Einsamkeit vergessen ließ. Die beiden Alten hüllten sie stets in eine wärmende Decke aus Zuneigung.

»Das wird es wohl sein«, antwortete sie nun. »Ich habe Kopfschmerzen. Entschuldigt bitte.«

Ellen stand auf und verschwand in der Küche. Valerie wusste, dass sie mit einem Glas Wasser und einer Schmerztablette zurückkehren würde.

Doch der Grund für ihr unkonzentriertes Spiel war ein anderer als Kopfschmerzen oder eine Erkältung. Der blassblaue Brief war erst der Anfang gewesen. Schon seit Tagen hatte sie das Gefühl, beobachtet zu werden. Wenn sie sich auf der Straße umdrehte oder unerwartet den Blick an der Supermarktkasse hob, war sie davon überzeugt, dass Nexx hinter ihr stand, auch wenn sie nicht einmal seinen Schatten sah. Die zwei Jahre der Flucht und des Versteckens hatten ihre Sinne geschärft, vielleicht auch überreizt. Die unmissverständliche Warnung hielt ihre Nerven in ständiger Alarmbereitschaft. Und diesmal würde es keinen Lenny geben, der sie im letzten Moment rettete.

Der Besitzer des Ladens für Alarmanlagen in Göhren hatte sich nicht bei ihr gemeldet, und so hatte sie den Hausmeister der Wohnanlage gebeten, ihre Bewegungsmelder und Kameras zu überprüfen.

Obwohl er ihrer Bitte nachkam, ohne Fragen zu stellen, musste er ihre Paranoia spüren. Aber sie hatte keine andere Wahl. Vor zwei Tagen hatte sie den Entschluss gefasst, Rügen zu verlassen und sich eine neue Bleibe zu suchen, aber dafür brauchte sie Zeit. Insgeheim befürchtete sie, dass ihre Flucht vor Nexx niemals enden würde.

Die Nielsens ahnten nichts von ihren quälenden Gedanken und kannten auch ihre wahre Identität nicht. Valerie wollte sie auf keinen Fall in Gefahr bringen. Nicht noch einmal sollte Nexx das Leben von unschuldigen Menschen zerstören.

Sie nahm die ihr angebotene Tablette und spülte sie mit einem Schluck Wasser hinunter. Doch nach einer weiteren halben Stunde tobte die Unruhe in ihrem Bauch wie ein Hornissenschwarm. Sie legte die Karten auf dem Tisch ab und entschuldigte sich.

»Ich sollte mich vielleicht wirklich besser hinlegen.«

Ellen gab ihr tausend gute Ratschläge mit auf den Weg und bot ihr an, sie bis zu ihrem Haus zu fahren. Valerie lehnte dankend ab und ging die vierhundert Meter zu Fuß, anderthalb Stunden früher, als sie geplant hatte. Blake trottete neben ihr her wie ein Schatten.

Sie hatte daran gedacht, Nexx eine Falle zu stellen, ihn nach Rügen zu locken und zu ermorden. An manchen Tagen war sie entschlossen gewesen, ihren Plan auszuführen, an anderen versank sie in Hoffnungslosigkeit, weil ihr der Mut dazu fehlte. Der einzige Ausweg aus ihrem Dilemma war daher, erneut unterzutauchen. Es war ihr einmal gelungen, sie würde es auch ein zweites Mal schaffen.

Sie schob das Gartentor auf und ging den mit Steinplatten belegten Weg zum Haus entlang. Blake blieb stehen und knurrte leise. Valerie tätschelte seine Flanke. Sie spürte deutlich seine Anspannung.

»Was ist los, Blake? Stimmt etwas nicht?«

Der Hund winselte leise.

Die Nacht war mondlos und stürmisch, in keinem der Fenster brannte Licht, nichts deutete auf einen Eindringling hin. Die Straßenlampe vor der Ligusterhecke warf lange Schatten auf den Asphalt.

Blakes Unruhe verstärkte ihre Furcht. Sie schloss die Eingangstür auf und lauschte angestrengt. Im Haus war es still, nur das allgegenwärtige Rauschen des Seewinds in den Baumkronen erfüllte die Nacht. Trockene Blätter wirbelten knisternd über das Pflaster vor ihrer Haustür.

Sie löste die Leine von Blakes Halsband und schob lautlos die Tür auf. Blake schlüpfte durch den Türspalt ins Innere und verschwand in der Dunkelheit. Er wusste, was zu tun war. Beinahe bedauerte sie denjenigen, der so dumm gewesen war, ohne Erlaubnis in sein Zuhause einzudringen.

Aus dem Wohnzimmer drang das Klirren von zerbrechendem Glas, ein schwerer Gegenstand stürzte krachend um, Blake bellte wutentbrannt. Doch anstelle einer erschrockenen menschlichen Stimme, die sie erwartet hatte, antwortete ihm ein warnendes Knurren, das seinerseits in wütendes Gebell überging.

Valerie blieb im Windfang stehen und wagte nicht, in den Wohnraum dahinter vorzudringen. Blake würde alleine mit der Situation fertigwerden. Es gab in der Nachbarschaft keinen Hund, der es mit ihm hätte aufnehmen können. Aber wie war ein fremder Hund ins Haus gelangt? Sie achtete stets darauf, alle Türen und Fenster verschlossen zu halten. Seine Anwesenheit konnte nur bedeuten, dass er in menschlicher Begleitung war. Ein Bild tauchte vor ihr auf: Nexx, wie er auf der Freitreppe seiner Villa in Köln stand, flankiert von den pechschwarzen Dobermännern Isis und Anubis.

Sie wich einen Schritt zurück und tastete nach dem Baseballschläger, der an einer Schnur hinter dem Garderobenschrank hing, aber sie griff ins Leere, jemand hatte ihn entfernt. Niemand wusste von den Waffenverstecken im Haus … es sei denn, jemand kannte ihre Furcht und wusste, was sie unternehmen würde, um sich zu schützen, weil er ihr Verhalten vorausahnen konnte.

Das Gebell im Wohnraum ging in ein ersticktes, klägliches Winseln über, dann herrschte tödliche Stille.

»Es wird Zeit, dein Versteckspiel zu beenden. Ich bin es leid, nach dir zu suchen.«

Valerie wirbelte herum. In der Eingangstür stand eine hochgewachsene, schlanke Gestalt. Durch das Seitenfenster fiel bleicher Lichtschein auf das asketische Gesicht mit den zweifarbigen Augen.

All die Regeln und Lektionen, die sie in den Selbstverteidigungskursen gelernt hatte, waren plötzlich nicht mehr als gutgemeinte Ratschläge. Die Angst raste durch ihre Nervenbahnen wie ein schnell lähmendes Gift und ließen sie völlig kopflos reagieren. Sie stolperte zurück, verstrickte sich in dem Vorhang, der den Windfang vom Rest des Bungalows abschirmte, und stürzte. Der Schmerz weckte ihren Überlebenswillen. Sie sprang auf, drehte sich um und lief die Stiege hinauf. Aus dem winzigen Obergeschoss gab es zwar keinen Fluchtweg, aber Verstecke, in denen sie weitere Waffen verborgen hatte.

In ihrer Hast rutschte sie aus und fiel platt auf die Stufen. Nexx musste die Haltestangen des Teppichläufers gelöst haben, er dachte noch immer an jedes Detail. Er packte ihren linken Fuß und zog sie nach unten. Sie stieß mit dem Kinn gegen eine Treppenstufe und verlor beinahe die Besinnung.

»Dieses Loch ist nicht die richtige Behausung für dich. Es wird Zeit, dass du nach Hause kommst. So wie ich es vorgesehen habe.«

»Blake!«, schrie sie verzweifelt.

Der Hund antwortete mit einem kläglichen Winseln. Vermutlich hatte Nexx seine Köter benutzt, um ihn anzulocken und auszuschalten. Gegen zwei Dobermänner hatte selbst der Rottweiler keine Chance.

Nexx zerrte noch immer an ihrem Bein. Sie drehte sich auf den Rücken und trat nach ihm, aber er wich ihr geschickt aus. Der Angriff, der seinen Weichteilen gegolten hatte, traf ihn nur an der Hüfte, brachte ihn aber aus dem Gleichgewicht. Er prallte mit dem Rücken gegen das wackelige alte Holzgeländer, Streben brachen krachend, ein Teil des Handlaufs splitterte und riss ab.

Wütend trat sie erneut zu und traf ihn diesmal am Kinn. Nexx ließ ihr Fußgelenk los, wich zurück und verhedderte sich im Vorhang. Valerie zog eine zerbrochene Sprosse aus der Wange der Treppe und rammte Nexx das scharfkantige Ende in den Oberschenkel. Er brüllte vor Schmerz und Überraschung auf und schlug blindwütig um sich. Seine Faust traf ihr Kinn, ließ sie erneut straucheln und rücklings auf die Treppe fallen. Ein scharfer Schmerz schoss durch ihre Wirbelsäule und nahm ihr den Atem.

Nexx richtete sich schwer atmend auf, seine Unterlippe war aufgeplatzt und sein rechtes Hosenbein blutdurchtränkt. Er zog sich den großen Holzsplitter aus dem Oberschenkel, stürzte sich wutentbrannt auf sie und presste ihr mit seinem Gewicht den Atem aus den Lungen. Seine Hände schlossen sich um ihre Kehle. Diesmal trug er keine Handschuhe.

»Du gehörst mir, Valerie. Mir! Ich teile dich nur mit dem Teufel!«

43

Halt da vorne an.«

Lenny ließ den Wagen ausrollen. Das Scheinwerferlicht streifte Baugerüste, Bagger und auf Paletten gestapeltes Baumaterial. Die wuchtigen Betonburgen von Prora nördlich von Binz waren die größte Baustelle auf der Insel Rügen. Finanzkräftige Investmentgesellschaften verwandelten die ehemalige Anlage der Nazis nach und nach in moderne Ferienwohnungen, Luxusapartments und Eigentumswohnungen – der ideale Ort, um eine Leiche für immer im Beton verschwinden zu lassen.

»Aussteigen!«

Lenny öffnete die Wagentür und stieg mit langsamen Bewegungen aus. Jérôme kletterte aus dem Fond des Chevelle und ließ ihn nicht aus den Augen. Nervös fuchtelte er mit einer handlichen Glock vor Lennys Gesicht herum.

»Verraten Sie mir, wie Sie Nexx kennengelernt haben?«, sagte Lenny.

»Vielleicht mache ich mir den Spaß – sobald du mir verraten hast, was ich wissen will.«

»Kein schlechtes Angebot.«

Lenny konzentrierte sich und lauerte auf eine Chance. Jérôme war ein Kriecher, ein devoter Gehilfe, der sich an die Rockzipfel von Schurken wie Nexx klammerte und darauf wartete, dass ein Brocken für ihn abfiel. Aus seiner Haltung und der ungeschickten Art, wie er die Waffe hielt, ließ sich vielleicht ein Vorteil ziehen. Jérôme war kein Profi, wenn es darum ging, einen Menschen verschwinden zu lassen. Lenny fragte sich, warum Nexx ihn und nicht seinen Leibwächter mit nach Rügen genommen hatte. Die Erkenntnis kam schnell und ekelte ihn an. Jérôme diente Nexx als Gefängniswärter, der in Valerie die Schrecken ihrer Kindheit wachrufen sollte, um ihren Willen zu brechen. Damit war auch das Rätsel gelöst, woher Nexx all die Geheimnisse aus Valeries Kindheit kannte, von denen sie außer ihm niemals jemandem erzählt hatte.

»Allez! Rein da!«

Jérôme wies ihm mit der Pistole den Weg und stieß ihn vorwärts. Er war spindeldürr. Wenn er ging, pendelte sein Kopf vor und zurück wie der eines Huhns, das nach Körnern pickt. Lenny konnte seine Nervosität riechen wie den üblen Atem eines Magenkranken. Jérôme hatte den Auftrag erhalten, ihn zu beseitigen, aber er hatte noch niemals einen Menschen getötet. Vielleicht war Nexx' Auftrag seine Bewährungsprobe, und diesen Umstand gedachte Lenny für sich zu nutzen.

Der hagere Franzose zwang ihn tiefer in das Labyrinth aus nackten Betonwänden und notdürftig abgesicherten Treppenschächten hinein.

»Stehenbleiben! Umdrehen!«, schnauzte Jérôme.

Sie befanden sich in einem großen zentralen Raum, der vermutlich als eine Art Foyer geplant worden war. Jérômes spröde Stimme hallte von den kahlen Wänden wider, Wasser tropfte von der Decke und sammelte sich in Pfützen. Zwischen Paletten und Stapeln mit Zementsäcken lag vor einem dunklen, rechteckigen Loch eine blaue Plastikplane auf dem Boden. Lenny hob den Blick. Die Öffnung im Betonboden zog sich offenbar durch alle Stockwerke und würde als Aufzugsschacht dienen.

»Stell dich auf die Plane. Mach schon!«

Lenny setzte einen Fuß auf die Plastikfolie und drehte seinen Körper dabei nach links, so dass er etwas seitlich versetzt vom Schacht stand.

»Du hast also doch noch einen neuen Job gefunden, der deinen Talenten entspricht. Zahlt Nexx wenigstens gut?«

Jérôme grinste und entblößte eine Zahnlücke. »Man muss nehmen, was man kriegen kann. Was hast du in seinem Wagen gemacht?«

»Mir die Ausstattung angeschaut. Ich wollte schon immer mal so einen protzigen Schlitten fahren.«

»Du sagst mir jetzt besser, was ich wissen will.«

»Warum sollte ich? Du wirst mich sowieso erschießen.«

»Ich kann's in die Länge ziehen oder es kurz und schmerzlos machen. Ganz wie du willst.«

»Bist du sicher, dass du das kannst?« Lenny wies mit dem Kinn auf die Waffe in Jérômes Hand. »Wie viele hast du denn schon umgelegt?«

»Halt die Schnauze. Was hast du mit Nexx' Jeep angestellt?«

Jérôme zuckte mit dem Augenlid, wischte sich die schweißnasse Hand an der Hosennaht ab und hielt die Waffe nun mit der Linken.

Lenny bewegte sich unmerklich ein Stück weiter nach links. Jérôme folgte seiner Drehung. Langsam begannen sie, sich zu umkreisen. Dabei näherte sich sein Gegner unbewusst dem Schacht, was genau in Lennys Absicht lag.

»Ich hab bereits eine Menge harter Kerle weinen sehen wie kleine Jungs, die sich die Knie aufgeschürft haben, als ich noch Polizist war. Sie waren alle froh, endlich gestehen zu können. Den Abzug durchzuziehen ist nicht schwer, aber mit dem Gefühl klarzukommen, einen Menschen getötet zu haben, kann einen um den Verstand bringen. Sag mir, wie du Nexx kennengelernt hast, dann verrate ich dir, was du wissen willst.«

Jérôme zwinkerte und wechselte die Glock in die rechte Hand zurück. Seine Finger wanderten wieder zur Hosennaht. Lenny erkannte ein Muster darin, vielleicht seine einzige Chance. Unbemerkt setzte er seine Drehung fort. Jérôme stand nun mit dem Rücken zum Schacht.

»Er stand plötzlich vor meiner Tür, und er wusste alles über mich – dass ich den alten de Crécy übers Ohr gehauen hatte und rausgeflogen war und dass ich keinen Job mehr bekam. Einen Butler, der stiehlt, stellt niemand mehr ein. Nexx bot mir eine Menge Geld für Informationen über die jüngere De-Crécy-Tochter, und ich brauchte die Kohle. Später habe ich ihm dann den Kontakt zum Besitzer des Landhauses in der Bretagne vermittelt. Man muss sich immer gut stellen mit Leuten, die Geld und keine Skrupel haben. Was wolltest du in dem Jeep?«

»Ich habe in ihm Nexx' Fahrkarte zur Hölle installiert.«

»Bevor Nexx in die Hölle fährt, zwingt er den Teufel, das Feuer auszumachen. Er ist schon unterwegs zu Valerie, um ein bisschen Spaß mit ihr zu haben. War gar nicht leicht, sie zu finden.«

Jérômes Augenlid zuckte. Lenny bückte sich blitzschnell und zog mit aller Kraft an der Plastikplane, auf der der Butler stand. Wie er vorausgeahnt hatte, wechselte Jérôme genau in diesem Moment die

Waffenhand. Er kam ins Straucheln, als ihm die Plane unter den Füßen weggezogen wurde, und feuerte einen überhasteten Schuss ab. Die Kugel verlor sich in der Dunkelheit und prallte als Querschläger von den Betonwänden ab, während Jérôme rücklings in den Treppenschacht stürzte.

Lenny hörte einen dumpfen Aufprall. Er hob die Glock auf, sicherte sie und steckte sie in seinen Hosenbund. Vorsichtig trat er an das Loch im Boden heran und sah Jérôme mit verdrehten Gliedern am Grund des Schachtes liegen. Er hatte sich das Genick gebrochen. Noch in dieser Nacht würde er hierher zurückkehren müssen, um die Leiche verschwinden zu lassen.

44

Lenny lief den gepflasterten Weg zu Valeries Haus entlang. Die Eingangstür war verschlossen, in keinem der Fenster brannte Licht, doch aus dem Inneren des Bungalows drangen verzerrte Stimmen und Kampfeslärm. Er rannte um das Haus herum zur Rückseite und stieß auf eine Blutlache und die Überreste von Nexx' Dobermännern. Als er sich dem Haus näherte, hob Valeries Rottweiler den Kopf und knurrte leise. Er blutete aus mehreren schweren Wunden und konnte sich kaum noch bewegen. Dass überhaupt noch Leben in ihm steckte, glich einem Wunder. Lennys Respekt vor dem Tier wuchs. Der Hund hatte es mit zwei starken Gegnern aufgenommen und versucht, Valerie unter Einsatz seines Lebens zu beschützen.

Er machte einen großen Bogen um den Rottweiler, der seine Bewegungen aufmerksam verfolgte, und betrat durch eine zerborstene Glastür den Bungalow. In dem großen Wohnraum dahinter herrschte Chaos, ein Flügel der Tür zum Korridor stand offen. Er durchquerte rasch das Zimmer und erkannte im Halbdunkel Nexx, der Valerie auf die Treppenstufen presste und sie zu erwürgen drohte. Er packte ihn mit beiden Händen an den Schultern, drehte ihn herum und schlug ihm mit der Faust ins Gesicht. Nexx taumelte überrascht zurück. Lenny zog die Glock aus dem Hosenbund.

Valerie zog sich würgend und hustend an den Resten des Treppengeländers hoch.

»Le…nny!«, rief sie ungläubig.

Ungläubig schwankte sie auf ihn zu und verstellte ihm die Schussbahn. Bevor er sie warnen konnte, riss Nexx eine scharfkantige Holzstrebe aus dem zerstörten Geländer, zog Valerie mit der Linken an sich heran und hielt ihr die tödliche Waffe an die Kehle.

»Eine Bewegung, und sie ist tot! Rühr dich nicht von der Stelle, Koriatis. Wirf die Waffe weg!«

Widerstrebend ließ Lenny die Glock fallen.

»Schieb sie mit dem Fuß her!«

Lenny kickte die Waffe ins Dunkel. Nexx schlang seinen Arm um Valeries Kehle und bewegte sich mit ihr als Schutzschild rückwärts auf die Haustür zu.

»Mach die Tür auf! Schnell!«

Valerie tastete nach dem Türgriff. Nexx humpelte mit ihr rückwärts den Gartenweg entlang auf die Straße zu. Lenny folgte ihm langsam und lauerte auf eine Chance.

»Bleib stehen! Keinen Schritt weiter!« Nexx blieb wachsam, vergrößerte rasch den Abstand zwischen ihnen und zog sich mit Valerie auf das Nachbargrundstück zurück. Erst jetzt bemerkte Lenny den schwarzen Jeep unter dem Carport. Er war im Dunkeln kaum auszumachen, darum musste er ihn vorhin übersehen haben. Nexx riss die Beifahrertür auf und stieß Valerie auf den Sitz. Lenny spurtete los, doch bevor er den Jeep erreichen konnte, fegte der schwere Wagen auf die Küstenstraße zu.

45

Nexx schnitt die Haarnadelkurven der Küstenstraße, als suchte er bewusst den Tod. Lenny beschleunigte den alten Chevelle und spielte die Wendigkeit des Sportwagens gegen die größere Kraft des schweren Jeeps aus. Drei Kilometer vor den zerklüfteten Kreidefelsen des Kaps hatte er Nexx eingeholt. Es gab nur noch eine einzige Möglichkeit, Valeries Tod abzuwenden. Er musste verhindern, dass ein zweiter Wagen in den Unfall verwickelt wurde. In wenigen Augenblicken würde der zerstörerische Virus die Kontrolle über die Lenkung des Cherokee übernehmen und den Wagen zentimetergenau am höchsten Punkt der Steilklippen in die Tiefe stürzen lassen – samt der Frau, die er liebte. War dies der Preis, den er für seinen teuflischen Mordplan bezahlen musste?

Er trat das Gaspedal durch. Der Chevelle klebte am Heck des Jeeps, ohne den Wagen stoppen zu können. Fieberhaft überschlug Lenny seine Möglichkeiten. Es war unmöglich, den Jeep von der Straße abzudrängen, ohne Valeries Leben aufs Spiel zu setzen. Einen Meter vom rechten Vorderreifen entfernt gähnte ein Abgrund aus tückischen Felsen, an deren Fuß die stürmische See darauf wartete, jeden in die Tiefe zu reißen, der ihr zu nahe kam. Auf der linken Seite begrenzte dichter Wald die Straße, unterbrochen von einzelnen Felsblöcken, die wie die Zähne einer Raubkatze aus dem Grün ragten.

Lenny richtete seinen Blick starr geradeaus, zwang seine rasenden Gedanken zum Stillstand und überließ sich blind seiner Intuition. Ihm blieb nur ein Ausweg. Er wusste nicht, ob Nexx auch diesen letzten wahnsinnigen Wettstreit vorausberechnet hatte. Aber um ihn zu überlisten, musste er das Unerwartete tun, so wie er es schon einmal getan hatte. Die Bereitschaft, aus Liebe sein eigenes Leben zu opfern, konnte kein Computerprogramm der Welt voraussehen.

Die Selbstaufgabe widersprach aller Logik und war doch eine der größten menschlichen Eigenschaften. Wenn es so sein sollte – er war bereit dazu.

Er riss das Steuer herum und setzte zum Überholen an. Der Cherokee brach nach links aus und drohte, den kleineren Sportwagen wie ein lästiges Insekt zu zerquetschen.

Lenny ließ den Chevelle zurückfallen, nur um das Spiel von neuem zu beginnen. Sein bewusstes Ich existierte nicht mehr, er handelte rein intuitiv und unvorhersehbar. Zweimal rammte er den Cherokee wie ein Boxer, der in der letzten Runde noch einmal seine Kräfte sammelt. Der schwere Jeep geriet ins Schlingern. Nexx bremste ab, um die Kontrolle nicht zu verlieren, und fiel zurück. Lenny zog vorbei, versetzte den Wagen in eine wilde Drehung und blockierte die Straße.

Der Jeep krachte in die rechte Seite des Chevy und schob ihn gegen einen Felsen. Blechteile wirbelten durch die Nacht, ein Reifen platzte, und die Heckscheibe splitterte. Die Wucht des Aufpralls katapultierte den Cherokee über den Rand des Abgrunds.

In diesem Augenblick, der wie eine Ewigkeit währte, wurde Lenny klar, dass er einen entsetzlichen Fehler begangen hatte. Sein Chevelle war der zweite Wagen, der an dem Unfall beteiligt war! Er würde unbeschadet überleben, hatte aber soeben Valeries Todesurteil vollstreckt.

46

Obwohl der Fall nur Sekundenbruchteile dauerte, kam er Valerie wie eine Reise in die Ewigkeit vor. Der Aufprall erschütterte sie bis ins Mark. Nexx prallte mit der Stirn gegen die Frontscheibe, Blut spritzte aus einer klaffenden Platzwunde über seinem rechten Auge.

Die Motorhaube neigte sich nach unten, Blech und überlastete Bauteile knirschten. Die Frontscheibe verwandelte sich klirrend in ein wirres Muster aus Glasfragmenten, zwischen Fahrertür und Chassis klaffte ein breiter Spalt. Das Licht der Scheinwerfer schälte tief unter ihnen weißschäumende Brecher aus der Dunkelheit. Der Wagen musste auf einem der vorspringenden Felsen gelandet sein. Er schaukelte gefährlich, sackte ein Stück weiter nach unten und kam dann zum Stillstand.

Nexx wischte sich das Blut aus dem Gesicht und starrte sie hasserfüllt aus seinen kalten, zweifarbigen Augen an. Valerie nahm einen Ausdruck in ihnen wahr, den sie zuvor noch nie in ihnen gesehen hatte. Es war Angst. Der größenwahnsinnige, machtbesessene Nexx hatte Todesangst!

Mit zitternden Fingern griff er in die Innentasche seiner Jacke und aktivierte sein Handy.

»Jérôme wird uns hier rausholen. Erinnerst du dich an Jérôme, Valerie? Er hat dich so lange nicht gesehen und sehnt sich nach dir. Nach deiner weichen warmen Haut und deinem glänzenden Haar.«

Er presste das Telefon ans Ohr und grinste. Seine Augen flackerten. Nexx war wahnsinnig.

»Warum lässt du mich nicht endlich in Frieden, du krankes Schwein?«

»Aber Valerie, wie könnte ich das? Wir gehören doch zusammen, das Feld hat es vorhergesagt.«

In diesem Augenblick brach die Verzweiflung der vergangenen zwei Jahre aus ihr hervor, alles, was sie verloren hatte – ihr Leben, Lenny, sogar ihren Namen und ihre Identität hatte Nexx ihr geraubt.

Sie brüllte wutentbrannt auf, zog die Beine an und drehte sich auf dem Sitz mit dem Oberkörper zu Nexx. Der Wagen ächzte und begann zu schaukeln. Valerie stützte sich an der Beifahrertür ab und trat wie von Sinnen auf Nexx ein. Sie schrie und weinte, schlug zu und traktierte ihn mit Tritten.

Er ließ das Handy fallen und hob die Arme, um den selbstmörderischen Angriff abzuwehren, aber Valerie hörte nicht auf. Ihre Schuhspitze traf ihn an der Schläfe, mit einem weiteren gezielten Tritt brach sie ihm das Nasenbein. Blut schoss aus seiner Nase und vermischte sich mit dem Blut der Platzwunde.

»Lass mich endlich in Ruhe und verschwinde aus meinem Leben!«, schrie sie.

Er stieß mit dem Kopf gegen die Seitenscheibe. Die Fahrertür knirschte und sprang aus dem verzogenen Rahmen. Nexx verlor den Halt und fiel. Valerie schluchzte und sank auf dem Sitz zusammen.

Aber es war noch nicht vorbei. Ungläubig sah sie, wie sich Nexx mit seiner rechten Hand am Türrahmen festhielt. Nur wenig später erschien sein blutüberströmtes Gesicht in der Türöffnung. In diesem Moment war sie davon überzeugt, dass er unsterblich und aus der Hölle auf die Erde gesandt worden war, um sie bis in alle Ewigkeit zu quälen.

Er schaffte es, sich am Fahrersitz hochzuziehen, obwohl er längst hätte tot sein sollen.

»Du … warst ein böses Mädchen. Ich werde … dich bestrafen müssen.«

Er warf den Kopf in den Nacken und lachte triumphierend. Doch plötzlich veränderte sich sein Ausdruck. Der Hass machte verblüffter Überraschung Platz. In seiner Stirn klaffte wie hingezaubert ein Loch. Seine kalten Augen brachen, dann ließ er los und stürzte in das Chaos aus Meer und Felsen.

47

Lenny beugte sich über die Felsen. Der Cherokee ruhte dicht unter ihm auf einem Felsvorsprung, fast konnte er danach greifen. Valerie kletterte zwischen den Vordersitzen hindurch nach hinten, und ihr bleiches Gesicht erschien in der Öffnung des nicht mehr vorhandenen Heckfensters. Der Wagen knirschte und wippte, und der Wind zerrte an ihm, als wolle er ihn von den Klippen reißen.

»Nimm meine Hand!« Lenny ließ sich flach auf den Boden fallen und streckte den Arm aus, fast berührten sich ihre Fingerspitzen. Endlich schlossen sich seine Finger um Valeries Handgelenk. Der Wagen sackte kreischend ab und stürzte in die kochende See. Valerie baumelte an Lennys Hand und zog ihn mit ihrem Gewicht nach unten. Er umschloss ihren Unterarm mit beiden Händen, robbte verbissen unter Aufbietung all seiner Kräfte Zentimeter für Zentimeter rückwärts, bis er Valerie schließlich über die Klippe auf die Straße zog.

»Nexx … ist … tot«, keuchte sie. »Du … hast ihn umgebracht … ich … kann nicht mehr. Du … bist da. Ich kann es nicht glauben.«

»Ich hatte es versprochen. Und ich halte meine Versprechen.«

»Wie kommst du hierher?«

»Das ist eine lange Geschichte. Vielleicht erzähle ich sie dir irgendwann.«

»Lenny?«

»Ja?«

»Ich schäme mich.«

»Was hast du denn angestellt?«

»Ich hätte dir vertrauen sollen, aber ich hatte Angst, du würdest mich enttäuschen.«

»He, ich bin derjenige, der wütend sein sollte. Schließlich bist du untergetaucht, ohne ein Wort zu verlieren. Glaubst du, es war leicht für mich und Julie, an deinem Grab zu stehen? Kannst du dir überhaupt vorstellen, was ich durchgemacht habe?«

»Ich hatte keine Gelegenheit dazu, dich in meinen Plan einzuweihen.«

»Keine Gelegenheit? Du hattest zwei Jahre Zeit!«

»Ich habe es versucht. Im Kölner Kriminaldezernat sagten sie mir, dass du nicht mehr bei der Polizei bist. Was ist passiert?«

»Nexx«, stieß er hervor. »Er hat mein Leben zerstört und nicht aufgehört, bis er mir alles genommen hatte – meinen Job, meine Freunde und meine Selbstachtung.«

»Das alles ist meine Schuld.«

»Er hat Sanchez' Freundin getötet. Sie kam bei einem Unfall ums Leben. Wir wissen, dass Nexx dahintersteckt, aber wir konnten es nicht beweisen. Ich habe versucht, ihn zu überführen, Valerie. Als ich glaubte, du wärst tot, wollte ich aufgeben. Julie hat mich überredet weiterzumachen. Du hast eine tolle Schwester. Lass sie nicht in dem Glauben, du wärst tot.«

»Was hat sie gesagt?«

»Dass ich nicht aufgeben soll, weil du das niemals gewollt hättest. Also machte ich weiter und fand heraus, dass du wahrscheinlich noch lebst. Ich habe versucht, dich zu finden. Ich hatte keine Ahnung, dass wir fast Nachbarn sind.«

»Nachbarn?«

»Dein Anruf, Valerie. Du hast nach jemandem gesucht, der deine Sicherheitseinrichtungen überprüft.« Er grinste schief. »Stimmt, ich bin der Beste.«

»Du verkaufst Alarmanlagen?«

»Ich habe dir schon damals nach dem Einbruch in dein Loft angeboten, dich zu beraten, erinnerst du dich?«

Er küsste sie auf die Stirn. »Was ist damals nach dem Brand auf dem Schiff passiert?«

»Es gehörte alles zu Nexx' Plan. Fast jede Nacht träume ich von dem Sturz ins Wasser. Ich dachte, ich müsste sterben. Vielleicht habe ich auch wirklich die Besinnung verloren, ich weiß es nicht mehr. Ich schwamm auf das Ufer zu und sah zwei Menschen. Ich schrie um Hilfe, um sie auf mich aufmerksam zu machen, und merkte zu spät, dass einer der beiden Männer Nexx war.«

Lenny nickte. »Der andere war vermutlich Reickert, sein Leibwächter.«

»Nexx prahlte damit, wie er sie alle getötet hat – Tommy, den alten Mann und Angelika. Er hat alle nur benutzt wie Figuren auf einem Spielbrett, um seine Ziele zu erreichen.«

»Und was geschah, nachdem er dich aus dem Rhein gezogen hatte?«

»Da war diese Frau. Sie lag im Kofferraum von Nexx' Wagen. Sie trugen sie zum Flussufer hinunter und zogen ihr meine Sachen an. Nexx stieß ihren Kopf gegen einen Stein und warf sie in den Rhein. Ob sie schon zuvor tot gewesen war, weiß ich nicht. Ich sah, wie sie auf das Schiff zutrieb. Es … hat ihm Spaß gemacht. Ich hab es in seinen Augen gesehen.«

»Nexx hat mindestens dreizehn Frauen ermordet«, sagte Lenny, »ist aber nie erwischt worden.«

»Er sagte, er hätte das Schloss in der Bretagne gekauft. Nur für mich. Wir fuhren zu dritt zum Flughafen, Nexx, Reickert und ich. Als wir an einer Autobahntankstelle anhielten, konnte ich aus dem Fenster einer Toilette fliehen.« Valerie lachte und weinte zugleich. »Sein Plan war so lückenlos und perfekt. Und dann war es so einfach, ihm zu entwischen. Ein Fenster – eine Kleinigkeit nur, aber sie reichte aus, um seinen ausgetüftelten Plan zum Scheitern zu bringen.«

Das war also das winzige Detail, von dem Nexx gesprochen und das der Algorithmus nicht vorhergesehen hatte – ein kaputtes Fenster in einer Raststätte. Er musste halb wahnsinnig vor Wut gewesen sein, als er bemerkte, dass Valerie ihm entwischt war.

»Warum hast du dich nicht bei mir gemeldet?«

»Du hättest mich nicht vor ihm beschützen können. Angelika hatte recht, meine einzige Chance war es, unterzutauchen. Ich fuhr per Anhalter in die Stadt zurück. Im Radio lief ein Bericht über den Brandanschlag auf die *MS Rheingold*. Es hieß, die bekannte Fernsehjournalistin Valerie de Crécy sei dabei ums Leben gekommen. Da war mir sofort klar, was ich tun musste. Zwei Wochen zuvor hatte ich fünfzigtausend Euro in einem Schließfach im Hauptbahnhof deponiert – für alle Fälle. Ich brauchte das Geld nur zu holen und ein neues Leben zu beginnen. Aber dazu musste ich alles zurücklassen, auch dich.« Sie schlang schützend die Arme um ihren Körper. »Es ist mir nicht leichtgefallen, Lenny. Aber ich wusste, dass du deinen Job liebst und dass du alles hättest aufgeben müssen, um mit mir zu gehen. Das wollte ich nicht. Also musste ich alleine gehen.«

»Du hättest mich wenigstens fragen können!«

»Ich hatte Angst, dass Nexx es bemerkt. Er wusste alles, Lenny. Einfach alles.«

»Er war kein Gott, nur ein jämmerlicher kleiner Scheißkerl.«

»Wer war die Frau, die an meiner Stelle beerdigt wurde?«

»Eine Albanerin, die sich illegal in Deutschland aufhielt und die dir verblüffend ähnlich sah. Nexx hat sie mit Hilfe einer Gesichtserkennungssoftware gefunden und selbst mich getäuscht. Valerie, wir werden noch sehr viel Zeit für Erklärungen und Entschuldigungen haben, aber in dieser Nacht haben wir noch eine Menge Arbeit vor uns. Es ist noch nicht zu Ende«, sagte er. »Auf der Baustelle in Prora liegt eine Leiche. Sie muss verschwinden, genauso wie die Kadaver von Nexx' Dobermännern.«

Lenny wechselte den beschädigten Reifen des Chevelle. Der Wagen sprang stotternd an und schaffte die Strecke bis Sellin, bevor der Motor endgültig ausfiel. Sie schoben den Chevy die letzten Meter in den Unterstand neben Valeries Bungalow und fuhren dann mit dem Subaru nach Prora.

»Das ist wirklich Jérôme«, sagte Valerie, als sie vor dem leblosen Körper des Butlers stand. »Ich kann nicht glauben, dass ich ihn noch mal wiedersehe.«

»Wir müssen die Leiche verschwinden lassen.«

Sie wickelten den toten Butler in die Plastikplane und legten sie in den Kofferraum von Valeries Subaru. Lenny nahm seine Beretta wieder an sich.

»Zum Glück ist er noch genauso dürr wie damals«, sagte Valerie keuchend.

»Daher kannte Nexx so viele Einzelheiten aus deiner Kindheit«, sagte Lenny. »Jérôme hat dich und Julie nicht nur beobachtet, sondern auch belauscht. Er wusste alles über dich, und alles über Mister Smoothie. Nexx hat Jérôme aufgespürt und ihm Geld dafür geboten, dass er ihm seine Geheimnisse verrät.«

»Was machen wir mit ihm?«, fragte Valerie. »Sollen wir ihn ins Meer werfen?«

»Nein. Wenn seine Leiche von der Strömung zurück an Land geschwemmt wird, haben wir ein Problem.«

»Der alte Kreidebruch«, überlegte Valerie. »Dort planen sie eine Feriensiedlung. Das Gebiet soll im Frühjahr für einen Badesee geflutet werden.«

»Das passende Grab für Jérôme.«

Lenny stoppte vor seiner Kate und besorgte Spaten und Grabwerkzeuge. Keine zwei Stunden später war der rachsüchtige Butler Teil eines geplanten Naherholungsgebiets geworden.

»Der Subaru muss verschwinden.«

»Warum?«

»Weil wir Jérôme darin transportiert haben. Wenn die Polizei den Wagen untersucht, wird sie Blutspuren und DNA darin finden.«

»Aber warum sollten sie den Wagen durchsuchen?«

»Wir müssen mit dieser Möglichkeit rechnen. Du wirst morgen einen Unfall haben. Der Wagen muss ebenso in die Schrottpresse wie mein Chevy. Sobald sie Nexx' Wagen aus dem Meer ziehen, könnte die Polizei eine Verbindung zu uns herstellen. Sie wird an beiden Wagen Lackspuren und Beschädigungen finden, die miteinander übereinstimmen. Außerdem muss die Glock verschwinden, mit der ich Nexx erschossen habe.«

»Wird es jemals aufhören?«

Lenny nickte bestimmt. »Ja. Das wird es.«

48

Der 15. Mai war ein warmer Frühsommertag. Nach dem Frühstück hatte Lenny mit Blake einen langen Spaziergang unternommen. Valerie arbeitete an den letzten Kapiteln ihres neuen Romans. Lenny hatte sich daran gewöhnt, dass sie in dieser Schaffensphase nicht gestört werden wollte, sondern völlig in der Welt ihrer Geschichte versunken war. Zum ersten Mal plante sie, einen Thriller herauszubringen – noch dazu unter ihrem richtigen Namen.

Lenny hatte das kleine Fischerhaus in Thiessow verkauft. Zu ihrer freudigen Überraschung stand der Bungalow zum Verkauf, in dem sie ihre erste Liebesnacht verbracht hatten. Sie hatten das Haus erworben, umgebaut und erweitert, bis es ihren Vorstellungen entsprach. Valerie besaß ein helles Arbeitszimmer in dem neu aufgesetzten Dachgeschoss mit Blick auf das Meer. Lenny hatte seinen Laden in Göhren aufgegeben und Valeries Drängen nachgegeben, einen Traum zu verwirklichen, den er lange insgeheim gehegt hatte. Er leitete nun ein Camp, in dem straffällig gewordene Jugendliche einen neuen Anfang fanden, und er war sehr erfolgreich.

Er warf ein Stück Treibholz in die an diesem Tag glatte See und schaute zu, wie Blake ihm hinterherhetzte. Dem treuen Rottweiler fehlte ein Auge, und er würde für den Rest seiner Tage auf drei Beinen humpeln. Trotzdem hätte Lenny ihn für kein Geld der Welt hergegeben. Immer wieder dachte er darüber nach, warum Nexx den Tod gefunden hatte, während Valerie überlebt hatte. Sanchez hatte eine Erklärung dafür gefunden. Valerie spielte in den Wahrscheinlichkeiten, die der Algorithmus bezüglich des Autounfalls errechnet hatte, keine Rolle. Das Programm hatte sich dabei ausschließlich auf Nexx konzentriert.

Vielleicht hatte sie auch einfach nur Glück gehabt. Letztendlich kannte niemand die Zukunft, auch wenn er versuchte, sie zu beeinflussen.

»Es bleibt ein Rest Ungewissheit«, hatte Sanchez gesagt.

Als Lenny gegen Mittag zu ihrem Haus zurückkehrte, parkte ein Streifenwagen in der Einfahrt. Besorgt ging er ins Haus.

Valerie saß mit einem untersetzten Mann um die fünfzig am Küchentisch.

»Hauptkommissar Gregor Hansen, Kripo Rostock«, stellte er sich vor.

»Bin ich zu schnell gefahren?«, scherzte Lenny.

»Ich weiß es nicht. Sind Sie?«

Valerie warf ihm einen warnenden Blick zu. Sie schien nervös zu sein. Lenny, der den Umgang mit Polizisten gewöhnt war, blieb locker.

»Kann sein. Was führt Sie zu uns?«

»Sie haben Nexx gefunden«, platzte Valerie heraus.

»Nexx? Ist das nicht dieser Showhellseher?«, fragte Lenny. Er nahm sich eine Tasse und goss sich Kaffee ein.

»Wir wissen, wer sich hinter dem Pseudonym Irma Svenson verbirgt, Herr Koriatis.«

Lenny trank einen Schluck, um Zeit zu gewinnen. »Es ist nicht verboten, ein Pseudonym zu benutzen.«

»Aber es ist illegal, eine falsche Identität anzunehmen.«

»Korrekt. Aber zur Annahme einer falschen Identität gehört es, gefälschte Ausweispapiere zu benutzen, eine falsche Sozialversicherungsnummer anzugeben und so weiter. Das hat Valerie nicht getan. Da Sie wissen, wer ich bin, nehme ich an, dass Sie die ganze Geschichte bereits gründlich recherchiert haben.«

Hansen nickte. »In der Tat, das haben wir.«

»Dann wissen Sie auch, dass Valerie von diesem Mann bedroht wurde. Ich selbst war Zeuge eines Vergewaltigungsversuchs, den ich zum Glück in letzter Minute verhindern konnte. In einem so schweren Fall von Stalking ist es nur allzu verständlich, dass Valerie die Chance nutzte, ein neues Leben zu beginnen.«

»Gabriel Kowal – oder Nexx, wie er sich nannte – verschwand vor einem halben Jahr spurlos.«

»Umso besser. Was haben wir damit zu tun?«

»Das versuche ich herauszufinden.«

Lenny stellte seine Tasse ab. »Nexx hat nicht nur das Leben von Valerie zerstört, sondern auch meins. Wir sind hierhergeflohen, um ein neues Leben in Ruhe und Sicherheit führen zu können. Dazu war es unabdingbar, für ihn unsichtbar zu werden.«

»Sieht aber so aus, als hätte er Sie trotzdem gefunden.«

»Ich habe ihn zum letzten Mal beim Bundespresseball in Berlin vor fast drei Jahren gesehen«, sagte Valerie.

»Sind Sie sicher?«

»Absolut.«

»Hm.« Hansen blätterte in einem Notizbuch. »Wir haben vor zwei Wochen seinen Wagen im Meer vor Rügen gefunden, fünf Kilometer nördlich Ihres bisherigen Wohnortes. Finden Sie nicht auch, dass dies ein seltsames Zusammentreffen ist?«

»Nein«, sagte Lenny. »Genau genommen ist das eine Mutmaßung.«

Hansen lächelte. »Man merkt Ihnen den Polizisten noch immer an, Herr Koriatis.«

Lenny zuckte mit den Schultern. »So ganz wächst sich das nie raus.«

»Sie bleiben also bei Ihrer Aussage?«, fragte Hansen.

Valerie nickte stumm.

»Gabriel Kowal hat am 18. Oktober des vergangenen Jahres in einem Hotel in Sellin eingecheckt.«

»Das ist nicht verboten«, sagte Lenny.

»Er hat aber nicht mehr ausgecheckt. Und wir kennen inzwischen auch den Grund.«

»Da bin ich aber gespannt.«

»Vorgestern wurde in Sassnitz eine männliche Leiche angespült. Es war Gabriel Nexx.«

»Ich müsste lügen, wenn ich sage, dass ich seinen Tod bedauere«, sagte Valerie.

»Ist Ihnen vor einem halben Jahr etwas aufgefallen? Fühlten Sie sich erneut verfolgt? Oder hat Nexx versucht, Kontakt mit Ihnen aufzunehmen?«

»Nein.«

»Sie gehen also davon aus, dass Nexx herausgefunden hat, wer sich hinter dem Pseudonym Irma Svenson versteckt?«, fragte Lenny.

»Nun, da tauchte dieses Handyvideo eines Fans im Fernsehen auf«, antwortete Hansen. »Sie beide leben auf Rügen, Kowal kommt auf Rügen ums Leben. Ein sonderbarer Zufall, finden Sie …?«

»Nein«, fiel ihm Lenny ins Wort. »Sie haben die Zusammenhänge bereits genannt: Er kam auf die Insel, um Valerie erneut zu belästigen, und verlor sein Leben bei einem Verkehrsunfall. Vermutlich kam er nicht mehr dazu, sie erneut zu stalken.«

Hansen tippte mit dem Kugelschreiber auf seinen Notizblock. »Tja, so könnte es gewesen sein. Zumal wir nach so langer Zeit keine Spuren mehr am Unfallort sicherstellen konnten. Wir wissen nicht einmal, ob noch ein weiteres Fahrzeug an dem Unfall beteiligt war.« Er kratzte sich die Nase. »Bliebe nur, dass wir in Herrn Kowals

Schädel eine Kugel vom Kaliber 9 mm gefunden haben. Nach meinen Informationen ist auf Sie eine Beretta 92, Kaliber 9 mm, zugelassen, Herr Koriatis?«

Lenny nickte. »Ich werde sie holen. Dann können Sie die Waffe mit dem sichergestellten Projektil vergleichen.«

Hansen klappte sein Notizbuch zu. »Das hat keine Eile. Falls Bedarf besteht, schicke ich einen Beamten vorbei.«

»Sind Sie sicher?«

»Würden Sie mir die Beretta freiwillig aushändigen, wenn sie für einen Mord verwendet worden wäre?«

Lenny lächelte. »Nein, würde ich nicht. Ich hätte sie ins Meer geworfen.«

»Das dachte ich mir. Aber Sie verstehen, ich muss die Waffe trotzdem überprüfen.«

»Natürlich.«

»Gut. Wenn ich noch Fragen habe, komme ich wieder vorbei.«

»Jederzeit«, sagte Lenny. Er legte seinen Arm um Valerie und spürte, dass sie vor Anspannung zitterte.

»Ich wünsche Ihnen noch einen angenehmen Tag«, wandte sich Hansen zum Gehen, blieb in der Küchentür aber noch einmal stehen.

»Ach, da wäre noch etwas.«

»Ja?«

»Sagt Ihnen der Name Jérôme Pinot etwas?«

»Nein. Wer soll das sein?«, fragte Lenny.

»Ein Angestellter von Nexx. Er verschwand am selben Tag wie sein Arbeitgeber.«

»Da kann ich Ihnen nicht helfen.«

»Hm. Sieht so aus, als hätte er Geld unterschlagen, das Nexx gehörte. Eine Menge Geld.«

»Sie glauben, dass Nexx es bemerkt hat und deswegen sterben musste? Warum hat er diesen Pinot nicht angezeigt?«

»Nun, wir bekamen einen Tipp von der Steuerfahndung. Es handelte sich um Schwarzgeld. Nur deshalb sind wir überhaupt auf diese Spur gestoßen.«

»Das wäre ein handfestes Mordmotiv«, sagte Lenny.

»Möglich.« Hansen lächelte schief. »Also dann.« Er verließ das Haus. Valerie und Lenny blickten dem Streifenwagen nach, bis er hinter der Straßenbiegung verschwand.

»Das war knapp. Sagt man nicht, dass jeder Täter einen Fehler begeht?«, fragte Valerie.

»Das ist nur so ein Gerücht«, antwortete Lenny.

Das Meer war glatt und ruhig. Der Wind schlief.

Nachwort des Autors

Wenn Sie leicht zu beunruhigen sind, sollten Sie die folgenden Erläuterungen besser nicht lesen. Ich liebe es zwar, meine Leser zu fesseln, zu ängstigen und auf eine emotionale Achterbahnfahrt zu schicken, aber stets nur im Rahmen einer fiktiven Geschichte. Und so ist auch die Handlung von »Die Spur« frei erfunden. Sie ist so wenig real wie die von »Star Wars«. Doch was nun folgt, ist Realität. Sagen Sie nicht, ich hätte Sie nicht gewarnt!

Alle in »Die Spur« beschriebenen technischen Geräte und Möglichkeiten der Überwachung und Manipulation sind Realität und werden bereits eingesetzt. Glauben Sie mir, ich habe nur einen geringen Teil von all dem benutzt, was bei meinen Recherchen zutage trat, um die Geschichte nicht zu überladen. Allein der nichtlineare Algorithmus, der Nexx in die Hände fällt, ist Fiktion. Es gibt ihn nicht. Noch nicht. Das Hacken eines Herzschrittmachers oder Medi-Notfallarmbands ist ebenso durchführbar, wie einen Jeep Cherokee fernzusteuern. Immerhin hat die Firma Chrysler dieser Möglichkeit inzwischen einen Riegel vorgeschoben. Aus diesem Grund muss Lenny am Ende des Romans auch ein Programm mittels USB-Stick in die Elektronik von Nexx' Wagen einspielen. Auch ein spezielles Gesicht unter Millionen anderer mit einer speziellen Software herauszufiltern ist heutzutage machbar.

Dass wir bereits heute lückenlos überwacht und geradezu psychologisch seziert werden, gehört längst zu unserem Alltag. Wir sind uns dessen nur nicht bewusst, weshalb ich befürchte, dass kommende Generationen mit dem Begriff der Privatsphäre nichts mehr anfangen werden können. George Orwell hätte sich wahrscheinlich nicht träumen lassen, dass die Opfer von Überwachung ihre intimsten Geheimnisse so bereitwillig preisgeben, wie es Millionen von Menschen heute in den sozialen Netzwerken tun.

Straßenlampen, die sich in WLAN-Netze einwählen, und Fernseher, die uns beobachten, sind ebenfalls Realität. Ich hätte noch sehr viel mehr dieser Beispiele einbauen können, aber mir ging es bei der Geschichte noch um einen anderen Aspekt, den ich mit den technischen Möglichkeiten einer lückenlosen Überwachung verbinden wollte, nämlich um den des Stalkings. Aus diesem Grund formte ich Gabriel Nexx zu einem Charakter, der zwanghaft einen bestimmten Frauentyp kontrollieren und besitzen will.

Er diente mir im ersten Teil des Romans als Beispiel dafür, dass die allgegenwärtige Datensammelwut und das Ausspionieren mittels Payback-Karten, Smartphones und Tablets nichts anderes ist als Stalking. Stellen Sie sich vor, dass Ihnen jemand auf Schritt und Tritt folgt. Dass er hinter Ihnen an der Kasse im Supermarkt steht und notiert, was und wie viel Sie kaufen. Dass er auf dem Rücksitz Ihres Wagens sitzt und weiß, wohin Sie fahren; wo Sie gestern waren und wo Sie morgen sein werden. Dass er mithört, wenn Sie telefonieren, und mitliest, wenn Sie E-Mails schreiben. Dass er immer da ist und alles in seinem Gedächtnis speichert – nur: Sie sehen ihn nicht. Wie würden Sie reagieren, wenn der unsichtbare Spion aus Fleisch und Blut wäre und Sie unablässig belästigt? Sie würden ihn wegen Stalkings anzeigen, ganz recht. Aber wenn er nun ein digitales Kunstprodukt aus Nullen und Einsen ist, dessen Existenz Sie nicht bemerken? Vielleicht sollten Sie mehr darüber nachdenken, diesem unsichtbaren Spion öfter mal die Tür vor der Nase zuzuschlagen.

Ich benutze ein geradezu antik anmutendes Handy, und mein Fernseher ist nicht ans Internet angeschlossen. Ich habe die Kamera, die sich über dem Bildschirm meines Laptops befindet, zugeklebt und benutze keine Kundenkarten. Sie halten mich für paranoid? Aber das bin ich nicht. Ich habe mich lediglich bei den Vorarbeiten zu diesem Roman mit der Thematik »Big Data« beschäftigt. Seitdem gehe ich mit Smartphones, Internetbrowsern und vielen anderen Geräten vorsichtiger um, glauben Sie mir.

Eine wichtige Frage, die im Verlauf der Handlung auftaucht, ist die nach dem freien Willen. Er war die Ausgangsfrage zu »Die Spur«, denn ich liebe einfache Fragen, die mit »Was wäre, wenn …?« beginnen. Daraus lassen sich die besten Geschichten entwickeln.

Was wäre also, wenn man die Zukunft vorhersagen könnte? Was, wenn man anhand der Daten, die über einen Menschen existieren, exakt vorhersagen könnte, wie er sich verhalten wird? Die Antwort lautet: Er hätte seinen freien Willen eingebüßt, und er würde es nicht einmal bemerken.

Wir nähern uns hier Bereichen der Science-Fiction, wie wir sie aus »Matrix« kennen, die allerdings in Teilen schon Wirklichkeit sind. »Predictive-Policing« ist einer dieser Bereiche. Schon heute arbeitet die Polizei in mehreren US-amerikanischen Städten mit Algorithmen, die den Beamten vorgeben, wann und wo in den nächsten vierundzwanzig Stunden die meisten Verbrechen zu erwarten sind. Ihre Aufklärungsrate ist enorm gestiegen. Es ist also bereits möglich, in einem gewissen Rahmen menschliche Handlungen vorherzusagen. Wie sagt Sanchez, der Wurm: »Es kommt nur auf die Datenmenge und die Rechenleistung an.«

Schon heute existieren Algorithmen, die dem Programm, das Nexx zur Verfügung steht, ähneln. Ich habe also gewissermaßen einen Blick in die nahe Zukunft geworfen. Was ich gesehen habe, hat mir, ehrlich gesagt, nicht gefallen. Es macht mir Angst.

Aber wenn Sie Kapitel 1 dieses Romans aufschlagen und zu lesen beginnen, dann denken Sie daran: Es ist alles nur Fiktion, eine spannende Geschichte, die meiner überschäumenden Phantasie entspringt. Oder vielleicht doch nicht ganz? Vielleicht habe ich Sie ja mit der Wahl meiner Worte dazu gebracht, etwas zu tun, was Sie gar nicht wollten. Aber das merken Sie erst, wenn der Morgen graut, nachdem Sie die ganze Nacht durchgelesen haben …

Ich wünsche Ihnen viel Vergnügen, wenn Sie sich auf »Die Spur« begeben.

Danksagung

Mein besonderer Dank gilt meiner Agentin Anna Mechler, die durch ihre Anregungen und Vorschläge (»Das gefällt mir immer noch nicht«) maßgeblich zur endgültigen Fassung des Romans beigetragen hat.

Außerdem bedanke ich mich für die tolle Unterstützung des Droemer-Knaur-Teams, vor allem bei Christine Steffen-Reimann, die »Die Spur« erst auf den Weg gebracht hat, und last, but not least bei Dr. Heike Fischer für das Aufdecken zahlloser Plotlöcher und intensive Diskussionen über Big Data und die Arbeit einer Mordkommission.

Volker Dützer, August 2016